红楼梦

贾氏女性人物读解

姜华 著

商务印书馆
SINCE 1897
The Commercial Press

商务印书馆（上海）有限公司 出品
The Commercial Press (Shanghai) Co. Ltd.

东北财经大学学术专著出版资助

前　　言

————◇————

初读《红楼梦》，是在小学五年级。那时只会看表面文章，只觉辞藻警人，每每读完余香满口。懵懂不更事的年纪，最爱看的桥段是一众人等在大观园这花柳繁华地吟诗作赋，想象着那是怎样一个香飘柳拂、红拥翠绕的世界，心下无比欣羡。那时尚不知人生甘苦，所以每看到文末众女儿风流云散，便匆匆带过，以为这样，红尘世界便花好月圆。

岁月更迭中，渐历世事。深悟人性之复杂，远非做文章之起承转合可比拟。再读《红楼梦》，观感已然不同。少时最喜湘云，觉其天真烂漫，有如婴孩；宝钗亦不错，中正和平，堪为良配。虽爱读宝黛共处的回目，却不解其间深情。而今略知人生坎坷，多少能体悟"壮年听雨客舟中"的况味，方明白鲁迅先生之言：宝玉其实是困顿于悲凉之雾遍布的华林，周遭虽有语笑欢然，然一切于宝玉不过是死样的沉寂。这时，黛玉如一道亘古未有过的亮光划过这一切，宝玉的生命由此而绽放至大绚烂。虽则最后都归于流光一闪，但是他们毕竟曾照彻过彼此的天宇。想来，曹公的生命中出现过一个黛玉样的女子吧，在青春最华美的岁月，与曹公相遇、相知、相懂、相惜又相别。而在经历过人生中那样大的悲欢之后，曹公仍怀一颗不蒙尘的赤子之心，将无尽胸臆倾注笔间，终成千古奇作。斯何痛哉！

2004 年，在师友的鼓励下，笔者开始讲授"《红楼梦》人物读解"课程，慢慢从学理的角度来看待和琢磨《红楼梦》。至今，居然堪堪廿年已过。为了纪念这段与《红楼梦》的渊源，遂将种种心得，落笔成集，是为此系列之书。

《红楼梦》贾氏女性人物读解

本书是"《红楼梦》人物读解"系列丛书的第二部(第一部《都道是金玉良姻,俺只念木石前盟——〈红楼梦〉黛玉/宝玉/宝钗形象分析》2014年由辽宁人民出版社出版)。本书以群像式分析为特点,以贾氏女性人物为中心,分为上下两编,上编讲述贾氏女性主子,下编讲述贾府主要丫鬟,立足文本,分析人物才、情、貌,详细论证人物异彩纷呈的性格及"万艳同悲"的命运,力图还原出作者笔下丰富多彩圆形人物的本来面貌。

论述时,寻找人物之中的共性,将其分门别类。上编四个专题,"脂粉英雄""俗蠢拙物""明珠投暗""可怜绣户侯门女",分别讲述具英雄风范的凤姐儿、贾母,"鱼目"一般的邢夫人、王夫人、赵姨娘,生不逢时的秦可卿、李纨、尤氏、尤二姐,以及"原应叹息"的贾府四春与巧姐儿。下编先以四个专题"风流灵巧""亦'贤'亦'黠'""经纬之才""众芳纷纭"分析晴雯、芳官、袭人、麝月、秋纹、平儿、鸳鸯、小红、紫鹃、香菱等生活在贾府这个空间内的一众优秀丫鬟,然后再从"相见以心""或'贤'或'黠'"两个角度,将众丫鬟分成两类,寻找其共性,探究作者塑造人物背后的苦心。

《红楼梦》解读类书籍极多。本书大概有以下特色。题材选择上,本书以贾氏女性人物为中心,囊括了女性主子与丫鬟等众多人物,进行群像式侧写,既着力于对人物个性特征的分析,又抓住群体共性,图形式、全景式展现贾氏女性人物的风流灵巧与不可抗的"千红一哭"的悲剧命运。在此基础上,立足文本进行深入、全面细读,分析探幽其中或隐或显的情节,搜寻种种"草蛇灰线"的线索,力图拼合出一个全景生态,挖掘其深层意义,尽量以情节原貌为客观证据进行人物品评。避免预设立场的"缺席审判",避免陷入"二分法"预设的道德批判困境,以较为悲悯的角度看待人物,不削足适履,尽量还原作品中血肉真实的人物原生态样貌,揭示人性之复杂、变化、矛盾等冲突,借以呈现《红楼梦》对人性洞察之深刻幽微的文本。同时,尽量借用《红楼梦》作者的话语与观点来阐释和评价人物,如以"不问你们的废与兴"为李纨的定评,以"闺中林四娘"为小红的定评等,既贴合文本,又能见人所未见。另外某些定评或其表述亦略有新意,如"入世之元春、探春""疏离之迎春、惜春"等。

由于学识和时间的限制,书中缺漏之处难免,衷心希望得到专家、读者的批评指正。

目 录

上　编

春梦随云散，飞花逐水流：
贾氏女性主子形象读解

第一章
脂粉英雄

第一节　凤姐:"绣幡开,遥见英雄俺"①

凤姐是《红楼梦》中最摇曳多姿的人物形象。她是个多面体,又像一个万花筒,所谓"横看成岭侧成峰"。对此,王昆仑先生有一句经典之言:"《红楼梦》的读者怕凤姐,骂凤姐,不见凤姐想凤姐。"②

一、凤姐之美:粉面含春威不露

《红楼梦》中美人环簇。有出尘之美的黛玉,鲜艳妩媚的宝钗,文采风流的探春,不一而足。凤姐也是这美人队伍中的一员。

在凤姐未出场之前,作者就在第二回借冷子兴之口向读者这样介绍她:"模样又极标致,言谈又爽利,心机又极深细,竟是个男人万不及一的。"③在第三回黛玉第一次进贾府时,作者这样描写凤姐:

> 只见一群媳妇丫鬟围拥着一个人从后房门进来。这个人打扮与众姑娘不同,彩绣辉煌,恍若神妃仙子。头上戴着金丝八宝攒珠髻,绾着朝阳五凤挂珠钗,项上带着赤金盘螭璎珞圈,裙边系着豆绿宫绦,双衡比目玫瑰

---

① 陈庆浩:《新编石头记脂砚斋评语辑校(增订本)》,中国友谊出版公司,1987年,第64—65页。最早见于元王实甫著《西厢记杂剧》第二本第二折"绣旗下遥见英雄俺"。本书所引脂批皆出自此版,不再另注。

② 王昆仑:《红楼梦人物论》,岳麓书社,2010年,第126页。

③ (清)曹雪芹著,无名氏续:《红楼梦》,人民文学出版社,2008年,第33页。本书所引《红楼梦》文字均出自此版,不再另注。

　　佩,身上穿着缕金百蝶穿花大红洋缎窄褃袄,外罩五彩刻丝石青银鼠褂,下
　　着翡翠撒花洋绉裙。一双丹凤三角眼,两弯柳叶吊梢眉,身量苗条,体格风
　　骚。粉面含春威不露,丹唇未启笑先闻。

这里,作者对凤姐这个人物的外形美做了极力渲染,肖像服饰描写也突出了其
与众不同。大观园中的姐妹们,服装风格多归于淡雅,凤姐的衣服品味则偏向
于华丽,所谓"彩绣辉煌"。仅从此处描写,就不难看出凤姐执着于现世的人生
观。而"三角眼""吊梢眉"又说明凤姐的美是冷然的,不容侵犯的,为其后贾瑞
竟因凤姐之美而沉沦至死做了铺垫。"威不露""丹唇未启笑先闻"则表明了凤
姐性格的复杂性与多面性。作者在形貌描写中,已经蕴含了核心性格暗示。一
如脂评所说:"第一笔,阿凤三魂六魄已被作者拘定了,后文焉得不活跳纸上?
此等文字非仙助即神助,从何而得此机括耶……所谓'绣幡开,遥见英雄
俺'也。"

　　在第六回,周瑞家的向刘姥姥这样描绘她:"这位凤姑娘年纪虽小,行事却
比世人都大呢。如今出挑的美人一样的模样儿,少说些有一万个心眼子。再要
赌口齿,十个会说话的男人也说他不过。"而当刘姥姥在周瑞家的招呼下进入凤
姐房内,只见:

　　那凤姐儿家常带着秋板貂鼠昭君套,围着攒珠勒子,穿着桃红撒花袄,
　　石青刻丝灰鼠披风,大红洋绉银鼠皮裙,粉光脂艳,端端正正坐在那里,手
　　内拿着小铜火箸儿拨手炉内的灰。

这段描写,充分显示出凤姐的大气雍容、镇定自若的美。作为偌大贾府实际上
的管家,凤姐单有美丽,不但弹压不住众人,反生祸端。贾瑞调戏凤姐就是最好
的例子。凤姐设计毒害贾瑞固然有些心狠手辣,但是在某种程度上他也是咎由
自取。如果换了一个软弱一些的人,即便不被贾瑞欺凌,其名节也会被毁

掉——尤二姐不就是如此么？所以，凤姐的威，在一定程度上也是对"美"必备的保护。总之，在作者传神之笔下，一幅"脂粉英雄"的图画，到此已经廓然而出了。

二、重情之人

初读《红楼梦》，也每常觉得凤姐是个颇为心狠手辣之人——凤姐手里，是有几桩人命官司的。但是细读之后，发现凤姐其实有非常重情的一面。周思源先生也说："王熙凤身上有一些美好的素质，这是她之所以干了那么多坏事却仍然让人喜欢的原因。"①

（一）凤姐与贾琏的爱情

1. 凤姐爱贾琏

爱情有两种，一种是宝玉、黛玉那样的灵魂相通之爱，这种爱可遇不可求。再一种，就是凤姐、贾琏之间的寻常夫妻、柴米油盐之爱。或者更准确地说，凤姐、贾琏之间发生的，是一场凤姐自己的爱情，这种爱，在一定程度上是可求的。

在凤姐所处的年代，纵然她是脂粉队里的英雄，婚姻也是无法自主的。想来，凤姐顶多也只能在定亲之后，利用自己俗世的智慧，打听出来贾琏的样貌、性格等。在婚配之前，凤姐应该对贾琏就是有倾慕和喜欢的。凤姐不追求性灵，她对男人只有俗世的要求：地位、长相、能力。

贾琏是荣国府长房贾赦的长子。按照长房长子袭爵的制度，贾府的下一个顺位继承人应是贾琏，对此，凤姐应该是非常满意的。贾琏的长相书里虽然没有明说，但是应该不差。贾家的基因貌似不错，无论贾家公子还是小姐，长相应都较为出挑。贾政有一次看到宝玉"神彩飘逸，秀色夺人"，再看贾环"人物委琐，举止荒疏"，因此"把素日嫌恶处分宝玉之心"不觉减了十之八九。这里，也只是点明贾环在气质上比较猥琐，而未必是形貌丑陋。央视1987年版电视剧找了一位唇红齿白的美男子来饰演贾琏，是比较忠于原著的。在能力上，较之

① 周思源：《周思源解疑金陵十二钗》，新华出版社，2011年，第99页。

贾府其他男子,贾琏也颇有才干。贾琏不爱读书,无法经过科举走仕途,因此捐了官,用这个头衔,帮助父亲和叔叔处理家务。元春省亲的时候,大观园的修建工作就由贾琏承担,可见其统筹与管理能力。所以,虽然贾琏在能力上比凤姐略逊一筹,但也可以入凤姐的法眼了。

但是贾琏属于警幻仙姑所说的"皮肤淫滥"之辈,这成为凤姐婚姻悲剧的原因之一。在悲剧没有上演之前,凤姐与贾琏也有着寻常夫妻的温情,"脂粉英雄"凤姐,展示了她小女人的一面。从书中可以看出,凤姐是很在乎贾琏的。

在第七回"送宫花贾琏戏熙凤"中,有这样一段隐晦的描写:

> 小丫头丰儿坐在凤姐房门槛上,见周瑞家的来了,连忙摆手儿叫他往东屋里去。周瑞家的会意,忙蹑手蹑足往东边房里来,只见奶子正拍着大姐儿睡觉呢。周瑞家的悄问奶子道:"姐儿睡中觉呢?也该请醒了。"奶子摇头儿。正说着,只听那边一阵笑声,却有贾琏的声音。接着房门响处,平儿拿着大铜盆出来,叫丰儿舀水进去。平儿便到这边来,一见了周瑞家的便问:"你老人家又跑了来作什么?"周瑞家的忙起身,拿匣子与他,说送花儿一事。平儿听了,便打开匣子,拿了四枝,转身去了。半刻工夫,手里拿出两枝来,先叫彩明吩咐道:"送到那边府里给小蓉大奶奶戴去。"次后方命周瑞家的回去道谢。

这里,凤姐与贾琏都没露脸,只听"那边一阵笑声",即所谓"白日宣淫"。但是换一个角度看,这是凤姐、贾琏婚姻和美的说明。此时凤姐不是贾府的总管,只是一个沉浸于爱恋中甜蜜的妇人。

贾琏带黛玉为林如海奔丧的时候,凤姐"心中实在无趣",每到晚间,不过和平儿说笑一回,就胡乱睡了。睡下之后,她还要和平儿屈指算贾琏到了何处,可谓牵肠挂肚。中间贾琏打发昭儿回来报信,凤姐当着别人未及细问贾琏,心中自是记挂,"少不得耐到晚上回来",复令昭儿进来,细问一路平安信息。连夜打点冬衣,又细细追想所需何物,还千叮咛万嘱咐,要昭儿"在外好生小心服侍,不要惹你二爷生气;时时劝他少吃酒"。到这里,一个恪尽职守的妻子形象跃然纸上。但是,了解贾琏的凤姐担心贾琏会"认得混帐老婆",又令人为凤姐悲哀。

贾琏从苏州回来之后:

且说贾琏自回家参见过众人,回至房中。正值凤姐近日多事之时,无片刻闲暇之工,见贾琏远路归来,少不得拨冗接待,因房内无外人,便笑道:"国舅老爷大喜!国舅老爷一路风尘辛苦。小的听见昨日的头起报马来报,说今日大驾归府,略预备了一杯水酒掸尘,不知可赐光谬领否?"贾琏笑道:"岂敢岂敢,多承多承。"

……凤姐道:"我那里照管得这些事!见识又浅,口角又笨,心肠又直率,人家给个棒槌,我就认作'针'。脸又软,搁不住人给两句好话,心里就慈悲了。况且又没经历过大事,胆子又小,太太略有些不自在,就吓的我连觉也睡不着了。我苦辞了几回,太太又不容辞,倒反说我图受用,不肯习学了。殊不知我是捻着一把汗儿呢。一句也不敢多说,一步也不敢多走。你是知道的,咱们家所有的这些管家奶奶们,那一位是好缠的?……至今珍大哥哥还抱怨后悔呢。你这一来了,明儿你见了他,好歹描补描补,就说我年纪小,原没见过世面,谁叫大爷错委他的。"

……贾琏笑道:"……一个年轻的小媳妇子……生的好齐整模样……谁知就是……名叫香菱的,竟与薛大傻子作了房里人,开了脸,越发出挑的标致了。那薛大傻子真玷辱了他。"凤姐道:"嗳!往苏杭走了一趟回来,也该见些世面了,还是这么眼馋肚饱的。你要爱他,不值什么,我去拿平儿换了他来如何?……"……贾琏听了,忙忙整衣出去。

……说话时贾琏已进来,凤姐便命摆上酒馔来,夫妻对坐。凤姐虽善饮,却不敢任兴,只陪侍着贾琏。

从凤姐欢迎贾琏归来时那番伶俐的口齿,看得出她内心是由衷高兴的。周瑞家的曾告诉刘姥姥,贾府现在与五年前不同了,已经不是王夫人主事,由此可以判断,凤姐嫁入贾家至少五年。根据此时凤姐已经生下女儿巧姐和巧姐的年龄,以及她在贾府已然威权颇重的情况,我们也可以更加证实这一点。但是看起来两人的婚姻还是比较甜蜜的,没有所谓"七年之痒"一说。虽然凤姐所说的"国舅老爷大喜!国舅老爷一路风尘辛苦。小的……"听起来一派俗气,但是这份夫妻情分却显而易见。及至说起兼管宁国府之事,明明是想在贾琏面前邀功,却要弄出委屈的样子,一派小女人的感觉。加上贾琏的奶妈赵嬷嬷也来凑趣,三个人坐在一起喝酒闲话,凤姐一口一个"妈妈"地叫着,又是添菜,又是敬酒,一团和气。赵嬷嬷趁机为儿子求差使,凤姐也一口答应,看得出她是因对贾琏的感情才爱屋及乌。

2. 因为爱,凤姐忠于贾琏

(1) 对贾瑞:"这畜生合该作死"

凤姐对婚姻是忠实的。第十一回,贾瑞意图对凤姐不轨:

> 　　凤姐儿正自看园中的景致,一步步行来赞赏。猛然从假山石后走过一个人来,向前对凤姐儿说道:"请嫂子安。"凤姐儿猛然见了,将身子望后一退,说道:"这是瑞大爷不是?"贾瑞说道:"嫂子连我也不认得了?不是我是谁!"凤姐儿道:"不是不认得,猛然一见,想不到是大爷到这里来。"贾瑞道:"也是合该我与嫂子有缘。我方才偷出了席,在这个清净地方略散一散,不想就遇见嫂子也从这里来。这不是有缘么?"

此时的贾瑞真可谓丑态百出。虽然凤姐对付贾瑞的手段的确过狠,但是我们也不得不承认,她的三观确实是非常正的。凤姐想的是:"这才是知人知面不知心呢,那里有这样禽兽样的人呢。"及至回去对平儿讲起的时候,也是用"这畜生"来指代贾瑞,可见凤姐内心对这种行为的不齿和愤恨。

凤姐有如此想法,并不是受所谓"妇德"规约。凤姐不信鬼神,不信阴司报应,从不委命于天,一个虚比浮词的"妇德"是弹压不住凤姐的。贾瑞年轻,长相应该也大致不差,可以做得一个猥琐的情人。但是凤姐称之为"禽兽",说明凤姐对除贾琏以外的男人都没有兴趣,坚守作为妻子的忠贞。

(2)与贾蓉:清白无染

有论者以三处证据证明凤姐与贾蓉有染。

第一,焦大醉骂的"每日家偷狗戏鸡,爬灰的爬灰,养小叔子的养小叔子";

第二,"凤姐和贾蓉等也遥遥的闻得,便都装作没听见";

第三,"这里凤姐忽又想起一事来,便向窗外:'叫蓉哥回来。'"……贾蓉忙回来,"垂手侍立,听阿凤"指示。"那凤姐只管慢慢的吃茶,出了半日的神,又笑道:'罢了,你且去罢。晚饭后你来再说罢。这会子有人,我也没精神了。'贾蓉应了一声,方慢慢的退去。"

这里,笔者解释如下:

贾蓉是贾琏的侄子,所以谈不上"小叔子"。而且,相当多的论者认为贾蓉是同性恋,对女人没有兴趣,所以才会有贾珍与秦可卿之事。又有人说此处"养小叔子的养小叔子"是指宝玉与凤姐——这毫无疑问是不成立的。对凤姐至为了解的平儿也对贾琏说过,"他醋你使得,你醋他使不得。他原行的正走的正……",所以显然凤姐绝无婚内出轨的行为。

贾琏应该算一个有一定道德底线的人。贾雨村诬告石呆子拖欠官银,将扇子罚没充公时,他说:"为这点子小事,弄得人坑家败业的,也不算什么能为。"但是贾琏风流成性,柔妻美妾的生活是贾琏的人生梦想。但这不是凤姐的梦想,从小被当作男孩教养的凤姐,也不可能被太多的"三从四德"洗脑。这一点,就成为贾琏与凤姐矛盾的一个引爆点。

3. 凤姐的爱情观:一对一的世界

爱情本来就是排他的。对于现代世界的我们,这是题中应有之义。但是在凤姐生活的年代,一个贤惠的妻子是应该乐于为丈夫纳妾的。所以脂砚斋评价贾敏为林如海纳妾的行为为"贤妻"。但是凤姐远远超越了她所在的时代,她追求一对一的爱情,并运用自己的心机智谋,与贾琏和那个时代在进行一场角力。据旺儿介绍,贾琏原有两个通房丫头,凤姐来了没半年,都寻出不是,打发出去了。她自己陪嫁过来的四个丫头,也是"嫁人的嫁人,死了的死了",总之,在可能的范围内,凤姐维护着自己在爱情里的唯一地位。

在第二十一回中,因巧姐出天花,贾琏不得不独寝,后来贾琏打熬不住,便与多姑娘私通款曲,凤姐之后要平儿检查贾琏的东西:

> 一语未了,只听凤姐声音进来。贾琏听见松了手,平儿刚起身,凤姐已走进来……见了贾琏,忽然想起来,便问平儿:"拿出去的东西都收进来了么?"平儿道:"收进来了。"凤姐道:"可少什么没有?"平儿道:"我也怕丢下一两件,细细的查了查,也不少。"凤姐道:"不少就好,只是别多出来罢?"……凤姐冷笑道:"这半个月难保干净,或者有相厚的丢下的东西:戒指,汗巾,香袋儿,再至于头发,指甲,都是东西。"一席话,说的贾琏脸都黄了。贾琏在凤姐身后,只望着平儿杀鸡抹脖使眼色儿。平儿只装着看不见,因笑道:"……那些东西我还没收呢,奶奶亲自翻寻一遍去。"凤姐笑道:"傻丫头,他便有这些东西,那里就叫咱们翻着了!"说着,寻了样子又上去了。

这里可以看出来,凤姐知道贾琏在感情方面是不堪信任的。但是即便如此,她仍坚持"一对一"的爱情观,质疑贾琏"这半个月难保干净"。

4. 凤姐的无奈:屈从于时代的拘约

然而,生活在现实宗法关系中的凤姐,最终仍旧不能摆脱"不孝有三,无后为大"的拘约,为贾琏纳了一个妾——平儿。当然,这在很大程度上也是由于平儿善良而且忠心。但是即便如此,凤姐还是严格控制着平儿与贾琏的接触。同在第二十一回中,作者继续写道:

平儿咬牙道："没良心的东西，过了河就拆桥，明儿还想我替你撒谎！"贾琏见他娇俏动情，便搂着求欢，被平儿夺手跑了，急的贾琏弯着腰恨道："死促狭小淫妇！一定浪上人的火来，他又跑了。"平儿在窗外笑道："我浪我的，谁叫你动火了？难道图你受用一回，叫他知道了，又不待见我。"贾琏道："你不用怕他，等我性子上来，把这醋罐打个稀烂，他才认得我呢！他防我像防贼的，只许他同男人说话，不许我和女人说话；我和女人略近些，他就疑惑，他不论小叔子侄儿，大的小的，说说笑笑，就不怕我吃醋了。以后我也不许他见人！"平儿道："他醋你使得，你醋他使不得。他原行的正走的正，你行动便有个坏心，连我也不放心，别说他了。"

但是，"一妻一妾"已经是凤姐的极限了。所以，凤姐过生日的时候，发现贾琏与鲍二家的在偷情，她的反应是"气的浑身发软"。如果不是对贾琏有爱在，"少说些有一万个心眼子"的凤姐，是不会这么冲动的。之后，凤姐蹑手蹑脚地走至窗前，往里听时，只听里头说笑。那妇人笑道："多早晚你那阎王老婆死了就好了。"贾琏道："他死了，再娶一个也是这样，又怎么样呢？"那妇人道："他死了，你倒是把平儿扶了正，只怕还好些。"贾琏道："如今连平儿他也不叫我沾一沾了。平儿也是一肚子委曲不敢说。我命里怎么就该犯了'夜叉星'。"听了这段话，凤姐"气的浑身乱战"。——这里，我们需要再次提到，凤姐不是一个相信阴司报应的人，以凤姐治家的严厉手段，相信她对于下人在心里如何评价甚至诅咒自己，都是不意外的。此处，凤姐之所以"气的浑身乱战"，是因为这话是贾琏说的。想想凤姐这样一个女子，委身于贾琏，已经算是下嫁了。凤姐爱上了这个男人，帮他操持家计，在他面前伏低做小，但是此刻这个男人却说自己是个"夜叉星"，凤姐如何不伤心、不气愤呢？

但是即便心里的伤害如此之大，跑去跟贾母告状的时候，凤姐还是不能说自己因为贾琏偷情而大闹，而是用"问他为什么要害我""他腻了，就要杀我"这样的理由。贾琏也不因自己偷情事发而恐惧，居然敢拿着剑赶来，理由居然是

"都是老太太惯的他,他才这样,连我也骂起来了!"之后,邢夫人、王夫人对凤姐竟然全无安慰,而是在"说凤姐"。贾母也用"什么要紧的事! 小孩子们年轻,馋嘴猫儿似的,那里保得住不这么着""从小儿世人都打这么过的"安抚凤姐,最后也将不是都放在了凤姐的身上,认为凤姐是"吃醋"。可见,在那个时代,凤姐追求一对一的爱情,何其艰难。

凤姐后来计杀尤二姐,手段固然残忍,但是考虑到凤姐做这一切的根由,我们就会愈加感慨凤姐生错了时代,她确实可恨,却也可悲。

(二)重视亲情

1. 对贾母颇为孝顺

对贾母,凤姐常常极尽自己说笑话之能事,引逗得贾母非常高兴。论者通常认为凤姐的目的是使老太太开心,从而巩固自己在贾府中的地位。笔者不否认凤姐存有这一目的,但是在其中,凤姐就没有一点发自心底的孝顺之情么?

(1)贾母:凤姐的知音

在贾府里巴结贾母的人,可谓多矣。从贾赦、邢夫人,到贾政、王夫人,再到贾珍等,无不想尽办法讨贾母欢心。但是贾母常常挂在嘴边的人,唯有宝玉、黛玉和凤姐。宝玉自然不必说,是贾母的命根子。黛玉是贾母嫡亲的外孙女,加之唯一的女儿贾敏早逝,贾母特别看待黛玉也是在情理之中。而凤姐与贾母完全没有血缘关系,但是在日复一日的相处中,贾母真心喜欢上了这个孙媳妇。这真是因为凤姐巴结得巧妙么? 贾母是这样一个轻易被愚弄的人么?

贾母是个特别灵透的人,没有什么事情可以瞒得过她的眼睛。在秦可卿生病的时候,尤氏与凤姐决定暂且不告诉贾母可卿的病情:

> "蓉哥儿媳妇请老太太安,给老太太磕头,说他好些了,求老祖宗放心罢。他再略好些,还要给老祖宗磕头请安来呢。"贾母道:"你看他是怎么样?"凤姐儿说:"暂且无妨,精神还好呢。"贾母听了,沉吟了半日,因向凤姐儿说:"你换换衣服歇歇去罢。"

凤姐丝毫没有表露可卿病重的事实,但是贾母心清眼明,"沉吟了半日",并没有接凤姐的话头,而是让凤姐去休息。显然,贾母什么都明白了。这样的贾母,是那么好糊弄的吗? 贾赦、邢夫人在贾母的面前不是一样看起来很孝顺么? 但是贾母能够识破他们想讨鸳鸯做妾的机心,并当机立断地把话挑明。所以,贾母实在是一个对一切洞若观火的老太太。本来就天资聪颖、情商极高,又在贾府几十年,阅人无数,对于人性,贾母的体察是极为深刻的。她可以穿透表面,看到王夫人"木头似的"背后,其实有着深重的机心。所以她喜欢宝琴、可卿、晴雯、鸳鸯、龄官,这些人都有澄澈透明的一面,做人不虚伪。

凤姐其实也有这种特质。凤姐看起来玲珑八面,但她其实只有小心眼,没有大智慧。所以凤姐玩弄的那些小把戏,作为过来人的贾母,一切都心知肚明。在贾母的眼里,凤姐有如年轻时候的自己。宝钗曾讨好贾母,说"凤丫头凭他怎么巧,巧不过老太太去",贾母说:"我的儿,我如今老了,那里还巧什么。当日我像凤姐这么大年纪,比他还来得呢。"

所以,贾母对凤姐真的有一种由衷的喜欢,那是脾气相投的人彼此之间难以解释又难以抗拒的吸引。在某种意义上,贾母和凤姐其实也是彼此的知音。对自己的知音,贾母如何不疼惜呢? 在第四十四回中,有这样的描写:

> 原来贾母说今日不比往日,定要叫凤姐痛乐一日⋯⋯贾母不时吩咐尤氏等:"让凤丫头坐在上面,你们好生替我待东,难为他一年到头辛苦。"尤氏答应了,又笑回说道:"他坐不惯首席,坐在上头横不是竖不是的,酒也不肯吃。"贾母听了,笑道:"你不会,等我亲自让他去。"凤姐儿忙也进来笑说:"老祖宗别信他们的话,我吃了好几钟了。"贾母笑着,命尤氏:"快拉他出去,按在椅子上,你们都轮流敬他。他再不吃,我当真的就亲自去了。"尤氏听说,忙笑着又拉他出来坐下,命人拿了台盏斟了酒⋯⋯

在作品中,贾母只明确地为两个人过生日,一个是宝钗,再一个就是凤姐。宝钗是客人,贾母为宝钗过生日,多有礼貌待客的意思。而且我们比较这两次过生日,在凤姐这里,贾母明显是更情真意切的。贾母深知凤姐平日事务繁忙,无暇娱乐,所以"定要叫凤姐痛乐一日",并且要尤氏等好生替自己做东,还要"等我亲自让他去"。对第三代的孙媳妇,一个祖母能说出这番话,绝对不是客气一下,而是出自真心实意。

其后,凤姐发现贾琏偷情,便跑到贾母跟前,"爬在贾母怀里",哭着说:"老祖宗救我! 琏二爷要杀我呢!"这里的"爬",是一种非常亲昵的举动,如果不是凤姐平日与贾母之间有一种亲厚的关系,即便在这种关头,作者也断断不会用出这个字来。接着,作者写"这里邢夫人、王夫人也说凤姐",显然,邢夫人、王夫人都在训斥凤姐。邢、王二夫人为什么要训斥凤姐呢?

先看邢夫人。邢夫人为了自保,不惜给贾赦多讨姬妾,这个情势下,自然认为凤姐"泼醋"是不守妇道。而且凤姐平日在贾母面前承欢,邢夫人早有不满,自然要趁机出气。王夫人作为凤姐的亲姑姑,又多承凤姐帮助,料理贾府内务,但是书中却不见王夫人对凤姐有什么感激之情。在黛玉初进贾府的时候,王夫人其实就给凤姐来了一个下马威:

> 又见二舅母问他:"月钱放过了不曾?"熙凤道:"月钱已放完了。才刚带着人到后楼上找缎子,找了这半日,也并没有见昨日太太说的那样的,想是太太记错了?"王夫人道:"有没有,什么要紧。"因又说道:"该随手拿出两个来给你这妹妹去裁衣裳的,等晚上想着叫人再去拿罢,可别忘了。"熙凤道:"这倒是我先料着了,知道妹妹不过这两日到的,我已预备下了,等太太回去过了目好送来。"王夫人一笑,点头不语。

这里的描写,看似王夫人只是平常的一个发问,其实含义颇深。凤姐已经理家几年,贾府在凤姐的打理下,还是头头是道的。否则也不会有可卿出丧之时,贾珍千请万请地要凤姐过去掌控局势了。连宝玉这种丝毫不关心国计民生、不关心贾府家计的人，都向贾珍力荐凤姐，可知凤姐的才干了。此处，王夫人即便真的要询问月钱发放之事，也蛮可以找个没人的时候。但是王夫人偏偏要当众发难，表明王夫人对凤姐是有不满的。书中也不见王夫人和凤姐有什么骨肉亲情。——再有，焉知这两位夫人不是嫉妒凤姐有这种过生日的待遇呢？所以，两位夫人借机打击凤姐。凤姐本来就受到惊吓，再被邢、王威压，情形非常难过。但是，贾母马上站了出来，打断了邢夫人和王夫人，大包大揽地把凤姐的错误归为自己，是自己让凤姐"多吃了两口酒"。这样一来，这两位夫人便无法再难为凤姐了：

> 贾母笑道："什么要紧的事！小孩子们年轻，馋嘴猫儿似的，那里保得住不这么着。从小儿世人都打这么过的。都是我的不是，叫你多吃了两口酒，又吃起醋来。"说的众人都笑了。

接着，贾母又继续开解凤姐：

> "你放心，等明儿我叫他来替你赔不是。你今儿别要过去臊着他。"因又骂："平儿那蹄子，素日我倒看他好，怎么暗地里这么坏。"尤氏等笑道："平儿没有不是，是凤丫头拿着人家出气。两口子不好对打，都拿着平儿煞性子。平儿委曲的什么似的呢，老太太还骂人家。"贾母道："原来这样，我说那孩子倒不像那狐媚魔道的。既这么着，可怜见的，白受他们的气。"因叫琥珀来："你出去告诉平儿，就说我的话：我知道他受了委曲，明儿我叫凤姐儿替他赔不是。今儿是他主子的好日子，不许他胡闹。"

其实，以贾母的洞明世事，如何不知道平儿在其中是无辜的呢？但是贾母这样处理事情，凤姐就完全有了脸面，而且无后顾之忧。贾母为凤姐之谋虑，可谓深细矣。

在第七十五回，贾母先吩咐将自己吃了半碗的红稻米粥"送给凤哥儿吃去"，之后才指着一碗笋和一盘风腌果子狸"给颦儿、宝玉两个吃去"，还有一碗肉"给兰小子吃去"。"红稻米粥"是什么呢？

书中后来写贾母看见尤氏仍吃白米饭，便问为什么尤氏不吃"红稻米粥"？王夫人忙解释说，"细米更艰难了，所以都可着吃的多少关去"。这似乎是闲笔的补叙，却道出了红稻米的珍贵。红稻米，又称"胭脂米"，其米色微红而粒长，气香而味腴，做粥有异香。贾母让凤姐吃红稻米粥，也有食疗的寓意。因为头一天晚上，凤姐带人抄检大观园后，劳累过度，夜里便崩漏之疾复发。红稻米粥对她来说，是一道健脾补虚、养血生津的营养餐。

在第七十五回，贾赦、王夫人等都向贾母单独进奉了食物。对于贾赦所进之物，贾母明显不喜欢，并且命以后无须再进奉。对王夫人的菜品，贾母虽然嘴上说喜欢，却没有动筷子。唯独对红稻米粥，贾母"吃了半碗"，显然，贾母是非常喜欢红稻米粥的。贾府的餐饮用具都很精致，想来半碗的量不会很多。笔者不好推测贾母是否没有舍得吃完，特意给凤姐留了半碗。但是将自己喜欢的食物，不给宝玉，而唯独给了凤姐，并且第一个想到凤姐，贾母对凤姐的关爱，可见一斑。而给宝玉、黛玉两个人的食物，是"风腌果子狸"。两人分享的食物，又兼之宝玉是成年男子，食量必然颇大，所以这盘"风腌果子狸"在当天应该不是难得之物。至于给贾兰的"一碗肉"，连名目都没有，应该不过是凑数而已——对贾家第四代如果毫无表示，那么贾母做人就太不周全了。

（2）凤姐：孝心是"虔"的

对于贾母这种发自心底的关切，凤姐是有感受的，并且真诚地以自己的孝行回应了贾母。大凡孝顺，自然是从老人、长辈的实际需要出发，献出自己的力量或者心意。在贾府位高权重、养尊处优的贾母需要什么呢？物质上，贾母什么都不缺，但是在精神上，贾母其实也是颇为寂寞的，她需要一个承欢膝下的宁馨儿。贾母喜欢宝玉，但是宝玉的生活重心显然不是贾母。贾母的两个儿子看起来也想尽孝，但是他们实在是不够灵巧。有一次，贾政为取悦贾母，先是故意猜错贾母的谜，然后把自己所做谜语的谜底让宝玉偷偷告诉贾母。这种笨笨的手段，果然跟王夫人很相配。机巧的贾母，其实也没有开心到哪里去。另一次在中秋家宴上，贾政为了让贾母开心，竟然说了一个舔老婆脚的庸俗笑话。这个笑话比起贾母、凤姐平常所开的玩笑，段位实在太低了。作为读者，我们不可为作者所做的一些表面文章蒙蔽过去。此处，贾母虽然笑了，但是未见得是发自心底。贾赦的承欢也是一样的，借笑话对贾母说偏心的事情，贾母其实非常不悦。

但是凤姐不然。凤姐每一次的笑话都非常巧妙。这不仅仅因为凤姐机灵，也因其用心，真心实意地想让贾母开心。

在第三十八回中，贾母提及："我先小时……同姊妹们天天顽去。那日谁知我失了脚掉下去，几乎没淹死，好容易救了上来，到底被那木钉把头碰破了。如今这鬓角上那指头顶大一块窝儿就是那残破了。众人都怕经了水，又怕冒了风，都说活不得了，谁知竟好了。"凤姐不等人说，先笑道："那时要活不得，如今这大福可叫谁享呢！可知老祖宗从小儿的福寿就不小，神差鬼使碰出那个窝儿来，好盛福寿的。寿星老儿头上原是一个窝儿，因为万福万寿盛满了，所以倒凸高出些来了。"未及说完，贾母与众人都笑软了。贾母笑道："这猴儿惯的了不得了，只管拿我取笑起来，恨的我撕你那油嘴。"凤姐笑道："回来吃螃蟹，恐积了冷在心里，讨老祖宗笑一笑开心，一高兴多吃两个就无妨了。"贾母笑道："明儿叫你日夜跟着我，我倒常笑笑觉的开心，不许回家去。"王夫人笑道："老太太因为喜欢他，才惯的他这样，还这样说，他明儿越发无礼了。"贾母笑道："我喜欢他这样，况且他又不是那不知高低的孩子。家常没人，娘儿们原该这样。横竖礼体不错就罢，没的倒叫他从神儿似的作什么。"

这里，贾母提及年少往事，其实未必不会有一番感慨，若再由此多想开来，老人家也许会想起一些伤心事。——比如在张道士处，因为张道士提起宝玉的长相最像爷爷，贾母便开始难过。但是这时，凤姐机灵地把话题引了开来。而且，凤姐说笑话的真正目的是怕贾母吃螃蟹积了冷在心里，因而讨老人家笑一笑开开心，希望贾母可以"一高兴多吃两个就无妨了"。如果只是凑趣逢迎，哪里会从这样的角度去想问题？这足以说明，凤姐是真的关心贾母。而贾母也理解凤姐的心。所以当其后王夫人挑事说凤姐"明儿越发无礼了"时，贾母深明大义地说凤姐"不是那不知高低的孩子"。——凤姐和贾母，果然是一对知己。

　　凤姐这份虔敬的孝心，贾母深深明了，所以才说"我喜欢他这样"。在贾母暴怒的时候，凤姐的孝心和机巧就更显得可贵。贾赦意图纳鸳鸯为妾，进而图谋贾母的资产。贾母非常生气，浑身"乱战"，说："我通共剩了这么一个可靠的人，他们还要来算计！"此时贾母也未尝不伤心，因而开始责怪众人。这时，凤姐笑道：

　　　　"我倒不派老太太的不是，老太太倒寻上我了？"贾母听了，与众人都笑道："这可奇了！倒要听听这不是。"凤姐道："谁教老太太会调理人，调理的水葱儿似的，怎么怨得人要？我幸亏是孙子媳妇，若是孙子，我早要了，还等到这会子呢。"贾母笑道："这倒是我的不是了？"凤姐笑道："自然是老太太的不是了。"

到此处，贾母已经展颜而笑了。但是贾母被儿子算计的心结依然未曾打开，所以贾母继续说：

　　　　"这样，我也不要了，你带了去罢！"凤姐道："等着修了这辈子，来生托生男人，我再要罢。"贾母笑道："你带了去，给琏儿放在屋里，看你那没脸的公公还要不要了！"凤姐道："琏儿不配，就只配我和平儿这一对烧糊了的卷子和他混罢。"说的众人都笑起来了。

至此，凤姐将话题完全转到自己和贾琏身上，帮助贾母忘却了刚才的不悦。

　　之后，贾母为散心邀众人打牌，凤姐继续俏皮话频出，讨贾母开心，免得老人家积怒在心：

> 一时鸳鸯来了，便坐在贾母下手，鸳鸯之下便是凤姐儿……五人起牌……薛姨妈一看是个二饼，便笑道："我倒不稀罕他，只怕老太太满了。"凤姐儿听了，忙笑道："我发错了。"贾母笑的已掷下牌来，说："你敢拿回去！谁叫你错的不成？"凤姐儿道："可是我要算一算命呢！这是自己发的，也怨埋伏！"贾母笑道："可是呢，你自己该打着你那嘴，问着你自己才是。"又向薛姨妈笑道："我不是小器爱赢钱，原是个彩头儿。"……凤姐儿正数着钱，听了这话，忙又把钱穿上了，向众人笑道："够了我的了。竟不为赢钱，单为赢彩头儿。我到底小器，输了就数钱，快收起来罢。"
>
> 贾母规矩是鸳鸯代洗牌，因和薛姨妈说笑，不见鸳鸯动手，贾母道："你怎么恼了，连牌也不替我洗。"鸳鸯拿起牌来，笑道："二奶奶不给钱。"贾母道："他不给钱，那是他交运了。"便命小丫头子："把他那一吊钱都拿过来。"小丫头子真就拿了，搁在贾母旁边。凤姐儿笑道："赏我罢，我照数儿给就是了。"薛姨妈笑道："果然是凤丫头小器，不过是顽儿罢了。"凤姐听说，便站起来，拉着薛姨妈，回头指着贾母素日放钱的一个小木匣子笑道："姨妈瞧瞧，那个里头不知顽了我多少去了。这一吊钱顽不了半个时辰，那里头的钱就招手儿叫他了。只等把这一吊也叫进去了，牌也不用斗了，老祖宗的气也平了，又有正经事差我办去了。"话说未完，引的贾母众人笑个不住。偏有平儿怕钱不够，又送了一吊来。凤姐儿道："不用放在我跟前，也放在老太太的那一处罢。一齐叫进去倒省事，不用做两次叫箱子里的钱费事。"贾母笑的手里的牌撒了一桌子，推着鸳鸯，叫："快撕他的嘴！"

这里，因着凤姐的孝心和机巧，贾母不停地"笑的已掷下牌来""笑道""又向薛姨妈笑道""笑个不住""笑的手里的牌撒了一桌子"，至此，贾母被贾赦讨鸳鸯引发的怒意才真正烟消云散。

在贾母开心的时候,凤姐有本事让贾母喜上加喜。荣国府元宵开夜宴,凤姐因见贾母十分高兴,便笑道:

> "趁着女先儿们在这里,不如叫他们击鼓,咱们传梅,行一个'春喜上眉梢'的令如何?"贾母笑道:"这是个好令,正对时对景。"忙命人取了一面黑漆铜钉花腔令鼓来,与女先儿们击着,席上取了一枝红梅。贾母笑道:"若到谁手里住了,吃一杯,也要说个什么才好。"凤姐儿笑道:"依我说,谁像老祖宗要什么有什么呢。我们这不会的,岂不没意思。依我说也要雅俗共赏,不如谁输了谁说个笑话罢。"

之后,凤姐说了两个笑话,让贾母痛乐了一回。在大家都耽于玩乐的时候,唯有凤姐惦记着贾母年高的人,不能晚睡,因而提议:"外头已经四更,依我说,老祖宗也乏了,咱们也该'聋子放炮仗——散了'罢。"这种细节之处的精心,绝对不是单纯谄媚的人能够做出来的。

对比下文,更可知凤姐的精心照顾对贾母何其重要:

> 果然年迈的人禁不住风霜伤感,至夜间便觉头闷目酸,鼻塞声重。连忙请了医生来诊脉下药,足足的忙乱了半夜一日。幸而发散的快,未曾传经,至三更天,些须发了点汗,脉静身凉,大家方放了心。至次日仍服药调理。

无论在何种情况下,凤姐都用心地讨贾母开心。生气的时候,贾母心中的怒气因凤姐这个开心果的俏皮话而烟消云散。无聊的时候,凤姐会想出一些巧妙的点子让贾母发笑。一定要割股疗亲才算是尽孝道么?又有多少人可以做到这一点呢?贾母需要的孝顺,无非就是承欢膝下,就算凤姐有巴结贾母的目的,但是也不能因此否认凤姐对贾母是有真情的。其实,作者也在书中点明了凤姐之

"孝"；第五十四回的回目就是"史太君破陈腐旧套，王熙凤效戏彩斑衣"。

　　2. 对巧姐——舐犊之爱

　　在贾府，凤姐身兼多种角色，也有多重性格。有论者说凤姐口蜜腹剑，表里不一。这或者不错。但是作为一个母亲，凤姐却是合格而尽心的。

　　凤姐唯一的子嗣是巧姐。在那个男尊女卑的时代，凤姐并没有因为巧姐是一个女孩而有所忽视，反倒是对她百般呵护，疼爱备至。

　　第二十一回中，巧姐出天花，凤姐的一腔母爱表现无遗：

　　　　谁知凤姐之女大姐病了，正乱着请大夫来诊脉。大夫便说："替夫人奶奶们道喜，姐儿发热是见喜了，并非别病。"王夫人凤姐听了，忙遣人问："可好不好？"医生回道："病虽险，却顺，倒还不妨。预备桑虫猪尾要紧。"凤姐听了，登时忙将起来：一面打扫房屋供奉痘疹娘娘，一面传与家人忌煎炒等物，一面命平儿打点铺盖衣服与贾琏隔房，一面又拿大红尺头与奶子丫头亲近人等裁衣。外面又打扫净室，款留两个医生，轮流斟酌诊脉下药，十二日不放家去。贾琏只得搬出外书房来斋戒，凤姐与平儿都随着王夫人日日供奉娘娘。

明知贾琏离了自己便要寻事，但是为了女儿，凤姐宁愿贾琏"独寝"。结果果不其然，贾琏与多姑娘私通，"两个又海誓山盟，难分难舍，此后遂成相契"。

　　凤姐不信鬼神，不信阴司报应，但她却不忘向张道士索要女儿的"护身符"。刘姥姥二进大观园的时候，凤姐请刘姥姥为巧姐起名，因为巧姐体弱，目的是向刘姥姥借寿，"贫苦人恐压得住"。后四十回虽然遗失，但是从巧姐的判词"势败休云贵，家亡莫论亲。偶因济刘氏，巧得遇恩人"，以及脂砚斋的批语，可以推测巧姐最后一定为刘姥姥所搭救，所以，续书中凤姐的感情是真实的：

只见平儿同刘姥姥……进来……凤姐睁眼一看,不觉一阵伤心,说:"姥姥你好?怎么这时候才来?你瞧你外孙女儿也长的这么大了。"……刘姥姥道:"姑娘,你那里知道,不好死了是亲生的,隔了肚皮子是不中用的。"这句话又招起凤姐的愁肠,呜呜咽咽的哭起来了。众人都来劝解。

巧姐儿听见他母亲悲哭,便走到炕前用手拉着凤姐的手,也哭起来。凤姐一面哭着,一面说:"你见过了姥姥了没有?"巧姐儿道:"没有。"凤姐道:"你的名字还是他起的呢,就和干娘一样,你给他请个安。"……凤姐道:"不然你带了他去罢。"刘姥姥笑道:"姑娘这样千金贵体,绫罗裹大了的,吃的是好东西,到了我们那里,我拿什么哄他顽,拿什么给他吃呢?这倒不是坑杀我了么。"说着,自己还笑,他说:"那么着,我给姑娘做个媒罢……"凤姐道:"你说去,我愿意就给。"……凤姐道:"忙什么,你坐下,我问你近来的日子还过的么?"刘姥姥千恩万谢的说道:"我们若不仗着姑奶奶。"……凤姐……见刘姥姥在这里……说:"姥姥,我的命交给你了。我的巧姐儿也是千灾百病的,也交给你了。"刘姥姥顺口答应……凤姐……便说:"你若肯替我用心,我能安稳睡一觉,我就感激你了。你外孙女儿叫他在这里住下罢。"……青儿因与巧姐儿顽得熟了,巧姐又不愿他去,青儿又愿意在这里。

这里,凤姐深知自己不久将逝,心中最放心不下的就是巧姐,因而有意将巧姐托付给刘姥姥。平儿怕刘姥姥话多搅烦了凤姐,凤姐却道:"忙什么,你坐下,我问你,近来的日子还过的吗?"从字面上看,凤姐是关心刘姥姥一家的生活状况,结合后文其实可知,凤姐是想打探一下巧姐日后生活条件的好坏。凤姐一生计谋百出,自己虽然未能跳出这悲剧命运,但是好歹为女儿安排了一个可以放心的归处。

作为一个母亲,凤姐为巧姐所思所想,可谓周全。凤姐利用贾府公款放利生息,但是凤姐的花费也不见怎样巨大。这笔钱,凤姐也瞒着贾琏。赵姨娘曾说凤姐把钱都搬回了娘家,但此话只是泄愤罢了,并无真凭实据。在贾府中,王夫人、薛姨妈这两个亲姑姑与凤姐的感情,实在淡漠;宝钗与凤姐之间也淡淡的;作品中也未见凤姐回娘家的描写。可见,娘家于凤姐,也是不亲的。那么这笔钱,在凤姐的计划中,显然是为巧姐留着的。

凤姐毒害尤二姐固然是为了自保,但是,客观上凤姐此举也保护了巧姐。在封建社会,母凭子贵,子亦凭母贵。贾环在贾府处处不受待见,自身上不得台面固然是主因,其母赵姨娘被众人嫌弃确也是一个因素。书中未见贾琏如何宝爱巧姐,如果再添一男丁,则巧姐之受冷落可知了。

3. 对众姐妹的情谊

对大观园中的众姐妹,凤姐也有一定的真情。作为贾府的总管,凤姐在可能的范围内,呵护、照顾着众人。

天气转冷时,凤姐和贾母、王夫人商议说:"天又短又冷,不如以后大嫂子带着姑娘们在园子里吃饭一样。等天长暖和了,再来回的跑也不妨。"贾母说自己也正想着,就怕又添一个厨房多事。凤姐回答:"并不多事。 样的分例,这里添了,那里减了。就便多费些事,小姑娘们冷风朔气的,别人还可,第一林妹妹如何禁得住? 就连宝兄弟也禁不住,何况众位姑娘。"

贾母道:"正是这话了。上次我要说这话,我见你们的大事多,如今又添出这些事来,你们固然不敢抱怨,未免想着我只顾疼这些小孙子孙女儿们,就不体贴你们这当家人了。你既这么说出来,更好了。"因此时薛姨妈、李婶都在座,贾母便向王夫人等说道:"今儿我才说这话,素日我不说,一则怕逼了凤丫头的脸,二则众人不服。今日你们都在这里,都是经过妯娌姑嫂的,还有他这样想的到的没有?"薛姨妈、李婶、尤氏等齐笑说:"真个少有。别人不过是礼上面子情儿,实在他是真疼小叔子小姑子。就是老太太跟前,也是真孝顺。"

众姐妹也是颇为关心凤姐的。探春曾专门委托平儿"问奶奶这两天可吃些什么"。众位姐妹的情谊,凤姐也都投桃报李。大观园起诗社,探春说想请凤姐做"监社御史",这冠冕堂皇的名目并没有骗过凤姐,她马上就猜到探春等是缺个"进钱的铜商",但是凤姐虽然心知肚明,却也愿意凑趣,回复说:"明儿一早就到任，下马拜了印，先放下五十两银子给你们慢慢作会社东道。"这里，凤姐与众位姐妹的情谊，荡漾着一片暖意。

即便对"心冷口冷心狠意狠"的惜春，凤姐也在抄检大观园时颇为照顾，安慰她。即便惜春不肯饶过入画，凤姐还是说："素日我看他还好。谁没一个错，只这一次。二次犯下，二罪俱罚……"周思源先生对此评价："尤其可贵的是，在抄检大观园前后，王熙凤表现出人性中依然闪烁着宝珠光彩的一面，表明直到那时候她还没有完全变成死珠子。"①

对黛玉，可能是因为彼此在机巧方面比较相似，凤姐又有一份特别的关照和温情。第二十五回中，因黛玉开凤姐玩笑说自己才"吃了贾家一点子茶叶"，凤姐就来"使唤人"，凤姐笑道：

> "倒求你，你倒说这些闲话，吃茶吃水的。你既吃了我们家的茶，怎么还不给我们家作媳妇？"众人听了一齐都笑起来。林黛玉红了脸，一声儿不言语。李宫裁笑向宝钗道："真真我们二婶子的诙谐是好的。"林黛玉道："什么诙谐，不过是贫嘴贱舌讨人厌恶罢了。"说着便啐了一口。凤姐笑道："你别作梦！你给我们家作了媳妇，少什么？"指宝玉道："你瞧瞧，人物儿、门第配不上，根基配不上，家私配不上？那一点还玷辱了谁呢？"

及至大家要走的时候，宝玉道：

> "林妹妹，你先略站一站，我说一句话。"凤姐听了，回头向林黛玉笑道："有人叫你说话呢。"说着便把林黛玉往里一推，和李纨一同去了。

这里，凤姐虽然是打趣，但是也传达了贾母对于宝黛恋爱的认可，客观上抚慰了

---

① 周思源：《周思源解疑金陵十二钗》，第99页。

黛玉没有安全感的心。

在抄检大观园的时候，凤姐也尽可能地保护着黛玉：

> 一头说，一头到了潇湘馆内。黛玉已睡了，忽报这些人来，也不知为甚事。才要起来，只见凤姐已走进来，忙按住他不许起来，只说："睡罢，我们就走。"这边且说些闲话。那个王善保家的带了众人到丫鬟房中，也一一开箱倒笼抄检了一番。因从紫鹃房中抄出两副宝玉常换下来的寄名符儿，一副束带上的披带，两个荷包并扇套，套内有扇子。打开看时皆是宝玉往年往日手内曾拿过的。王善保家的自为得了意，遂忙请凤姐过来验视，又说："这些东西从那里来的？"凤姐笑道："宝玉和他们从小儿在一处混了几年，这自然是宝玉的旧东西。这也不算什么罕事，撂下再往别处去是正经。"紫鹃笑道："直到如今，我们两下里的东西也算不清。要问这一个，连我也忘了是那年月日有的了。"王善保家的听凤姐如此说，也只得罢了。

对于岫烟这种远房亲戚，尽管自己与邢夫人不睦，凤姐也丝毫没有芥蒂，真心实意地加以照顾：

> 从此后若邢岫烟家去住的日期不算，若在大观园住到一个月上，凤姐儿亦照迎春的分例送一分与岫烟。凤姐儿冷眼敁敠岫烟心性为人，竟不像邢夫人及他的父母一样，却是温厚可疼的人。因此凤姐儿又怜他家贫命苦，比别的姊妹多疼他些，邢夫人倒不大理论了。

（三）真诚的友情

除了爱情和亲情，我们还可以通过友情来一窥凤姐的情感世界。凤姐的确有看重利益的一面，但是凤姐也有真诚的友情。

平儿是大观园中极为出挑的丫鬟。虽然凤姐与平儿之间更多的是主仆关系,但是极其善良、聪明、清俊的平儿对凤姐如此忠心耿耿,绝对不只是"愚忠"。凤姐虽然在过生日"泼醋"时打了平儿,但是以当时的主仆身份来看,也不算逾越太多。而在其后,贾琏给凤姐、平儿道歉之后,贾母又命凤姐来安慰平儿。懂事的平儿忙先走上来给凤姐磕头,说:"奶奶的千秋,我惹了奶奶生气,是我该死。"凤姐"正自愧悔昨日酒吃多了,不念素日之情,浮躁起来,为听了旁人的话,无故给平儿没脸",今反见平儿如此,"又是惭愧,又是心酸,忙一把拉起来,落下泪来"。平儿道:"我服侍了奶奶这么几年,也没弹我一指甲。就是昨儿打我,我也不怨奶奶,都是那淫妇治的,怨不得奶奶生气。"说着,也滴下泪来了。回到屋子里之后,因房中无人,凤姐又拉平儿笑道:"我昨儿灌丧了酒了,你别埋怨,打了那里,让我瞧瞧。"平儿道:"也没打重。"——这里,可以看出凤姐还是有真情的。

在探春等主持荣国府事务的时候,凤姐与平儿有如下对话:

> "如今俗语'擒贼必先擒王',他如今要作法开端,一定是先拿我开端。倘或他要驳我的事,你可别分辩,你只越恭敬,越说驳的是才好。千万别想着怕我没脸,和他一犟,就不好了。"平儿不等说完,便笑道:"你太把人看糊涂了。我才已经行在先,这会子又反嘱咐我。"凤姐儿笑道:"我是恐怕你心里眼里只有了我,一概没有别人之故,不得不嘱咐。既已行在先,更比我明白了。你又急了,满口里'你''我'起来。"平儿道:"偏说'你'!你不依,这不是嘴巴子,再打一顿。难道这脸上还没尝过的不成!"凤姐儿笑道:"你这小蹄子,要掂多少过子才罢。看我病的这样,还来怄我。过来坐下,横竖没人来,咱们一处吃饭是正经。"说着,丰儿等三四个小丫头进来放小炕桌。凤姐只吃燕窝粥……丰儿便将平儿的四样分例菜端至桌上,与平儿盛了饭来。平儿屈一膝于炕沿之上,半身犹立于炕下……

从这段对话看得出来,凤姐是深深信任平儿的,将之看作心腹和朋友。换一个角度，如果不是凤姐对平儿有一份真心，优秀而且聪明的平儿是不会对凤姐那般忠心耿耿的。

平儿之外，秦可卿称得上凤姐的知己。秦可卿只出现在书的前十三回中，但她与凤姐的关系非比寻常。可卿是"极妥当的一个人，生得袅娜纤巧，行事又温柔和平"，乃重孙媳妇中贾母第一得意之人。凤姐与可卿很相投，彼此无话不谈。从可卿得病到死去，有多处描写表现出凤姐对秦可卿的了解及彼此间深厚的感情。比如，对于可卿在贾敬的寿辰上没有出现，凤姐说：

> "我说他不是十分支持不住，今日这样的日子，再也不肯不扎挣着上来。"尤氏道："你是初三日在这里见他的，他强扎挣了半天，也是因你们娘儿两个好的上头，他才恋恋的舍不得去。"凤姐儿听了，眼圈儿红了半天，半日方说道："真是'天有不测风云，人有旦夕祸福'。这个年纪，倘或就因这个病上怎么样了，人还活着有什么趣儿！"

凤姐个性刚硬，即便害起人命来也杀伐决断，但为了可卿，凤姐"眼圈儿红了半天"，并且觉得"人还活着有什么趣儿"。

贾蓉来回复别的话时，凤姐主动问："蓉哥儿，你且站住。你媳妇今日到底是怎么着？"之后王夫人借口怕可卿嫌闹，没有去看望，唯有凤姐要"先瞧瞧蓉哥儿媳妇，我再过去"。作者用尤氏的话再次点明凤姐与可卿的关系，"好妹妹，媳妇听你的话，你去开导开导他，我也放心"。然后凤姐携宝玉去探望可卿，为怕打扰她，"悄悄的走到里间房门口"，见可卿要站起来，凤姐忙说"快别起来，看起猛了头晕"，自己"紧走了两步""拉住秦氏的手"，说道："我的奶奶！怎么几日不见，就瘦的这么着了！"并且"坐在秦氏坐的褥子上"，显见两人是非常亲近的。可卿对凤姐倾诉衷肠一幕更是令人动容：

> 可卿拉着凤姐儿的手，强笑道："这都是我没福……就是一家子的长辈

同辈之中，除了婶子倒不用说了，别人也从无不疼我的，也无不和我好的。这如今得了这个病，把我那要强的心一分也没了。公婆跟前未得孝顺一天，就是婶娘这样疼我，我就有十分孝顺的心，如今也不能够了……"

之后凤姐又劝解了可卿一番，又"低低的说了许多衷肠话儿"，尤氏打发人请了两三遍，凤姐才向可卿说道：

> "你好生养着罢，我再来看你。合该你这病要好，所以前日就有人荐了这个好大夫来，再也是不怕的了。"……秦氏又道："婶子，恕我不能跟过去了。闲了时候还求婶子常过来瞧瞧我，咱们娘儿们坐坐，多说几遭话儿。"凤姐儿听了，不觉得又眼圈儿一红，遂说道："我得了闲儿必常来看你。"
>
> ……
>
> 尤氏笑说道："你们娘儿两个戚好了，见了面总舍不得来了……"
>
> 此后凤姐儿不时亲自来看秦氏……尤氏道："你冷眼瞧媳妇是怎么样？"凤姐儿低了半日头，说道："这实在没法儿了。你也该将一应的后事用的东西给他料理料理，冲一冲也好。"

此处作者用了很多笔墨表现凤姐与可卿的情谊。比如，在探望躺在病床上的秦可卿时，她"紧走了两步，拉住秦氏的手"，"又低低的说了许多衷肠话儿"，当可卿再次请求凤姐"常来坐坐，多说几句闲话时"，凤姐听了，"不觉得又眼圈儿一红"。为了知心人，凤姐几次红了眼圈，一向善于演戏的她这次是动了真情。另外在秦可卿临死时，凤姐还梦见可卿托梦跟自己告别，可见她为之牵肠挂肚的心情。最后，在第十四回可卿死后，"凤姐一见棺材，那眼泪恰似断线之珠，滚将下来"。显然凤姐并非做戏，也没有做这般大戏的必要，是真的悲伤至极，才会泪如雨下。

对其他丫鬟，凤姐也颇有温情。比如当袭人因母亲重病回家看视的时候，凤姐为了把袭人打扮得更体面,便命平儿给袭人"一个玉色绸里的哆罗呢的包袱"和"一件雪褂子"。周思源先生对此评价:"王熙凤让她戴的衣服和随从,都显示出她对袭人的真情。"①平儿转手又多拿了一件给岫烟,众人评价说:"这都是奶奶素日孝敬太太,疼爱下人。若是奶奶素日是小气的,只以东西为事,不顾下人的,姑娘那里还敢这样了。"此话虽有拍马之嫌,却也是部分事实。当贾琏向鸳鸯借当贾母的东西拿出去卖,邢夫人知道了也要二百两银子时,平儿猜测是小丫鬟们走了风声,丫鬟们非常害怕,但是凤姐说:"他们必不敢,倒别委屈了他们⋯⋯"

如上所述,王熙凤的爱情、亲情、友情,我们会发现在凤姐强悍的外表下,隐藏的仍是一颗普通女人的心:她会为丈夫的不忠而痛苦,为婚姻的完整而斗争,为孩子的健康成长和未来而操心,为长辈尽孝,为知心朋友伤怀⋯⋯

三、凤姐的机巧灵智

周瑞家的曾对刘姥姥介绍说:"这位凤姑娘年纪虽小,行事却比世人都大呢⋯⋯少说些有一万个心眼子。再要赌口齿,十个会说话的男人也说他不过。"宝玉曾对黛玉说过一个机巧的小耗子的故事,其实这个用来说凤姐也很合适。

凤姐非常善于察言观色,在日常应答中往往先人一步。黛玉刚进贾府时,就领教了凤姐超卓的口才:

只听后院中有人笑声,说:"我来迟了,不曾迎接远客!"黛玉纳罕道:"这些人个个皆敛声屏气,恭肃严整如此,这来者系谁,这样放诞无礼?"心下想时,只见一群媳妇丫鬟拥着一个人从后房门进来。这个人打扮与众姑娘不同:彩绣辉煌,恍若神妃仙子⋯⋯粉面含春威不露,丹唇未启笑先闻。

黛玉连忙起身接见,贾母笑道:"你不认得他,他是我们这里有名的一个泼皮破落户儿,南省俗谓作'辣子',你只叫他'凤辣子'就是了。"黛玉正

---

① 周思源:《周思源解疑金陵十二钗》,第99页。

不知以何称呼，只见众姊妹都忙告诉他道："这是琏嫂子。"黛玉虽不识，也曾听见母亲说过，大舅贾赦之子贾琏，娶的就是二舅母王氏之内侄女，自幼假充男儿教养的，学名王熙凤。黛玉忙陪笑见礼，以"嫂"呼之。

这熙凤携着黛玉的手，上下细细打谅了一回，仍送至贾母身边坐下，因笑道："天下真有这样标致的人物，我今儿才算见了！况且这通身的气派竟不像老祖宗的外孙女儿，竟是个嫡亲的孙女，怨不得老祖宗天天口头心头一时不忘。只可怜我这妹妹这样命苦，怎么姑妈偏就去世了！"说着，便用帕拭泪。贾母笑道："我才好了，你倒来招我。你妹妹远路才来，身子又弱，也才劝住了，快再休提前话。"这熙凤听了，忙转悲为喜道："正是呢！我一见了妹妹，一心都在他身上了，又是喜欢，又是伤心，竟忘记了老祖宗。该打，该打！"又忙携黛玉之手，问："妹妹几岁了？可也上过学？现吃什么药？在这里不要想家，想要什么吃的、什么玩的，只管告诉我；丫头老婆们不好了，也只管告诉我。"

当王夫人提起要给黛玉准备料子做衣裳，凤姐便说"我早都预备下了"——此处，凤姐只是机变而已，衣料其实未必备下。大观园起诗社，探春说想请凤姐做"监社御史"，这冠冕堂皇的名目并没有骗过凤姐，她马上就猜到探春等是缺个"进钱的铜商"，所以李纨说："你真真是水晶心肝玻璃人。"

刘姥姥初进大观园的时候，无论凤姐内心对刘姥姥打秋风的行为如何评价，她的应对都是非常得体机智的：

"亲戚们不大走动，都疏远了。知道的呢，说你们弃厌我们，不肯常来，不知道的那起小人，还只当我们眼里没人似的。"刘姥姥忙念佛道："我们家道艰难，走不起，来了这里，没的给姑奶奶打嘴，就是管家爷们看着也不像。"凤姐儿笑道："这话没的叫人恶心。不过借赖着祖父虚名，作了穷官儿，谁家有什么，不过是个旧日的空架子。俗语说，'朝廷还有三门子穷亲戚'呢,何况你我。"

此处,凤姐先发制人,首先责怪刘姥姥不经常来走动,因而亲戚们的关系都疏远了,这就减少了双方在感情上的对立,拉近了彼此的距离。在刘姥姥还没有提起此行目的时,凤姐就已经对刘姥姥的目的心知肚明,所以刘姥姥开始说家道艰难走不起的时候,凤姐也在告艰难,"不过借赖着祖父虚名,作了穷官儿""不过是个旧日的空架子""朝廷还有三门子穷亲戚呢,何况你我"。虽然骨子里仍然有股傲慢,但是至少在表面上减少了感情上的对立,让刘姥姥既不觉得被慢待,又不好轻易张口要钱物。同时,因对刘姥姥来历不清楚,凤姐也不贸然行事,而是让周瑞家的先去向王夫人问个明白,然后才决定对策,头脑可谓极其清爽。

当贾赦、邢夫人想要讨鸳鸯做妾的时候,贾母为之非常生气,直接指斥了王夫人也怀着狼子野心。众人都不敢说什么,但是凤姐竟然直接说:"我倒不派老太太的不是,老太太倒寻上我了?"这句话初看非常突兀,但这只不过是凤姐的一个铺垫而已,马上,凤姐就用埋怨的方式表达了对贾母的极大赞美:"谁教老太太会调理人,调理的水葱儿似的,怎么怨得人要?我幸亏是孙子媳妇,若是孙子,我早要了,还等到这会子呢。"贾母终于破怒而笑道:"这倒是我的不是了?"凤姐笑道:"自然是老太太的不是了。"贾母大乐,宾主尽欢。凤姐这种对于心理与时机的把握,实在了得。

在第三十回,黛玉和宝玉因为"金麒麟"发生了口角,贾母因而担心,派凤姐前去调解。结果宝、黛两人已先自和好,这一幕被人撞到了其实颇为尴尬,但是凤姐巧妙地化解了这一切:

　　一句没说完,只听喊道:"好了!"宝林二人不防,都唬了一跳,回头看时,只见凤姐儿跳了进来,笑道:"老太太在那里抱怨天抱怨地,只叫我来瞧瞧你们好了没有。我说不用瞧,过不了三天,他们自己就好了。老太太骂我，说我懒。我来了，果然应了我的话了。也没见你们两个人有些什么可拌的，三日好了，两日恼了，越大越成了孩子了！有这会子拉着手哭的，昨儿为什么又成了'乌眼鸡'呢！还不跟我走，到老太太跟前，叫老人家也放些心。"说着拉了林黛玉就走。林黛玉回头叫丫头们，一个也没有。凤姐道："又叫他们作什么，有我服侍你呢。"一面说，一面拉了就走。……到了贾母跟前，凤姐笑道："我说他们不用人费心，自己就会好的。老祖宗不信，一定叫我去说合；我及至到那里要说合，谁知两个人倒在一处对赔不是了。对哭对诉，倒像'黄鹰抓住了鹞子的脚'，两个都扣了环了！那里还要人去说合。"说的满屋里都笑起来。

凤姐的"笑话"，往往是临时起意，但是非常应景，颇有回味，说明凤姐有超卓的幽默感。

第五十四回"史太君破陈腐旧套"中，两个女先儿给贾母讲《凤求鸾》，贾母发表了长篇演说，指出故事情节的不合常理，凤姐也借机笑道：

"罢，罢，酒冷了，老祖宗喝一口润润嗓子再掰谎。这一回就叫作《掰谎记》，就出在本朝本地本年本月本日本时，老祖宗一张口难说两家话，花开两朵，各表一枝。是真是谎且不表，再整那观灯看戏的人。老祖宗且让这二位亲戚吃一杯酒看两出戏之后，再从昨朝话言掰起如何？"他一面斟酒，一面笑说。未曾说完，众人俱已笑倒。两个女先生也笑个不住……凤姐儿笑道："……那《二十四孝》上'斑衣戏彩'，他们不能来'戏彩'引老祖宗笑一笑，我这里好容易引的老祖宗笑了一笑，多吃了一点儿东西，大家喜欢，都该谢我才是，难道反笑话我不成？"贾母笑道："可是这两日我竟没有痛痛的笑一场，倒是亏他才一路笑的我这里痛快了些，我再吃一钟酒。"

凤姐讲的笑话也常需要反思才能明白，颇有余味：

"一家子也是过正月半,合家赏灯吃酒,真真的热闹非常,祖婆婆、太婆婆、婆婆、媳妇、孙子媳妇、重孙子媳妇、亲孙子、侄孙子、重孙子、灰孙子、滴滴搭搭的孙子、孙女儿、外孙女儿、姨表孙女儿、姑表孙女儿……嗳哟哟,真好热闹!"众人听他说着,已经笑了,都说:"听数贫嘴,又不知编派那一个呢?"尤氏笑道:"你要招我,我可撕你的嘴。"凤姐儿起身拍手笑道:"人家费力说,你们混,我就不说了。"贾母笑道:"你说你说,底下怎么样?"凤姐想了一想,笑道:"底下就团团的坐了一屋子,吃了一夜酒就散了。"众人见他正言厉色的说了,别无他话,都怔怔的还等下话,只觉冰凉无味。

史湘云看了他半日,凤姐儿笑道:"再说一个过正月半的。几个人抬着个房子大的炮仗往城外放去,引了上万的人跟着瞧去。有一个性急的人等不得,便偷着拿香点着了,只听'噗哧'一声,众人哄然一笑都散了。这抬炮仗的人抱怨卖炮仗的扞的不结实,没等放就散了。"湘云道:"难道他本人没听见响?"凤姐儿道:"这本人原是聋了。"众人听说,一回想,不觉一齐失声都大笑起来。又想着先前那一个没完的,问他:"先一个怎么样? 也该说完。"凤姐儿将桌子一拍,说道:"好罗唆,到了第二日是十六日,年也完了,节也完了,我看着人忙着收东西还闹不清,那里还知道底下的事了。"众人听说,复又笑将起来。

当贾母担心凤姐"太伶俐也不是好事"时,凤姐忙笑道:"这话老祖宗说差了。世人都说太伶俐聪明,怕活不长。世人都说得,人人都信,独老祖宗不当说,不当信。老祖宗只有伶俐聪明过我十倍的,怎么如今这样福寿双全的? 只怕我明儿还胜老祖宗一倍呢! 我活一千岁后,等老祖宗归了西,我才死呢。"贾母笑道:"众人都死了,单剩下咱们两个老妖精,有什么意思。"这一番凑趣,让"众人都笑了"。

综上可见,凤姐实在是一个机巧有趣的人,借用"心较比干多一窍"来形容她,似乎也不为过。

四、贪财、弄权与超卓的管理才能

（一）贪财、弄权

凤姐的确是贪财的。她放高利贷一事引发了无数恶果，"抄出两箱房地契又一箱借票，都是违例取利""重利盘剥"，都成为其"一从二令三人木"的重要因由。但是换个角度看，这实在是极有投资意识的表现。不过，凤姐的胆子实在过大，不但把下人的钱拿来克扣放债，连老太太和太太的月钱都先扣住从中取利，而且即便是"十两八两零碎"，也要攒到一起放出去。这就是李纨所说的"专会打算盘分斤拨两"。就连贾琏想偷借贾母的东西去当钱，让她去跟鸳鸯说一声，凤姐为此也要向贾琏要一二百两银子作为报酬。贾琏很是不高兴，说："这会子烦你说一句话，还要个利钱，真真了不得！"非但如此，为获得三千两银子，弄权铁槛寺，迫张金哥退婚，造成一对未婚夫妇自杀的惨剧。

凤姐还擅于"弄权"。贾芸要谋一个在大观园里管种花草树木的差事，需要先向凤姐行贿，买冰片、麝香等香料送她后，才能获得这个职位。金钏儿投井后，不少下人有意为自家女儿谋取金钏儿的位置，于是纷纷向凤姐送礼行贿，她对此的态度是"这可是他们自寻，送什么我就收什么"，"等那些人把东西送足了，然后乘空方回王夫人"。

（二）大放异彩的"协理宁国府"

但凤姐更突出的是其超卓的管理才能。《红楼梦》开篇，凤姐就作为管家存在，荣国府被凤姐管理得井井有条。非但如此，作者用"协理宁国府"这浓墨重彩的一幕来说明凤姐的管理才能。

首先，凤姐对形势把握清楚，对自身的能力定位准确。凤姐素日在荣国府当家妥当，但因未办过婚丧大事，恐人不服，自己也正在寻找一个机会，"协理宁国府"正如一个天赐良机。但是这种事情，只能成功，不能失败，如果稍有差池，凤姐以后便难以在荣国府理事了。所以王夫人开始颇有顾虑，怕凤姐未经过丧事，料理不清，惹人耻笑。凤姐明了自己的能力足以胜任该工作，却又不好直说，只借口贾珍"说得恳切"，要王夫人答应。当王夫人问凤姐能否驾驭的时候，凤姐知道王夫人是个怕事的,所以把问题简化了,"外面的大事已经大哥哥料理清了,不过是里头照管照管,便是我有不知道的,问问太太就是了"。王夫人见"说的有理,便不作声"。于是,凤姐得到了这个机会。

其次,凤姐能于乱象中抓住根本。凤姐头脑极度清明,在治理荣国府的过程中,已经知道相类似的宁国府可能存在的问题。平时在与宁国府的往来中,凤姐应该也很留心,所以她一下子抓住了问题的根本:头一件是人口混杂,遗失东西;第二件,事无专执,临期推诿;第三件,需用过费,滥支冒领;第四件,任无大小,苦乐不均;第五件,家人豪纵,有脸者不服钤束,无脸者不能上进。

针对这几条,凤姐给出了相应的对策:

首先,建立属于自己的管理新规则,并以杀一儆百的方式,确保规则实施。凤姐先给宁国府管事的仆人来了个下马威,对来升媳妇道:"既托了我,我就说不得要讨你们嫌了。我可比不得你们奶奶好性儿,由着你们去。再不要说你们'这府里原是这样'的话,如今可要依着我行,错我半点儿,管不得谁是有脸的,谁是没脸的,一例现清白处治。"但是只是口头恫吓的话,宁国府的仆人是不会买账的。于是,作者给了凤姐一个难逢的机会:恰巧有个下人迟到了,机敏的凤姐立刻借此杀一儆百:

> 凤姐便说道:"明儿他也睡迷了,后儿我也睡迷了,将来都没了人了。本来要饶你,只是我头一次宽了,下次人就难管,不如现开发的好。"登时放下脸来,喝命:"带出去,打二十板子!"一面又掷下宁国府对牌:"出去说与来升,革他一月银米!"众人听说,又见凤姐眉立,知是恼了,不敢怠慢,拖人的出去拖人,执牌传谕的忙去传谕。那人身不由己,已拖出去挨了二十大板,还要进来叩谢。凤姐道:"明日再有误的,打四十,后日的六十,有不怕挨打的,只管误!"……那抱愧被打之人含羞去了,这才知道凤姐利害。众人不敢偷闲,自此兢兢业业。

凤姐初来乍到,就给了违纪者一个下马威,极大震动了原本懒散惯了的宁府。宁国府总管赖升因此传齐同事人等说道:"如今请了西府里琏二奶奶管理内事,倘或他来支取东西,或是说话,我们须要比往日小心些。每日大家早来晚散,宁可辛苦这一个月,过后再歇着,不要把老脸丢了。那是个有名的烈货,脸酸心硬,一时恼了,不认人的。"

非但如此,凤姐身体力行,为众人树立了一个好榜样。凤姐答应贾珍后,完全可以次日再开始工作。但是凤姐丝毫没有迟延,她让王夫人先回去,自己马上先理清思路,然后"即命彩明钉造簿册",查花名册。次日一早"卯正二刻"就来点名,进行分工,安排"某人管某处,某人领某物",一面登记一面交发工具。凤姐的勤奋、高效、身体力行,使得宁国府的众仆役无不高度紧张起来,甚至就连被打的人也口服心服。

在凤姐的管理下,宁国府的管理果然面貌一新,诸如荒乱、推托、偷闲、窃取、无头绪等弊,"次日一概都没有了",真是管理成效立竿见影。在短暂的宁国府管理实践中,凤姐博得了满堂红彩,确实当得起"脂粉英雄"的名号。

五、心狠手辣

凤姐的确有着"嘴甜心苦,两面三刀"的一面,所谓"明是一盆火,暗是一把刀"。但饶是如此,凤姐最终还是落了个"机关算尽太聪明,反算了卿卿性命"的下场。

凤姐的狠辣,在平日便有体现,她对下人常施刑罚。比如,她素常惩治丫头的办法是"垫着磁瓦子跪在太阳底下,茶饭不给","便是铁打的,一日也管招了"。对于在贾琏偷情时为之望风的小丫头,她喝命"拿绳子鞭子,把那眼睛没有主子的小蹄子打烂了",并威吓她要用烧红的烙铁烙嘴,要用刀子来割肉,而且当即就拔下簪子来戳小丫头的嘴。非但在贾府如此,在清虚观的时候,一个小道士不小心撞到凤姐身上,她"扬手一巴掌"打得那个小道士站都站不住。可见,凤姐从本心上来看,确非什么良善之辈。

凤姐的狠辣,在几次事件中表现最为明显。

（一）"毒设相思局"

在"毒设相思局"中，贾瑞固然罪有应得，但是凤姐若开始时就义正词严地拒绝，想来贾瑞也没有胆色再继续。但是凤姐却打定主意布下罗网，导致贾瑞一步一步走向灭亡：

凤姐正与平儿说话，只见有人回说："瑞大爷来了。"凤姐急命"快请进来"。贾瑞见往里让，心中喜出望外，急忙进来，见了凤姐，满面陪笑，连连问好。凤姐也假意殷勤，让茶让坐。贾瑞见凤姐如此打扮，亦发酥倒，因饧了眼问道："二哥哥怎么还不回来？"凤姐道："不知什么原故。"贾瑞笑道："别是路上有人绊住了脚，舍不得回来也未可知？"凤姐道："也未可知。男人家见一个爱一个也是有的。"贾瑞笑道："嫂子这话说错了，我就不这样。"凤姐笑道："像你这样的人能有几个呢，十个里也挑不出一个来。"

贾瑞听了，喜的抓耳挠腮。又道："嫂子天天也闷的很。"凤姐道："正是呢，只盼个人来说话解解闷儿。"贾瑞笑道："我倒天天闲着，天天过来替嫂子解解闲闷可好不好？"凤姐笑道："你哄我呢，你那里肯往我这里来。"贾瑞道："我在嫂子跟前，若有一点谎话，天打雷劈！只因素日闻得人说，嫂子是个利害人，在你跟前一点也错不得，所以唬住了我。如今见嫂子最是个有说有笑极疼人的，我怎么不来，——死了也愿意！"凤姐笑道："果然你是个明白人，比贾蓉、贾蔷两个强远了。我看他那样清秀，只当他们心里明白，谁知竟是两个胡涂虫，一点不知人心。"

贾瑞听了这话，越发撞在心坎儿上，由不得又往前凑了一凑，觑着眼看凤姐带的荷包，然后又问带着什么戒指。凤姐悄悄道："放尊重着，别叫丫头们看了笑话"……凤姐又悄悄的道："大天白日，人来人往，你就在这里也不方便。你且去，等着晚上起了更你来，悄悄的在西边穿堂儿等我。"贾瑞听了，如得珍宝，忙问道："你别哄我。但只那里人过的多，怎么好躲的？"凤姐道："你只放心。我把上夜的小厮们都放了假，两边门一关，再没别人了。"贾瑞听了,喜之不尽,忙忙的告辞而去,心内以为得手。

这里,凤姐故意拿情做态,目的是要引诱贾瑞进入圈套,好整治整治他;而贾瑞因此"喜之不尽","心内以为得手"。脂砚斋在此处的评语是:"游鱼虽有入釜之志,无钩不能上岸,一上钩来,欲去亦不可得。"贾瑞就这样被"请君入瓮":

盼到晚上,果然黑地里摸入荣府,趁掩门时,钻入穿堂。果见漆黑无一人,往贾母那边去的门户已锁,倒只有向东的门未关。贾瑞侧耳听着,半日不见人来,忽听咯噔一声,东边的门也倒关了。贾瑞急的也不敢则声,只得悄悄的出来,将门撼了撼,关的铁桶一般。此时要求出去亦不能够,南北皆是大房墙,要跳亦无攀援。这屋内又是过门风,空落落;现是腊月天气,夜又长,朔风凛凛,侵肌裂骨,一夜几乎不曾冻死。好容易盼到早晨,只见一个老婆子先将东门开了,进去叫西门。贾瑞瞅他背着脸,一溜烟抱着肩跑了出来,幸而天色尚早,人都未起,从后门一径跑回家去。

贾瑞没有会到凤姐,回家后却被祖父发狠按倒打了三四十板,还不许他吃饭,叫他跪在院内读文章,"其苦万状"。到此,如果贾瑞收手,却也不至于最后一命呜呼——所以,凤姐也并不是一定要置贾瑞于死地的。但是贾瑞淫心过炽:

过后两日,得了空,便仍来找凤姐。凤姐故意抱怨他失信,贾瑞急的赌身发誓。凤姐因见他自投罗网,少不得再寻别计令他知改,故又约他道:"今日晚上,你别在那里了。你在我这房后小过道子里那间空屋里等我,可别冒撞了。"贾瑞道:"果真?"凤姐道:"谁可哄你,你不信就别来。"贾瑞道:"来,来,来。死也要来!"凤姐道:"这会子你先去罢。"贾瑞料定晚间必妥,此时先去了。凤姐在这里便点兵派将,设下圈套。
那贾瑞只盼不到晚……等他祖父安歇了,方溜进荣府,直往那夹道中屋子里来等着,热锅上的蚂蚁一般,只是干转。左等不见人影,右听也没声响,心中自思:"别是又不来了,又冻我一夜不成?"正自胡猜,只见黑魆魆的来了一个人,贾瑞便意定是凤姐,不管皂白,饿虎一般,等那人刚至门前,便如猫捕鼠的一般,抱住叫道:"亲嫂子,等死我了。"

恰在此时,"忽见灯光一闪,只见贾蔷举着个捻子"来照了:

贾瑞一见,却是贾蓉,真臊的无地可入,不知要怎么样才好,回身就要跑,被贾蔷一把揪住道:"别走!如今琏二婶已经告到太太跟前,说你无故调戏他。他暂用了个脱身计,哄你在这边等着,太太气死过去,因此叫我来拿你。刚才你又拦住他,没的说,跟我去见太太!"……

(贾蔷)翻身出来,纸笔现成,拿来命贾瑞写。他俩作好作歹,只写了五十两,然后画了押……然后撕逻贾蓉……贾蔷作好作歹的,也写了一张五十两欠契才罢。

……贾瑞此时身不由己,只得蹲在那里。心下正盘算,只听头顶上一声响,嘈拉拉一净桶尿粪从上面直泼下来,可巧浇了他一身一头。贾瑞撑不住嗳哟了一声,忙又掩住口,不敢声张,满头满脸皆是尿屎,冰冷打战。又见贾蔷跑来叫:"快走,快走!"贾瑞如得了命,三步两步从后门跑到家里,天已三更,只得叫门。

这一次,贾瑞是赔了夫人又折兵,"三五下里夹攻,不觉就得了一病","百般请医疗治"也不见好转。这时,跛足道人出现,给了他一块"风月宝鉴",并再三交代他,"千万不可照正面,只照他的背面",但贾瑞淫性不改,"心中到底不足,又翻过正面来,只见凤姐还招手叫他",最终一命呜呼。虽然凤姐本意并不在取贾瑞性命,但是凤姐所主导或者参与的一系列事件,最终导致贾瑞死亡,也可谓"我不杀伯仁,但伯仁因我而死"了。

（二）"弄权铁槛寺"

"弄权铁槛寺"中，馒头庵老尼为谋利，求凤姐拆散一对鸳鸯，强逼张金哥与李衙内成亲。凤姐开始时表示没有兴趣，静虚刺激凤姐道：

> "虽如此说，张家已知我来求府里，如今不管这事，张家不知道没工夫管这事，不希罕他的谢礼，倒像府里连这点子手段也没有的一般。"凤姐听了这话，便发了兴头，说道："你是素日知道我的，从来不信什么是阴司地狱报应的，凭是什么事，我说要行就行。你叫他拿三千银子来，我就替他出这口气。"……凤姐又道："我比不得他们扯蓬拉牵的图银子。这三千银子，不过是给打发说去的小厮做盘缠，使他赚几个辛苦钱，我一个钱也不要他的。便是三万两，我此刻也拿的出来。"老尼连忙答应，又说道："既如此，奶奶明日就开恩也罢了。"凤姐道："你瞧瞧我忙的，那一处少了我？既应了你，自然快快的了结。"

最后，王熙凤独吞了三千两银子，却害死了两条人命。

（三）"计杀尤二姐"

知道贾琏偷娶尤二姐之后，凤姐使出了种种毒辣的手段，首先诱骗尤二姐进大观园：

> "……奴亦曾劝二爷早行此礼，以备生育。不想二爷反以奴为那等嫉妒之妇，私自行此大事，并不说知。使奴有冤难诉，惟天地可表……我今来求姐姐进去和我一样同居同处，同分同例，同侍公婆，同谏丈夫。……若姐姐不随奴去，奴亦情愿在此相陪。奴愿作妹子，每日服侍姐姐梳头洗面。只求姐姐在二爷跟前替我好言方便方便，容我一席之地安身，奴死也愿意。"说着，便呜呜咽咽哭将起来。尤二姐见了这般，也不免流下泪来。

之后便调唆张华告状，自己则去宁国府大闹一场：

> 尤氏正迎了出来，见凤姐气色不善，忙笑说："什么事情这等忙？"凤姐照脸一口吐沫啐道："你尤家的丫头没人要了，偷着只往贾家送！难道贾家的人都是好的，普天下死绝了男人了！你就愿意给，也要三媒六证，大家说明，成个体统才是。你痰迷了心，脂油蒙了窍！国孝家孝两重在身，就把个人送来了。这会子被人家告我们，我又是个没脚蟹，连官场中都知道我利害吃醋，如今指名提我，要休我。我来了你家，干错了什么不是，你这等害我？或是老太太、太太有了话在你心里，叫你们做这圈套，要挤我出去。如今咱们两个一同去见官，分证明白。回来咱们公同请了合族中人，大家亲面说个明白，给我休书，我就走路。"一面说，一面大哭，拉着尤氏，只要去见官。急的贾蓉跪在地下磕头，只求："姑娘婶子息怒。"凤姐儿一面又骂贾蓉："天雷劈脑子五鬼分尸的没良心的种子！不知天有多高，地有多厚，成日家调三窝四，干出这些没脸面没王法败家破业的营生。你死了的娘阴灵也不容你，祖宗也不容，还敢来劝我！"哭骂着扬手就打……

又怕张华"倘或再将此事告诉了别人"，日后再翻案对自己不利，"因此悔之不迭"，命令旺儿"务将张华治死，方剪草除根"。幸亏旺儿觉得人命关天，放了张华一条生路，只撒谎说张华已死，凤姐听了还不信，说："你要扯谎，我再使人打听出来敲你的牙！"自此"方丢过不究"。

张华这里安顿好之后，凤姐又利用秋桐，借刀杀人：

> 凤姐虽恨秋桐，且喜借他先可发脱二姐，自己且抽头，用"借剑杀人"之法"坐山观虎斗"，等秋桐杀了尤二姐，自己再杀秋桐。主意已定，没人处常又私劝秋桐说："你年轻不知事。他现是二房奶奶，你爷心坎儿上的人，我还让他三分，你去硬碰他，岂不是自寻其死？"那秋桐听了这话，越发恼了，

天天大口乱骂说："奶奶是软弱人，那等贤惠，我却做不来。奶奶把素日的威风怎都没了。奶奶宽洪大量，我却眼里揉不下沙子去。让我和他这淫妇做一回，他才知道。"凤姐儿在屋里，只装不敢出声儿。气的尤二姐在房里哭泣，饭也不吃，又不敢告诉贾琏。次日贾母见他眼红红的肿了，问他，又不敢说。

秋桐正是抓乖卖俏之时，他便悄悄的告诉贾母、王夫人等说："专会作死，好好的成天家号丧，背地里咒二奶奶和我早死了，他好和二爷一心一计的过。"贾母听了便说："人太生娇俏了，可知心就嫉妒。凤丫头倒好意待他，他倒这样争锋吃醋的。可是个贱骨头。"因此渐次便不大欢喜，众人见贾母不喜，不免又往下踏践起来，弄得这尤二姐要死不能，要生不得。还是亏了平儿，时常背着凤姐，与他排解排解。

那尤二姐原是个花为肠肚雪作肌肤的人，如何经得这般磨折？不过受了一个月的暗气，便恹恹得了一病，四肢懒动，茶饭不进，渐次黄瘦下去。

最后，当一个来历不明的胡太医乱下猛药，"竟将一个已成形的男胎打了下来"时，终于让尤二姐生无可恋，吞金自尽。凤姐的狠辣，确实令人悚然。

六、哭向金陵事更哀："夫纲"拘约下的凤姐

不同于探春，凤姐从未遗憾于自己的女儿身。然而，生活在封建宗法关系中的凤姐，最终仍旧不能摆脱"夫纲"和"妇德"的拘约，不得不在表面上承认丈夫纳妾是正当的。所谓"不孝有三，无后为大"，为了子嗣，在强大的宗法礼教和社会舆论面前，凤姐也要勉力构筑"贤良"的形象。

首先，在自己能控制的范围内，凤姐为贾琏纳平儿为妾，为自己赢得了贤惠的名声。但是暗地里，她严格控制着贾琏与平儿的互动，犹如贾琏所说："如今连平儿他也不叫我沾一沾了。平儿也是一肚子委曲不敢说。我命里怎么就该犯了'夜叉星'。"平儿对凤姐忠心耿耿，也深知在三人关系中自己的位置，所以从不逾越。在第二十一回中，平儿本来有机会与贾琏暗通款曲，但她拒绝了：

　　　　贾琏见他娇俏动情，便搂着求欢，被平儿夺手跑了，急的贾琏弯着腰恨
道："死促狭小淫妇！一定浪上人的火来，他又跑了。"平儿在窗外笑道："我
浪我的，谁叫你动火了？难道图你受用一回，叫他知道了，又不待见我。"贾
琏道："你不用怕他，等我性子上来，把这醋罐打个稀烂，他才认得我呢！他
防我像防贼似的，只许他同男人说话，不许我和女人说话；我和女人略近
些，他就疑惑，他不论小叔子侄儿，大的小的，说说笑笑，就不怕我吃醋了。
以后我也不许他见人！"

　　凤姐虽然狠辣，但是如果生活中不出现其他变故，她与贾琏、平儿的三角关系也
能稳固维持下去。但是生错了时代的凤姐，纵然"少说些有一万个心眼子"，却
无法在大局上掌控自己的命运，委实令人扼腕叹息。

　　其次，对于贾琏的出轨，凤姐虽"泼醋"，但是适可而止。比如在鲍二家的事
件被揭发后：

　　　　至房中，凤姐儿见无人，方说道："我怎么像个阎王，又像夜叉？那淫妇
咒我死，你也帮着咒。我千日不好，也有一日好。可怜我熬的连个淫妇也
不如了，我还有什么脸来过这日子？"说着，又哭了。贾琏道："你还不足？
你细想想，昨儿谁的不是多？今儿当着人还是我跪了一跪，又赔不是，你也
争足了光了。这会子还叨叨，难道还叫我替你跪下才罢？太要足了强也不
是好事。"说的凤姐儿无言可对，平儿嗤的一声又笑了。贾琏也笑道："又好
了！真真我也没法了。"

　　即便最后贾府遭遇查抄的厄运，贾琏如果能选择与凤姐夫妻白头，则凤姐也不
至于那般落魄。但是最后，贾琏"一从二令三人木"休掉了凤姐，这对她来说才
是真正的五雷轰顶。这位曾在贾府纵横一世、威权甚重的"脂粉英雄"凤姐，终
于耗尽了自己的光芒，香消玉殒。作者在《红楼梦》十二支曲中曾对凤姐发表这

样的感慨：

> 机关算尽太聪明，反算了卿卿性命。
>
> 生前心已碎，死后性空灵。
>
> 家富人宁，终有个家亡人散各奔腾。
>
> 枉费了，意悬悬半世心；好一似，荡悠悠三更梦。
>
> 忽喇喇似大厦倾，昏惨惨似灯将尽。
>
> 呀！一场欢喜忽悲辛。叹人世，终难定！

其实，这又何止是凤姐的悲哀？即便严格恪守封建妇德的李纨，纵然曾"气昂昂头戴簪缨，光灿灿胸悬金印，威赫赫爵禄高登"，最后也逃不过"昏惨惨黄泉路近""也只是虚名儿与后人钦敬"的悲惨命运。这是时代的大悲剧，也是曹雪芹为凤姐等一干优秀女儿们竭力奏响的一曲哀音无尽的挽歌。

第二节　贾母：王者风范

"她是大观园女儿王国的国王。大观园有了她才有了群体感、整体感，才有了精神核心。有了她，《红楼梦》的女性题旨、女性世界、女性文化才显得如此完整。"[①]

一、一个清醒的现实主义者

（一）对贾府运势了然于胸

贾母出身于四大家族的史家，在贾府最鼎盛的年代，嫁给了荣国公的长子贾代善，一生享尽了人间的荣华富贵，可谓福寿双全。但及至她晚年的时候，贾府已经慢慢开始败落了。

---

① 徐定宝：《论贾母文化心态中的新质》，《红楼梦学刊》2000年第2辑，第144页。

在作品中，我们看到的贾母是常常随众儿孙们高乐，一副万事不关心的样子。果真如此吗？贾母对贾家的这种运势是否有所知觉呢？

冷子兴与贾雨村曾有过这样一段对话：

> 子兴叹道："老先生休如此说。如今的这宁荣两门，也都萧疏了，不比先时的光景。"雨村道："当日宁荣两宅的人口也极多，如何就萧疏了？"冷子兴道："正是，说来也话长。"雨村道："去岁我到金陵地界，因欲游览六朝遗迹，那日进了石头城，从他老宅门前经过。街东是宁国府，街西是荣国府，二宅相连，竟将大半条街占了。大门前虽冷落无人，隔着围墙一望，里面厅殿楼阁，也还都峥嵘轩峻；就是后一带花园子里面树木山石，也还都有蓊蔚洇润之气，那里像个衰败之家？"冷子兴笑道："亏你是进士出身，原来不通！古人有云：'百足之虫，死而不僵。'如今虽说不及先年那样兴盛，较之平常仕宦之家，到底气象不同。如今生齿日繁，事务日盛，主仆上下，安富尊荣者尽多，运筹谋画者无一；其日用排场费用，又不能将就省俭，如今外面的架子虽未甚倒，内囊却也尽上来了。这还是小事。更有一件大事：谁知这样钟鸣鼎食之家，翰墨诗书之族，如今的儿孙，竟一代不如一代了！"

冷子兴这种外人尚且能看出贾府气数将尽，人精一样的贾母，如何会无知无觉呢？安排元春进宫，当然需要有贾母的允准，想来，在贾府开始败落之初，贾母等人就谋划了后路，来延缓或者改变贾府的命运。

在实际生活中，贾母也暗暗做了预备。她早为最心爱的宝玉、黛玉二人留下成亲的钱。因为知道贾府的经济景况，所以允许贾琏夫妻和鸳鸯偷偷联手卖掉一些自己的东西。同时为了避免他人效仿，自己装作不知道，这么做虽然是掩人耳目，但的确也能瞒一阵子。

但是，因为知道愁苦无益，贾母在日常生活中采取了一种现实主义的乐观态度。她身边常常"珠围翠绕,花枝招展",自己在"榻上歪着","身后坐着一个纱罗裹的美人一般的一个丫鬟在那里捶腿,凤姐站着正说笑"。亲戚们来了时也轻易不见,"吃两口,睡一觉,闷了时和这些孙子孙女儿顽笑一回"。虽自谦是"老废物",但实在是一个很会自乐的老人家。

（二）深知宝玉不会做"不才之事"

王夫人一向怕金钏儿、晴雯等人带坏了宝玉,贾母却没有这种忧虑。在第七十八回王夫人向贾母汇报撵走晴雯、选袭人为"内定"侍妾时,贾母说:

> 我深知宝玉将来也是个不听妻妾劝的。我也解不过来,也从未见过这样的孩子。别的淘气都是应该的,只他这种和丫头们好却是难懂。我为此也耽心,每每的冷眼查看他。只和丫头们闹,必是人大心大,知道男女的事了,所以爱亲近他们。既细细查试,究竟不是为此。岂不奇怪! 想必原是个丫头错投了胎不成。

相比之下,王夫人则鲁钝得多。贾母看人从不走眼,她认为只有晴雯最好,果然晴雯与宝玉清清白白的,但是王夫人看好的袭人,早就带宝玉领略了成人世界。

（三）不逼迫宝玉读"仕途经济"之书

在宝玉挨打一节,王夫人哭诉的时候,曾说若把宝玉打坏了,则自己晚年无可指望。虽然王夫人对宝玉也是一片慈母之心,但此话总令人感觉她对宝玉的爱有某种目的存在。贾母则不然,以贾母的年龄,即便宝玉将来为官为宰,只怕贾母也已登仙界。贾母对宝玉的爱,是一种纯粹的疼爱和喜欢。她清楚宝玉的个性,也因此从不威逼宝玉读书,她的爱怜掩护,甚至成为贾宝玉赖以躲避"仕途经济"道路、追求个性解放的法宝,使得宝玉"益发在'不成材'的路上越走越远"①。对此,

---

① 马瑞芳:《一个性格丰满的老妇人形象——〈红楼梦〉前八十回的贾母》,《红楼梦学刊》1983年第2辑,第224页。

王昆仑先生也说："贾母在贾府上……作用是掩护了宝玉,使宝玉完成他的奇特的个性而不受贾政的制裁,不守家庭的礼法。"①

宝玉挨打之后,贾母因怕将来贾政又叫他,遂命人将贾政的亲随小厮头儿唤来,吩咐他:

> "以后倘有会人待客诸样的事,你老爷要叫宝玉,你不用上来传话,就回他说我说了:一则打重了,得着实将养几个月才走得;二则他的星宿不利,祭了星不见外人,过了八月才许出二门。"那小厮头儿听了,领命而去。贾母又命李嬷嬷袭人等来,将此话说与宝玉,使他放心。
>
> 那宝玉本就懒与士大夫诸男人接谈,又最厌峨冠礼服贺吊往还等事,今日得了这句话,越发得了意,不但将亲戚朋友一概杜绝了,而且连家庭中晨昏定省亦发都随他的便了,日日只在园中游卧,不过每日一清早到贾母王夫人处走走就回来了,却每每甘心为诸丫鬟充役,竟也得十分闲消日月。或如宝钗辈有时见机导劝,反生起气来,只说:"好好的一个清净洁白女儿,也学的钓名沽誉,入了国贼禄鬼之流……"因此祸延古人,除四书外,竟将别的书焚了。众人见他如此疯颠,也都不向他说这些正经话了。独有林黛玉自幼不曾劝他去立身扬名等语,所以深敬黛玉。

这里,无论贾母的主观意图是什么,客观上,她已经成为宝玉事实上的支持者了。

（四）洞悉人心

对于凤姐的奉承话儿,贾母是全盘接受的。这固然是凤姐机巧的缘故,但是也因贾母心下清楚,凤姐索求不过就是自己的支持,这是自己给得了的。但是在第三十五回"白玉钏亲尝莲叶羹,黄金莺巧结梅花络"中,当宝钗奉承贾母

---

① 王昆仑:《红楼梦人物论》,第109页。

的时候,贾母则是另一番表现:

> 宝钗一旁笑道:"我来了这几年,留神看起来,凤丫头凭他怎么巧,再巧不过老太太去。"贾母听说,便答道:"我如今老了,那里还巧什么。当日我像凤哥儿这么大年纪,比他还来得呢。他如今虽说不如我们,也就算好了,比你姨娘强远了。你姨娘可怜见的,不大说话,和木头似的,在公婆跟前就不大显好。凤儿嘴乖,怎么怨得人疼他。"

对于宝钗的巴结,贾母不动声色地换了话题,给了宝钗一个软钉子。贾母曾说袭人是个"没了嘴的葫芦",这个评价,与贾母给王夫人的"木头似的"评价实在是有异曲同工之妙。试想,"事不关己不开口,一问摇头三不知"的宝钗,与"木头似的"其实又有什么两样呢?而给宝钗过生日,以及夸赞宝钗等面子上的事情,可以理解为贾母的一种做人方式,一种待客之道,以此维持与王夫人和薛姨妈的基本互动。在薛姨妈求配岫烟需要帮忙的时候,贾母会施以援手;但是对于宝玉婚姻这种大事情,贾母的原则是轻易不动摇的。因为洞悉人心,所以贾母对不同的人采取迥异的应对策略,这既维系了贾府的日常运作,又不影响贾母内心计划的实施。贾母也可谓一个"水晶心肝玻璃人"。

二、性情中人

（一）"情情"①

在某种程度上,贾母与黛玉是非常相像的。所以,脂砚斋对黛玉的评语"情情",也很是可以用在贾母身上。

1. 爱情

贾母的爱情必然是十分幸福的。

---

① 脂砚斋在第十九回评"后观《情榜》评曰'宝玉情不情','黛玉情情'",见陈庆浩:《新编石头记脂砚斋评语辑校(增订本)》,第349页。"情情",是说黛玉"以情对情",意思是"别人以情待我,我便以情待之"。

　　胡文彬先生认为："如果从遗传学的角度猜测，其嫡孙宝玉、外孙女黛玉、内孙女史湘云，都貌若仙子，那么这位'鬓发如银'的贾母当年也当是一位形容丰满、天生丽质的美人儿。"①

　　加之贾母在年轻时，比凤姐"还来得"，这样机巧灵慧的美丽女子，如何不引其丈夫钟爱呢？

　　第二十九回中，清虚观的张道士见到宝玉后曾叹道：

　　　　"我看见哥儿的这个形容身段，言谈举动，怎么就同当日国公爷一个稿子！"说着两眼流下泪来。贾母听说，也由不得满脸泪痕，说道："正是呢，我养这些儿子孙子，也没一个像他爷爷的，就只这玉儿像他爷爷。"那张道士又向贾珍道："当日国公爷的模样儿，爷们一辈的不用说，自然没赶上，大约连大老爷、二老爷也记不清楚了。"

　　此处，我们可以从张道士的话中判断出来，贾母的丈夫应该在贾珍、宝玉等出生之前就去世了，从贾珍的年纪推断，至少应该亡故二三十年了。而贾母在先夫离世二三十年之后，居然只听到张道士提起，就"由不得满脸泪痕"。而且贾母深为遗憾，像其丈夫的竟只有宝玉一人，可见二人感情是极深的。笔者已经分析过贾母与黛玉的相似性，而此处我们发现，在"形容身段，言谈举动"方面，宝玉居然"同当日国公爷一个稿子"！——贾母与贾代善的爱恋，简直就是宝黛的翻版。换个角度说，宝黛如果有机会结成姻缘，则幸福可待。

　　2. 亲情

　　（1）对宝玉之爱

　　贾母对宝玉的爱，在书中俯拾即是。贾母对宝玉如此偏爱，岂是专为了那所谓能光宗耀祖的"玉"呢？实在是因为贾母知道宝玉心性清澈醇厚，是个善良

---

① 胡文彬：《红楼梦人物谈——胡文彬论红楼梦》，文化艺术出版社，2005 年，第180 页。

孩子。宝玉送红梅一节,就表明贾母的判断不错。相比之下,对于重孙子贾兰不特别偏爱,应该是贾母感觉到李纨母子的冷。在甄宝玉家派人来贾府的时候,贾母的评论就表现了她对宝玉的了解:

> "我们这会子也打发人去见了你们宝玉,若拉他的手,他也自然勉强忍耐一时。可知你我这样人家的孩子们,凭他们有什么刁钻古怪的毛病儿,见了外人,必是要还出正经礼数来的。若他不还正经礼数,也断不容他刁钻去了。就是大人溺爱的,是他一则生的得人意,二则见人礼数竟比大人行出来的不错,使人见了可爱可怜,背地里所以才纵他一点子。若一味他只管没里没外,不与大人争光,凭他生的怎样,也是该打死的。"四人听了,都笑说:"老太太这话正是……"
>
> ⋯⋯⋯⋯⋯
>
> 这里贾母喜的逢人便告诉,也有一个宝玉,也却一般行景。

平日,贾母常管束贾政不可对宝玉太拘约,当宝玉被叫去大观园题词时,贾母便一直担心孙儿受了委屈,一等回来,便"一片声找宝玉",一听说与林姑娘在一起,贾母就连声说"好","让他姊妹们一处玩罢。才他老子拘了他这半天,让他开心一会子罢。只别叫他们拌嘴"。

宝玉挨打一回中,一个极度慈爱的老祖母被作者写得非常传神:

> 正没开交处,忽听丫鬟来说:"老太太来了。"一句话未了,只听窗外颤巍巍的声气说道:"先打死我,再打死他,岂不干净了!"贾政见他母亲来了,又急又痛,连忙迎接出来,只见贾母扶着丫头,喘吁吁的走来。
>
> 贾政上前躬身陪笑道:"大暑热天,母亲有何生气亲自走来?有话只该叫了儿子进去吩咐。"贾母听说,便止住步喘息一回,厉声说道:"你原来是和我说话!我倒有话吩咐,只是可怜我一生没养个好儿子,却叫我和谁说

去!"贾政听这话不像,忙跪下含泪说道:"为儿的教训儿子,也为的是光宗耀祖。母亲这话,我做儿的如何禁得起?"贾母听说,便啐了一口,说道:"我说了一句话,你就禁不起,你那样下死手的板子,难道宝玉就禁得起了?你说教训儿子是光宗耀祖,当初你父亲怎么教训你来!"说着,不觉就滚下泪来。

贾政又陪笑道:"母亲也不必伤感,皆是作儿的一时性起,从此以后再不打他了。"贾母便冷笑道:"你也不必和我使性子赌气的。你的儿子,我也不该管你打不打。我猜着你也厌烦我们娘儿们。不如我们赶早儿离了你,大家干净!"说着便令人去看轿马,"我和你太太宝玉立刻回南京去!"家下人只得干答应着。

贾母又叫王夫人道:"你也不必哭了。如今宝玉年纪小,你疼他,他将来长大成人,为官作宰的,也未必想着你是他母亲了。你如今倒不要疼他,只怕将来还少生一口气呢。"贾政听说,忙叩头哭道:"母亲如此说,贾政无立足之地。"贾母冷笑道:"你分明使我无立足之地,你反说起你来! 只是我们回去了,你心里干净,看有谁来许你打。"一面说,一面只令快打点行李车轿回去。贾政苦苦叩求认罪。

贾母一面说话,一面又记挂宝玉,忙进来看时,只见今日这顿打不比往日,又是心疼,又是生气,也抱着哭个不了……贾政……先劝贾母,贾母含泪说道:"你不出去,还在这里做什么! 难道于心不足,还要眼看着他死了才去不成!"贾政听说,方退了出来。

这里,一个疼爱宝玉到不讲理地步的祖母形象,跃然纸上。

(2) 对黛玉之爱

黛玉初进贾府的时候,在未见贾母之前,台矶之上的几个丫头便告知,"刚才老太太还念呢,可巧就来了"。于是三四人争着打起帘笼,回话说林姑娘到了。这边黛玉方进入房时,只见两个人搀着一位鬓发如银的老母迎上来,黛玉便知是外祖母。"方欲拜见时，早被他外祖母一把搂入怀中，心肝儿肉叫着大哭起来。当下地下侍立之人，无不掩面涕泣，黛玉也哭个不住。一时众人慢慢解劝住了，黛玉方拜见了外祖母。"从人之常情想一下，黛玉的母亲贾敏是贾母唯一的女儿，且远嫁他乡，如今女儿英年早逝，唯一遗留的一点血脉就是黛玉，隔辈之亲，自然远胜旁人。这里，在黛玉来之前，贾母便不住地"念"，台矶之上的丫头显然是贾母派来等候的，可见贾母期望尽早见到黛玉的迫切心情。及至见面，贾母先"迎上来"，对比作品中很多其他情节，我们知道，贾母常常是躺在榻上的，但是此处，贾母"迎"上来，而且未等黛玉拜见，"早被他外祖母一把搂入怀中，心肝儿肉叫着大哭起来"。这里，贾母对黛玉之深情令人动容。

而后，为黛玉安置房舍的时候，贾母说："今将宝玉挪出来，同我在套间暖阁儿里，把你林姑娘暂安置碧纱橱里。等过了残冬，春天再与他们收拾房屋，另作一番安置罢。"显见，黛玉是与宝玉同等待遇的。由于黛玉所带仆役不多，一个甚小，一团孩气，一个又极老，贾母便将自己身边的一个二等丫头名唤鹦哥者给了黛玉。鹦哥即紫鹃。紫鹃是大观园中最"慧"的丫鬟，对黛玉一片赤诚，最后竟与黛玉成为知己。想及贾母特意挑出晴雯给宝玉使唤，紫鹃也一定是贾母觉得甚好，才给黛玉的。这期间，又是一片深情。

表现贾母对黛玉呵护的情节有很多。比如第三十二回写道："史湘云道：'越发奇了。林姑娘他也犯不上生气，他既会剪，就叫他做。'袭人道：'他可不作呢。饶这么着，老太太还怕他劳碌着了。大夫又说好生静养才好，谁还烦他做？旧年好一年的工夫，做了个香袋儿；今年半年，还没见拿针线呢。'"

第三十八回写道：贾母"回头又嘱咐湘云：'别让你宝哥哥、林姐姐多吃了。'湘云答应着。之后才嘱咐湘云、宝钗二人说：'你两个也别多吃。那东西虽好吃，不是什么好的，吃多了肚子疼。'"

第五十八回写道："况贾母又千叮咛万嘱咐托他照管林黛玉，薛姨妈素习也最怜爱他的，今既巧遇这事，便挪至潇湘馆来和黛玉同房，一应药饵饮食十分经心。黛玉感戴不尽，以后便亦如宝钗之呼，连宝钗前亦直以姐姐呼之，宝琴前直以妹妹呼之,俨似同胞共出,较诸人更似亲切。贾母见如此,也十分喜悦放心。"

第七十五回写道:"尤氏早捧过一碗来,说是红稻米粥。贾母接来吃了半碗,便吩咐:'将这粥送给凤哥儿吃去。'又指着'这一碗笋和这一盘风腌果子狸给颦儿、宝玉两个吃去,那一碗肉给兰小子吃去'。"

非但如此,对于宝黛的终身大事,贾母其实也是默认的。凤姐的玩笑就反映出这一点。第二十五回写:"凤姐笑道:'倒求你,你倒说这些闲话,吃茶吃水的。你既吃了我们家的茶,怎么还不给我们家作媳妇?'众人听了,一齐都笑起来。"……凤姐笑道:"'你别作梦!你给我们家作了媳妇,少什么?'指宝玉道:'你瞧瞧,人物儿、门第配不上,根基配不上,家私配不上?那一点还玷辱了谁呢?'"——若无贾母暗中首肯,精明的凤姐哪里敢开这种玩笑呢?

(3) 对凤姐等之爱

此外,对凤姐、贾兰等,贾母也是疼惜有加。比如尤氏在荣国府被冷遇后,邢夫人借机发难,当众让凤姐下不来台,凤姐因而哭了。鸳鸯发现后告知了贾母:

贾母听说,便叫进前来,也觑着眼看。凤姐笑道:"才觉的一阵痒痒,揉肿了些。"鸳鸯笑道:"别又是受了谁的气了不成?"凤姐道:"谁敢给我气受,便受了气,老太太好日子,我也不敢哭的。"贾母道:"正是呢。我正要吃晚饭,你在这里打发我吃,剩下的你就和珍儿媳妇吃了。你两个在这里帮着两个师傅替我拣佛豆儿,你们也积积寿,前儿你姊妹们和宝玉都拣了,如今也叫你们拣拣,别说我偏心。"……鸳鸯……晚间人散时,便回说:"二奶奶还是哭的,那边大太太当着人给二奶奶没脸。"贾母因问为什么原故,鸳鸯便将原故说了。贾母道:"这才是凤丫头知礼处,难道为我的生日由着奴才们把一族中的主子都得罪了也不管罢。这是太太素日没好气,不敢发作,所以今儿拿着这个作法子,明是当着众人给凤儿没脸罢了。"

对李纨和自己的曾孙贾兰，贾母也颇为照顾。如凤姐所说，贾母等认为李纨"寡妇失业的，可怜，不够用，又有个小子"，于是月钱和贾母一个标准，在给凤姐凑钱过生日的时候，贾母也代李纨出钱。平时还惦记着将自己的食物给贾兰吃。

3. 对鸳鸯等之爱

对于鸳鸯，在贾赦讨妾一节，贾母明确拒绝了贾赦的要求，这对鸳鸯就是最大的保护。非但如此，贾母对鸳鸯极度信任，对其评价很高：

> 你兄弟媳妇本来老实，又生得多病多痛，上上下下那不是他操心？你一个媳妇虽然帮着，也是天天丢下耙儿弄扫帚。凡百事情，我如今都自己减了。他们两个就有一些不到的去处，有鸳鸯，那孩子还心细些，我的事情他还想着一点子，该要去的，他就要来了；该添什么，他就度空儿告诉他们添了。鸳鸯再不这样，他娘儿两个，里头外头，大的小的，那里不忽略一件半件，我如今反倒自己操心去不成？还是天天盘算和你们要东西去？我这屋里有的没的，剩了他一个，年纪也大些，我凡百的脾气性格儿他还知道些。二则他还投主子们的缘法，也并不指着我和这位太太要衣裳去，又和那位奶奶要银子去。所以这几年一应事情，他说什么，从你小婶和你媳妇起，以至家下大大小小，没有不信的。所以不单我得靠，连你小婶媳妇也都省心。我有了这么个人，便是媳妇和孙子媳妇有想不到的，我也不得缺了，也没气可生了。这会子他去了，你们弄个什么人来我使？你们就弄他那么一个真珠的人来，不会说话也无用。我正要打发人和你老爷说去，他要什么人，我这里有钱，叫他只管一万八千的买，就只这个丫头不能。留下他服侍我几年，就比他日夜服侍我尽了孝的一般。你来的也巧，你就去说，更妥当了。

不但对贾府中人如此，由于天性善良，贾母对于弱势的人是很同情的。对于演戏的小旦、张道士处的小道士以及刘姥姥,贾母都给了一些关照。

（二）快意恩仇

另一方面,贾母又是快意恩仇的。对贾赦所说的偏心的笑话,贾母直接说自己也得被"针一针"。当着宝钗的面,也直接指出王夫人"木木的"。当贾赦要讨鸳鸯为小妾的时候,贾母直接挑明贾赦的用心:"我通共剩了这么一个可靠的人,他们还要来算计!"因为清楚王夫人用心也好不到哪里去,所以又借机打压了王夫人:"你们原来都是哄我的! 外头孝敬,暗地里盘算我。有好东西也来要,有好人也要,剩了这么个毛丫头,见我待他好了,你们自然气不过,弄开了他,好摆弄我!"——所以,贾母的确是个"情情"之人。

三、脂粉英雄

贾母是一个比凤姐"还来得"的脂粉英雄。

（一）口才甚是了得

贾母的口才甚是了得。如宝玉挨打一节,贾母不直接骂贾政,而是采取迂回战术,对王夫人道:"你也不必哭了。如今宝玉年纪小,你疼他,他将来长大成人,为官作宰的,也未必想着你是他母亲了。你如今倒不要疼他,只怕将来还少生一口气呢。"这种话,比直接斥责贾政威力大得多,所以贾政听了哭道:"母亲如此说,贾政无立足之地。"但贾母并不给贾政回旋的余地,接着冷笑道:"你分明使我无立足之地,你反说起你来!"最后,因为贾母含枪带棒的语锋,贾政也开始愧悔。

贾赦讨鸳鸯做妾,贾母听了鸳鸯控诉之后,先是对王夫人旁敲侧击了一下,然后见收到效果,立刻改口:

> "可是我老糊涂了,姨太太别笑话我。你这个姐姐,他极孝顺我,不像我那大太太,一味怕老爷,婆婆跟前不过应景儿。可是委屈了他。"薛姨妈只答应"是",又说"老太太偏心,多疼小儿子媳妇也是有的"。贾母说:"不是偏心。"又向宝玉说:"我错怪了你娘,你怎么也不提我,看着你娘受委屈?"

中秋赏月，贾赦说了一个"天下的父母，心偏的多着呢"的笑话，贾母的反应是"也只得吃半杯酒"，半日笑道："我也得这个婆子针一针才好。"后来贾赦回屋，在路上绊伤了腿，派去问伤势的婆子回话说"也没大关系"，贾母点头叹道："我也太操心。打紧说我偏心，我反这样。"叹惋之间，已经否定了贾赦的"偏心论"。

尤其与凤姐在一起的时候，两人之间高手过招，贾母常常是机锋频出：

> 凤姐笑道："姨妈仔细忘了，如今先称五十两银子来，交给我收着，一下雪，我就预备下酒，姨妈也不用操心，也不得忘了。"贾母笑道："既这么说，姨太太给他五十两银子收着，我和他每人分二十五两，到下雪的日子，我装心里不快，混过去了，姨太太更不用操心，我和凤丫头倒得了实惠。"凤姐将手一拍，笑道："妙极了，这和我的主意一样。"众人都笑了。贾母笑道："……我们该请姨太太才是，那里有破费姨太太的理！不这样说呢，还有脸先要五十两银子，真不害臊！"凤姐笑道："我们老祖宗最是有眼色的，试一试，姨妈若松呢，拿出五十两来，就和我分。这会子估量着不中用了，翻过来拿我作法子，说出这些大方话来。如今我也不和姨妈要银子，竟替姨妈出银子治了酒，请老祖宗吃了，我另外再封五十两银子孝敬老祖宗，算是罚我个包揽闲事。这可好不好？"话未说完，众人已笑倒在炕上。

这样的贾母，实在令人要为之浮一大白！

（二）风雅之人

贾母的风雅，不下于黛玉。她在日常生活的方方面面，都追求一种高雅精致的情趣。

1. 全方位的审美情趣

贾母的居室装饰品味极其清隽脱俗。贾母的居室非常大气，在刘姥姥眼中只见"老太太正房，配上大箱、大柜、大桌子、大床，果然威武。那柜子比我们那一间房子还大还高"。元宵开夜宴之时,贾母花厅上摆着一副"慧纹"璎珞,是世间罕有之物。非但如此,贾母还会替大观园姐妹们布置房间,"我最会收拾屋子的……包管又大方又素净","霞影纱""软烟罗"光听名字都无限美好。

日常生活中,贾母也善于发现幽微深致的美。雪天在大观园里优游,"一看四面,粉妆银砌。忽见宝琴披着凫靥裘站在山坡上遥等,身后一个丫鬟抱着一瓶红梅",她就问身边的人:"你们瞧这雪坡上配上他这人品,又是这件衣裳,后头又是这样梅花,像个什么?"众人都笑道:"就像老太太屋里挂的仇十洲画的《艳雪图》。"贾母摇头笑道:"那画的那有这件衣裳,人也不能够这样好。"

第七十六回写到凸碧堂月夜品笛,贾母认为音乐多了反失雅致,命令只用笛子"远远吹起来"就够了。效果果然出奇的好,越发有天空地净、万虑齐除之感,众人都情不自禁地肃然危坐,默默赏听,最后都悦服道:"实在可听,我们也想不到这样,须得老太太带领着,我们也得开些心胸。"

贾母的戏曲评论也颇有见地,切中时弊:

这些书都是一个套子,左不过是些佳人才子,最没趣儿。把人家女儿说的那样坏,还说是佳人,编的连影儿也没有了。开口都是书香门第,父亲不是尚书就是宰相,生一个小姐必是爱如珍宝。这小姐必是通文知礼,无所不晓,竟是个绝代佳人。只一见了一个清俊的男人,不管是亲是友,便想起终身大事来,父母也忘了,书礼也忘了,鬼不成鬼,贼不成贼,那一点儿是佳人?便是满腹文章,做出这些事来,也算不得是佳人了。比如男人满腹文章去作贼,难道那王法就说他是才子,就不入贼情一案不成?可知那编书的是自己塞了自己的嘴。再者,既说是世宦书香大家小姐都知礼读书,连夫人都知书识礼,便是告老还家,自然这样大家人口不少,奶母、丫鬟服侍小姐的人也不少,怎么这些书上,凡有这样的事,就只小姐和紧跟的一个丫鬟?你们白想想,那些人都是管什么的,可是前言不答后语?

虽然有论者认为这是贾母反对黛玉、宝玉自由婚恋的言论，但是如果说贾母在暗指宝钗，也很合理。最重要的是，从艺术批评的角度看，"这些书都是一个套子，左不过是些佳人才子，最没趣儿"，"前言不答后语"，是颇有见地的。

2. 贾府精妙的饮食文化

饮食方面，贾母务求美味与精致。书中饮食名目颇丰，虽未必都是贾母吃过的，但是作为荣国府的真正主母，饮食方面的功劳自然要算在贾母头上。现按照书中顺序列举如下：

第八回，"做了酸笋鸡皮汤，宝玉痛喝了两碗"。

第十回，"我（尤氏）才看着他（可卿）吃了半盏燕窝汤我才过来了"。

第十一回，可卿说："昨日老太太赏的那枣泥馅的山药糕，我倒吃了两块。"

第十六回，凤姐说："早起我说那一碗火腿炖肘子很烂，正好给妈妈吃。"

第二十六回，"谁知古董行的程日兴，他不知那里寻了来的……这么长的一尾新鲜的鲟鱼"。

第三十四回，"只拿那糖腌的玫瑰卤子和了吃，吃了半碗，又嫌吃絮了，不香甜"。以及"只见两个玻璃小瓶，却有三寸大小，上面螺丝银盖，鹅黄笺上写着'木樨清露'，那一个写着'玫瑰清露'"。

第三十七回，袭人"便端过两个小掐丝盒子来……是一碟子桂花糖蒸新栗粉糕"。以及"依前日的大螃蟹要几篓来，明日饭后请老太太、姨娘赏桂花"。

第四十一回，贾母笑道："你把茄鲞搛些喂他。"

第四十一回，"又端了两个小捧盒，揭开看时，每个盒内两样……那盒内一样是一寸来大的小饺儿，那一样是奶油炸的各色小面果"。

第四十九回，"好容易等摆上来，头一样菜便是牛乳蒸羊羔"。

第四十九回，史湘云悄和宝玉道："有新鲜鹿肉，不如咱们要一块，自己拿了园里弄着，又玩又吃。"

第四十九回，"宝玉却等不得，只拿茶泡了一碗饭，就着野鸡瓜齑，忙忙的咽完了"。

第五十回,"(贾母)问那盘子里是什么东西。众人忙捧了过来,回说是糟鹌鹑"。

第五十二回,"小丫头便用小茶盘捧了一盖碗建莲红枣儿汤来,宝玉喝了两口"。

第五十八回,"一面又看那盒中却有一碗火腿鲜笋汤,忙端了放在宝玉跟前"。

第六十一回,柳家的说:"又是什么面筋、酱萝卜炸儿,敢自倒换口味……前儿三姑娘和宝姑娘偶然商议了要吃个油盐炒枸杞芽儿来。""小燕说:'荤的因不好才另叫你炒个面筋的,少搁油才好。'"

第六十二回,"只见柳家的果遣了人送了一个盒子来……里面是一碗虾丸鸡皮汤,又是一碗酒酿清蒸鸭子,一碟腌的胭脂鹅脯,还有一碟四个奶油松瓤卷酥,并一大碗热腾腾碧荧荧蒸的绿畦香稻粳米饭"。

第七十五回,贾母说:"这一碗笋和这一盘风腌果子狸给颦儿、宝玉两个吃去。"以及王夫人说:"今日我吃斋,没有别的,那些面筋豆腐老太太又不大甚爱吃。只拣了一样椒油莼虀酱来。"

第七十六回,"(贾母)便将自己吃的一个内造瓜仁油松穰月饼……送给谱笛之人"。

第八十七回,"刚才我(紫鹃)叫雪雁告诉厨房里给姑娘作了一碗火肉白菜汤"。

第八十三回,"雪雁捧了一碗燕窝汤递与紫鹃"。等等。

其中"茄鲞"和"莲叶羹"是最别出心裁的。

所谓"茄鲞"是贾母两宴大观园时请刘姥姥吃的一道菜:

> 贾母笑道:"你把茄鲞搛些喂他。"凤姐听说,依言搛些茄鲞送入刘姥姥口中,因笑道:"你们天天吃茄子,也尝尝我们的茄子弄的可口不可口。"刘姥姥笑道:"别哄我了,茄子跑出这个味儿来了,我们也不用种粮食,只种茄

子了。"众人笑道："真是茄子，我们再不哄你。"刘姥姥诧异道："真是茄子？我白吃了半日。姑奶奶再喂我些，这一口细嚼嚼。"凤姐果又搛了些放入口内。刘姥姥细嚼了半日，笑道："虽有一点茄子香，只是还不像是茄子。告诉我是个什么法子弄的，我也弄着吃去。"凤姐笑道："这也不难。你……只要净肉，切成碎钉子，用鸡油炸了，再用鸡脯子肉并香菌、新笋、蘑菇、五香腐干、各色干果子，俱切成钉子，用鸡汤煨干，将香油一收，外加糟油一拌，盛在瓷罐子里封严，要吃时拿出来，用炒的鸡瓜一拌就是。"刘姥姥听了，摇头吐舌说道："我的佛祖！倒得十来只鸡来配他，怪道这个味儿！"

如刘姥姥所说，用"十来只鸡来配"的茄子，制作程序复杂又精良，其美味可以想见了，由不得刘姥姥叹道"怪道这个味儿"！

"莲叶羹"出现在第三十五回。宝玉挨打之后，薛姨妈和王夫人问宝玉想吃什么，宝玉笑道：

"也倒不想什么吃，倒是那一回做的那小荷叶儿、小莲蓬儿的汤还好些。"凤姐一旁笑道："听听，口味不算高贵，只是太磨牙了。巴巴的想这个吃了。"贾母便一叠声的叫人做去。凤姐笑道："老祖宗别急，等我想一想这模子谁收着呢。"因回头吩咐个婆子去问管厨房的要去。那婆子去了半天，来回说："管厨房的说，四副汤模子都交上来了。"凤姐听说，想了一想，道："我记得交给谁了，多半在茶房里。"一面又遣人去问管茶房的，也不曾收。次后还是管金银器皿的送了来。

薛姨妈先接过来瞧时，原来是个小匣子，里面装着四副银模子，都有一尺多长，一寸见方，上面凿着有豆子大小，也有菊花的，也有梅花的，也有莲蓬的，也有菱角的，共有三四十样，打的十分精巧。因笑向贾母、王夫人道："你们府上也都想绝了，吃碗汤还有这些样子。若不说出来，我见这个也不认得这是作什么用的。"凤姐也不等人说话，便笑道："姑妈那里晓得，这是

旧年备膳,他们想的法儿。不知弄些什么面印出来,借点新荷叶的清香,全
仗着好汤,究竟没意思,谁家常吃他了。那一回呈样的作了一回,他今日怎
么想起来了。"说着接了过来,递与个妇人,吩咐厨房里立刻拿几只鸡,另外
添了东西,做出十来碗来。

"莲叶羹"的精妙之处在于用银模子做出各种形状,同时借新荷叶的清香,另外
还要用"几只鸡,另外添了东西"做成汤,这样,便色香味俱全了。连薛姨妈这个
同样出身于四大家族的贵妇人都赞叹说:"你们府上也都想绝了……我见这个
也不认得这是作什么用的。"

（三）理家之能

贾母看似每天只是玩乐,但是贾府的一切其实均在她的掌控之中。

首先,贾母在宏观上对荣国府的权力运行机制做了恰到好处的安排。

荣国府中,二房贾政　家僭越了长房,管理着家族的日常运行。这种看似
不合常理的方式,实在是因为贾母深知贾赦、邢夫人之无能且生事,因而宁可让
长房不满,也要将权力交给二房。事实证明,贾母是非常明智的。贾母也明了
贾府的日常运转离不开凤姐,所以她尽可能地在众人面前维护凤姐。在凤姐吃
醋打平儿的时候,贾母其实深知平儿无错,但还是对平儿先压后哄,控制住了场
面。可以说,贾母在宏观上统筹全局的把握和控制,使得荣国府在末世之时,得
以苟延残喘了一段时日。

其次,贾母在处理具体问题的时候,非常善于把握策略,因而对各种利益纷
争处理得游刃有余。

因为封建宗法社会有"夫死从子"之说,所以在贾政暴打宝玉的时候,贾母
也不好直接拦阻。但是聪明的贾母采取了"要打死他,先打死我"这种涉及孝道
的原则来弹压贾政,解救宝玉于危难之中。

在贾赦要讨鸳鸯做小妾的时候,贾母听完鸳鸯的哭诉后,马上就明白了贾
赦的用心,点明"我通共剩了这么一个可靠的人,他们还要来算计"! 同时旁敲

侧击王夫人,指出他们都是外头孝敬,暗地里自有盘算,"弄开了他,好摆弄我"!又借着探春替王夫人争辩的机会顺势下台阶,既打击了王夫人,又让场面不至于太尴尬。最后选择在无人的场合教训邢夫人:

> 我有了这么个人,便是媳妇和孙子媳妇有想不到的,我也没得缺了,也没气生了。这会子他去了,你们弄个什么人来我使?你们就弄他那么一个真珠人来,不会说话也无用。我正要打发人和你老爷说去,他要什么人,我这里有钱,叫他只管一万八千的买,就只这个丫头不能。留下他服侍我几年,就比他日夜服侍我尽了孝的一般。

这里,贾母自始至终没有反对贾赦纳妾,只是强调留下鸳鸯替贾赦夫妻尽孝,同时提出替代方案——"我这里有钱,叫他只管一万八千的买",让贾赦既达不成目的,却又说不出不是来。"我听说你替你老爷说媒来了。你倒也三从四德,只是这贤慧也太过了……"这种寓贬于褒的话,看似无害,实则杀伤力极强,邢夫人"恨不得找个地缝钻进去"。可见,贾母处理复杂家事的手段颇有"运筹帷幄,决胜千里"的大将之风。

第二章
"俗蠢拙物" ①

第一节　邢夫人:嫌隙之人

一、可怜之人

邢夫人出身不高,又是填房,且没有子嗣,兼之"禀性愚犟",所以,邢夫人极度缺乏安全感。在贾府生活的女眷,如果不入贾母的法眼,则日子也颇不好过。邢夫人虽是贾家长房长媳,但贾母显然看不上她。贾母眼光甚高,偏爱的是王熙凤、林黛玉、晴雯这种千伶百俐的类型。贾赦在贾母跟前儿也不讨好,所以邢夫人对丈夫的过于亦步亦趋,就更加招致贾母的反感。贾母对她的评价是:"只知一味地奉承老爷,婆婆跟前不过应个景儿。"贾母是当着亲戚薛姨妈及许多下人等的面说出来的,话外之意,是在指责邢夫人不是真心孝顺。在贾府这个实际上人情浇薄的环境里,邢夫人被贾母赤裸裸地否定之后,日子更不好过了。非但如此,连她的陪房费婆子"起先也曾兴过时,只因贾母近来不大作兴邢夫人,所以连这边的人也减了威势"——就连自己的下人,心里也未必不对邢夫人心怀不满。用"风刀霜剑严相逼"来形容邢夫人的环境,虽然有点夸张,却也算应景。王昆仑先生深刻地理解邢夫人的处境,他说:"孤立而无所仗恃,没有知识,更没有可指望的儿子,在家庭中又是执政者,除了靠丈夫的地位弄两个'私

---

① "俗蠢拙物"出自第四十四回。宝玉想:"平儿又是个极聪明极清俊的上等女孩儿,比不得那起俗蠢拙物",在此用来指代第五十九回中春燕所说的"鱼眼睛"。春燕曾说:"怨不得宝玉说:'女孩儿未出嫁,是颗无价之宝珠,出了嫁,不知怎么就变出许多的不好的毛病来,虽是颗珠子,却没有光彩宝色,是颗死珠了;再老了,更变的不是珠子,竟是鱼眼睛了。分明一个人,怎么变出三样来?'这话虽是混话,倒也有些不差。"另,秋桐也当属此类人物,但在前八十回中关于她的笔墨不多,故从略。

房'以外，她还有什么意图呢？"①

二、可恨之人

（一）唯贾赦马首是瞻

如果邢夫人的丈夫贾赦是个有见识的明理之人，那么邢夫人对其的亦步亦趋也不会有太大的恶果。但是贾赦却是个不折不扣的老耄昏庸之辈。他自幼便不喜读书，这从第七十五回可以看出。当时，贾府举办中秋家宴，为烘托喜庆气氛，宴席上举行"击鼓传花"的游戏，约定鼓停时花落谁手要喝酒一杯，并罚说一个笑话或作诗一首。先是宝玉、贾兰作了诗，随后轮到了贾环。对贾环作的诗，贾政十分不悦，而贾赦看了却"连声赞好"，接着便发表了一大段读书无用的议论：

> 想来咱们这样人家，原不比那起寒酸，定要"雪窗萤火"，一日蟾宫折桂，方得扬眉吐气。咱们的子弟都原该读些书，不过比别人略明白些，可以做得官时就跑不了一个官的。何必多费了工夫，反弄出书呆子来。所以我爱他这诗，竟不失咱们侯门气象。

接着贾赦不但嘉奖贾环许多玩物，还拍着他的头继续说道："以后就这么做去，方是咱们的口气，将来这世袭的前程定跑不了你袭呢。"此时的贾府已是家道中衰临近末世，作为长辈的贾赦，却丝毫没有长远打算，不但不鼓励子孙们读书上进，反而大谈读书无用，可谓愚蠢、短视至极。

而且，贾赦居然当着众人尤其是贾母的面，说到世袭之事，说明贾赦非但愚蠢，同时又有着阴暗的狼子野心。为什么这样说呢？因为在封建社会，只有嫡长子才能接袭祖先爵位，贾赦当然深知这个规矩。贾赦难道对贾环特别偏爱么？这绝无可能，因为贾环猥琐庸俗，非常之不招人待见。在书中也未见贾赦

---

① 王昆仑：《红楼梦人物论》，第92页。

真心喜欢过谁。所以,贾赦这番话,别有深意,是想挑起贾政的妻子王夫人和妾赵姨娘之间的争斗。

在这个基础上再看贾赦讨鸳鸯,就更可以明了贾赦的真实意图。从表面上看,贾赦是想满足自己的色欲。因为贾赦是个大色鬼,姬妾众多,平儿对此曾评论:"这个大老爷太好色了,略平头正脸的,他就不放手了。"但是,鸳鸯并不够美。在贾府之中,贾赦要讨一个比鸳鸯美的丫鬟,实在是如探囊取物。既然讨鸳鸯并非因为其足够美丽,那深层原因到底是什么呢?

贾赦身为贾母的长子,又袭了祖上的爵位,按照封建社会的惯例,本该是他和他的夫人掌控家政大权。但在荣国府中,掌握日常事务大权的却是贾母次子贾政的妻子王夫人以及王夫人的内侄女王熙凤。虽然凤姐是贾赦的儿媳妇,但是贾琏、凤姐与贾赦夫妻二人却只守礼法,未见亲情。这一切都导致了贾母和贾赦之间长久以来的颇为不睦。在全家赏月的聚会上,贾赦当着贾母和众人的面,讲了一则笑话:

> "一家子一个儿子最孝顺。偏生母亲病了,各处求医不得,便请了一个针灸的婆子来。婆子原不知脉理,只说是心火,如今用针灸之法,针灸针灸就好了。这儿子慌了,便问:'心见铁即死,如何针得?'婆子道:'不用针心,只针肋条就是了。'儿子道:'肋条离心甚远,怎么就好?'婆子道:'不妨事。你不知天下父母心偏的多呢。'"众人听说,都笑起来。

贾赦的这个笑话实在是够愚蠢,也太赤裸裸。贾母不好当时即发作,"也只得吃半杯酒"后,"半日"笑道:"我也得这个婆子针一针就好了。"贾赦听说,"便知自己出言冒撞,贾母疑心,忙起身笑与贾母把盏,以别言解释"。——这里,从表面来看好像贾赦是无心之失,其实他是故意为之,后文的"忙起身笑与贾母把盏,以别言解释"只不过是作者的障眼法。贾母对此心知肚明,因此"亦不好再提,且行起令来"。

　　从上文可见，被排斥在权力核心之外且不讨贾母喜欢的贾赦，是于心不甘的。他不但明晃晃地向贾母发起语言攻击，还采取了实际行动，这就是讨鸳鸯为妾，进而想架空贾母。

　　邢夫人并没有蠢到家，她是深知丈夫讨鸳鸯的实际目的的，也情知未必妥当，于是特意把凤姐找来，将房内人遣出，悄向凤姐道：

> 叫你来不为别事，有一件为难的事，老爷托我，我不得主意，先和你商议。老爷因看上了老太太的鸳鸯，要他在房里，叫我和老太太讨去。我想这倒平常有的事，只是怕老太太不给，你可有法子？

　　凤姐指出此事的不可行，有理有据地为邢夫人做了分析，却不承望邢夫人冷笑道："大家子三房四妾的也多，偏咱们就使不得？我劝了也未必依。就是老太太心爱的丫头，这么胡子苍白了又作了官的一个大儿子，要了作房里人，也未必好驳回的。我叫了你来，不过商议商议，你先派上了一篇不是。也有叫你要去的理？自然是我说去。你倒说我不劝，你还不知道那性子的，劝不成，先和我恼了。"

　　"大家子三房四妾的也多，偏咱们就使不得"这种劝语，本来是想说服凤姐的，没想到邢夫人自己反被自己说服，从而更加坚定了自己的决心。但是邢夫人也知道不宜先和贾母说，万一贾母不给，"这事便死了"。于是想着先威逼利诱鸳鸯，给当事人施压，只要鸳鸯"害臊……他自然不言语"，这样，"就妥了"。那时再和老太太说，"老太太虽不依，搁不住他愿意，常言'人去不中留'，自然这就妥了"。这里，邢夫人的险恶之心已经露了出来："老太太虽不依，搁不住他愿意。"所以贾母其后的大动肝火，实在并不夸张。但是此时，邢夫人又犯了个错误，她以为鸳鸯也如自己，只求金钱地位，因而必然想做所谓的"半个主子"，于是跑到鸳鸯处，拉着鸳鸯的手笑道：

"我特来给你道喜来了。"鸳鸯听了,心中已猜着三分,不觉红了脸,低了头不发一言。听邢夫人道:"你知道,你老爷跟前竟没有个可靠的人,心里再要买一个,又怕那些人牙子家出来的不干不净,也不知道毛病儿,买了来家,三日两日,又要奀鬼吊猴的。因满府里要挑一个家生女儿收了,又没个好的。不是模样儿不好,就是性子不好,有了这个好处,没了那个好处。因此冷眼选了半年,这些女孩子里头,就只你是个尖儿,模样儿,行事作人,温柔可靠,一概是齐全的。意思要和老太太讨了你去,收在屋里。你比不得外头新买的,你这一进去了,进门就开了脸,就封你姨娘,又体面,又尊贵。你又是个要强的人,俗话说的'金子终得金子换',谁知竟被老爷看中了你。如今这一来,你可遂了素日志大心高的愿了,也堵一堵那些嫌你的人的嘴。跟了我回老太太去!"说着拉了他的手就要走。鸳鸯红了脸,夺手不行。

邢夫人知他害臊,因又说道:"这有什么臊处?你又不用说话,只跟着我就是了。"鸳鸯只低了头不动身。邢夫人见他这般,便又说道:"难道你不愿意不成?若果然不愿意,可真是个傻丫头了。放着主子奶奶不作,倒愿意作丫头!三年二年,不过配上个小子,还是奴才。你跟了我们去,你知道我的性子又好,又不是那不容人的人。老爷待你们又好。过一年半载,生下个一男半女,你就和我并肩了。家里人你要使唤谁,谁还不动?现成主子不做去,错过这个机会,后悔就迟了。"

邢夫人用自己狭隘的见识揣测鸳鸯,又与贾赦一道,威逼利诱鸳鸯的哥嫂来劝服她。鸳鸯最后来到贾母面前,痛陈贾赦夫妻的行径:

因为不依,方才大老爷越性说我恋着宝玉,不然要等着往外聘,我到天上,这一辈子也跳不出他的手心去,终久要报仇。我是横了心的,当着众人在这里,我这一辈子莫说是"宝玉",便是"宝金""宝银""宝天王""宝皇帝",

横竖不嫁人就完了！就是老太太逼着我，我一刀抹死了，也不能从命！若有造化，我死在老太太之先；若没造化，该讨吃的命，服侍老太太归了西，我也不跟着我老子娘哥哥去，我或是寻死，或是剪了头发当尼姑去！若说我不是真心，暂且拿话来支吾，日后再图别的，天地鬼神，日头月亮照着嗓子，从嗓子里头长疔烂了出来，烂化成酱在这里！

鸳鸯一面说，一面剪发明志，表现自己的决绝。

贾母是个何等机灵通透的人，她一下子便识别出了贾赦的图谋，"气的浑身乱战"，口内只说："我通共剩了这么一个可靠的人，他们还要来算计！"在无人的时候，贾母又给了邢夫人软中含硬的训斥：

"我听见你替你老爷说媒来了。你倒也三从四德，只是这贤慧也太过了！你们如今也是孙子儿子满眼了，你还怕他，劝两句都使不得，还由着你老爷性儿闹。"邢夫人满面通红，回道："我劝过几次不依。老太太还有什么不知道呢，我也是不得已儿。"贾母道："他逼着你杀人，你也杀去？"

至此，在借鸳鸯对抗贾母一事上，贾赦与邢夫人一败涂地。但他们并未放弃可能的机会。在第七十三回中，傻大姐误拾到绣春囊，这令邢夫人感觉打压王夫人、凤姐，在贾母面前争宠的机会又来了，所以她将此事告知王夫人。在两房角力中，王夫人如何肯甘拜下风？于是为了表明自己的无辜，王夫人迁怒于凤姐：

只见王夫人气色更变，只带一个贴己的小丫头走来，一语不发……王夫人喝命："平儿出去！"……只见王夫人含着泪，从袖内掷出一个香袋子来……王夫人见问，越发泪如雨下，颤声说道："……这样的东西，大天白日明摆在园里山石上，被老太太的丫头拾着，不亏你婆婆遇见，早已送到老太太跟前去了。我且问你，这个东西如何遗在那里来？"

因此,王夫人决定抄检大观园,为了拉拢邢夫人,王夫人借口"正嫌人少不能勘察",便让邢夫人的陪房王善保家的"去回了太太,也进园内照管照管,不比别人又强些"。而这王善保家的正因邢夫人失势,园中的丫鬟们不大趋奉她,心里很不自在,要寻丫鬟们事又寻不着,恰好生出这绣春囊一事,正以为得了把柄,又听王夫人委托,恰撞在心坎上,于是进谗言道:"这个容易。不是奴才多话,论理这事该早严紧的。……这些女孩子们一个个倒像受了封诰似的……别的都还罢了。太太不知道,一个宝玉屋里的晴雯,那丫头仗着他生的模样儿比别人标致些……大不成个体统。"王夫人听了这话,猛然触动往事,因而导致其后晴雯被逐惨死,大观园众丫鬟风流云散。探春对此评价说:"大族人家,若从外头杀来,一时是杀不死的……必须先从家里自杀自灭起来,才能一败涂地!"可以说,抄检大观园是贾府真正走向败落的一个起始点,这其中,邢夫人是始作俑者之一。

(二) 一生悭吝

邢夫人一生悭吝,家中"凡出入银钱事务,一经他手,便克啬异常",以贾赦浪费为名,"需得我就中省俭,方可偿补",以"婪取财货为自得"。为了弄钱,邢夫人不择手段,不认亲情。

第七十五回中,邢夫人的胞弟邢大舅在贾珍处,因酒勾起往事,醉后露真情,乃拍案对贾珍叹道:

> "怨不的他们视钱如命。多少世宦大家出身的,若提起'钱势'二字,连骨肉都不认了。老贤甥,昨日我和你那边的令伯母赌气,你可知道否?"贾珍道:"不曾听见。"邢大舅叹道:"就为钱这件混帐东西。利害,利害!"贾珍深知他与邢夫人不睦,每遭邢夫人弃恶,扳出怨言,因劝道:"老舅,你也太散漫些。若只管花去,有多少给老舅花的。"邢大舅道:"老贤甥,你不知我邢家底里。我母亲去世时我尚小,世事不知。他姊妹三个人,只有你令伯母年长出阁,一分家私都是他把持带来。如今二家姐虽

也出阁,他家也甚艰窘,三家姐尚在家里,一应用度都是这里陪房王善保家的掌管。我便来要钱,也非要的是你贾府的,我邢家家私也就够我花了。无奈竟不得到手,所以有冤无处诉。"贾珍见他酒后叨叨,恐人听见不雅,连忙用话解劝。

不但将胞弟的钱据为己有,在获知贾琏、凤姐跟鸳鸯借当后,邢夫人也敲起贾琏的竹杠来:

> 一语未了,只见贾琏进来,拍手叹气道:"好好的又生事! 前儿我和鸳鸯借当,那边太太怎么知道了。才刚太太叫过我去,叫我不管那里先迁挪二百银子,做八月十五日节间使用。我回没处迁挪。太太就说:'你没有钱就有地方迁挪,我白和你商量,你就搪塞我,你就说没地方。前儿一千银子的当是那里的? 连老太太的东西你都有神通弄出来,这会子二百银子,你就这样。幸亏我没和别人说去。'我想太太分明不短,何苦来要寻事奈何人。"凤姐儿道:"那日并没一个外人,谁走了这个消息。"……众小丫头慌了,都跪下赌咒发誓,说:"自来也不敢多说一句话。有人凡问什么,都答应不知道。这事如何敢多说。"凤姐详情说:"他们必不敢,倒别委屈了他们。如今把这事靠后,且把太太打发了去要紧。宁可咱们短些,又别讨没意思。"……平儿拿去,吩咐一个人唤了旺儿媳妇来领去,不一时拿了银子来。贾琏亲自送去,不在话下。

就连亲侄女岫烟,邢夫人不但不给予任何照顾,反倒命令她将月钱"省一两给爹妈送出去",害得岫烟钱不够花,当了棉衣挨冻,也难免不遭人冷眼。钱字当头的邢夫人,可谓绝情,这种"对亲侄女的刻薄,更是不可理喻"[1]。

---

[1]　李鸿渊:《邢夫人与王夫人形象之女性主义批评》,《红楼梦学刊》2011年第3辑,第150页。

三、邢夫人的柔情时刻

然而,邢夫人这样悭吝、无情的人,却也偶有温情与柔软流露。在黛玉初进贾府的时候,邢夫人对黛玉礼貌有加:

> 当下茶果已撤,贾母命两个老嬷嬷带了黛玉去见两个母舅。时贾赦之妻邢氏忙亦起身,笑回道:"我带了外甥女过去,倒也便宜。"贾母笑道:"正是呢,你也去罢,不必过来了。"邢夫人答应了一声"是"字,遂带了黛玉与王夫人作辞……邢夫人携了黛玉,坐在上面,至仪门前方下来。众小厮退出,方打起车帘,邢夫人挽着黛玉的手,进入院中……邢夫人让黛玉坐了,一面命人到外面书房去请贾赦。一时人来回话说:"老爷说了:'连日身上不好,见了姑娘彼此倒伤心,暂且不忍相见。劝姑娘不要伤心想家,跟着老太太和舅母,即同家里一样。姊妹们虽拙,大家一处伴着,亦可以解些烦闷。或有委屈之处,只管说得,不要外道才是。'"黛玉忙站起来,一一听了。再坐一刻,便告辞。邢夫人苦留吃过晚饭去,黛玉笑回道:"舅母爱惜赐饭,原不应辞,只是还要过去拜见二舅舅,恐领了赐去不恭,异日再领,未为不可。望舅母容谅。"邢夫人听说,笑道:"这倒是了。"遂令两三个嬷嬷用方才的车好生送了姑娘过去,于是黛玉告辞。邢夫人送至仪门前,又嘱咐了众人几句,眼看着车去了方回来。

邢夫人对黛玉的温情,应该有着讨好贾母的成分。但是书中除了此处外,再无邢夫人示好黛玉的描写。所以想来,邢夫人初见黛玉的时候,也是被黛玉"神仙似的"风流态度打动,因而对黛玉也曾有发自心底的喜欢吧?

邢夫人处处与王夫人争斗,但是对于宝玉,在第二十四回中,却有这样一段描写:

> 邢夫人拉他(宝玉)上炕坐了,方问别人好,又命人倒茶来。一钟茶未

吃完,只见那贾琮来问宝玉好。邢夫人道:"那里找活猴儿去!你那奶妈子死绝了,也不收拾收拾你,弄的黑眉乌嘴的,那里像大家子念书的孩子!"正说着,只见贾环、贾兰小叔侄两个也来了,请过安,邢夫人便叫他两个椅子上坐了。贾环见宝玉同邢夫人坐在一个坐褥上,邢夫人又百般摩挲抚弄他,早已心中不自在了,坐不多时,便和贾兰使眼色儿要走。贾兰只得依他,一同起身告辞。宝玉见他们要走,自己也就起身,要一同回去。邢夫人笑道:"你且坐着,我还和你说话呢。"宝玉只得坐了。邢夫人向他两个道:"你们回去……今儿不留你们吃饭了。"贾环等答应着,便出来回家去了……宝玉道:"大娘方才说有话说,不知是什么话?"邢夫人笑道:"那里有什么话,不过是叫你等着,同你姊妹们吃了饭去。还有一个好玩的东西给你带回去玩。"娘儿两个说话,不觉早又晚饭时节。调开桌椅,罗列杯盘,母女姊妹们吃毕了饭。

这里,邢夫人对宝玉先是"拉他上炕坐了","又命人倒茶来","坐在一个坐褥上"。而对于贾环、贾兰,邢夫人不过是命他们"椅子上坐了"。继而"又百般摩挲抚弄"宝玉,特意留宝玉吃饭,"还有一个好玩的东西给你带回去玩"。这里,倒也不觉得邢夫人是在伪装。应该是自己膝下无子,对于宝玉这个善良、美好的孩子,邢夫人内心坚硬的一面,也被触动了吧?

第二节　王夫人:伪善之人

王夫人出身于四大家族之一的王家,是贾政的正妻,元春和宝玉的生身之母。在荣国府,贾母相对来说比较偏爱贾政一支,所以,王夫人管理着荣国府内务,只不过是由凤姐代行职责。历来对王夫人的评价呈两极分化态势。倒王派认为王夫人是伪善之人,挺王派则认为王夫人善良温厚。笔者个人认为王夫人的形象同作品中其他人物一样,具备一定程度的复杂性。

一、舐犊之情

年届五十、仅存独子的王夫人,将宝玉视作自己的生命重心,她的全部情感都指向宝玉。对宝玉之爱,使得她时常有"用手满身满脸摩挲抚弄","将宝玉搂入怀内"等亲昵举动,"如得了珍宝一般",呼宝玉为"我的儿"。这种关爱,甚至延及袭人。因为认定袭人一心一意为宝玉着想,所以她动情地将袭人也称为"我的儿"。但是因为自己与宝玉价值观的深深不同,她有时又恨铁不成钢,称宝玉为"孽根祸胎""混世魔王",认定晴雯等为勾引宝玉的丫头,怒斥之为"妖精""狐狸精""不怕臊的"或"下作小娼妇"。

王夫人的这种舐犊之情,在第三十三回"宝玉挨打"一节,表现最为强烈集中:

> 王夫人不敢先回贾母,只得忙穿衣出来,也不顾有人没人,忙忙赶往书房中来,慌的众门客小厮等避之不及。王夫人一进房来,贾政更如火上浇油一般,那板子越发下去的又狠又快。按宝玉的两个小厮忙松了手走开,宝玉早已动弹不得了。贾政还欲打时,早被王夫人抱住板子。贾政道:"罢了,罢了! 今日必定要气死我才罢!"王夫人哭道:"宝玉虽然该打,老爷也要自重。况且炎天暑日的,老太太身上也不大好,打死宝玉事小,倘或老太太一时不自在了,岂不事大!"贾政冷笑道:"倒休提这话。我养了这不肖的孽障,已不孝,教训他一番,又有众人护持,不如趁今日一发勒死了,以绝将来之患!"说着,便要绳索来勒死。王夫人连忙抱住哭道:"老爷虽然应当管教儿子,也要看夫妻分上。我如今已将五十岁的人,只有这个孽障,必定苦苦的以他为法,我也不敢深劝。今日越发要他死,岂不是有意绝我。既要勒死他,快拿绳子来先勒死我,再勒死他。我们娘儿们不敢含怨,到底在阴司里得个依靠。"说毕,爬在宝玉身上大哭起来……王夫人抱着宝玉,只见他面白气弱,底下穿着一条绿纱小衣皆是血渍,禁不住解下汗巾看,由臀至胫,或青或紫,或整或破,竟无一点好处,不觉失声大哭起来,"苦命的儿

吓"！因哭出"苦命儿"来，忽又想起贾珠来，便叫着贾珠哭道："若有你活着，便死一百个我也不管了。"……贾政听了，那泪珠更似滚瓜一般滚了下来……再看看王夫人，"儿"一声，"肉"一声，"你替珠儿早死了，留着珠儿，免你父亲生气，我也不白操这半世的心了。这会子你倘或有个好歹，丢下我，叫我靠那一个"！数落一场，又哭"不争气的儿"。

王夫人对宝玉的爱，不单单出于骨肉亲情。在王夫人的价值系统中，宝玉是王夫人与贾府的命运之所系——"倘或再有个好歹""若打坏了""将来我靠谁呢？"是王夫人最大的顾虑。

二、蠢笨粗俗

（一）蠢笨

贾母是个特别灵透的老太太。王夫人比起贾母来，其识人断事的本领则天悬地隔。

王夫人从自己臆测的品性出发，觉得袭人"性情和顺，举止沉重"，"行事大方，心地老实"。贾母更能穿透表面看本质，她既能明了一个人的心地、性格，又看重一个人的风流灵巧，黛玉、凤姐、晴雯甚至宝琴等都因了这种美而为贾母欣赏或宠爱。所以，在对人的判断和把握上，贾母是远胜王夫人的。对于宝玉和女孩儿们非同一般的亲近行为，贾母有这样一段评论：

> 袭人本来从小儿不言不语，我只说他是没嘴的葫芦……我深知宝玉将来也是个不听妻妾劝的。我也解不过来，也从未见过这样的孩子。别的淘气都是应该的，只他这种和丫头们好却是难懂。我为此也耽心，每每的冷眼查看他。只和丫头们闹，必是人大心大，知道男女的事了，所以爱亲近他们。既细细查试，究竟不是为此。岂不奇怪！想必原是个丫头错投了胎不成。

王夫人则不然,她非但不理解自己的儿子,而且深深恐惧宝玉身边的丫鬟带坏宝玉。为此,她迁怒于晴雯等人,斥之为"一生最嫌""平生最恨者",以及"妖精""狐狸精""不怕臊的"或"下作小娼妇"等,并且动辄加以"调歪""调唆""勾引坏了""教习坏了"等罪名,欲除之而后快。殊不知,她所看重的袭人,却恰恰是那个真正勾引宝玉的人,而晴雯与宝玉却是冰清玉洁。

作者用"王夫人原是天真烂漫之人,喜怒出于心臆,不比那些饰词掩意之人"暗示了王夫人做事之缺乏远略。为免宝玉受贾政责备,竟撒谎说"袭人"之名是"老太太取的",这如何瞒得过贾政?当邢夫人将绣春囊给她,她也不做任何思考,直接贸然坐定王熙凤即是绣春囊的持有者,并前去质问,反倒被凤姐有理有据地驳回了。

(二) 粗俗

身为四大家族之一王家的小姐,王夫人的用语竟然有着与身份不相称的粗俗。比如"扯你娘的臊!又欠你老子捶你了""放屁!什么药就这么贵?""下作小娼妇,好好的爷们,都叫你教坏了""自然明儿揭你的皮""好个美人!……你天天作这轻狂样儿给谁看?"等语。相比起贾母的机巧灵智,王夫人实在是不上档次。

第二十五回中,王夫人在情急之下,粗俗更甚:

> 王夫人又急又气,一面命人来替宝玉擦洗,一面又骂贾环。凤姐三步两步的上炕去替宝玉收拾着……一句话提醒了王夫人,那王夫人不骂贾环,便叫过赵姨娘来骂道:"养出这样黑心不知道理下流种子来,也不管管!几番几次我都不理论,你们得了意了,越发上来了!"

三、伪善

书中有很多王夫人吃斋念佛的描写。比如,周瑞家的送宫花一回中,脂砚斋曾评"百忙中又带出王夫人喜施舍等事,可知一支笔作千百支用"。第二十五回中,有"且说王夫人见贾环下了学,便命他来抄个《金刚咒》唪诵"之句。第三十九回中,刘姥姥讲了一个故事:"我们庄子东边庄上,有个老奶奶子……天天吃斋念佛,谁知就感动了观音菩萨夜里来托梦说:'你这样虔心,原来你该绝后的,如今奏了玉皇,给你个孙子。'原来这老奶奶只有一个儿子,这儿子也只一个儿子,好容易养到十七八岁上死了……后果然又养了一个,今年才十三四岁,生的雪团儿一般,聪明伶俐非常。可见这些神佛是有的。"这个故事,"实合了贾母、王夫人的心事,连王夫人也都听住了"。

的确,在与自身利益无涉的情况下,王夫人是有着貌似慈善的一面。第八十回中,在迎春离世之前,王夫人给了她人间最后的温暖:

> 迎春方哭哭啼啼的在王夫人房中诉委曲……一行说,一行哭的呜呜咽咽,连王夫人并众姊妹无不落泪……迎春哭道:"我不信我的命就这么不好! 从小儿没了娘,幸而过婶子这边过了几年心净日子,如今偏又是这么个结果!"王夫人一面解劝,一面问他随意要在那里安歇……仍命人忙忙的收拾紫菱洲房屋,命姊妹们陪伴着解释……还是王夫人、薛姨妈等安慰劝释,方止住了过那边去。

第五十八回,对于唱戏的芳官等,王夫人曾评论:

> "这学戏的倒比不得使唤的,他们也是好人家的儿女,因无能卖了做这事,装丑弄鬼的几年。如今有这机会,不如给他们几两银子盘费,各自去罢。当日祖宗手里都是有这例的。咱们如今损阴坏德,而且还小器。如今虽有几个老的还在,那是他们各有原故,不肯回去的,所以才留下使唤,大了配了咱们家的小厮们了。"尤氏道:"如今我们也去问他十二个,有愿意回去的,就带了信儿,叫上父母来亲自来领回去,给他们几两银子盘缠方妥当。若不叫上他父母亲人来,只怕有混帐人顶名冒领出去又转卖了,岂不

辜负了这恩典。若有不愿意回去的,就留下。"王夫人笑道:"这话妥当。"……将十二个女孩子叫来面问,倒有一多半不愿意回家的……王夫人听了,只得留下。

此处,王夫人的确有着人之常情的慈悲。但是当王夫人认为利益被触犯时,她是不惮于露出其"冷"甚至心狠手辣的一面的。因此,胡文彬先生认为:"王夫人的'善'誉是浪得虚名。如硬是要用一个'善'来概括她的行为和人格的话,只能说她是一个道道地地伪善者。"①

(一)王夫人之"冷"

1. 对黛玉

在第三回黛玉初进贾府的时候,王夫人就没有太表现出喜悦。贾母这样年高位重的人,尚且"迎"黛玉,但是在王夫人处,首先却是"老嬷嬷引黛玉进东房门来",然后"本房内的丫鬟忙捧上茶来",黛玉开始吃茶,"茶未吃了",只见一个穿红绫袄青缎掐牙背心的丫鬟走来笑说道:"太太说,请林姑娘到那边坐罢。"老嬷嬷听了,于是又引黛玉出来,到了东廊三间小正房内。这时,对王夫人的描写才出现:"王夫人却坐在西边下首","见黛玉来了,便往东让",这里,王夫人都没有起身。在邢夫人处,当贾赦不能见黛玉的时候,尚有一大番说辞:"老爷说了:'连日身上不好,见了姑娘彼此倒伤心,暂且不忍相见。劝姑娘不要伤心想家,跟着老太太和舅母,即同家里一样。姊妹们虽拙,大家一处伴着,亦可以解些烦闷。或有委屈之处,只管说得,不要外道才是。'"听了总让人有暖心之感,有舅舅对外甥女的温情在。但是王夫人对于贾政的未曾露面,只说了一句"你舅舅今日斋戒去了,再见罢",虽然说这些可能都是实情,但是类似邢夫人说贾赦的那种话,如果王夫人有心,她是可以代说几句的。但是王夫人显然没有这个心。紧接着王夫人就给黛玉下了个紧箍咒。王夫人接着说:"只是有一句话嘱咐你:

① 胡文彬:《红楼梦人物谈——胡文彬论红楼梦》,第189页。

你三个姊妹倒都极好，以后一处念书认字学针线，或是偶一顽笑，都有尽让的。但我不放心的最是一件：我有一个孽根祸胎，是家里的'混世魔王'，今日因庙里还愿去了，尚未回来，晚间你看见便知了。你只以后不要睬他，你这些姊妹都不敢沾惹他的。"

黛玉与宝玉尚未见面，王夫人就先给黛玉一个紧箍咒。这种用心，不能不说令人心惊。

2. 对凤姐

凤姐是王夫人的内侄女，又嫁给了她丈夫贾政的侄子。而且，凤姐代其主持家政，把贾府管理得头头是道。按说，这种亲上加亲又有实际利益联结的关系，王夫人应该对凤姐非常亲切才是。但是书中非但不见这样的描写，反倒有几次王夫人难为凤姐的情节。

黛玉进贾府时，凤姐也在作品中第一次露面。凤姐刚出场，王夫人便表现了对其的不信任：

> 说话时，已摆了茶果上来。熙凤亲为捧茶捧果。又见二舅母问他："月钱放过了不曾？"熙凤道："月钱已放完了。才刚带着人到后楼上找缎子，找了这半日，也并没有见昨日太太说的那样的，想是太太记错了？"王夫人道："有没有，没什么要紧。"因又说道："该随手拿出两个来给你这妹妹去裁衣裳的，等晚上想着叫人再去拿罢，可别忘了。"熙凤道："这倒是我先料着了，知道妹妹不过这两日到的，我已预备下了，等太太回去过了目好送来。"王夫人一笑，点头不语。

此处，表面一派和平，但其实王姓两位姑侄已经暗暗展开了一场较量。凤姐克扣主子及下人的月钱去放高利贷，贾府中人绝对有闲言碎语，王夫人亦有所耳闻，这看似平平淡淡的问话，实际就是在"审问"凤姐。当然，作为真正的管家，王夫人询问和管理此事，并无不妥。但是王夫人在众人面前公然发问，就是在将凤姐置于一个不利地位。而且显然,王夫人并非意在管理——紧接着她就说"有没有,没什么要紧",显然,她并不真的关心月钱发放以及是否有缎子,其真正意图在于让凤姐明白,她并非万事不知,暗示凤姐做事要小心。最后被凤姐给了个软钉子,王夫人没趣,却又不好发作,也只得"一笑""点头不语"。

尤氏在荣国府被一个婆子冷淡,凤姐从管理角度出发,打算惩戒这个婆子,但是邢夫人素常痛恨凤姐与贾琏,故而借着此事,故意为难凤姐,当着许多人"陪笑",向凤姐求情说:"我听见昨儿晚上二奶奶生气,打发周管家的娘子捆了两个老婆子,可也不知犯了什么罪。论理我不该讨情,我想老太太好日子,发狠的还舍钱舍米,周贫济老,咱们家先倒折磨起人家来了。不看我的脸,权且看老太太,竟放了他们罢。"

> 凤姐听了这话,又当着许多人,又羞又气,一时抓寻不着头脑,憋得脸紫涨,回头向赖人家的等笑道:"这是那里的话。昨儿因为这里的人得罪了那府里的大嫂子,我怕大嫂子多心,所以尽让他发放,并不为得罪了我。这又是谁的耳报神这么快。"王夫人因问为什么事,凤姐儿笑将昨日的事说了。尤氏也笑道:"连我并不知道,你原也太多事了。"凤姐儿道:"我为你脸上过不去,所以等你开发,不过是个礼。就如我在你那里有人得罪了我,你自然送了来尽我开发。凭他是什么好奴才,到底错不过这个礼去。这又不知谁过去没的献勤儿,这也当作一件事情去说。"

此处,凤姐已经"憋得脸紫涨",并且有理有据地说明了自己如此做的原因。于公,凤姐着眼于贾府治理的大方面,这样做并无不妥;于私,凤姐此时已经很窘迫了。作为姑姑,或者说贾府管理者,王夫人理应安慰一下凤姐。但是王夫人非但没有,反而火上添油地说:"你太太说的是。就是珍哥儿媳妇也不是外人,也不用这些虚礼。老太太的千秋要紧,放了他们为是。"说着,回头便命人去放了那两个婆子。

凤姐之前不过"憋得脸紫涨"，但是由于王夫人的训斥，凤姐越想越气越愧，不由得灰心转悲，滚下泪来。因赌气回房哭泣，又不使人知觉。还是贾母发现后，给了凤姐一个公允的评价："这才是凤丫头知礼处，难道为我的生日由着奴才们把一族中的主子都得罪了也不管罢。这是太太素日没好气，不敢发作，所以今儿拿着这个作法子，明是当着众人给凤儿没脸罢了。"此处，贾母所说的"太太素日没好气"是指邢夫人，但是王夫人又何尝不是如此？王夫人一如邢夫人，是故意要"当着众人给凤儿没脸罢了"。凤姐虽然自己爱专权弄事，但客观上她的确在贾府理家之事上对王夫人帮助极大。但王夫人不但不心存感激，反倒当众借机数落凤姐，凤姐因此"灰心转悲"。

3. 对刘姥姥

对于刘姥姥，热衷于放高利贷生息的凤姐，居然准备了"半炕东西"。平儿是这样向刘姥姥解说的：

> 这是昨日你要的青纱一匹，奶奶另外送你一个实地子月白纱作里子。这是两个茧绸，作袄儿裙子都好。这包袱里是两匹绸子，年下做件衣裳穿。这是一盒子各样内造点心，也有你吃过的，也有你没吃过的，拿去摆碟子请客，比你们买的强些。这两条口袋是你昨日装瓜果子来的，如今这一个里头装了两斗御田粳米，熬粥是难得的；这一条里头是园子里果子和各样干果子。这一包是八两银子。这都是我们奶奶的。

贾母送的东西也不少，如鸳鸯所说："这是老太太的几件衣服，都是往年间生日节下众人孝敬的，老太太从不穿人家做的，收着也可惜，却是一次也没穿过的。昨日叫我拿出两套儿送你带去，或是送人，或是自己家里穿罢，别见笑。这盒子里是你要的面果子。这包子里是你前儿说的药：梅花点舌丹也有，紫金锭也有，活络丹也有，催生保命丹也有，每一样是一张方子包着，总包在里头了。这是两个荷包，带着顽罢。"

但是吃斋念佛的王夫人,虽然给了一百两银子,但是明确要求"拿去或者作个小本买卖,或者置几亩地,以后再别求亲靠友的"。相比之下,王夫人之缺少温情,可见一斑。其后,刘姥姥果然没有再来贾府打秋风,直到贾府败落之际,刘姥姥才三进贾府,知恩图报地帮助凤姐等人。

(二)心狠手辣

王夫人素常吃斋念佛,但是对于人命关天的事情,她是比较淡漠的。薛蟠"倚财仗势,打死人命",从未见作为亲姨妈的王夫人对此有任何责备。第十五回"王凤姐弄权铁槛寺"中,老尼净虚想替李衙内谋夺金哥:"我想如今长安节度云老爷与府上最契,可以求太太与老爷说声,打发一封书去,求云老爷和那守备说一声,不怕那守备不依。若是肯行,张家连倾家孝顺也都情愿。"凤姐的回复是:"这事倒不大,只是太太再不管这样的事。"老尼道:"太太不管,奶奶也可以主张了。"——这里,我们可以看到,净虚开始时是承望王夫人来处理此事的。为何如此?显然,在王夫人年轻当家主事的时候,与老尼是做过类似勾当的。

贾瑞病重之时,需要人参,其祖父贾代儒求助荣府。书中写:

> 王夫人命凤姐秤二两给他,凤姐回说:"前儿新近都替老太太配了药,那整的太太又说留着送杨提督的太太配药,偏生昨儿我已送了去了。"王夫人道:"就是咱们这边没了,你打发个人往你婆婆那边去问问,或是你珍大哥哥那府里再寻些来,凑着给人家。吃好了,救人一命,也是你的好处。"

看到这里,王夫人似乎俨然是一副悲天悯人的菩萨形象。果真如此么?在第七十七回中,又有这样的描写:

> 凤姐病已比先减了,虽未大愈,然亦可以出入行走得了,仍命大夫每日诊脉服药,又开了丸药方子来配调经养荣丸。因用上等人参二两,王

夫人命人取时，翻寻了半日，只向小匣内寻了几枝簪挺粗细的。王夫人看了嫌不好，命再找去，又找了一大包须末出来。王夫人焦躁道："用不着偏有，但用着了，再找不着。成日家我说叫你们查一查，都归拢在一处。你们白不听，就随手混撂。你们不知他的好处，用起来得多少换买来还不中使呢。"彩云道："想是没了，就只有这个。上次那边的太太来寻了些去，太太都给过去了。"

这里，我们不难看出，王夫人家里是有人参的，"几枝簪挺粗细的"和"一大包须末"。有身份的人来向她讨要人参的时候，王夫人是颇为主动的，"上次那边的太太来寻了些去，太太都给过去了"。但是，当贾瑞病重来求人参的时候，王夫人非但不给，全部推给凤姐，而且表面上还装好人，要凤姐"救人一命"。贾瑞之死固然有多方面原因，王夫人的冷漠却也逃不了干系。

如果说贾瑞之死有诸多原因的话，那么金钏儿和晴雯就是王夫人亲手毁灭掉的美好的生命。

金钏儿是王夫人的贴身丫鬟。对于金钏儿之死的玄机，作者其实暗示得相当明显：

王夫人在里间凉榻上睡着，金钏儿坐在旁边捶腿……宝玉轻轻的走到跟前，把他耳上带的坠子一拧，金钏儿睁开眼，见是宝玉。宝玉悄悄的笑道："就困的这么着？"金钏抿嘴一笑，摆手令他出去，仍合上眼，宝玉见了他，就有些恋恋不舍的，悄悄的探头瞧瞧王夫人合着眼，便自己向身边荷包里带的香雪润津丹掏了一丸出来，便向金钏儿口里一送。金钏儿并不睁眼，只管嚼了。宝玉上来便拉着手，悄悄的笑道："我明日和太太讨你，咱们在一处罢。"金钏儿不答。宝玉又道："不然，等太太醒了我就讨。"金钏儿睁开眼，将宝玉一推，笑道："你忙什么！'金簪子掉在井里头，有你的只是有你的'，连这句话语难道也不明白？我倒告诉你个巧宗儿，你往东小院子里拿环哥儿同彩云去。"宝玉笑道:"凭他怎么去罢,我只守着你。"

接下去,非常突然地:

> 只见王夫人翻身起来,照金钏儿脸上就打了个嘴巴子,指着骂道:"下作小娼妇,好好的爷们,都叫你教坏了。"宝玉见王夫人起来,早一溜烟去了。
>
> 这里金钏儿半边脸火热,一声不敢言语。登时众丫头听见王夫人醒了,都忙进来。王夫人便叫玉钏儿:"把你妈叫来,带出你姐姐去。"金钏儿听说,忙跪下哭道:"我再不敢了。太太要打骂,只管发落,别叫我出去就是天恩了。我跟了太太十来年,这会子撵出去,我还见人不见人呢!"王夫人固然是个宽仁慈厚的人,从来不曾打过丫头们一个,今忽见金钏儿行此无耻之事,此乃平生最恨者,故气忿不过,打了一下,骂了几句。虽金钏儿苦求,亦不肯收留,到底唤了金钏儿之母白老媳妇来领了下去。那金钏儿含羞忍辱的出去,不在话下。

很明显,王夫人是在床上装睡的。她装睡的目的是想听听金钏儿到底和宝玉说了什么,事实上,金钏儿也并未说出不适宜的话,对此,王夫人也听得真真切切。但是王夫人要杀鸡儆猴,就需要找一个替死鬼。所以无论那一刻金钏儿说了什么或者没说什么,王夫人都早已决定要处置金钏儿。这种心机,实在令人恐惧。所以紧接着,王夫人翻身起来,照着金钏儿劈面就是一巴掌,破口大骂她是"下作小娼妇",并加之以"教坏爷们"的莫须有罪名,二话没说就把金钏儿撵了出去。在封建社会里,一个奴婢被诬为"教坏爷们"的"下作小娼妇",逐出贵族之家,就等于在人格上判处了死刑。金钏儿也明确说过:"我跟了太太十来年,这会子撵出去,我还见人不见人呢!"但是王夫人仍然不为所动,最后金钏儿走投无路,只好跳井自杀。——金钏儿在被赶出的那一刻,除了赴死其实再无别的出路。

即便金钏儿身死之后，王夫人还虚伪地用"你可知道一桩奇事？金钏儿忽然投井死了"表明自己的无辜，并以"要是别的丫头，赏他几两银子就完了，只是金钏儿虽然是个丫头，素日在我跟前比我的女儿也差不多"来叙写自己的慈善人形象，真令人齿冷。

对于晴雯，这个被诬为"狐媚惑主"的丫鬟，王夫人更是凶相毕露。王夫人之所以记起晴雯，是因为王善保家的进谗言时的描述："那丫头仗着他生的模样儿比别人标致些。又生了一张巧嘴，天天打扮的像个西施的样子，在人跟前能说惯道，掐尖要强。一句话不投机，他就立起两个骚眼睛来骂人，妖妖趫趫，大不成个体统。"王夫人听了这话，猛然触动往事，便问凤姐道："上次我们跟了老太太进园逛去，有一个水蛇腰，削肩，眉眼又有些像你林妹妹的，正在那里骂小丫头。我的心里很看不上那狂样子，因同老太太走，我不曾说得。后来要问是谁，又偏忘了。今日对了坎儿，这丫头想必就是他了。"

王夫人立刻着手处理，让小丫头马上把晴雯带来。一见到晴雯有"春睡捧心之遗风"，而且形容面貌恰是上月的那人，"不觉勾起方才之火来"。作者写王夫人原是"天真烂漫之人"，喜怒出于心臆，"今既真怒攻心"，又勾起往事，便冷笑道："好个美人！真像个病西施了。你天天作这轻狂样儿给谁看？"并喝道："去！站在这里，我看不上这浪样儿！谁许你这样花红柳绿的妆扮！"

晴雯"四五日水米不曾沾牙，恹恹弱息，如今现从炕上拉了下来，蓬头垢面，两个女人才架起来去了"。到此王夫人还没有收敛，甚至命令"只许把他贴身衣服撂出去，余者好衣服留下给好丫头们穿"。之后又一一检视其他丫鬟，看四儿"聪明皆露在外面，且也打扮的不同"，王夫人便冷笑道："这也是个不怕臊的。他背地里说的，同日生日就是夫妻。这可是你说的？打谅我隔的远，都不知道呢。可知道我身子虽不大来，我的心耳神意时时都在这里。难道我通共一个宝玉，就白放心凭你们勾引坏了不成！"即命把四儿、芳官等拉出去配人，芳官只好遁世出家。从此，大观园风流云散。从这个角度看，王夫人的确当得起"杀人不见血"①的评价。

王夫人所做的一切,用她的话说,是"难道我通共一个宝玉,就白放心凭你们勾引坏了不成"！但她的做法,恰恰害了宝玉。她完全不理解宝玉的心,以为自己为宝玉安排的必然是顺遂的道路。殊不知,她所做的一切,都是在将宝玉推离她,进而放弃这红尘,走向那"白茫茫大地"。

第三节　赵姨娘:愚顽之人

一、"半个主子"的身份

赵姨娘是贾政的侍妾,探春和贾环的生母。她是由奴婢收房的姨娘,因而有个做奴才的弟弟赵国基。她的身份,是处于夹缝中的。在第四十六回贾赦讨鸳鸯做小妾时,作者就明确指出"妾"的地位是"半个主子":

> 凤姐儿笑道:"到底是太太有智谋,这是千妥万妥的。别说是鸳鸯,凭他是谁,那一个不想巴高望上,不想出头的？这半个主子不做,倒愿意做个丫头,将来配个小子就完了。"邢夫人笑道:"正是这个话了。别说鸳鸯,就是那些执事的大丫头,谁不愿意这样呢……"

但在贾府日常生活中,"半个主子"的赵姨娘依然需要与其他丫鬟一道来服侍主子。比如第三十五回写道:

> 少顷至园外,王夫人恐贾母乏了,便欲让至上房内坐。贾母也觉腿酸,便点头依允。王夫人便令丫头忙先去铺设坐位。那时赵姨娘推病,只有周姨娘与众婆娘丫头们忙着打帘子,立靠背,铺褥子。

---

① 李鸿渊:《邢夫人与王夫人形象之女性主义批评》,《红楼梦学刊》2011年第3辑,第156页。

显然，在贾府，妾需要与"众婆娘丫头们"一起来劳动，服侍真正的主子。所以，赵姨娘在"半个主子"的身份之外，同时也是"半个奴才"。这半主半奴的身份是非常尴尬的，犹如鸳鸯在训斥自己的嫂子时所说：

> 怪道成日家羡慕人家女儿作了小老婆，一家子都仗着他横行霸道的，一家子都成了小老婆了！看的眼热了，也把我送在火坑里去。我若得脸呢，你们在外头横行霸道，自己就封自己是舅爷了。我若不得脸败了时，你们把忘八脖子一缩，生死由我。

所以，能做"小老婆"的丫鬟如果得势还好，如果不得势，如赵姨娘这种，甚至都不如一个体面的下人。在第六十回中，芳官曾直接指斥赵姨娘："姨奶奶犯不着来骂我，我又不是姨奶奶家买的。'梅香拜把子——都是奴儿'呢！"在第二十回里，赵姨娘训斥自己的儿子贾环时，却反而被凤姐训斥了一顿："他现是主子，不好了，横竖有教导他的人，与你什么相干！"可见虽然身为贾环的生母，赵姨娘甚至没有权力来教导儿子，足见这"半个主子"地位之卑贱。

　　更可悲的是，半主半奴的身份似乎更强化了赵姨娘的奴性。第六十七回，做人环顾八面的宝钗把薛蟠从外地带回来的东西分给姑娘们，也送给了贾环一份，赵姨娘心中甚是喜欢，想道："怨不得别人都说那宝丫头好，会做人，很大方，如今看起来果然不错……"一面想，一面把那些东西翻来覆去摆弄瞧看一回。忽然想到宝钗系王夫人的亲戚，为何不到王夫人跟前卖个好儿呢？于是便"蝎蝎螫螫地"拿着东西，走至王夫人房中，站在旁边，"陪笑"说道："……难为宝姑娘这么年轻的人，想的这么周到，真是大户人家的姑娘，又展样，又大方……我也不敢自专就收起来，特拿来给太太瞧瞧，太太也喜欢喜欢。"王夫人听了，觉得她说得不伦不类的，也没有给她好脸色。赵姨娘"来时兴兴头头，谁知抹了一鼻子灰，满心生气，又不敢露出来"，只得讪讪出来了。到了自己房中，将东西丢在一边，嘴里咕咕哝哝自言自语道："这个又算了个什么儿呢。"于是，"一面坐着，各自生了一回闷气"。这里，一副卑微的奴才相展示得淋漓尽致。

二、悭吝

赵姨娘如邢夫人一般悭吝，蝇头小利也不放过。

第六十一回中，贾府厨房管事的柳家的曾说："连前儿三姑娘和宝姑娘偶然商议了要吃个油盐炒枸杞芽儿来，现打发个姐儿拿着五百钱来给我……说赏我打酒吃，又说'如今厨房在里头，保不住屋里的人不去叨登，一盐一酱，那不是钱买的。你不给又不好，给了你又没的赔。你拿着这个钱，全当还了他们素日叨登的东西窝儿'。这就是明白体下的姑娘，我们心里只替他念佛。没的赵姨奶奶听了又气不忿，又说太便宜了我，隔不了十天，也打发个小丫头子来寻这样寻那样，我倒好笑起来。你们竟成了例，不是这个，就是那个，我那里有这些赔的。"可见，赵姨娘的贪便宜、悭吝，在贾府是"有口皆碑"的。

第三十七回中麝月也说过："那瓶得空也该收来了，老太太屋里还罢了，太太屋里人多手杂，别人还可以，赵姨奶奶一伙的人见是这屋里的东西，又该使黑心弄坏了才罢。"晴雯听说，便道："这话倒是，等我取去。"

第五十七回中，黛玉的丫鬟雪雁曾说："赵姨奶奶……和太太告了假，出去给他兄弟伴宿坐夜，明儿送殡去，跟他的小丫头子小吉祥儿没衣裳，要借我的月白缎子袄儿。我想他们一般也有两件子的，往脏地方儿去恐怕弄脏了，自己的舍不得穿，故此借别人的。借我的弄脏了也是小事，只是我想，他素日有些什么好处到咱们跟前，所以我说了：'我的衣裳簪环都是姑娘叫紫鹃姐姐收着呢。如今先得去告诉他，还得回姑娘呢。姑娘身上又病着，更费了大事，误了你老出门，不如再转借罢。'"连自己弟弟的丧事，赵姨娘都要向别人丫鬟借衣服，其鄙薄小气可谓登峰造极。

三、"愚"

（一）对亲生儿女之"愚"

《红楼梦》中，作者常以一字高度概括人物，如俏平儿、呆香菱、憨湘云、勇晴雯、烈金钏儿等。在第五十五回，作者用"辱亲女愚妾闲争气"的回目，给了赵姨娘"愚"的定位。

赵姨娘由丫鬟而成姨娘，又有儿子贾环和探春这个优秀的女儿，如果善加运用，或者哪怕只是平和度日，无论在物质还是精神方面，她都能过着不错的生活。但她对自己人生定位错误，"自己不尊重"，也就"失了体统"。对亲生儿子贾环，她不是用心教养，而是常用低级、不堪入耳的话来骂他——"下流没脸的东西""没造化的种子，疸心孽障"——这倒与王夫人有些异曲同工之妙，可见贾政的一妻一妾品位如何。非但如此，她还时常撺掇贾环做上不得台面的事。比如第二十回中，贾环在宝钗处玩投骰子，因耍赖而与莺儿有口角，后来宝玉建议他"这里不好，你别处顽去"，贾环因而回来，赵姨娘见他这般，因问：

> "又是那里垫了踹窝来了？"一问不答，再问时，贾环便说："同宝姐姐顽的，莺儿欺负我，赖我的钱，宝玉哥哥撵我来了。"赵姨娘啐道："谁叫你上高台盘去了？下流没脸的东西！那里顽不得？谁叫你跑了去讨没意思！"

赵姨娘果然够愚蠢。看见儿子回来，不由分说就认为儿子挨了欺负，"又是那里垫了踹窝来了？"对自己儿子的秉性不清楚，轻易相信贾环的话，进而用非常负面的语言刺激贾环："谁叫你上高台盘去了？"——对王夫人等的仇恨使赵姨娘仅存的理智荡然无存。

在第六十回中，芳官将蔷薇硝代替茉莉粉给了贾环，贾环知道后，并不当回事，觉得"闻闻也是喷香"，认为"这也是好的"。但赵姨娘却立意生事：

> "有好的给你！谁叫你要去了，怎怨他们要你！依我，拿了去照脸摔给他去，趁着这回子撞尸的撞尸去了，挺床的便挺床，吵一出子，大家别心净，也算是报仇。莫不是两个月之后，还找出这个碴儿来问你不成？便问你，你也有话说。宝玉是哥哥，不敢冲撞他罢了。难道他屋里的猫儿狗儿，也

不敢去问问不成!"贾环听说,便低了头。

彩云也忙劝止,然而赵姨娘道:

"你快休管……乘着抓住了理,骂给那些浪淫妇们一顿也是好的。"又指贾环道:"呸! 你这下流没刚性的,也只好受这些毛崽子的气! 平白我说你一句儿,或无心中错拿了一件东西给你,你倒会扭头暴筋瞪着眼蹬摔娘。这会子被那起屄崽子耍弄也罢了。你明儿还想这些家里人怕你呢。你没有屄本事,我也替你羞。"贾环听了,不免又愧又急,又不敢去,只摔手说道:"你这么会说,你又不敢去,支使了我去闹。倘或往学里告去捱了打,你敢自不疼呢? 遭遭儿调唆了我闹去,闹出了事来,我捱了打骂,你一般也低了头。这会子又调唆我和毛丫头们去闹。你不怕三姐姐,你敢去,我就服你。"只这一句话,便戳了他娘的肺,便喊说:"我肠子里爬出来的,我再怕不成! 这屋里越发有得说了。"一面说,一面拿了那包子,便飞也似的往园中去了。

对于探春,赵姨娘不太体会得到她庶出且兼身为女儿身的痛苦,常常生事让探春"没脸"。

探春代理主持贾府家政之时,恰逢赵姨娘的弟弟赵国基死掉。探春按照旧例赏银二十两。赵姨娘得知后,便来寻事,开口便说道:

"这屋里的人都踩下我的头去还罢了。姑娘你也想一想,该替我出气才是。"一面说,一面眼泪鼻涕哭起来。探春忙道:"姨娘这话说谁,我竟不解。谁踩姨娘的头? 说出来我替姨娘出气。"赵姨娘道:"姑娘现踩我,我告诉谁!"探春听说,忙站起来,说道:"我并不敢。"李纨也站起来劝。赵姨娘道:"你们请坐下,听我说。我这屋里熬油似的熬了这么大年纪,又有你和你兄弟,这会子连袭人都不如了,我还有什么脸?连你也没脸面,别说我了!"探春笑道:"原来为这个。我说我并不敢犯法违理。"一面便坐了,拿帐翻与赵姨娘看,又念与他听,又说道:"这是祖宗手里旧规矩,人人都依着,偏我改了不成?……他是太太的奴才,我是按着旧规矩办。说办的好,领祖宗的恩典、太太的恩典,若说办的不均,那是他糊涂不知福,也只好凭他抱怨去。太太连房子赏了人,我有什么有脸之处;一文不赏,我也没什么没脸之处。依我说,太太不在家,姨娘安静些养神罢了,何苦只要操心。太太满心疼我,因姨娘每每生事,几次寒心。我但凡是个男人,可以出得去,我必早走了,立一番事业,那时自有我一番道理。偏我是女孩儿家,一句多话也没有我乱说的。太太满心里都知道。如今因看重我,才叫我照管家务,还没有做一件好事,姨娘倒先来作践我。倘或太太知道了,怕我为难不叫我管,那才正经没脸,连姨娘也真没脸!"一面说,一面不禁滚下泪来。

探春回答得有理有据,赵姨娘没了别话答对,便说道:

"太太疼你,你越发拉拉扯扯我们。你只顾讨太太的疼,就把我们忘了。"探春道:"我怎么忘了?叫我怎么拉扯?这也问你们各人,那一个主子不疼出力得用的人?那一个好人用人拉扯的?"李纨在旁只管劝说:"姨娘别生气。也怨不得姑娘,他满心里要拉扯,口里怎么说的出来。"探春忙道:"这大嫂子也糊涂了。我拉扯谁?谁家姑娘们拉扯奴才了?他们的好歹,你们该知道,与我什么相干。"赵姨娘气的问道:"谁叫你拉扯别人去了?你不当家我也不来问你。你如今现说一是一,说二是二。如今你舅舅死了,你多给了二三十两银子,难道太太就不依你?分明太太是好太太,都是你们尖酸刻薄,可惜太太有恩无处使。姑娘放心,这也使不着你的银子。明儿等出了阁,我还想你额外照看赵家呢。如今没有长羽毛,就忘了根本,只拣高枝儿飞去了!"探春没听完,已气的脸白气噎,抽抽咽咽的一面哭,一面问道："谁是我舅舅？我舅舅年下才升了九省检点，那里又跑出一个舅舅来？我倒素习按理尊敬，越发敬出这些亲戚来了。既这么说，环儿出去，为什么赵国基又站起来，又跟他上学？为什么不拿出舅舅的款来？何苦来，谁不知道我是姨娘养的，必要过两三个月寻出由头来，彻底来翻腾一阵，生怕人不知道，故意的表白表白。也不知谁给谁没脸？幸亏我还明白，但凡糊涂不知理的，早急了。"李纨急得只管劝，赵姨娘只管还唠叨。

（二）对他人之"愚"

赵姨娘的愚蠢行为是全方位、经常性的。有一次荣国府的两个婆子怠慢了尤氏，凤姐知道后，为了维系家风，派林之孝家的前去处理。但尤氏打算息事宁人，认为"也不是什么大事……已经撒开手了"。本来就是一件"小事化无"的家常琐事，可是赵姨娘却时刻不放过架桥拨火、挑拨是非的机会：

> 林之孝家的见如此，只得便回身出园去。可巧遇见赵姨娘，姨娘因笑道："嗳哟哟，我的嫂子！这会子还不家去歇歇，还跑些什么？"林之孝家的便笑说："何曾不家去的，如此这般进来了。又是个齐头故事。"赵姨娘原是好察听这些事的……方才之事，已竟闻得八九，听林之孝家的如此说，便怎般如此告诉了林之孝家的一遍，林之孝家的听了，笑道："原来是这事，也值一个屁！开恩呢，就不理论，心窄些儿，也不过打几下子就完了。"赵姨娘道："我的嫂子，事虽不大，可见他们太张狂了些。巴巴的传进你来，明明戏弄你，顽算你。快歇歇去，明儿还有事呢，也不留你吃茶去。"

幸亏林之孝家的还算明白，没有被赵姨娘煽动。但赵姨娘用心之险恶，可见一斑。

虽然已经升为"半个主子"，但是赵姨娘改不了旧日习惯，常与"管事的女人们扳厚，互相联络，好作首尾"，这种行为，如何会受贾府正牌主子们的待见？

在第六十回,因芳官将茉莉粉代替蔷薇硝给了贾环,赵姨娘怀恨在心,"飞也似的往园中去"找芳官报仇。大观园里那些看不惯小丫头的老婆子们听说之后,立刻开始怂恿赵姨娘:

> 赵姨娘直进园子,正是一头火,顶头正遇见藕官的干娘夏婆子走来。见赵姨娘气恨恨的走来,因问:"姨奶奶那去?"赵姨娘又说:"你瞧瞧,这屋里连三日两日进来唱戏的小粉头们,都三般两样掂人分量放小菜碟儿了。若是别一个,我还不恼,若叫这些小娼妇捉弄了,还成个什么!"夏婆子听了,正中己怀,忙问因何。赵姨娘悉将芳官以粉作硝轻侮贾环之事说了。夏婆子道:"我的奶奶……你老想一想,这屋里除了太太,谁还大似你?你老自己撑不起来;但凡撑起来的,谁还不怕你老人家?如今我想,乘着这几个小粉头儿恰不是正头货,得罪了他们也有限的,快把这两件事抓着理扎个筏子,我在旁作证据,你老把威风抖一抖,以后也好争别的礼。便是奶奶姑娘们,也不好为那起小粉头子说你老的。"赵姨娘听了这话,益发有理,便说:"烧纸的事不知道,你却细细的告诉我。"夏婆子便将前事一一的说了,又说:"你只管说去。倘或闹起,还有我们帮着你呢。"赵姨娘听了越发得了意,仗着胆子便一径到了怡红院中。

到了怡红院,赵姨娘"也不答话,走上来便将粉照着芳官脸上撒来",指着芳官骂道:"小淫妇!你是我银子钱买来学戏的,不过娼妇粉头之流!我家里下三等奴才也比你高贵些的,你都会看人下菜碟儿。宝玉要给东西,你拦在头里,莫不是要了你的了?拿这个哄他,你只当他不认得呢!好不好,他们是手足,都是一样的主子,那里有你小看他的!"

芳官回了一句:"……姨奶奶犯不着来骂我,我又不是姨奶奶家买的。'梅香拜把子——都是奴儿'呢!"这更触怒了赵姨娘,她"气的便上来打了两个耳刮子",这激怒了藕官、蕊官、葵官、豆官等人,四人一齐跑入怡红院中,"豆官先便一头,几乎不曾将赵姨娘撞了一跤。那三个也便拥上来,放声大哭,手撕头撞,把个赵姨娘裹住","赵姨娘反没了主意,只好乱骂"。

这一场混闹,简直匪夷所思。胡文彬先生对此评价为:"她的愚蠢蒙蔽了她的眼睛,甚至在理智上完全失衡,所以在许多事情的处理上显得都是一些蠢招数,连小失小得都谈不上。"[①]赵姨娘之"愚"实在是令人词穷。

四、凶狠

赵姨娘不但"愚",而且心狠手辣。宝玉和凤姐是她的眼中钉,她找寻一切机会企图除掉两人。

(一)"挑唆"贾政,以不利于宝玉

赵姨娘利用接近贾政的机会,向贾政吹耳边风,尽可能地不利于宝玉。

比起王夫人,赵姨娘与贾政倒更有着寻常夫妻的温情。第七十二回写赵姨娘因素日深与彩霞契合,希望将彩霞配给贾环,自己也"有个膀臂",不承望王夫人要将彩霞放出去配小斯。赵姨娘不舍,"是晚得空,便先求了贾政"。贾政因说道:"且忙什么,等他们再念一二年书再放人不迟。我已经看中了两个丫头,一个与宝玉,一个给环儿。只是年纪还小,又怕他们误了书,所以再等一二年。"赵姨娘道:"宝玉已有了二年了,老爷还不知道?"贾政听了忙问道:"谁给的?"赵姨娘方欲回答,只听"外面一声响,不知何物,大家吃了一惊不小",这个话头就被带了过去。

但从这未完结的对话中,我们仍看得出来,王夫人和贾政之间是互有隐瞒的。王夫人收了袭人为宝玉侍妾,却未汇报贾政;贾政暗暗看中了两个丫头,也没有与王夫人互通消息,却告诉了赵姨娘。可见贾政与赵姨娘之间的信任和互动还更多些。借着这种夫妻情分,赵姨娘很容易在贾政耳边吹枕边风,说宝玉的坏话。第七十三回中,赵姨娘的丫鬟小鹊就曾暗暗告诉宝玉:"我来告诉你一个信儿,方才我们奶奶这般如此在老爷前说了,你仔细明儿老爷问你话。"

---

① 胡文彬:《红楼梦人物谈——胡文彬论红楼梦》,第207页。

甚至连第三十三回中宝玉被毒打之事，赵姨娘也扮演了不好的角色。因蒋玉菡之事，贾政虽然气得目瞪口歪，但也不过是喝命宝玉"不许动！回来有话问你！"但是贾环带着几个小厮一阵乱跑，被贾政拦住，贾环乘机说道：

> "方才原不曾跑，只因从那井边一过，那井里淹死了一个丫头，我看见人头这样大，身子这样粗，泡的实在可怕，所以才赶着跑了过来。"贾政听了惊疑，问道："好端端的，谁去跳井？……若外人知道，祖宗颜面何在！"……贾环忙上前拉住贾政的袍襟，贴膝跪下道："父亲不用生气。此事除太太房里的人，别人一点也不知道。我听见我母亲说……"说到这里，便回头四顾一看。贾政知意，将眼一看众小厮，小厮们明白，都往两边后面退去。贾环便悄悄说道："我母亲告诉我说，宝玉哥哥前日在太太屋里，拉着太太的丫头金钏儿强奸不遂，打了一顿。那金钏儿便赌气投井死了。"话未说完，把个贾政气的面如金纸，大喝"快拿宝玉来"！一面说一面便往里边书房里去，喝令"今日再有人劝我，我把这冠带家私一应交与他与宝玉过去！我免不得做个罪人，把这几根烦恼鬓毛剃去，寻个干净去处自了，也免得上辱先人下生逆子之罪。"

可见，若不是赵姨娘添油加醋地说宝玉要强奸金钏儿，宝玉或者可不受这顿皮肉之苦。

（二）欲以"魇魔法"杀害凤姐、宝玉

赵姨娘的心狠手辣，在第二十五回"魇魔法姊弟逢五鬼，红楼梦通灵遇双真"中表现得最为明显。

对于马道婆"明不敢怎样，暗里也就算计了"的建议，赵姨娘闻听，觉得"有道理"，心内"暗暗的欢喜"，便说道：

> "怎么暗里算计？我倒有这个意思，只是没这样的能干人。你若教给

我这法子,我大大的谢你。"马道婆听说这话打扰了一处,便又故意说道:
"阿弥陀佛！你快休问我,我那里知道这些事。罪过,罪过。"赵姨娘道:"你
又来了。你是最肯济困扶危的人,难道就眼睁睁的看人家来摆布死了我们
娘儿两个不成？难道还怕我不谢你？"马道婆听说如此,便笑道:"若说我不
忍叫你娘儿们受人委曲还犹可,若说谢我的这两个字,可是你错打算盘了。
就便是我希图你谢,靠你有些什么东西能打动我？"赵姨娘听这话口气松动
了,便说道:"你这么个明白人,怎么糊涂起来了。你若果然法子灵验,把他
两个绝了,明日这家私不怕不是我环儿的。那时你要什么不得？"

为了谋害凤姐与宝玉,一向悭吝的赵姨娘居然主动"写了个五百两欠契"并"将
梯己拿了出来","马道婆看看白花花的一堆银子,又有欠契",这才不顾一切地
开始施法。凤姐与宝玉果然迷失心窍,宝玉甚至发话说道:"从今以后,我可不
在你家了！快收拾了,打发我走罢。"贾母听了这话,如同摘心去肝一般。但这
正遂了赵姨娘的心,她在旁似劝慰实幸灾乐祸地道:

> 老太太也不必过于悲痛。哥儿已是不中用了,不如把哥儿的衣服穿
> 好,让他早些回去,也免些苦;只管舍不得他,这口气不断,他在那世里也受
> 罪不安生。

但贾母是何等机敏的人！她直接指斥赵姨娘是"烂了舌头的混帐老婆",指出平
日都是赵姨娘等"这起淫妇""调唆着"贾政逼宝玉,才"把胆子唬破了"。可见,
贾母对于赵姨娘的险恶用心,是心知肚明的。

（三）赵姨娘的"反抗性"辨析

有论者认为,赵姨娘在贾府种种不堪的行为,都是一个被压迫者向封建等
级制度发起的强烈反抗。果真如此么？

在贾府所处的时代,"母凭子贵"是一个通行的准则。赵姨娘之所以与马道

婆狼狈为奸，是因为"把他两个绝了，明日这家私不怕不是我环儿的"，即要确立贾环作为贾政膝下唯一男性继承人的地位。此时的赵姨娘并不是作为一个奴才来反对压制，而是作为一个游离于主子与奴才之间的两面派，为了一己之私利而进行的夺权行动。她并非要建立一个清明公平的世界。事实上，赵姨娘媚上欺下，满身的奴性。对王夫人，她表面上尽量逢迎，但是对于芳官等丫鬟，她就蛮不讲理，甚至掌掴芳官，其主要目的就是在纯粹的奴才面前，树立自己的主子地位。所以，赵姨娘的所谓反抗，实在上升不到阶级性的层级。

五、亦有舐犊之爱

赵姨娘毕竟是一个母亲。贾环于她的意义，如同宝玉对王夫人的意义。赵姨娘对贾环是爱的，否则，悭吝的赵姨娘也不会斥巨资给马道婆，只为了给"环儿"谋一份身家。在第二十五回中，贾环以蜡油烫了宝玉，赵姨娘为了儿子，虽然"常怀嫉妒之心，不忿凤姐、宝玉两个"，但还要"走去替宝玉收拾"，对于王夫人的数落也要"吞声承受"。——也算有一个母亲的样子。凤姐曾说贾环"实在令人难疼，要依我的性早撵出去了"。事实上，贾环虽然可厌，毕竟仍然是个孩子。如果在一个好的成长环境中，贾环或仍可有所成。但是赵姨娘秉性愚贱，对于贾环的偏颇之爱，也在一定程度上害了他。

探春和贾环同为赵姨娘所生，因为敏感于自己的庶出身份，她采取近王夫人而远赵姨娘、近宝玉而远贾环的政策，公开宣称"我只管认得老爷太太两个人，别人我一概不管。就是姐妹弟兄跟前，谁和我好，我就和谁好；什么偏的庶的，我也不知道"。创办诗社，邀请了众姐妹和宝玉，唯独没有邀请贾环。若说贾环诗才不够，迎春、惜春的诗才也不见得比贾环好，不过也是应景罢了。总体来说，探春的努力没有白费，王夫人虽然没有从心里接受她，但表面上还是给了面子，在凤姐生病的时候，给了探春管家的机会。

客观地讲，探春的这一做法显然会令赵姨娘伤心甚至怀恨。袭人说赵姨娘知道探春替宝玉做鞋之后说："正经亲兄弟，鞋塌拉袜塌拉的没人看见，且做这些东西！"对于探春只给了赵国基二十两银子，赵姨娘也去胡搅蛮缠了一场，引得探春"滚下泪来",这时的赵姨娘应该也有些许难过,因为她"没了别话答对"。其后赵姨娘说出"你不当家我也不来问你",表明她其实也能体会到探春的苦衷。"明儿等出了阁,我还想你额外照看赵家呢。如今没有长羽毛,就忘了根本,只拣高枝儿飞去了!"虽然令探春"气的脸白气噎",但想来,从一个母亲的角度说出这些话,也令人颇为同情。

而且,作为母女,赵姨娘与探春并非一无来往。贾母托薛姨妈进园子照管众姐妹时,薛姨妈开始时想住在探春处,但后来考虑到不方便,因而放弃。为什么不方便呢?显然是因为贾环和赵姨娘时常去秋爽斋。黛玉去探望宝玉的时候,赵姨娘也进来问候,黛玉便知赵姨娘是"自探春处来",顺便的人情。显然,赵姨娘去探春处是经常性行为,否则黛玉也不会一见便知了。

因而,对于探春判词中的"清明涕送江边望"之句,有论者解读为是探春远嫁之时,赵姨娘"涕送",痛苦送别。1987年版央视《红楼梦》,便展示了赵姨娘与探春母女临别相拥涕泣的场景。这种推测,是非常符合人性的。

另外,对彩云,赵姨娘也在一定程度上付出了真心。虽然人气不如宝玉,但是贾环身边也有一两个对他萌生情愫的丫鬟,彩云就是其中之一。作为王夫人的丫鬟,彩云常尽可能地对赵姨娘母子有所关照。因此,赵姨娘也投桃报李,还为彩云而大骂过贾环,"赵姨娘百般的安慰他:'好孩子,他辜负了你的心,我看的真。让我收起来,过两日他自然回转过来了。'"

综上所述,赵姨娘实在是一个可厌、可恨、可怜又可叹的人。

第三章
明珠投暗[1]

第一节　秦可卿:"情天情海幻情身"

一、亲情浇薄

秦可卿是《红楼梦》中颇为费人思量的角色。对于这个艺术形象,作者笔墨用得并不多,集中在第五回至第十三回间,但可卿形象却如绕梁余音,令人感叹悲惋。

可卿是个可怜人:

> 他父亲秦业现任营缮郎,年近七十,夫人早亡。因当年无儿女,便向养生堂抱了一个儿子并一个女儿。谁知儿子又死了,只剩女儿,小名唤可儿,长大时,生的形容袅娜,性格风流……那秦业至五旬之上方得了秦钟。

这段描写向我们说明的是,秦可卿不是秦业的亲生女儿,是秦业在养生堂抱养的;秦钟和秦可卿也不是亲姐弟,他是秦业至五旬上方生的,因此,可卿与其父秦业与弟弟秦钟都没有血缘关系,亲情浇薄。

为表明这一点,在第十四回凤姐打理宁国府,需要使用对牌的时候,作者似用闲闲之笔带出这样一段描写:

---

① 除本章所讲人物之外,周姨娘、银蝶、贾蓉后妻都可划归此类,但在作品中关于她们的笔墨甚少,故从略。另外,平儿既是贾琏的侍妾,又是凤姐的丫鬟。从贾琏侍妾的角度,平儿也属于"明珠投暗"的人物。但在书中平儿更多是以凤姐的丫鬟身份出现,故将对平儿的分析放在下编。

秦钟因笑道："你们两府里都是这牌，倘或别人私弄一个，支了银子跑了，怎样?"凤姐笑道："依你说，都没王法了。"

第十五回写贾府给秦氏送殡，途中凤姐、宝玉和秦钟来到一茅堂歇息，

一时凤姐进入茅堂，因命宝玉等先出去顽顽。宝玉等会意，因同秦钟出来，带着小厮们各处游顽。

只见一个约有十七八岁的村庄丫头跑来乱嚷不让他们乱动纺车，秦钟暗拉宝玉笑道："此卿大有意趣。"此时，自己的姐姐尸骨未寒，尚未下葬，其他人不断来祭奠哭丧，四处哀音不绝，作为弟弟的秦钟竟在后堂和凤姐闲聊玩笑，在村庄和宝玉嬉笑逗趣，可见，秦钟对可卿之死，并不伤感。更夸张的是，给姐姐送殡到了水月庵以后，秦钟遇到了在荣国府结识的相好小尼姑智能儿，他竟不敛行迹，白天调笑玩乐还不算，夜晚趁黑无人，又寻智能儿偷情，直至被宝玉发现，进而被宝玉威胁，有了一段令人狐疑的"断袖"之描写。

秦业对可卿也未见亲厚。在可卿出殡的时候，作者写"秦业年迈多病，不能在此，只命秦钟等待安灵罢了"，竟不亲眼见女儿下葬。想来若是亲生，不一定会如此。在秦钟将要入读贾府家塾的时候，秦业觉得"那贾府上上下下都是一双富贵眼睛，容易拿不出来"，所以为了面子上过得去，为了儿子的终身大事，秦业少不得东拼西凑、恭恭敬敬封了二十四两银子，亲自带了秦钟，去给老师见礼。从这些描写中我们可以看出，虽然贾府和秦业号称素有瓜葛，甚至结成秦晋之好，但是两家关系看来颇为冷淡。这其中，如果可卿能主动加以调停，似乎情况会有些好转。但看来可卿对于帮助娘家也是兴趣阙如的。

二、身世之谜

对于秦可卿这一人物形象的特殊性，胡适、俞平伯就已经注意到了。到90年代，有研究者把注意力集中到秦可卿的出身上来。他们认为秦可卿的出身

无比尊贵,她来自比贾府更加赫赫扬扬的贵族之家,血统比贾府更高贵,是因她的家庭遭到了巨变才藏匿到贾府来的。论证的要点是:

第一,秦氏托梦涉及重要政治干系,绝非抱养的女婴所能知能言。

第二,其居室陈设,笔法独特,实写其身份高贵。

第三,所用棺木是非常人可享的老千岁所遗。

第四,秦氏无非是重孙媳妇,却得到位次极高的北静王的亲自吊祭。①

笔者学识浅陋,无法论证出确切结论。但是这种说法的确可以在作品中找到相应文本作为证据。比如,可卿居室的陈设:

> 刚至房门,便有一股细细的甜香袭人而来。宝玉觉得眼饧骨软,连说"好香!"入房向壁上看时,有唐伯虎画的《海棠春睡图》,两边有宋学士秦太虚写的一副对联,其联云:
>
> **嫩寒锁梦因春冷,芳气笼人是酒香。**
>
> 案上设着武则天当日镜室中设的宝镜,一边摆着飞燕立着舞过的金盘,盘内盛着安禄山掷过伤了太真乳的木瓜。上面设着寿阳公主于含章殿下卧的榻,悬的是同昌公主制的联珠帐。宝玉含笑连说:"这里好!"秦氏笑道:"我这屋子大约神仙也可以住得了。"说着亲自展开了西子浣过的纱衾,移了红娘抱过的鸳枕。于是众奶母服侍宝玉卧好,款款散了……那宝玉刚合上眼,便惚惚的睡去,犹似秦氏在前,遂悠悠荡荡,随了秦氏,至一所在。但见朱栏白石,绿树清溪,真是人迹希逢,飞尘不到。

此处,就是"太虚幻境"。

可卿下葬所用之棺木,也确非寻常物:

---

① 整理自刘心武《秦可卿出身未必寒微》(《红楼梦学刊》1999 年第 2 辑),以及周汝昌、刘心武《周汝昌、刘心武通信四封》(《文汇报》1992 年 4 月 12 日、《文汇报》1993 年 8 月 8 日)。

贾珍见父亲不管，亦发恣意奢华。看板时，几副杉木板皆不中用。可巧薛蟠来吊问，因见贾珍寻好板，便说道："我们木店里有一副板，叫作什么樯木，出在潢海铁网山上，作了棺材，万年不坏。这还是当年先父带来，原系义忠亲王老千岁要的，因他坏了事，就不曾拿去。现在还封在店内，也没有人出价敢买。你若要，就抬来使罢。"贾珍听说，喜之不尽，即命人抬来。大家看时，只见帮底皆厚八寸，纹若槟榔，味若檀麝，以手扣之，玎珰如金玉。大家都奇异称赞。贾珍笑问："价值几何？"薛蟠笑道："拿一千两银子来，只怕也没处买去。什么价不价，赏他们几两工钱就是了。"贾珍听说，忙谢不尽，即命解锯糊漆。贾政因劝道："此物恐非常人可享者，殓以上等杉木也就是了。"此时贾珍恨不能代秦氏之死，这话如何肯听。

路祭可卿的各路人马，也大有来头，号称"四王""八公"：

那时官客送殡的，有镇国公牛清之孙现袭一等伯牛继宗，理国公柳彪之孙现袭一等子柳芳，齐国公陈翼之孙世袭三品威镇将军陈瑞文，治国公马魁之孙世袭三品威远将军马尚，修国公侯晓明之孙世袭一等子侯孝康，缮国公诰命亡故，故其孙石光珠守孝不曾来得。这六家与宁荣二家，当日所称"八公"的便是。余者更有南安郡王之孙，西宁郡王之孙，忠靖侯史鼎，平原侯之孙世袭二等男蒋子宁，定城侯之孙世袭二等男兼京营游击谢鲸，襄阳侯之孙世袭二等男戚建辉，景田侯之孙五城兵马司裘良。余者锦乡伯公子韩奇，神武将军公子冯紫英，陈也俊、卫若兰等诸王孙公子，不可枚数。堂客算来亦有十来顶大轿，三四十小轿，连家下大小轿车辆，不下百余十乘。连前面各色执事，陈设，百耍，浩浩荡荡，一带摆三四里远。

走不多时，路旁彩棚高搭。设席张筵，和音奏乐，俱是各家路祭：第一座是东平王府祭棚，第二座是南安郡王祭棚，第三座是西宁郡王，第四座是北静郡王的。原来这四王，当日惟北静王功高，及今子孙犹袭王爵。现今北静王水溶年未弱冠，生得形容秀美，情性谦和。近闻宁国公冢孙妇告殂，因想当日彼此祖父相与之情，同难同荣，未以异姓相视，因此不以王位自居，上日也曾探丧上祭，如今又设路奠，命麾下各官在此伺候。自己五更入朝，公事一毕，便换了素服，坐大轿鸣锣张伞而来，至棚前落轿。手下各官两旁拥侍，军民人众不得往还。

从表面来看，可卿不过是贾蓉之妻。贾蓉只是个簧门监，连贾珍都知道"灵幡经榜上写时不好看"，因而后来又替贾蓉捐了个前程，也不过是"五品龙禁尉"罢了，只为了"为丧礼上风光些"而没有任何实际意义。所以那"四王""八公"也不可能因为这个临时捐的五品小官来路祭。而后文的贾敬之丧、贾母之丧都远不及可卿丧礼的规模，则可卿的身份，的确存疑了。

三、脂粉英雄

在贾府，可卿以出众的容貌、温柔和平的行事，赢得了上下人等尤其是贾母的欢心。贾母"素知秦氏是一个极妥当的人，生得袅娜纤巧，行事温柔和平，乃是重孙媳妇中第一个得意之人"。在作品中，贾母仅对宝琴、晴雯等人明确给予较高评价。由此可以判断，可卿果然深入贾母法眼。

即便可卿与贾珍有染，她的婆婆兼情敌尤氏依然给予了可卿极高评价：

……连蓉哥我都嘱咐了，我说："……倘若他有个好和歹，你再要娶这么一个媳妇，这么个模样儿，这么个性情的人儿，打着灯笼也没地方找去。"他这为人行事，那个亲戚，那个一家的长辈不喜欢她？

甚至于轻易看不上人的凤姐，也"素与秦氏厚密"，听到秦氏有病的消息，眼圈红了半天，叹息说："……这么个年纪，倘若就此因这个病上怎么了，人还活着有甚么趣儿。"待到可卿过世之后，"那长一辈的想她素日孝顺，平一辈的想她素日和睦亲密，下一辈的想她素日慈爱，以及家中仆从老小想她素日怜贫惜弱，慈老爱幼之恩,莫不悲嚎痛哭者"。可见,可卿之优秀与会做人,几乎是众口一词的。

同时,作者又在一定程度上寄予了可卿"神性"特质,在太虚幻境中塑造了另一个"鲜艳妩媚,有似乎宝钗,风流袅娜,则又如黛玉"的美丽仙子兼美。她是警幻仙子的妹妹,小名也叫可卿。由此,秦可卿这一艺术形象变得更加扑朔迷离,令人遐想。

非但如此,在临终之际,可卿托梦给凤姐,劝告凤姐趁现时治祭田、立家塾,为后代子孙做退步打算:

> 凤姐方觉星眼微朦,恍惚只见秦氏从外走来,含笑说道:"婶子好睡!我今日回去,你也不送我一程。因娘儿们素日相好,我舍不得婶子,故来别你一别。还有一件心愿未了,非告诉婶子,别人未必中用。"

> 凤姐听了,恍惚问道:"有何心愿? 你只管托我就是了。"秦氏道:"婶婶,你是个脂粉队里的英雄,连那些束带顶冠的男子也不能过你,你如何连两句俗语也不晓得? 常言'月满则亏,水满则溢';又道是'登高必跌重'。如今我们家赫赫扬扬,已将百载,一日倘或乐极悲生,若应了那句'树倒猢狲散'的俗语,岂不虚称了一世的诗书旧族了!"凤姐听了此话,心胸大快,十分敬畏,忙问道:"这话虑的极是,但有何法可以永保无虞?"秦氏冷笑道:"婶子好痴也。否极泰来,荣辱自古周而复始,岂人力能可保常的。但如今能于荣时筹画下将来衰时的世业,亦可谓常保永全了。即如今日诸事都妥,只有两件未妥,若把此事如此一行,则后日可保永全了。"

> 凤姐便问何事。秦氏道:"目今祖茔虽四时祭祀,只是无一定的钱粮;第二,家塾虽立,无一定的供给。依我想来,如今盛时固不缺祭祀供给,但将来败落之时,此二项有何出处? 莫若依我定见,趁今日富贵,将祖茔附近多置田庄房舍地亩,以备祭祀供给之费皆出自此处,将家塾亦设于此。合同族中长幼,大家定了则例,日后按房掌管这一年的地亩、钱粮、祭祀、供给之事。如此周流,又无争竞,亦不有典卖诸弊。便是有了罪,凡物可入官,

这祭祀产业连官也不入的。便败落下来，子孙回家读书务农，也有个退步，祭祀又可永继。若目今以为荣华不绝，不思后日，终非长策。眼见不日又有一件非常喜事，真是烈火烹油，鲜花着锦之盛。要知道，也不过是瞬息的繁华，一时的欢乐，万不可忘了那'盛筵必散'的俗语。此时若不早为后虑，临期只恐后悔无益了。"

本来，可卿作为宁府嫡长重孙媳，又是作品里贾府中第一个故去的，以她来表示作者的忧患也未尝不可。但是，可卿托梦的对象不是代表宗法制的任何男性，而是凤姐，因为"你是个脂粉队里的英雄，连那些束带顶冠的男子也不能过你"。这里既可以看出可卿与凤姐的惺惺相惜，也更说明可卿的见识远在当时的世俗男人之上。其托梦的内容为贾府必然盛极而衰，所以要尽早筹措，以防败落。这种居安思危的大局观，果然证明了作者在篇首所说的"今风尘碌碌，一事无成，忽念及当日所有之女子，一一细考较去，觉其行止见识皆出于我之上。何我堂堂须眉，诚不若彼裙钗哉？……然闺阁中本自历历有人，万不可因我之不肖，自护己短，一并使其泯灭也"。因而，可卿临终发出的居安思危的告诫"能于荣时筹画下将来衰时的世业，亦可谓常保永全了"，实在是有远见卓识，也表现了作者对可卿等脂粉英雄的礼赞。

四、"情天情海幻情身"

在太虚幻境，宝玉所看到的可卿的画及判词为：

> 后面又画着高楼大厦，有一美人悬梁自缢。其判云：
> 情天情海幻情身，情既相逢必主淫。
> 漫言不肖皆荣出，造衅开端实在宁。

而在《红楼梦》十二支曲中，有关可卿的曲辞《好事终》是：

画梁春尽落香尘。擅风情,秉月貌,便是败家的根本。

箕裘颓堕皆从敬,家事消亡首罪宁。宿孽总因情。

因而,可卿似乎脱不开一个"淫"的记号。果真如此吗?

（一）与宝玉,未必

在第五回中,作者从贾宝玉的视角描绘了可卿卧室的华美、温馨。可卿卧室的字画以及陈设等,确实皆非凡品:

> 刚至房门,便有一股细细的甜香袭人而来。宝玉觉得眼饧骨软,连说"好香!"入房向壁上看时,有唐伯虎画的《海棠春睡图》,两边有宋学士秦太虚写的一副对联,其联云:
>
> 嫩寒锁梦因春冷,芳气笼人是酒香。
>
> 案上设着武则天当日镜室中设的宝镜,一边摆着飞燕立着舞过的金盘,盘内盛着安禄山掷过伤了太真乳的木瓜。上面设着寿阳公主于含章殿下卧的榻,悬的是同昌公主制的联珠帐。宝玉含笑连说:"这里好!"

有不少论者解释说,可卿将宝玉引至自己的卧室,是想用其间的种种摆设引诱宝玉。按照这种解释,唐伯虎和秦观都是两个擅长风月的著名文人,所以显然此处是在渲染一个"情"字。安禄山曾与杨贵妃有过淫乱之事,且此处强调"安禄山掷过伤了太真乳的木瓜"。杨贵妃本来是唐玄宗儿子的妃子,后来被唐玄宗抢来做自己的妃子,构成了乱伦之实。武则天本是唐太宗的才人,后来却嫁给唐太宗的儿子唐高宗李治,这同样有乱伦之嫌。赵飞燕在传说中身轻如燕,因美色被选入宫中,成为皇帝的宠妃,可以在掌中跳舞,以纵情声色闻名天下。西施被认为是导致吴国亡国的重要人物,所谓红颜祸水。而红娘是引诱小姐偷情的代名词。等等。

这些论调,在一定程度上只能说是刻意为之。即如红娘,岂能以淫乱视之?

作者对《西厢记》评价很高，认为它"词藻警人，余香满口"，并且宝玉与黛玉都钟爱《西厢记》。紫鹃便恰如红娘一样的人物，关心和催化着宝黛爱情的进展。以笔者浅见，作者在此间大书特书可卿的陈设，或者是为突出可卿身份之谜，或者也只是为后来的太虚幻境做一个铺陈。笔者愚钝，不能妄加评断，只是深觉不能因此就给可卿下一个"淫荡"以及勾引宝玉的罪名。

宝玉在太虚幻境中，的确颇有一番奇遇，警幻仙姑在训诫过宝玉之后，说道：

> "再将吾妹一人，乳名兼美字可卿者，许配于汝。今夕良时，即可成姻。不过令汝领略此仙闺幻境之风光尚如此，何况尘境之情景哉？而今后万万解释，改悟前情，留意于孔孟之间，委身于经济之道。"说毕便秘授以云雨之事，推宝玉入房，将门掩上自去。

> 那宝玉恍恍惚惚，依警幻所嘱之言，未免有儿女之事，难以尽述。至次日，便柔情缱绻，软语温存，与可卿难解难分。因二人携手出去游顽之时，忽至一个所在，但见荆榛遍地，狼虎同群，迎面一道黑溪阻路，并无桥梁可通。正在犹豫之间……只听迷津内水响如雷，竟有许多夜叉海鬼将宝玉拖将下去。吓得宝玉汗下如雨，一面失声喊叫："可卿救我！"吓得袭人辈众丫鬟忙上来搂住，叫："宝玉别怕，我们在这里！"

> 却说秦氏正在房外嘱咐小丫头们好生看着猫儿狗儿打架，忽听宝玉在梦中唤他的小名，因纳闷道："我的小名这里从没人知道的，他如何知道，在梦里叫出来？"

此处，的确可疑。但是因之论断可卿一定与宝玉发生了什么，也是妄断。焉知这不是宝玉在青春期的一场春梦？作者的写作手法本来就虚虚实实、草蛇灰线。

可卿亡故的消息传来时，宝玉也确乎有着异于寻常的强烈反应：

　　……听见说秦氏死了,连忙翻身爬起来,只觉心中似戳了一刀的不忍,哇的一声,直喷出一口血来。袭人等慌慌忙忙上来扶,问是怎么样,又要回贾母来请大夫。宝玉笑道:"不用忙,不相干,这是急火攻心,血不归经。"说着便爬起来,要衣服换了,来见贾母,即时要过去。袭人见他如此,心中虽放不下,又不敢拦,只是由他罢了。贾母见他要去,因说:"才咽气的人,那里不干净,二则夜里风大,等明早再去不迟。"宝玉那里肯依。贾母命人备车,多派跟随人役,拥护前来。

　　这在某些评论当中,也成为宝玉和可卿之间关系暧昧的证据。但其实,宝玉钟爱一切美好的女子,她们的毁灭对于宝玉都是一种巨大的打击,金钏儿、晴雯之死莫不如此。在宝玉心目中,可卿是一个分外美好的生命,如今这美好在不期之间突然毁灭、夭亡,这种巨大的摧心彻骨的伤悲对于宝玉这种"情不情"之人是难以承受的,如何不令他巨恸!"心似刀戳、口中喷血",从这个角度看,也是合乎情理和逻辑的反应。

　　(二)与贾珍,确实

　　贾府男丁,可谓一代不如一代。第一代荣、宁两公,以功勋创下基业。第二代依例袭官,无功无过。到了第三代,就已经出现了贾赦这样"左一个小老婆,右一个小老婆的往屋里娶"的不肖子,为了谋夺家产,竟然要硬讨贾母最喜欢的丫鬟鸳鸯为妾。贾珍、贾琏等第四代以及第五代贾蓉,则不堪愈甚。

　　在第二回"冷子兴演说荣国府"中,作者借冷子兴之口介绍了这个骄奢糜烂的宁府族长:"……那里肯读书,只一味高乐不了,把宁国府竟翻了过来,也没有人敢来管他。"

　　"竟翻了过来"是什么意思呢?是说贾珍完全不受约束,任意而为——这便预示了违背伦常的可能性。在第七回作者写到焦大醉骂的情形:

　　尤氏问:"派了谁送去?"媳妇们回说:"外头派了焦大,谁知焦大醉了,又骂呢。"尤氏、秦氏都说道:"偏又派他作什么! 放着这些小子们,那一个派不得? 偏要惹他去。"……众小厮见他太撒野了,只得上来几个,揪翻捆倒,拖往马圈里去。焦大越发连贾珍都说出来,乱嚷乱叫说:"我要往祠堂里哭太爷去。那里承望到如今生下这些畜牲来! 每日家偷狗戏鸡,爬灰的爬灰,养小叔子的养小叔子,我什么不知道? 咱们'胳膊折了往袖子里藏'!"众小厮听他说出这些没天日的话来,唬的魂飞魄散,也不顾别的了,便把他捆起来,用土和马粪满满的填了他一嘴。

凤姐和贾蓉等也遥遥的闻得,便都装作没听见。宝玉在车上见这般醉闹,倒也有趣,因问凤姐道:"姐姐,你听他说'爬灰的爬灰',什么是'爬灰'?"凤姐听了,连忙立眉嗔目断喝道:"少胡说! 那是醉汉嘴里混嗖,你是什么样的人,不说没听见,还倒细问! 等我回去回了太太,仔细捶你不捶你!"唬的宝玉忙央告道:"好姐姐,我再不敢了。"

1.“养小叔子的”人,绝非可卿

此处,“养小叔子的”到底何指,至今仍众说纷纭。宝玉并非可卿的小叔子,而是王熙凤的小叔子,但是凤姐与宝玉绝无暧昧苟且之事。贾蔷虽说是贾蓉的族弟,但是书中非常显明地提示过贾蓉、贾蔷间的暧昧,所以“养小叔子的”的罪名也扣不到可卿头上。若以宝玉在可卿卧室中歇中觉,就认为可卿引诱了宝玉,根据又不充分,这一点,笔者前文已解释过。而且书中反复交代,可卿带宝玉去午休,是“引了一簇人”同往的,并不是她一人陪宝玉去的,又有“众奶母服侍宝玉”睡下,最后可卿留下袭人、晴雯等四个丫头为伴。当宝玉梦中惊叫时,也是袭人等众人忙上去“搂住宝玉”,叫:“宝玉别怕,我们在这里!”所以,至少在这一回当中,宝玉是没有机会与可卿单独相处的。

2.“爬灰”确指贾珍与可卿

但是“爬灰”是指贾珍与可卿,却是无疑的了。这从贾珍不同寻常的表现可以看得出来。

在可卿病中，贾珍就与尤氏谈论过：

> 可是。这孩子也糊涂，何必脱脱换换的，倘再着了凉，更添一层病，那还了得。衣裳任凭是什么好的，可又值什么，孩子的身子要紧，就是一天穿一套新的，也不值什么。我正进来要告诉你：方才冯紫英来看我，他见我有些抑郁之色，问我是怎么了，我才告诉他说，媳妇忽然身子有好大的不爽快，因为不得个好太医，断不透是喜是病，又不知有妨碍无妨碍，所以我这两日心里着实着急。冯紫英因说起他有一个幼时从学的先生，姓张名友士，学问最渊博的，更兼医理极精，且能断人的生死。今年是上京给他儿子捐官，现在他家住着呢。这么看来，竟是合该媳妇的病在他手里除灾亦未可知。我即刻差人拿我的名帖请去了。今日倘或天晚了不能来，明日想必一定来。况且冯紫英又即刻回家亲自去求他，务必叫他来瞧瞧。等这个张先生来瞧了再说罢。

这里贾珍对可卿病情的关注，实在是有些反常。作为丈夫的贾蓉和婆婆尤氏在对可卿的关心上反倒退了一射之地。当然，我们不能仅因此就下任何定论，但是至少可以说贾珍是毫不避嫌的。

可卿死后，贾珍的表现更为奇怪，他"如丧考妣"的难过程度和为可卿办丧事的规模也令人不解地隆重：

> 贾珍哭的泪人一般，正和贾代儒等说道："合家大小，远近亲友，谁不知我这媳妇比儿子还强十倍。如今伸腿去了，可见这长房内绝灭无人了。"说着又哭起来……贾珍拍手道："如何料理，不过尽我所有罢了！"……贾珍见父亲不管，亦发恣意奢华。看板时，几副杉木板皆不中用。可巧薛蟠……道："我们木店里有一副板……原系义忠亲王老千岁要的……你若要，就抬来使罢。"贾珍听说，喜之不尽，即命人抬来。大家看时，只见帮底皆厚八

寸，纹若槟榔，味若檀麝，以手扣之，玎珰如金玉。大家都奇异称赞。贾珍笑问："价值几何？"薛蟠笑道："拿一千两银子来，只怕也没处买去。什么价不价，赏他们几两工钱就是了。"贾珍听说，忙谢不尽，即命解锯糊漆。贾政因劝道："此物恐非常人可享者，殓以上等杉木也就是了。"此时贾珍恨不能代秦氏之死，这话如何肯听。

　　贾珍又过于悲哀，不大进饮食……因见发引日近，亲自坐车，带了阴阳司吏，往铁槛寺来踏看寄灵所在。又一一嘱咐住持色空，好生预备新鲜陈设，多请名僧，以备接灵使用……贾珍也无心茶饭，因天晚不得进城，就在净室胡乱歇了一夜。次日早，便进城来料理出殡之事……

可卿出殡之时，灵前供用执事等物俱按五品职例，灵牌疏上皆写"天朝诰授贾门秦氏恭人之灵位"。会芳园临街大门洞开，旋在两边起了鼓乐厅，两班青衣按时奏乐，一对对执事摆的刀斩斧齐。更有两面朱红销金大字牌对竖在门外，上面大书"防护内廷紫禁道御前侍卫龙禁尉"。对面高起着宣坛，僧道对坛榜文，榜上大书："世袭宁国公冢孙妇，防护内廷御前侍卫龙禁尉贾门秦氏恭人之丧。四大部洲至中之地，奉天承运太平之国，总理虚无寂静教门僧录司正堂万虚，总理元始三一教门道录司正堂叶生等，敬谨修斋，朝天叩佛"，以及"恭请诸伽蓝、揭谛、功曹等神，圣恩普锡，神威远镇，四十九日消灾洗业平安水陆道场"等语。这种隆重，终于使得贾珍"心意满足"。

　　此时作者再次强调"尤氏又犯了旧疾"，不能料理事务，因此来请凤姐帮忙：

　　贾珍此时也有些病症在身，二则过于悲痛了，因拄个拐踱了进来……贾珍一面扶拐，扎挣着要蹲身跪下请安道乏。邢夫人等忙叫宝玉搀住，命人挪椅子来与他坐。贾珍断不肯坐，因勉强陪笑道："侄儿进来有一件事要求二位婶子并大妹妹……婶子不看侄儿，侄儿媳妇的分上，只看死了的分上罢！"说着滚下泪来。

王夫人答应凤姐前去帮助后,贾珍告诉凤姐:

> 妹妹爱怎样就怎样,要什么只管拿这个取去,也不必问我。只求别存心替我省钱,只要好看为上……

作为公公的贾珍难过到此等程度,相比之下,对贾蓉这个正牌丈夫,作者竟然几乎无一描述。须知,可卿"温柔和平",府中上下人等皆"甚是敬爱",贾蓉即便对之没有夫妻深情,也总该有府中其他人等的寻常伤悲。而尤氏在这个节骨眼又犯了胃疼旧疾,睡在床上,"不能理事"。这两个至亲的表现,可谓令人诧异。

同时,可卿的丫鬟名唤瑞珠者,见可卿死了,便也触柱而亡。作者亦写道:"此事可罕,合族人也都称叹。"贾珍遂以孙女之礼殓殡,一并停灵于会芳园中之登仙阁。小丫鬟名宝珠者,因见可卿身无所出,乃甘心愿为义女,誓任摔丧驾灵之任。贾珍"喜之不尽,即时传下,从此皆呼宝珠为小姐"。宝珠按未嫁女之丧,在灵前哀哀欲绝。

除了文本之外,脂评也透露了一些重要的创作信息。对于第十三回"秦可卿死封龙禁卫,王熙凤协理宁国府",甲戌本评:"今秦可卿……封龙禁卫,写乃褒中之贬,隐去天香楼一节,是不忍下笔也。"庚辰本亦评:"诗曰:一步行来错,回头已百年。古今风月鉴,多少泣黄泉!"靖藏本评:"'秦可卿淫丧天香楼',作者用史笔也。老朽因有魂托凤姐贾家后事两件,岂是安富尊荣坐享人能想到者?其事虽未行,其言其意,令人悲切感服,姑赦之,因命芹溪删去'遗簪''更衣'诸文,是以此回只十页,删去天香楼一节,少去四五页也。"

综上,再配合可卿的判词与焦大的醉骂之语,则可卿与贾珍乱伦之事,是坐定的了。但是这就足以说明可卿是淫荡之人么?

3."造衅开端实在宁"

可卿虽是主子,但在等级森严的贾府,她可谓辈分最低的主子。兼之出身低微,贾蓉对她也不见有什么特别的关爱,可卿在宁国府,可以说处处如履薄冰。所以她一言一行、一颦一笑，都非常小心，唯恐差错一步，如同尤氏所言："那媳妇，虽则见了人有说有笑，会行事儿，她可心细，心又重，不拘听见个什么话儿，都要度量个三日五夜才罢。"而且从作者对可卿使用的笔墨来看，可卿亦属于"万艳同悲"的女子，她们分外美好，却又承载了难以抗拒的悲剧命运。以这种钟爱而言，作者应该不会把可卿写成一个乱伦行为的主动发出者。

　　所以，真正的事实应是贾珍以其淫威强迫可卿。这从前文分析过的可卿死后，宁府人的特异表现可以看出：贾蓉不见悲哀，尤氏称病，贾珍"哭的如泪人一般"，"恨不能代秦氏之死"，丫鬟宝珠和瑞珠的奇怪行径，等等。贾珍的这种禽兽之行，恰如柳湘莲所说："你们东府里除了那两个石头狮子干净，只怕连猫儿狗儿都不干净。"对此，周思源先生说："从小说来看，很明显，秦可卿不可能自愿，也不会是被勾引与贾珍相爱……最有力的证据就是，秦可卿是突然病倒，精神负担极重。"①

　　可卿之死令人不胜悲惋。在这个意义上，以贾珍为首淫乱至此的宁国府，也只配得一个"忽喇喇似大厦倾"的终局。

第二节　李纨："不问你们的废与兴"

　　李纨是金陵名宦之女。其父李守中认为"女子无才便是德"，便不十分令李纨读书，"只不过将些《女四书》《列女传》《贤媛集》等三四种书，使他认得几个字，记得前朝这几个贤女便罢了，却只以纺绩井臼为要"。成年后，李纨嫁给王夫人头胎所生之子贾珠，但贾珠不到二十岁就夭亡了，幸存一子名叫贾兰。经历丧夫之痛后，作者写李纨"惟知侍亲养子，外则陪侍小姑等针黹诵读而已"。但我们深知，《红楼梦》的笔法便是虚而实之，实而虚之。李纨真的一如"槁木死

---

　　① 周思源：《周思源解疑金陵十二钗》，第44—45页。

灰"吗？实则不然。第六十三回中，李纨说自己"不问你们的废与兴"，这就是她的人生守则。

一、颇具才情

李纨虽然读书不多，在大观园中算不上顶尖的诗人，但其诗词鉴赏水准却较高。在第三十七回，探春发起诗社，"惟知侍亲养子"的李纨也欣然赴约，进门便笑道：

> 雅的紧！要起诗社，我自荐我掌坛。前儿春天我原有这个意思的。我想了一想，我又不会作诗，瞎乱些什么，因而也忘了，就没有说得。既是三妹妹高兴，我就帮你作兴起来。

相比黛玉的自谦"你们只管起社，可别算上我，我是不敢的"，更可见李纨的积极主动，说明李纨本性也是个热爱清雅、喜欢热闹的人。对于黛玉"先把这些姐妹叔嫂的字样改了才不俗"的提议，李纨第一个附议："极是，何不大家起个别号，彼此称呼则雅。我是定了'稻香老农'，再无人占的。"不仅如此，她还封薛宝钗为"蘅芜君"，叫宝玉为"绛洞花主"，但宝玉没有采纳。在李纨的积极附议和呼吁下，各人都有了诗号：宝玉是"怡红公子"，黛玉是"潇湘妃子"，探春是"蕉下客"，迎春是"菱洲"，惜春是"藕榭"。接着，李纨就发表了自己的就职演说：

> "但序齿我大，你们都要依我的主意，管情说了大家合意。我们七个人起社，我和二姑娘四姑娘都不会作诗，须得让出我们三个人去。我们三个各分一件事。"探春笑道："已有了号，还只管这样称呼，不如不有了。以后错了，也要立个罚约才好。"李纨道："立定了社，再定罚约。我那里地方大，竟在我那里作社。我虽不能作诗，这些诗人竟不厌俗客，我作个东道主人，我自然也清雅起来了。若是要推我作社长，我一个社长自然不够，必要再请两位副社长，就请菱洲藕榭二位学究来，一位出题限韵，一位誊录监场。亦不可拘定了我

们三个人不作,若遇见容易些的题目韵脚,我们也随便作一首。你们四个却
是要限定的。若如此便起,若不依我,我也不敢附骥了。"

这里,李纨颇为知人善任,知道迎春、惜春素乏诗才,也无大兴趣,于是合理
分派二人做副社长,为避免二人有负面情绪,先给她们带来个高帽子"学究",使
得迎、惜二人皆说"极是",就连素有大志、善于组织管理的探春,也甘愿屈尊,同
意"反叫你们三个来管起我"。此时的李纨,已经开始绽放出一种诗意的光辉。

李纨颇具行动力,当下便建议探春"明日你就先开一社",甚至连第一次诗
社的诗题都是李纨拟定的:"方才我来时,看见他们抬进两盆白海棠来,倒是好
花。你们何不就咏起他来?"这里,李纨不刻意,不讨巧,将日常生活完全诗化,
实在深得作诗三昧。

在诗社管理中,李纨颇不讲情面,威重令行。第一社即定下了规矩"若看完
了还不交卷是必罚的"。当宝玉认为黛玉、宝钗的诗需要重新评定时,李纨道:
"原是依我评论,不与你们相干,再有多说者必罚。"宝玉听说,只得罢了。在第
五十回,宝玉再次落第的时候,李纨用的也是个极其富有诗意的惩罚方式:

> 李纨笑道:"逐句评去都还一气,只是宝玉又落了第了。"宝玉笑道:"我
> 原不会联句,只好担待我罢。"李纨笑道:"也没有社社担待你的。又说韵险
> 了,又整误了,又不会联句了,今日必罚你。我才看见栊翠庵的红梅有趣,
> 我要折一枝来插瓶。可厌妙玉为人,我不理他。如今罚你去取一枝来。"众
> 人都道这罚的又雅又有趣。宝玉也乐为,答应着就要走……宝玉忙吃了一
> 杯,冒雪而去。李纨命人好好跟着。黛玉忙拦说:"不必,有了人反不得
> 了。"李纨点头说:"是。"一面命丫鬟将一个美女耸肩瓶拿来,贮了水准备插
> 梅,因又笑道:"回来该咏红梅了。"……李纨道:"饶过宝玉去,我不服。"湘
> 云忙道:"有个好题目命他作。"众人问何题目? 湘云道:"命他就作'访妙玉
> 乞红梅',岂不有趣?"众人听了,都说有趣。

其后贾母盛赞雪中的宝琴好过《艳雪图》，也莫不是李纨这一"惩罚"引发的，实在是"雅得紧"！

李纨也为诗社制定了常规运行机制：

> 从此后，我定于每月初二、十六这两日开社，出题限韵都要依我。这其间你们有高兴的，你们只管另择日子补开，那怕一个月每天都开社，我只不管。只是到了初二、十六这两日，是必往我那里去。

对于湘云这种未曾参加第一社的人，李纨也定了一个既公平又风雅的规矩："且别给他诗看，先说与他韵。他后来，先罚他和了诗：若好，便请入社，若不好，还要罚他一个东道再说。"由此才引发了湘云做东的"菊花诗"盛会。

李纨很懂得做领导的艺术。她以"等我从公评来""通篇看来，各有各人的警句"作为开场白，先给众人吃一颗定心丸，从整体上肯定所有人的诗，之后给出结论"今日公评"，以不容置疑的口气维护自己作为社长的权威。"海棠诗"给了宝钗冠军后，在第二社"菊花诗"的时候，又推黛玉为首，这种平衡使得大观园众姐妹之间的友谊得以维持，也使得曾有不同意见的宝玉"喜的拍手叫'极是，极公道'"。在黛玉自谦"我那首也不好，到底伤于纤巧些"的时候，李纨能指出黛玉"巧的却好，不露堆砌生硬"；当宝玉表现出不服气的时候，李纨对宝玉采取又拉又打的政策，说"你的也好，只是不及这几句新巧就是了"。一席话，令众人心服口服。

总之，李纨在诗社展示了她活脱脱的真性灵一面，恰如黛玉所说："这是叫你带着我们作针线教道理呢，你反招我们来大顽大笑的。"事实上，作者其实很早就暗示了李纨性格中的这一面。我们如果从作品中追索蛛丝马迹的话，会发现元妃省亲时，李纨就曾以诗自况：

> 秀水明山抱复回，风流文采胜蓬莱。

> 绿裁歌扇迷芳草，红衬湘裙舞落梅。
>
> 珠玉自应传盛世，神仙何幸下瑶台。
>
> 名园一自邀游赏，未许凡人到此来。

这里的"绿裁歌扇""红衬湘裙"就是李纨对生命的热望和颇富才情的表征。

二、守财

李纨作为一介寡妇，养育着弱子贾兰，她的安全感很大程度维系在金钱之上。所以，李纨对钱财看得较重。

（一）每年坐拥"四五百银子"

凤姐曾评价李纨：

> 亏你是个大嫂子呢！把姑娘们原交给你带着念书学规矩针线的，他们不好，你要劝。这会子他们起诗社，能用几个钱，你就不管了？老太太、太太罢了，原是老封君。你一个月十两银子的月钱，比我们多两倍银子。老太太、太太还说你寡妇失业的，可怜，不够用，又有个小子，足的又添了十两，和老太太、太太平等。又给你园子地，各人取租子。年终分年例，你又是上上分儿。你娘儿们，主子、奴才共总没十个人，吃的穿的仍旧是官中的。一年通共算起来，也有四五百银子。这会子你就每年拿出一二百两银子来陪他们顽顽，能几年的限？他们各人出了阁，难道还要你赔不成？这会子你怕花钱，调唆他们来闹我，我乐得去吃一个河涸海干，我还通不知道呢！

凤姐的话虽然有些无赖气息，却也是实情。李纨的月钱，与贾母、邢夫人、王夫人比肩，每月二十两。不仅如此，李纨还有其他生利的途径，如地租、年例等。同时，稻香村整体需用，全部由贾府承担，所以李纨基本只有进项没有出项。如此一来，李纨的收入的确颇为可观，如王熙凤所说，一年也有"四五百银子"。相比之下,凤姐辛辛苦苦地放高利贷,"一年不到"也不过"上千的银子"。李纨可以说守财有道了。

同时,李纨也是颇有经济头脑的。在与探春等共同管理大观园时,当探春认为"蘅芜苑和怡红院这两处大地方竟没有出利息之物"时,李纨忙笑道:

> 蘅芜苑更利害。如今香料铺并大市大庙卖的各处香料香草儿,都不是这些东西?算起来比别的利息更大。怡红院别说别的,单只说春夏天一季玫瑰花,共下多少花?还有一带篱笆上蔷薇、月季、宝相、金银藤,单这没要紧的草花干了,卖到茶叶铺药铺去,也值几个钱。

可见,李纨虽然生活在闺阁之中,但对世情百态、经济筹算都颇为了解。

(二)李纨的生利之法

按照李纨父亲所教授她的人生观,她应该是个"君子爱财,取之有道"的人。但是对钱财的极度看重,使得李纨也动了一些歪心思,在诗社的运行经费上,她做了些手脚。

大观园诗社第一聚是探春做东,第二社是湘云做东。在第四十五回时,凤姐赞助了五十两。但是在第四十九回中,有这样一段描写:

> 李纨道:"我这里虽好,又不如芦雪广好。我已经打发人笼地炕去了,咱们大家拥炉作诗。老太太想来未必高兴,况且咱们小顽意儿,单给凤丫头个信儿就是了。你们每人一两银子就够了,送到我这里来。"指着香菱、宝琴、李纹、李绮、岫烟,"五个不算外,咱们里头二丫头病了不算,四丫头告了假也不算,你们四分子送了来,我包总五六两银子也尽够了"。宝钗等一齐应诺。因又拟题限韵,李纨笑道:"我心里自己定了,等到了明日临期,横竖知道。"

此处，难免令人生疑。在第一社的时候，李纨就坚称"我那里地方大，竟在我那里作社……我作个东道主人"，但事实上她一次东道主未做。仅有的第四十九回中这次疑似主办诗社，却又将地点改在芦雪广，这样就免除了做东道主的义务，以众人凑份子的方式解决了此次诗社的资金来源。后来又因种种事情，在第五十三回中"因此诗社之日，皆未有人作兴，便空了几社"。此后又是"因凤姐病了，李纨、探春料理家务不得闲暇，接着过年过节，出来许多杂事，竟将诗社搁起"。直到次年春天，因黛玉写了一首《桃花行》，黛玉又做了一次东道主。这是大观园最后一次以诗集会，从此贾府哀音频现，诗社之事不再有人提起——凤姐的五十两银子也没了下落。虽然作者并没有明说是李纨昧下了这笔钱，但是我们前因后果地分析起来，结论总是于李纨不利的。

在宝玉所听到的太虚幻境《红楼梦》十二支曲辞中，李纨的《晚韶华》是："镜里恩情，更那堪梦里功名！那美韶华去之何迅！再休提绣帐鸳衾。只这带珠冠，披凤袄，也抵不了无常性命。虽说是，人生莫受老来贫，也须要阴骘积儿孙。气昂昂头戴簪缨，气昂昂头戴簪缨；光灿灿胸悬金印；威赫赫爵禄高登，威赫赫爵禄高登；昏惨惨黄泉路近。问古来将相可还存？也只是虚名儿与后人钦敬。"

这里，"也须要阴骘积儿孙"的确暗示了李纨颇为克扣，未积阴骘。1987年版央视电视剧《红楼梦》中，将此表现为李纨坐视巧姐遭难而采取沉默的对策，确实是令人信服的。

三、"不问你们的废与兴"

作为一个寡妇，在贾府"一年三百六十日，风刀霜剑严相逼"的生存环境中，李纨用对自己最有利的处事方式，小心经营着自己和贾兰的人生。

从作者对李纨所居住的稻香村的描写，我们约略可以看出李纨的人生态度。稻香村外围是赫然"一带黄泥筑就矮墙"，"有几百株杏花，如喷火蒸霞一般，里面数楹茅屋。外面却是桑、榆、槿、柘，各色树稚新条，随其曲折，编就两溜清篱。篱外山坡之下，有一土井，旁有桔槔辘轳之属，下面分畦列亩，佳蔬菜花，漫然无际"。"里面纸窗木榻，富贵气象一洗皆尽。"——这里，分明是一个"大隐"的居所。

第六十三回有这样一段文字：

> 李氏摇了一摇,擎出一根来一看,笑道:"好极。你们瞧瞧,这劳什子竟
> 有些意思。"众人瞧那签上,画着一枝老梅,是写着"霜晓寒姿"四字,那一面
> 旧诗是"竹篱茅舍自甘心"。注云:"自饮一杯,下家掷骰。"李纨笑道:"真有
> 趣,你们掷去罢。我只自吃一杯,不问你们的废与兴。"说着,便吃酒,将骰
> 过与黛玉。

这里,"不问你们的废与兴",主动采取置身事外的姿态,就是李纨的人生
态度。

（一）李纨的口齿机变

首先我们要明确,李纨如此做,并不是因为自己无能。李纨也是颇有才具
的。从她的口才和待人接物中可以看出,李纨非常机变。当黛玉打趣她"这是
叫你带着我们作针线教道理呢,你反招我们来大顽大笑的"时,李纨立刻反击,
笑道:"你们听他这刁话,他领着头儿闹,引着人笑了,倒赖我的不是,真真恨的
我只保佑明儿你得一个利害婆婆,再得几个千刁万恶的大姑子小姑子,试试你
那会子还这么刁不刁了。"一席话,弄得黛玉早红了脸,只好转移话题拉着宝钗
说:"咱们放他(惜春)一年的假罢。"

李纨常常是沉默的,但是她万一反击起来,力量却也惊人。当李纨与众姊
妹去邀请王熙凤加入诗社做"监社御史"的时候,凤姐指出李纨每年进项甚多,
却不肯拿出来做东道主。李纨笑道:

> 你们听听,我说了一句,他就疯了,说了两车的无赖泥腿市俗专会打细
> 算盘分斤拨两的话出来。这东西亏他托生在诗书大宦名门之家做小姐,出
> 了嫁又是这样,他还是这么着;若是生在贫寒小户人家,作个小子,还不知

怎么下作贫嘴恶舌的呢! 天下人都被你算计了去! 昨儿还打平儿呢,亏你
伸的出手来! 那黄汤难道灌丧了狗肚子里去了? 气的我只要给平儿打报
不平儿。忖度了半日,好容易"狗长尾巴尖儿"的好日子,又怕老太太心里
不受用,因此没来,究竟气还未平。你今儿又招我来了。给平儿拾鞋也不
要,你们两个只该换一个过子才是。

这番话不但"说的众人都笑了",凤姐也颇为气怯,忙笑道:"竟不是为诗为画来
找我,这脸子竟是为平儿来报仇的。竟不承望平儿有你这一位仗腰子的人。早
知道,便有鬼拉着我的手打他,我也不打了。平姑娘,过来! 我当着大奶奶姑娘
们替你赔个不是,担待我酒后无德罢。"说着,众人又都笑起来了。李纨笑问平
儿道:"如何? 我说必定要给你争争气才罢。"平儿笑道:"虽如此,奶奶们取笑,
我禁不起。"李纨道:"什么禁不起,有我呢……"

　　至此,诗社的经费还没有解决,所以李纨乘胜追击:

　　　　"你们听听,说的好不好? 把他会说话的! 我且问你,这诗社你到底管
不管?"凤姐儿笑道:"这是什么话,我不入社花几个钱,不成了大观园的反
叛了,还想在这里吃饭不成? 明儿一早就到任,下马拜印,先放下五十两
银子给你们慢慢作会社东道。过后几天,我又不作诗作文,只不过是个俗
人罢了。'监察'也罢,不'监察'也罢,有了钱了,你们还撵出我来!"

显然,在李纨的层层进逼下,凤姐做了让步,不但向平儿示软,也拿出了数额不
小的五十两银子。让凤姐甘拜下风,这在贾府中可是不多见的。
　　尤氏有一次在李纨处梳洗时,因李纨缺少化妆用品,素云便将自己的胭脂
拿来,说:"我们奶奶就少这个。奶奶不嫌脏,这是我的,能着用些。"李纨道:"我
虽没有,你就该往姑娘们那里取去。怎么公然拿出你的来。幸而是他,若是别
人,岂不恼呢。"尤氏笑道:"这又何妨……"

李纨对于素云的批评，实在是起承转合，极为高明。既批评了素云不够尊重尤氏，又夸赞了尤氏心地善良，最后尤氏被李纨说得颇为高兴，因而"笑"说"这又何妨"。这种语言艺术，实在高妙。

（二）李纨的现实策略：韬光养晦

以李纨的心机和才具，她本可以在贾府的复杂环境中游刃有余地生活。但是李纨的人生定位非常准确，作为年轻守节的寡妇，谨慎抚养儿子贾兰成才是她的唯一期求，也是贾府唯一期望她做的事情。所以，她采取低调的韬光养晦的策略。

为此，为避免生出事端，她将贾珠的两个侍妾，趁年轻都打发了。在老太太、太太等长辈面前，李纨谨慎从事、恪守礼法。第五十回"芦雪广争联即景诗，暖香坞雅制春灯谜"中，大家正兴致勃勃地联诗作乐，没想到贾母大驾光临。李纨非常有眼色地"忙往上迎"，"早命拿了一个大狼皮褥来铺在当中"，"早又捧过手炉来"，"忙答应了要水洗手，亲自来撕（肉）"。当贾母命她歇歇时，"只李纨便挪到尽下边"。这中间，李纨没有一句讨好贾母的话，但她周到、安静地尽着一个孙媳妇该尽的义务。王昆仑先生说李纨"是极懂得人情世故的人"[1]。——做好本职工作，又不与人争锋，自然会获得长辈乃至同辈的双重好评。就这样，在贾府这个"恨不能你吃了我我吃了你"的环境中，李纨用她置身事外的态度，保全着自己和贾兰。

因凤姐病重，王夫人先"将家中琐碎之事，一应都暂令李纨协理"；又见"李纨是个尚德不尚才的，未免逐纵了下人"，"便命探春合同李纨裁处"；后"又恐失于照管，因又特请了宝钗来"。这里，作者再次强调李纨只是"尚德"而已，并非无才。如果对下人严加管束，难免为自己树敌。所以，李纨并非没有锋芒，只是选择藏锋而已。

赵姨娘的弟弟赵国基死亡事件，下人问打赏多少银子，探春先问李纨。李

---

[1]　王昆仑：《红楼梦人物论》，第37页。

纨想了一想,便道:

> "前儿袭人的妈死了,听见说赏银四十两。这也赏他四十两罢了。"吴
> 新登家的听了,忙答应了是,接了对牌就走。探春道:"你且回来。"

这里,探春其实开始便打定主意按照一般仆人的标准发放,但是毕竟是自己血缘上的舅舅,所以出面多有不便,于是将这个难题推给了李纨。李纨也明了探春所想,在李纨的角度,给少了总是不好,总之又不是自己出钱,所以提议按照袭人之例。可见,李纨对一切是心知肚明的。

对于探春实行"包干责任制"的提议,李纨慧眼如炬,精准地对这一举措做了评价:"好主意。这果一行,太太必喜欢。省钱事小,第一有人打扫,专司其职,又许他们去卖钱。使之以权,动之以利,再无不尽职的了。"当探春认为蘅芜苑和怡红院这两处大地方竟没有出利息之物时,李纨指出香料和草花的市价都颇高,说明李纨非常有经济头脑,也深通实际事务。比起探春,李纨也无非是从娘家嫁到贾府而已,也并没有过多社会经验,没有宝钗那种来自家庭原因的见多识广,所以足见李纨平日对各种实际事务之留心。

"抄检大观园"可谓贾府的头等大事,全府上下沸沸扬扬,李纨对此却没有丝毫反应,尤氏对此评价是"睡死过去了",但这何尝不是李纨的主动选择?可能也正因此,李纨远离了贾府所犯的任何事,得以在日后抄家事变中幸免。李纨又以自己的守财能力和管理财产的能力,为自己和贾兰谋求了一份经济安全。这,就是李纨大巧若拙的人生智慧。胡文彬先生这样评价李纨:"她之所以事事退让,因为她是一个饱经世故、参透人情的人,深知贾府到了大厦将倾的时刻,实在是独木难撑,即使自己使大气力,作大施为,也无法'补天'。"①

---

① 胡文彬:《红楼梦人物谈——胡文彬论红楼梦》,第93页。

四、明珠投暗:镜里恩情

李纨生命中最重要的两个男人,一个是儿子贾兰,另一个就是丈夫贾珠。贾珠是贾政的长子,十四岁进学,不到二十岁就娶了妻、生了子。但是在《红楼梦》没开场就已经离世,不见其人。

贾珠是怎样的人? 贾政痛打宝玉时,王夫人大恸,开始怀念贾珠,说"有你活着,宝玉便死一百个我也不管了"。这里固然是情伤之语,但想来贾珠也是颇为优秀的。从元春、宝玉的相貌、品性各方面来看,贾珠应该也是很出色的。

贾珠在价值观上,可能恪守封建正统观念,否则,他也不会深得王夫人喜欢。所以推测,贾珠与李纨应该是可以做到举案齐眉、夫妻和美的。这从李纨几次对贾珠的怀念也可以看得出来。

李纨颇有才情,也有理家之能。若贾珠不是过早离世,则荣国府日常管理之事,自然应该是李纨来担任。这样,李纨也可以大展其才,不至于"槁木死灰"一般。在这个意义上,李纨也是令人泪下的"万艳同悲"之女子。

第三节　尤氏:"裙钗一二可齐家"

尤氏是贾珍之妻。由于宁国公之子贾敬好道炼丹,一心想做神仙飞升,其子贾珍袭官,尤氏也因此成为宁国府位置最高的女性。第十三回文末,作者曾夸凤姐"金紫万千谁治国,裙钗一二可齐家",总体来说,尤氏也当得起这样的评价。

与凤姐一样,尤氏也是贾府"玉"字辈男丁的媳妇。从表面看起来,尤氏在宁国府的位置,甚至堪比贾母在荣国府的位置。至少,尤氏在宁国府的日常管理方面,应该是可以与凤姐在荣国府类比的。但事实显然不是如此。什么原因导致尤氏名尊实弱呢?

一、表面风光的尴尬人

虽然尤氏没有跻身于"金陵十二钗"中,但是尤氏同样属于作者感慨的"万艳同悲"的女子。尤氏存在许多先天不足。

（一）出身低微

在封建社会，女子的出身是极为重要的。探春非常优秀，但凤姐在与平儿谈话的时候也感慨，出身是探春的一道硬伤，除非哪个男人不挑嫡庶，才会有幸得到探春。岫烟也是个才貌俱佳的女儿，但是因为出身寒素，探春怕别人瞧不起她，故而送其玉佩。

一个出身卑微的女子，即便侥幸嫁入贵族之家成为正妻，也仍难免暗地被人瞧不起。贾府中颇有几个例子，邢夫人即是其一，尤氏也是如此。作者没有明确介绍尤氏的族裔，显见尤氏是没有什么根基的。另外，贾蓉在撺掇贾琏娶尤二姐的时候曾说："我二姨儿、三姨儿都不是我老爷养的，原是我老娘带了来的。听见说，我老娘在那一家时，就把我二姨儿许给皇粮庄头张家，指腹为婚。后来张家遭了官司败落了，我老娘又自那家嫁了出来，如今这十数年，两家音信不通。我老娘时常报怨，要与他家退婚。"从这一段话我们可以看出，尤老娘先后嫁过两次。第一次的时候，将女儿许配给一户"皇粮庄头"张家，张家与普通人家比，也许有几个小钱，但是门第绝对是不高的。根据那时门当户对的婚嫁原则，尤老娘第一任丈夫也应与张家差不多。尤老娘二嫁，又带着两个女儿，更无法高攀了，所以尤氏之父也不可能是什么显贵。根据尤老娘和尤二姐、尤三姐还需要到贾府来打秋风的状况来看，尤氏的娘家可能还颇为寒酸。

这样的娘家，没法给尤氏一点助力，在一定程度上，反倒成为尤氏的一个累赘。所以，在那个重出身的年代，在这一点上，尤氏确实无法与出身王家的凤姐比肩。四大家族的背景，令凤姐底气十足。贾蓉曾向凤姐借玻璃屏风，凤姐直截而居高临下地表示过自己的优越感："也没见你们，王家的东西都是好的不成？"相形之下，尤氏娘家实在是孱弱。

（二）填房的尴尬位置

尤氏不是原配，而是填房，这又给尤氏增添了一个不利因素。文中有一处场景暗示了尤氏不被尊重：

　　贾母……见伺候添饭的人手内捧着一碗下人的米饭,尤氏吃的仍是白粳米饭,贾母问道:"你怎么昏了,盛这个饭来给你奶奶。"那人道:"老太太的饭吃完了。今日添了一位姑娘,所以短了些。"鸳鸯道:"如今都是可着头做帽子了,要一点儿富余也不能的。"王夫人忙回道:"这一二年旱涝不定,田上的米都不能按数交的。这几样细米更艰难了,所以都可着吃的多少关去,生恐一时短了,买的不顺口。"贾母笑道:"这正是'巧媳妇做不出没米的粥'来。"众人都笑起来。鸳鸯道:"既这然,就去把三姑娘的饭拿来添也是一样,就这样笨。"尤氏笑道:"我这个就够了,也不用取去。"鸳鸯道:"你够了,我不会吃的。"地下的媳妇们听说,方忙着取去了。

　　此处,尤氏似乎连一个有权势的丫鬟的地位都比不过。若尤氏在贾府不受歧视,想来自己也不会忍受这种慢待的。

　　在第七十六回,中秋节之时,凤姐因病没能陪贾母赏月,薛姨妈、宝钗也不在场,贾母感到格外冷清,不由发出"天下事总难十全"的感叹。尤氏为了讨贾母欢心,也学着说了一个笑话:"一家子养了四个儿子:大儿子只一个眼睛,二儿子只一个耳朵,三儿子只一个鼻子眼,四儿子倒都齐全,偏又是个哑巴。"正说到这里,只见贾母已"朦胧双眼,似有睡去之态"。这里,尤氏的笑话也许无聊,但是对于自己的长子贾赦,贾母虽根本未尝其进奉的食物,好歹嘴上说了喜欢,给了贾赦面子。对尤氏,贾母似乎连面子也不给。当然,以贾母这样的人精,应该是不会当面歧视尤氏的,我们据此可以推测,尤氏素常是不太被重视的。

　　(三)没有子嗣

　　在尤氏所处的时代,有所谓"七出"之说。"七出"语出《仪礼》,指无子、淫佚、不事舅姑、口舌、盗窃、妒忌、恶疾等休妻的七条理由。可见,"无子"是尤氏的一个大不利。如果她能够有一个孩子,尤其是儿子可以指望,尤氏的实际地位还会高些。贾政、王夫人不是长房,却能超越贾赦而独得贾母垂青,与他们有一个做贵妃的女儿和"活龙"似的宝玉应该不无关系。赵姨娘那样的腌臜人物,因为有探春，所以别人行事的时候，也要考量一下探春的想法。加之赵姨娘有贾环，所以将来翻身的机会还是有的——贾赦说过，贾环将来可以袭爵的。就连凤姐，身后有王家做靠山，贾府内又有亲姑姑王夫人帮衬，在贾母面前也是一个红人，但是面对尤二姐怀孕将有子嗣这一情况，尚且要下杀手先除掉之。以凤姐的心智及她对贾琏的了解，如何不知这么做隐患无穷？但是事急矣，凤姐只好放手一搏。因为作品所处年代，妾的地位虽远不及妻，但是假如妾有子而妻无子的话，情况就大不一样了。母以子贵，随着孩子长大，形势会逐渐发生逆转。这也是赵姨娘敢于抗争，而周姨娘只能默然自处的重要原因。可见，子嗣对于封建社会的家庭关系是无比重要的。

而且，中国人的传统观念中，有所谓"不孝有三，无后为大"之说，如果一对夫妻没有孩子，惯常的舆论是不利女方的。贾珍有个儿子可以证明自己身体没有问题，所以，书中尽管没有言明，但是贾府人心所想，大概也可猜出一二了。按照尤氏自己的话，她与贾珍已经结婚十多年，这么长的时间仍然生不出孩子，尤氏内心一定有种深刻的自卑。在贾政打宝玉的时候，王夫人可以搬出贾珠来抬压贾政，但是尤氏既指望不上娘家，又是填房，加之没有子嗣，可以想见其在贾府的尴尬位置。

尤氏不但无所出，而且贾珍又有一个成年的儿子贾蓉帮助办理日常事务，因此尤氏在宁国府说话的分量就更加打了折扣。

（四）明珠投暗——贾珍其人

在尤氏出身背景不利的情况下，她唯一的生机，就是遇到一个品性优良、疼惜、爱护她的丈夫。可惜，尤氏也没有这种幸运。

比起贾府其他男性，贾珍颇有入世的能力。这从可卿死后，贾珍处理丧事时，替贾蓉买官等一系列行为可以看出。不像贾琏，在能力上，确实比凤姐"退了一射之地"。但是在品行上，贾珍"那里肯读书，只一味高乐不了，把宁国府竟翻了过来，也没有人敢来管他"。"翻了过来"极言贾珍行为之荒唐，"无人敢管"说明贾珍在宁国府独断专行。贾珍最大的特点是荒淫且不顾伦常：意图染指妻妹尤二姐、尤三姐,并与儿媳秦可卿有事实上的"爬灰"行为。——那么,尤氏可以指责或者制止自己丈夫的荒淫么?

在封建父权时代,在贾府这样的显贵之家,男人是夫妻关系中绝对的尊者。即便厉害如凤姐,惧妻如贾琏,也是如此。凤姐向贾母状告贾琏偷情之事时,未曾敢指责贾琏的婚外性行为,而是借口贾琏要杀自己。贾母骂贾琏时,也是嫌他品味太差,不管"脏的臭的"都拉到家里,而不是说不该偷情。对于二人的争端,贾母最后也归结为是凤姐吃醋。即便贾琏最后赔礼道歉,也不过看一对娇妻美妾楚楚可怜的样子,才做了一个道歉的姿态而已。

所以,对于贾珍之荒淫,甚至与自己儿媳妇的"爬灰"行为,尤氏是无法置评的。第一,贾珍乱伦之事肯定是隐秘之下进行的,尤氏虽然清楚,但是也只好揣着明白装糊涂。第二,如果尤氏将丑事公开化,势必牵连非常大。贾珍必会追查是谁走漏了风声,从瑞珠在秦可卿死后急急地自裁来看,贾珍必然会下杀手,许多下人要遭殃。第三,尤氏根本无法自保。凤姐这种背景威赫的人物,贾琏起意休掉她,她纵有万般能耐都无法施展。尤氏毫无根基,除了装聋作哑之外,现实其实没有给她其他选择。所以,尤氏只好打碎牙齿往肚里咽。第四,就算公开化之后贾珍不怪罪尤氏,但是这种丑事,会令贾珍颜面无存。贾珍没有了体面,在靠丈夫生存的时代,尤氏便无法做人。所以,无论从哪种角度来说,尤氏都必须容忍贾珍的胡作非为。当然,家庭之内的这种巨大丑闻,尤氏也觉得无比羞愤,但是她抗争的唯一方式,也只能是在秦可卿的丧事上称病不出。仅此而已。

所以,在第六十八回中,凤姐因为贾珍父子帮助贾琏偷娶尤二姐而大闹宁国府,尤氏狼狈而且无助:

> 这里凤姐带着贾蓉走来上房,尤氏正迎了出来,见凤姐气色不善,忙笑说:"什么事情这等忙?"凤姐照脸一口吐沫啐道:"你尤家的丫头没人要了,偷着只往贾家送!……你痰迷了心,脂油蒙了窍……"凤姐儿滚到尤氏怀

里，嚎天动地，大放悲声，只说："……咱们只过去见了老太太、太太和众族人，大家公议了……"说了又哭，哭了又骂，后来放声大哭起祖宗爹妈来，又要寻死撞头。把个尤氏揉搓成一个面团，衣服上全是眼泪鼻涕……

凤姐这一场大闹，尤氏眼睁睁毫无办法，只好被凤姐蹂躏。事实上，当初贾珍告诉她贾琏想私娶尤二姐时，她曾力图阻止，"不行，凤丫头可不是好惹的"，但终因"贾珍主意已定，素日又是顺从惯了的"，"因而也只得由他们闹去了"。所谓"有心杀贼，无力回天"。

二、德才兼备

（一）"心术慈厚宽顺"

脂砚斋评价尤氏"心术慈厚宽顺，竟可出于阿凤之上"。事实也的确如此。尽管在宁国府的生活也非常豪奢，如第七十五回中所写：

> 尤氏大车上也不用牲口，只用七八个小厮挽环拽轮，轻轻的便推拽过这边阶矶上来。于是众小厮退过狮子以外，众嬷嬷打起帘子，银蝶先下来，然后挽下尤氏来。
>
> 大小七八个灯笼照的十分真切……贾蓉之妻带领家下媳妇丫头们，也都秉烛接了出来。

但是尤氏却并没有因此养成骄奢之气，而是仍旧有着平民做派，对下人较能平等对待。比如，尤氏曾在李纨房中洗脸，丫鬟只弯腰捧着水，李纨训斥其没有规矩，但尤氏毫不在意，不摆主子排场。即使在李纨处，也只是说"你随他去罢，横竖洗了就完事了"。可见，在家中，尤氏对下人应更为宽厚。

在同贾母一同吃饭时，贾母指银蝶道："这孩子也好，也来同你主子一块来吃，等你们离了我，再立规矩去。"尤氏道："快过来，不必装假。"——从此处可以看出，尤氏平日与银蝶是非常随和的。其后作者提到尤氏"吃的仍是白粳米饭",荣国府等人谦让时,尤氏兀自答道:"我这个就够了,也不用取去。"凤姐在协理荣国府时,也曾对赖升媳妇说:"既托了我,我就说不得要讨你们嫌了。我可比不得你们奶奶好性儿,诸事由得你们。"可见,尤氏确实是"好性儿"的。

凤姐泼醋一节,贾母责怪平儿:"平儿那蹄子,素日我倒看他好,怎么暗地里这么坏。"众人都沉默,只有尤氏站了出来,替平儿抱打不平,告诉贾母:"平儿没有不是,是凤丫头拿着人家出气。两口子不好对打,都拿着平儿煞性子。平儿委曲的什么似的呢,老太太还骂人家。"

第七十一回中,荣国府的两个婆子听见"东府里的奶奶"传话,明知道是尤氏,非常怠慢,而且竟说出"各家门,另家户,你有本事,排场你们那边人去。我们这边,你们还早些呢!"这样非常忤逆的话,连尤氏的丫头听了都气白了脸,尤氏知道后虽然生气,但是在众人的劝诫下,认为"且放着就是了"。到此处,其实尤氏已经放手了。之后周瑞家的为了讨好主子,告诉了凤姐,凤姐责令林之孝家的来向尤氏讨令,尤氏听了反过意不去,笑向林之孝家的道:

> "我不过为找人找不着因问你,你既去了,也不是什么大事,谁又把你叫进来,倒要你白跑一遭。不大的事,已经撒开手了。"林之孝家的也笑道:"二奶奶打发人传我,说奶奶有话吩咐。"尤氏笑道:"这是那里的话,只当你没去,白问你。这是谁又多事告诉了凤丫头,大约周姐姐说的。你家去歇着罢,没有什么大事。"李纨又要说原故,尤氏反拦住了。

为凤姐庆祝生日的时候,贾母主张凑份子,其中有这样一段文字:

> 凤姐又笑道:"上下都全了。还有二位姨奶奶,他出不出,也问一声儿。尽到他们是理,不然,他们只当小看了他们了。"贾母听了,忙说:"可是呢,怎么倒忘了他们!只怕他们不得闲儿,叫一个丫头问问去。"说着,早有丫头去了,半日回来说道:"每位也出二两。"贾母喜道:"拿笔砚来算明,共计

多少。"尤氏因悄骂凤姐道："我把你这没足厌的小蹄子！这么些婆婆婶子来凑银子给你过生日，你还不足，又拉上两个苦瓠子作什么？"凤姐也悄笑道："你少胡说，一会子离了这里，我才和你算帐。他们两个为什么苦呢？有了钱也是白填送别人，不如拘来咱们乐。"

这里，尤氏对于赵、周两位姨娘，充满了真诚的同情。

之后下人来送银子，尤氏特意先命林之孝家的在"脚踏上坐了"，对于邢夫人派来的下人，尤氏让丫鬟"还不快接了进来好生待茶"。将银子还平儿、鸳鸯、彩云之外，"见凤姐不在跟前"，一时把周、赵二人的也还了，二人不敢收。尤氏道："你们可怜见的，那里有这些闲钱？凤丫头便知道了，有我应着呢。"二人听说，千恩万谢的方收了。

此处，尤氏还平儿、鸳鸯、彩云三人的银子，可以说因为三人都是贾府主脑人物的丫鬟，但是周姨娘在贾府是似有若无的人，尤氏此举，的确是如其所说"你们可怜见的，那里有这些闲钱"。

即便对于秦可卿这个事实上的情敌，这个让自己陷于屈辱的女人，尤氏在其病中也给予了真诚的夸赞与关心：

> 我说他："你且不必拘礼，早晚不必照例上来，你就好生养养罢。就是有亲戚一家儿来，有我呢。就有长辈们怪你，等我替你告诉。"连蓉哥我都嘱咐了，我说："你不许累掯他，不许招他生气，叫他静静的养养就好了。他要想什么吃，只管到我这里来取。倘或我这里没有，只管望你琏二婶子那里要去。倘或他有个好和歹，你再要娶这么一个媳妇，这么个模样儿，这么个性情的人儿，打着灯笼也没地方找去。"他这为人行事，那个亲戚，那个一家的长辈不喜欢他？所以我这两日好不烦心，焦的我了不得。

这段话，是尤氏在向贾府一个远房亲戚璜大奶奶聊天时说的，所以显然不存在故意卖好的目的，而是情真意切的话语。而且，尤氏聪明地将贾府家学发生的事情先说了出来，避免了金氏的告状和可卿病中再次焦灼。之后又央告贾珍：

> 如今且说媳妇这病，你到那里寻一个好大夫来与他瞧瞧要紧，可别耽误了。现今咱们家走的这群大夫，那里要得，一个个都是听着人的口气儿，人怎么说，他也添几句文话儿说一遍。可倒殷勤的很，三四个人一日轮流着倒有四五遍来看脉。他们大家商量着立个方子，吃了也不见效，倒弄得一日换四五遍衣裳，坐起来见大夫，其实于病人无益。

当听说贾珍又找了个好大夫的时候，"尤氏听了，心中甚喜"，由衷地为可卿高兴。

（二）长袖善舞——理家之能

脂砚斋曾评价："尤氏亦可谓有才矣。"

1. 极为清醒

尤氏了解贾珍的为人，所以她也不期望贾珍爱自己，因而对贾珍并不投入感情。细品第七十五回中的一段文字，可以看出尤氏对贾珍只是尽义务，绝不刻意逢迎：

> 一时佩凤又来说："爷问奶奶，今儿出门不出？说咱们是孝家，明儿十五过不得节，今儿晚上倒好，可以大家应个景儿，吃些瓜饼酒。"尤氏道："我倒不愿出门呢。那边珠大奶奶又病了，凤丫头又睡倒了，我再不过去，越发没个人了。况且又不得闲，应什么景儿。"佩凤道："爷说了，今儿已辞了众人，直等十六才来呢，好歹定要请奶奶吃酒的。"尤氏笑道："请我，我没的还席。"佩凤笑着去了，一时又来笑道："爷说，连晚饭也请奶奶吃，好歹早些回来，叫我跟了奶奶去呢。"尤氏道："这样，早饭吃什么？快些吃了，我好走。"

"况且又不得闲，应什么景儿""请我，我没的还席""快些吃了，我好走"，表现出尤氏在夫妻关系中的疏离。不像凤姐，明知贾琏好色，但是仍然期求爱情的唯一性。尤氏不期待爱，便必然不会受伤害。虽然有些无奈，却保持了自己的独立。贾珍反倒因此对尤氏有一份特别的敬重，比方此处，贾珍所说的"好歹定要请奶奶吃酒的"，"连晚饭也请奶奶吃，好歹早些回来"，竟然带着乞求的味道。

对于贾珍的荒淫，几乎把宁国府"翻过来"的行为，尤氏也一清二楚。如第七十五回贾珍耐不住寂寞，以借习射为名聚众赌博，尤氏刻意旁观并无畏地进行评论：

尤氏因见两边狮子下放着四五辆大车，便知系来赴赌之人所乘，遂向银蝶众人道："你看，坐车的是这样，骑马的还不知有几个呢。马自然在圈里拴着，咱们看不见。也不知道他娘老子挣下多少钱与他们，这么开心儿。"……尤氏笑道："成日家我要偷着瞧瞧他们，也没得便。今儿倒巧，就顺便打他们窗户跟前走过去。"众媳妇答应着，提灯引路，又有一个先去悄悄的知会服侍的小厮们不要失惊打怪。于是尤氏一行人悄悄的来至窗下，只听里面称三赞四，耍笑之音虽多，又兼有恨五骂六，忿怨之声亦不少。

她明了阻拦的不可行，所以，索性由着贾珍，自己采取一种置身事外的姿态，不发火，也不动怒。对于贾府的虚伪和各种猫腻，尤氏也心知肚明。所以，面对宁国府混乱的局面，尤氏不是没有能力，而是主动选择采取睁一只眼闭一只眼的态度，不做勉强之事。这在末世的贾府，就是一种现实主义的智慧。凤姐所说尤氏"又没心计，又没口齿，是锯了嘴的葫芦"实在是一个表象，这不过是尤氏"藏拙"的处世之道罢了。

2. 颇有胆识

尤氏是颇有胆识的，对于贾府的丑恶以及人情浇薄，她不惮于发出自己的声音。比如,在李纨处梳洗的时候,尤氏便当着李纨和姬妾们说:"我们家下大小的人只会讲外面假礼假体面,究竟作出来的事都够使的了。"抄检大观园后,惜春的丫头入画受到牵连,本来就不大明事理的惜春借机向尤氏发作起来:

> 惜春冷笑道:"……从此以后,你们有事别累我。"……尤氏道:"可知你是个心冷口冷心狠意狠的人。"惜春道:"古人曾也说的'不作狠心人,难得自了汉。'我清清白白的一个人,为什么教你们带累坏了我!"

此处,尤氏精准也勇敢地指出惜春之冷,可谓一针见血。

尤氏的口才也了得。她常与凤姐斗嘴,且不落下风。书上第一次提到尤氏时就交代:"那尤氏一见了凤姐,必先笑嘲一阵。"凤姐过生日的时候,尤氏开玩笑对贾母说道:

> "他坐不惯首席,坐在上头横不是竖不是的,酒也不肯吃。"贾母听了,笑道:"你不会,等我亲自让他去。"……尤氏听说,忙笑着又拉他出来坐下,命人拿了台盏斟了酒,笑道:"一年到头难为你孝顺老太太、太太和我。我今儿没什么疼你的,亲自斟杯酒,乖乖儿的在我手里喝一口。"凤姐儿笑道:"你要安心孝敬我,跪下我就喝。"尤氏笑道:"说的你不知是谁! 我告诉你说,好容易今儿这一遭,过了后儿,知道还得像今儿这样不得了? 趁着尽力灌丧两钟罢。"凤姐儿见推不过,只得喝了两钟。

3. 理家之能

作者虽然没有给尤氏太多笔墨,但从中仍能看出尤氏的才干。

有论者认为,凤姐代理宁国府的时候,只"想了一想"就发现了荣国府的五大弊病:"头一件是人口混杂,遗失东西;第二件,事无专执,临期推委;第三件,需用过费,滥支冒领;第四件,任无大小,苦乐不均;第五件,家人豪纵,有脸者不服铃束,无脸者不能上进。此五件实是宁国府中风俗。"故由此断定尤氏无能。事实上,把宁国府混乱的罪责全数加在尤氏头上,是不公平的。因为宁府早已从根子上烂掉了,如果贾珍不允许,尤氏手中的权限是不大的。尤氏的确也不是凤姐那样的心狠手辣之人,对于做惯了奴才的人,如果主子不够狠辣,他们自然不买账。加之有贾珍"爬灰"之事,尤氏在管理仆人的时候,可能也难免会气怯。即便厉害如凤姐,雷厉风行地整治贾府,也不过是强挽狂澜罢了,并不能挽救覆亡的命运于万一。而且换一个角度,凤姐的过分强硬其实也给自己埋下很多隐患,贾府风流飘散之际,平时她靠威权控制的那些人,反倒作威作福起来,所谓"狠舅奸兄"是也。所以尤氏的忠厚持家,从长远看,未必就是坏事。

对于宁国府的日常管理,尤氏心中非常有数。第五十三回中,贾珍问尤氏:"咱们春祭的恩赏可领了不曾?"尤氏回复:"今儿我打发蓉儿关去了。"可见,尤氏处理事情具有前瞻性。

凤姐过生日的时候,贾母交给尤氏来办理,由此可见,知人善任的贾母对尤氏早已十分信任。虽然是给凤姐过生日,但尤氏明白凤姐满意不满意不打紧,真正的主角还是贾母和王夫人,因此就需要与这两位主母的丫鬟处理好关系,所以尤氏将鸳鸯和彩云的份子钱还了回去。同时也把顺手人情给了平儿。在尤氏的负责下,凤姐的生日宴办得非常成功,"园中人都打听得尤氏办得十分热闹,不但有戏,连耍百戏并说书的男女先儿全有,都打点取乐顽耍"。

凤姐生病之时,李纨、探春、宝钗三个人一起才将荣国府管理妥当。又过了些日子,适逢国丧,贾府重要人物都不在家,上下一片混乱,用赵姨娘的话说就是"撞尸的撞尸去了,挺床的便挺床"。这一次贾府"报了尤氏产育,把他腾挪出来,协理两处事体"。之前"三驾马车"管理荣国府,而今尤氏一人协管荣、宁两府,足见其能力。

"寿怡红群芳开夜宴,死金丹独艳理亲丧"一回,"独艳"两字写出作者对尤氏的喜欢与肯定。在未曾确知贾敬的死因之前,尤氏"命人先到玄真观将所有的道士都锁了起来,等大爷来家审问",一面又请太医诊断死因,同时"命人去飞马报信"。但考虑到贾珍回来至少也得半月的工夫,于是自行主持,"三日后便开丧破孝",一面且做起道场来等贾珍。这一系列行为有条不紊,处置相当得当。在百忙之中,又恐怕贾珍等人先回来,"老太太路上无人",又特地派人去照顾贾母。丧礼也办得极其风光,"丧仪煊耀,宾客如云,自铁槛寺至宁府,夹路看的何止数万人"。对此,贾珍"赞称不绝",连夸几声"妥当"。

贾府其他有能力的女子,都出身大户人家,从小见惯各种场面。比如凤姐,从小在王家被假充男儿教养;比如宝钗,出身皇商世家,父亲又早逝,所以较早顶门立户;探春也是如此,虽然只是偶尔参与贾府管理,但平常与凤姐接触,总是见识过。唯有尤氏出身低微,但是在操持这些大事的时候,居然毫不怯场,事后还赢得极高评价,确实当得起"亦可谓有才"的评价。

第四节　尤二姐:"花为肠肚雪肌肤"

尤二姐在第十三回出场。因为秦可卿出丧,贾府亲朋吊唁,作为宁国府主母的尤氏,其娘家人自然也要出现。但作者寥寥几笔带过。之后在第六十三回"死金丹独艳理亲丧"中,因为要料理贾敬后世,而恰逢宁国府男丁贾珍、贾蓉等人因国丧不在家,尤氏独木难支,顺理成章地便将她继母尤老娘接来宁府看家,尤二姐便正式开始了她与贾氏联结的故事。作者在第六十九回中称"那尤二姐原是个花为肠肚雪作肌肤的人",可用来总括尤二姐其人。

一、罹祸的"尤物"之美

尤二姐无疑是美人,作者从多个人的评价中突出了尤二姐之美。

在第六十五回,贾琏曾对尤二姐当面讲道:"人人都说我们那夜叉婆齐整,如今我看来,给你拾鞋也不要。"当面所说的话也许未见得真实,但是背着尤二姐,贾琏也曾对贾蓉说过:"人人都说你婶子好,据我看那里及你二姨一零儿呢。"可见,美貌尤胜凤姐,并非贾琏喜新厌旧的阿谀之词。第六十六回中,宝玉也说过二姐与三姐"真真是一对尤物,他又姓尤"。就连贾母这挑剔的人,也承

认二姐之美超过凤姐:

> 贾母上下瞧了一遍,因又笑问:"你姓什么? 今年十几了?"凤姐忙又笑说:"老祖宗且别问,只说比我俊不俊。"贾母又戴了眼镜,命鸳鸯、琥珀:"把那孩子拉过来,我瞧瞧肉皮儿。"众人都抿嘴儿笑着,只得推他上去。贾母细瞧了一遍,又命琥珀:"拿出手来我瞧瞧。"鸳鸯又揭起裙子来。贾母瞧毕,摘下眼镜来,笑说道:"竟是个齐全孩子,我看比你俊些。"

在元春等人,美貌是一种进身之阶;但在尤二姐,却成为罹祸之资。正因为其"秉月貌",贾珍、琏、蓉等"皮肤淫滥"之辈才不管国孝、家孝在身,竭尽全力想满足其淫欲。然而,这不过是尤二姐悲剧的表层原因。

二、品行有亏

尤二姐出身寒微。从其原来定亲的对象张华的身家背景来看,尤二姐生父的经济状况非常平平。加之幼年丧父,母亲改嫁,生活环境一直漂浮不定。这种环境,可能造成尤氏母女在物质层面的极度不安全感。为了谋生,一个美丽而别无长计的女子,又有母亲与妹妹需要照顾,走上用身体换取经济安全的道路,在尤二姐所处的年代,在某种程度上,有着必然性。

另外,对比作品中李纨年轻即守寡的行为,尤老娘能携二女改嫁,足见其实非节烈女子。尤老娘因张华家境"败落"而为尤二姐退婚,对此,尤二姐也丝毫不反对。对比金哥以死反抗退婚的坚贞,可见在母亲言传身教的影响下,尤二姐本来便不是传统意义上的"有行"之人。在尤氏嫁给贾珍之后,尤老娘与二姐、三姐平日的生活是需要贾珍周济的,借贾敬之丧来贾家,其实也有类似刘姥姥的打秋风性质。贾珍等人哪里肯放过这个可以染指的机会? 所以尤二姐、尤三姐在宁国府实际上的地位,正如尤三姐在撕破脸皮时说的:"这会子花了几个臭钱,你们哥儿俩拿着我们姐儿两个权当粉头取乐儿。"书中关于此点的描写也颇为露骨:

　　贾蓉……听见两个姨娘来了，便和贾珍一笑。贾珍忙说了几声"妥当"，加鞭便走，店也不投，连夜换马飞驰……贾蓉得不得一声儿，先骑马飞来至家……又忙着进来看外祖母两个姨娘……贾蓉且嘻嘻的望他二姨娘笑说："二姨娘，你又来了，我们父亲正想你呢。"尤二姐便红了脸，骂道："蓉小子，我过两日不骂你几句，你就过不得了。越发连个体统都没了。还亏你是大家公子哥儿，每日念书学礼的，越发连那小家子瓢坎的也跟不上。"说着顺手拿起一个熨斗来，搂头就打，吓的贾蓉抱着头滚到怀里告饶。尤三姐便上来撕嘴，又说："等姐姐来家，咱们告诉他。"贾蓉忙笑着跪在炕上求饶，他两个又笑了。贾蓉又和二姨抢砂仁吃，尤二姐嚼了一嘴渣子，吐了他一脸。贾蓉用舌头都舔着吃了。众丫头看不过，都笑说："热孝在身上，老娘才睡了觉，他两个虽小，到底是姨娘家，你太眼里没有奶奶了。回来告诉爷，你吃不了兜着走。"……说着，又和他二姨挤眼，那尤二姐便悄悄咬牙含笑骂："很会嚼舌头的猴儿崽子，留下我们给你爹作娘不成！"

在第六十四回：

　　却说贾琏素日既闻尤氏姐妹之名，恨无缘得见。近因贾敬停灵在家，每日与二姐、三姐相认已熟，不禁动了垂涎之意。况知与贾珍、贾蓉等素有聚麀之诮，因而乘机百般撩拨，眉目传情。那三姐却只是淡淡相对，只有二姐也十分有意。但只是眼目众多，无从下手。贾琏又怕贾珍吃醋，不敢轻动，只好二人心领神会而已。此时出殡以后，贾珍家下人少……所以贾琏便欲趁此下手……时常借着替贾珍料理家务，不时至宁府中来勾搭二姐……此时伺候的丫鬟因倒茶去，无人在跟前，贾琏不住的拿眼瞟着二姐。二姐低了头，只含笑不理。贾琏又不敢造次动手动脚，因见二姐手中拿着一条拴着荷包的绢子摆弄，便搭讪着往腰里摸了摸，说道："槟榔荷包也忘记了带了来，妹妹有槟榔，赏我一口吃。"二姐道："槟榔倒有，就只是我的槟榔从来不给人吃。"贾琏便笑着欲近身来拿。二姐怕人看见不雅，便连忙一笑，撂了过来。贾琏接在手中，都倒了出来，拣了半块吃剩下的撂在口中吃了，又将剩下的揣了起来。刚要把荷包亲身送过去，只见两个丫鬟倒了茶来。贾琏一面接了茶吃茶，一面暗将自己带的一个汉玉九龙珮解了下来，拴在手绢上，趁丫鬟回头时，仍撂了过去。二姐亦不去拿，只装看不见，坐着吃茶。只听后面一阵帘子响，却是尤老娘、三姐带着两个小丫鬟自后面走来。贾琏送目与二姐，令其拾取，这尤二姐亦只是不理。贾琏不知二姐何意，甚是着急，只得迎上来与尤老娘、三姐相见。一面又回头看二姐时，只见二姐笑着，没事人似的；再又看一看绢子，已不知那里去了，贾琏方放了心。

可见，尤二姐的确如自己曾对贾琏坦陈时所说的"虽标致，却无品行"。

三、短暂的"静好"岁月

同任何寻常女子一样，尤二姐也渴望幸福，摆脱这种经济上不安定、行为上颇荒淫的生活。尤二姐曾被许给了皇粮庄头张家，后来张家败落，二姐一直恐无所托，得以嫁给贾琏做二房，尽管不是明媒正娶，有种种不妥，但是对尤二姐来说，已经是她可以得到的一种不错的生活了。——显然，嫁入平常人家做正妻的生活，二姐是不肯的，与张华退亲就是一个最好的说明。以她的身份，如果想要嫁入侯门公府过富贵生活，也只能是做妾。何况，贾琏出身于"诗礼簪缨之族，钟鸣鼎食之家"，而且又是青年公子，比张华胜强十倍，颇有钱财。二人彼此又早已暗生情愫，贾琏虽已尽知二姐前事，但"不是拈酸吃醋之辈"，安慰二姐不必惊慌。在一定程度上，贾琏也算一个知心人了。

嫁给贾琏之后，尤二姐的确过了一段舒适的生活。此时凤姐尚不知情，没有外患。尤二姐认为终身有靠，开始一心一意与贾琏过日子。她向贾琏坦白自己"虽标致，却无品行"，并告知贾琏自己先前和姐夫的不妥，但表示从此要洗心革面，"我生是你的人，死是你的鬼，如今既作了夫妻，我终身靠你"。第六十五回中,作者也赞扬尤二姐"倒是个多情人,以为贾琏是终身之主了,凡事倒还知疼着痒。若论起温柔和顺,凡事必商必议,不敢恃才自专,实较凤姐高十倍;若论标致,言谈行事,也胜五分"。贾琏奉贾赦之命往平安州办事,二姐谨肃操持家务,每日关门闭户,一点外事不闻。连贾琏的贴身小厮兴儿都评价说"谁不背前背后称扬奶奶圣德怜下"。如果二姐安于这样的方式,则她也可以有"如花美眷""似水流年""岁月静好"的生活。

但尤二姐太想通过正统渠道进入贾府。兴儿曾告诉过她凤姐的厉害,说凤姐是"嘴甜心苦,两面三刀;上头一脸笑,脚下使绊子;明是一盆火,暗是一把刀",警告她不要见凤姐。尤二姐却天真地认为只要自己以礼相待,就不会有什么问题。对于进贾府这样大的事情,尤二姐没有一点警惕之心,懵懂地开始了自己的死亡之旅。

四、尤二姐悲剧原因探析

尤二姐的悲剧,是由多方面原因造成的。

（一）悲剧的时代性

尤二姐与贾珍等人的不轨行为,是双向且被动的,但是封建礼教给尤二姐制造了一道极其沉重的精神枷锁。明明"造衅开端实在宁",但是无耻淫荡的罪名却被尤二姐背负着。不合理的封建伦理等级制度允许男人三妻四妾,而女人一旦稍微失足,便堕入万丈深渊了。而二姐竟不觉有任何不妥,这又是多么可怕的驯化。

（二）悲剧的个人性

尤二姐的悲剧也是其性格的悲剧。这一点,在与尤三姐的对比分析中,更可以说明。

1. 尤二姐识事不清

对于自己的品行有亏,二姐完全看不到始作俑者贾珍等人的恶行。三姐则不然,三姐头脑清醒,敢作敢为,面对贾珍、贾琏的凌辱玩弄,她清醒地意识到他们是拿自己姐妹当取乐的粉头,因此她以恶抗恶,果断出击,"自己高谈阔论,任意挥霍洒落一阵,拿他弟兄二人嘲笑取乐,竟真是他嫖了男人,并非男人淫了他"。三姐的反抗,在一定意义上维护了自己的独立人格,也震慑了贾珍、贾琏这些无耻之徒。

2. 尤二姐识人不清

第一,识自己不清。二姐人生定位错误:太想嫁入富贵人家。二姐与贾琏的婚姻,门第实在悬殊。在以男性为中心的封建时代,女性本身就被置于从属地位,如果婚姻门当户对,女子有个有钱有势的娘家作为后盾,处境还会好一些。尤二姐需要依托宁国府,连出嫁妆奁都要贾珍置办,在这个情况下还要坚持与豪门结亲,显然是失策的。相比之下,尤三姐不贪恋富贵,属意柳湘莲这种家世已零落的人,定位得当。

在门第悬殊的背景下,二姐犯的另外一个错误在于其"偷来的锣鼓打不得"的婚姻仪式。她与贾琏是在国、家双重孝期间,未经父母之命、媒妁之言偷偷结亲的。这种不是"明媒正娶"的婚姻,显得既不合法,又不合理。凤姐最后大闹宁国府,用的就是这个冠冕堂皇的借口。二姐自戕之后,贾母不准其进家庙,叫贾琏将其烧掉或送乱葬岗子一埋了事,也都因为其嫁入贾府的门路"名不正,言不顺"。

第二,识贾琏不清。贾琏对她有一定感情,但贾琏是个三天打鱼两天晒网之人,难托终身,二姐却以为自己一生有靠。二姐进贾府后,时值贾赦把自己房中丫鬟秋桐赏与贾琏做妾。贾琏与秋桐便"如胶投膝,燕尔新婚,连日那里拆的开",因而在二姐身上之心也"渐渐淡了","只有秋桐一人是命",客观上加速了二姐的死亡。

尤三姐则不然,相比起来,尤三姐看人极准。兴儿误以为贾宝玉是"外清而内浊",尤二姐应声附和,三姐却反驳道:"姐姐信他胡说,咱们也不是见过一面两面的,行事言谈吃喝,原有些女儿气,那是只在里头惯了的。若说糊涂,那些儿糊涂?"贾宝玉很难为周围人理解,常遭"百口嘲谤,万目睚眦",黛玉是宝玉的知己,自然是懂得。但是尤三姐只在匆匆几面之下,竟然能深懂宝玉,可见三姐的辨别力。对于婚姻的选择,贾琏和尤二姐都认为三姐思嫁之人肯定是宝玉,但尤三姐断然否定,并啐了一口道:"我们有姊妹十个,也嫁你弟兄十个不成。难道出了你家,天下就没了好男子了不成!"她独具慧眼,对才貌双全、能文能武、胆识人品皆一流的柳湘莲一见钟情,发誓非他不嫁,足见其眼力不俗。

第三,识凤姐不清。贾琏和兴儿都告诉过她凤姐的为人,可经不起凤姐一席话,她马上解除了武装,认为兴儿的告诫是"小人不遂心诽谤主子",马上向凤姐倾心吐胆,把凤姐引为知己。

3. 性格苟且懦弱

她给贾母留下了不错的第一印象,却不知迎合这位贾府最重要的人物。对于无礼的下人忍气吞声,对于挑衅的秋桐逆来顺受,受到凤姐威胁时,不懂得寻求凤姐对手诸如邢夫人的支持,也不知道向唯一的依靠贾琏求助。又过于消极悲观,缺乏反抗精神。"善良的尤二姐总是在自责自己是个'无品行'的人……由自责到自卑……从不曾想过反抗欺凌,而是选择忍气吞声。"[1]

如果尤二姐有尤三姐的刚烈,即便一死,也可以颇为壮烈,不至于如此苟且。——尤三姐死后曾托梦给尤二姐,极力唆使她斩了"那妒妇"。但二姐仍是一味忍耐,认为自己罪有应得。最后庸医误诊,腹中胎儿被活生生打下,毫无希望也再无留恋的尤二姐,最后选择吞金自尽,落得个悲凉凄惨的结局。

五、尤二姐与"一从二令三人木"

聊以安慰尤二姐的是,她真情的付出在一定程度上得到了贾琏这个浪荡子的些许回报。在短暂的婚姻生活中,面对二姐真情的付出,贾琏"喜之不尽,深念二姐之德"。"不提已往之淫,只取现今之善,便如胶投漆,似水如鱼,一心一计,誓同生死。"二姐生病后,也曾急忙为二姐请医治病。二姐死后:

---

[1] 李希凡、李萌:《尤氏姐妹的悲剧人生》,《河南教育学院学报(哲学社会科学版)》2011年第6期,第89页。

　　(贾琏)搂尸大哭不止……贾琏忙命人去开了梨香院的门,收拾出正房来停灵。贾琏嫌后门出灵不像,便对着梨香院的正墙上通街现开了一个大门。两边搭棚,安坛场做佛事。用软榻铺了锦缎衾褥,将二姐抬上榻去,用衾单盖了……只见这尤二姐面色如生,比活着还美貌。贾琏又搂着大哭,只叫"奶奶,你死的不明,都是我坑了你!"……贾琏会意,只悄悄跌脚说:"我忽略了,终久对出来,我替你报仇。"……贾琏道:"三日断乎使不得,竟是七日。因家叔家兄皆在外,小丧不敢多停,等到外头,还放五七,做大道场才掩灵。明年往南去下葬。"……只得开了尤氏箱柜,去拿自己的梯己。及开了箱柜,一滴无存,只有些折簪烂花并几件半新不旧的绸绢衣裳,都是尤二姐素习所穿的,不禁又伤心哭了起来。自己用个包袱一齐包了,也不命小厮丫鬟来拿,便自己提着来烧……又将一条裙子递与平儿,说:"这是他家常穿的,你好生替我收着,作个念心儿。"平儿只得掩了,自己收去。贾琏拿了银子与衣服,走来命人先去买板。好的又贵,中的又不要。贾琏骑马自去要瞧,至晚间,果抬了一副好板进来,价银五百两赊着,连夜赶造。一面分派了人口穿孝守灵,晚来也不进去,只在这里伴宿。

　　虽然这些无用的深情,已经挽不回二姐"死后性空灵"的花魂月魄,只徒增其悲剧色彩,但是因尤二姐与此事却引发了贾琏与凤姐之间深刻的不睦,贾琏发狠所说的"终久对出来,我替你报仇",在其后贾府败落之时,与其他原因共同促成了凤姐"一从二令三人木"的悲剧命运。可怜可叹凤姐,在此时对尤二姐机关算尽,但最后自己也逃不掉"反算了卿卿性命"的结局。

第四章
可怜绣户侯门女

第一节　入世之元春、探春

一、元春:"三春争及初春景"

元春是贾政与王夫人的长女,宝玉的同胞姐姐。因生于正月初一,所以取名元春,后应选入宫,又加封贤德妃。在作品中,元春出场不多,但对于贾府命运及宝玉未来走向,却是一个关键人物。

(一)现实主义的行动者

1. 有担当,为贾府入宫

毋庸置疑,元春是非常优秀的。宝钗是书中顶尖儿的女孩,尚且欲进宫而未成。但元春不但被选进宫,又被晋封为贵妃,可见其品貌定非凡品。周思源先生对元春评价极高:"曹雪芹笔下展示的元春,不但位极人女,而且从人品、容貌、性格到才学几乎都无可挑剔,近乎完美,也是一个有才补天而无命补天的杰出女性。"[①]

元春的判词为:

> 二十年来辨是非,榴花开处照宫闱。
> 三春争及初春景,虎兕相逢大梦归。

宝玉在警幻仙姑处曾听到《红楼梦》十二支曲,关于元春的《恨无常》曲辞为:

---

① 周思源:《周思源解疑金陵十二钗》,第123页。

喜荣华正好,恨无常又到。眼睁睁,把万事全抛。荡悠悠,把芳魂消耗。望家乡,路远山高。故向爹娘梦里相寻告:儿命已入黄泉,天伦呵,须要退步抽身早!

判词和曲辞都令人心生悲悯。以元春的聪敏,当然知道进宫并非一条坦途,所谓"伴君如伴虎",但是为家族计,元春舍弃个人安危,毅然进宫。虽然有这样的大担当,但是在归省的时候,元春仍然流露出些许真实心声:"当日既送我到那不得见人的去处。"她对父亲贾政也说过:"田舍之家,虽齑盐布帛,终能聚天伦之乐;今虽富贵已极,骨肉各方,然终无意趣。"

但是元春的个人牺牲的确为贾府挽回了许多尊荣,也使得这百足之虫又多苟延残喘了一段时日。在元春封妃后,贾府众人"两处上下里外,莫不欣然踊跃,个个面上皆有得意之状,言笑鼎沸不绝"。为迎接元春归省,贾府大肆兴建,仅"下姑苏聘请教习,采买女孩子,置办乐器行头等事"便花费三万两,省亲时"园中香烟缭绕,花彩缤纷,处处灯光相映,时时细乐声喧",真可谓一派盛景。

但是元春仍旧居高看远,"且说贾妃在轿内看此园内外如此豪华,因默默叹息奢华过费"。临走,元春反复叮嘱"万不可如此奢华靡费了"!

2. 安排宝玉的婚事

作为宝玉的长姐,元春与宝玉的感情是十分深厚的。第十七回至十八回写道:

当日这贾妃未入宫时,自幼亦系贾母教养。后来添了宝玉,贾妃乃长姊,宝玉为弱弟,贾妃之心上念母年将迈,始得此弟,是以怜爱宝玉,与诸弟待之不同。且同随贾母,刻未暂离。那宝玉未入学堂之先,三四岁时,已得贾妃手引口传,教授了几本书、数千字在腹内了。其名分虽系姊弟,其情状有如母子。

后面还写道：

> ……元妃命他进前，携手揽于怀内，又抚其头颈，笑道："比先竟长了好些……"一语未终，泪如雨下。

以元春对宝玉之深爱，她必然希望宝玉的婚姻是幸福的。但宝玉又是贾府唯一略可望成的苗裔，为了贾府的命运，甘愿只身入宫的元春，在宝玉婚姻一事上，又必然以自己意愿中能兴家的角度来安排宝玉的婚姻。长伴宝玉身边的两位最优秀的女孩，一是宝钗，一是黛玉。元春由于身在皇宫之中，与宝钗、黛玉的接触机会都很少，对二人应该不够了解。她对钗黛的直观认识，仅限于归省的时候与二人浮光掠影的一面。当时对于众姐妹与宝玉的诗，贾妃看毕，称赏一番，笑道："终是薛、林二妹之作与众不同，非愚姊妹可同列者。"回驾时，元春命人颁下赏赐，宝钗、黛玉诸姊妹等，每人新书一部、宝砚一方、新样格式金银锞二对。宝玉亦同此。黛玉、宝钗二人在元春的心里，并无偏重。然而，事隔不久，在第二十八回的端午节赏赐中，忽然就有了高下之分，变成宝钗和宝玉同等，而黛玉则与众姐妹一样，降了一等。原文是：

> 袭人又道："昨儿贵妃打发夏太监出来……端午儿的节礼也赏了。"说着命小丫头子来，将昨日所赐之物取了出来，只见上等宫扇两柄，红麝香珠二串，凤尾罗二端，芙蓉簟一领。宝玉见了，喜不自胜，问"别人的也都是这个？"袭人道："……你的同宝姑娘的一样。林姑娘同二姑娘、三姑娘、四姑娘只单有扇子同数珠儿，别人都没了……"宝玉听了，笑道："这是怎么个原故？怎么林姑娘的倒不同我的一样，倒是宝姐姐的同我一样！别是传错了罢？"袭人道："昨儿拿出来，都是一份一份的写着签子，怎么就错了！"……宝玉道："自然要走一趟。"说着便叫紫绡来："拿了这个到林姑娘那里去，就说是昨儿我得的，爱什么留下什么。"紫绡答应了，拿了去，不一时回来说：

> "林姑娘说了,昨儿也得了,二爷留着罢。"

因此事,黛玉对宝玉说:

> "我没这么大福禁受,比不得宝姑娘,什么金什么玉的,我们不过是草木之人!"宝玉听他提出"金玉"二字来,不觉心动疑猜,便说道:"除了别人说什么金什么玉,我心里要有这个想头,天诛地灭,万世不得人身!"林黛玉听他这话,便知他心里动了疑,忙又笑道:"好没意思,白白的说什么誓?管你什么金什么玉的呢!"宝玉道:"我心里的事也难对你说,日后自然明白。除了老太太、老爷、太太这三个人,第四个就是妹妹了。要有第五个人,我也说个誓。"林黛玉道:"你也不用说誓,我很知道你心里有'妹妹',但只是见了'姐姐',就把'妹妹'忘了。"宝玉道:"那是你多心,我再不的。"林黛玉道:"昨儿宝丫头不替你圆谎,为什么问着我呢?那要是我,你又不知怎么样了。"

而宝钗的反应是:

> 薛宝钗因往日母亲对王夫人等曾提过"金锁是个和尚给的,等日后有玉的方可结为婚姻"等语,所以总远着宝玉。昨儿见元春所赐的东西,独他与宝玉一样,心里越发没意思起来。

显然,这是元春表明自己在宝玉婚姻对象选择上的态度,她取中了宝钗。在拙著《都道是金玉良姻,俺只念木石前盟——〈红楼梦〉黛玉/宝玉/宝钗形象分析》一书中,笔者已经分析过元春之所以做此选择的来龙去脉。在此只是想说明,元春的行动力何等之强,在书中第二十八回,即以颁赐礼物的方式,明确表达了自己对宝玉婚恋对象的态度。

3. 无力回天

元春牺牲了个人幸福,为家族计而进宫,但是元春无法挽救贾府最终覆亡的命运于万一。贾府衰败有其自身的规律,小说开头便已言及贾府经济大不如前,冷子兴说得很清楚:

> 如今生齿日繁,事务日盛,主仆上下,安富尊荣者尽多,运筹谋画者无一;其日用排场费用,又不能将就省俭,如今外面的架子虽未甚倒,内囊却也尽上来了。

秦可卿临终托梦,也向凤姐说:

> 常言"月满则亏,水满则溢";又道是"登高必跌重"。如今我们家赫赫扬扬,已将百载,一日倘或乐极悲生,若应了那句"树倒猢狲散"的俗语,岂不虚称了一世的诗书旧族了!

及至凤姐问:有什么办法可以永保无虞? 可卿回答:

> 婶子好痴也。否极泰来,荣辱自古周而复始,岂人力能可保常的。……烈火烹油,鲜花着锦之盛……也不过是瞬息的繁华,一时的欢乐,万不可忘了那"盛筵必散"的俗语。

因而,犹如元春自己逃避不了"虎兕相逢大梦归"的命运,贾府也脱不开《红楼梦》十二支曲中《收尾·飞鸟各投林》的魔咒:

> 为官的,家业凋零;富贵的,金银散尽;有恩的,死里逃生;无情的,分明报应。欠命的,命已还;欠泪的,泪已尽。冤冤相报实非轻,分离聚合皆前

定。欲知命短问前生，老来富贵也真侥幸。看破的，遁入空门；痴迷的，枉送了性命。好一似食尽鸟投林，落了片白茫茫大地真干净！

（二）不改本色，温情感人

元春身为贵妃，无论精神生活有多么荒芜，毕竟身在皇宫中，享受着当时条件下最奢侈的物质生活。但是元春不改本色，依然有着寻常人家的一颗女儿心。

比如，元春在轿内看园内外如此豪华，便"默默叹息奢华过费"。看到石牌坊上"天仙宝境"四字，元春也觉夸张，忙命换"省亲别墅"四字。当礼仪太监引贾府众人排班要行叩拜之礼时，元春全部命令免除。见贾母时，元春一片孝心，竟先"欲行家礼"，贾母等俱跪止不迭，元春方满眼垂泪，彼此上前厮见，一手搀贾母，一手搀王夫人，三个人满心里皆有许多话，只是俱说不出，只管呜咽对泣。"半日"，元春方忍悲强笑，安慰贾母、王夫人道："当日既送我到那不得见人的去处，好容易今日回家娘儿们一会，不说说笑笑，反倒哭起来。一会子我去了，又不知多早晚才来！"说到这句，不禁又哽咽起来……后又不免哭泣一番。后来又隔帘含泪对贾政说："田舍之家，虽齑盐布帛，终能聚天伦之乐；今虽富贵已极，骨肉各方，然终无意趣！"当听到"园中所有亭台轩馆，皆系宝玉所题"时，元春非常高兴，含笑说："果进益了。"及至见到宝玉，便"携手揽于怀内，又抚其头颈"，笑道："比先竟长了好些……"一语未终，泪如雨下。当众人赋诗时，怕众姐妹拘束手脚，不得展才，便预先嘱咐，"妹辈亦各题一匾一诗，随才之长短，亦暂吟成，不可因我微才所缚"。当龄官执意只作《相约》《相骂》二出戏时，元春并不介意，反而"甚喜"，命"不可难为了这女孩子，好生教习"，额外又赏了两匹宫缎等。当太监请元春回皇宫的时候，元春听了，不由得满眼又滚下泪来，却又勉强堆笑，拉住贾母、王夫人的手，紧紧地不忍释放，再四叮咛："不须挂念，好生自养。如今天恩浩荡，一月许进内省视一次，见面是尽有的，何必伤惨。倘明岁天恩仍许归省，万不可如此奢华靡费了！"最后虽不忍别，怎奈皇家规范，违错不得，只得

"忍心上舆"去了。——此时的元春,只专注于自己的孙女、女儿、长姐身份,而不是心心念念记着自己是皇妃。

二、探春:铿锵玫瑰

探春是贾政庶出的女儿,生母为赵姨娘。"削肩细腰,长挑身材,鸭蛋脸面,俊眼修眉,顾盼神飞,文彩精华,见之忘俗"是作者对探春相貌和性格的总体描述。和其他的姐妹相比,探春颇具抱负,胸襟阔朗,有一种男儿气魄。她说过"我但凡是个男人,可以出得去,我必早走了,立一番事业,那时自有我一番道理"。就连她的居处也不同于流俗:

> 　　三间房子并不曾隔断。当地放着一张花梨大理石大案;案上磊着各种名人法帖,并数十方宝砚。各色笔筒,笔海内插的笔如树林一般。那一边设着斗大的一个汝窑花囊,插着满满的一囊水晶球儿的白菊。西墙上当中挂着一大幅米襄阳《烟雨图》,左右挂着一副对联,乃是颜鲁公的墨迹。

这种简单大气、高雅疏朗的格调,一扫闺阁之风和女性的纤弱,使得探春别具一格,可谓大观园中的铿锵玫瑰。胡文彬先生夸赞她:"探春不愧为巾帼不让须眉的女中大丈夫,有见识,有气魄。"[1]

(一)心系贾府之存亡,极具行动力

在贾府中,预见到前景不妙的人不少。黛玉曾对宝玉说,她每常闲了也替贾府算计,出的多入的少,但黛玉不是贾家人,兼之她并非入世之人,所以,想想也就罢了。宝玉是一个富贵闲人,听到黛玉的话后,他的反应是无论将来如何,势必短不了他和黛玉二人的。可卿死前曾托梦凤姐,建议凤姐早为贾府谋算长远之事,但就算彼时可卿可再复生,作为一个出身低微的孙媳妇,在现实中也别无长策。凤姐深知贾府一日不如一日,但凤姐满心只谋算着为自己争取利益。

---

[1] 胡文彬:《红楼梦人物谈——胡文彬论红楼梦》,第67页。

贾母虽然不糊涂,但是作为年高之人,也只剩下每天高乐而已。唯有探春,真正地将自己的身家未来维系于贾府,为家族忧,为家族痛,并在可能的范围内,积极付出行动,意图延缓贾府覆灭的时间。

在第七十四回"惑奸谗抄检大观园"中,大观园众姐妹总体而言皆表现平平,唯有探春上演了一出余音不绝的铿锵之举:

又到探春院内,谁知早有人报与探春了。探春也就猜着必有原故,所以引出这等丑态来,遂命众丫鬟秉烛开门而待……探春冷笑道:"我们的丫头,自然都是些贼,我就是头一个窝主。既如此,先来搜我的箱柜,他们所有偷了来的都交给我藏着呢。"说着,便命丫头们把箱柜一齐打开,将镜奁、妆盒、衾袱、衣包若大若小之物一齐打开,请凤姐去抄阅……探春道:"我的东西倒许你们搜阅;要想搜我的丫头,这却不能。我原比众人歹毒,凡丫头所有的东西我都知道,都在我这里间收着,一针一线他们也没的收藏,要搜所以只来搜我。你们不依,只管去回太太,只说我违背了太太,该怎么处治,我去自领。你们别忙,自然连你们抄的日子有呢!你们今日早起不曾议论甄家,自己家里好好的抄家,果然今日真抄了。咱们也渐渐的来了。可知这样大族人家,若从外头杀来,一时是杀不死的,这是古人曾说的'百足之虫,死而不僵',必须先从家里自杀自灭起来,才能一败涂地!"说着,不觉流下泪来……探春道:"可细细的搜明白了?若明日再来,我就不依了。"凤姐笑道:"既然丫头们的东西都在这里,就不必搜了。"探春冷笑道:"你果然倒乖。连我的包袱都打开了,还说没翻。明日敢说我护着丫头们,不许你们翻了。你趁早说明,若还要翻,不妨再翻一遍。"凤姐知道探春素日与众不同的,只得陪笑道:"我已经连你的东西都搜查明白了。"探春又问众人:"你们也都搜明白了不曾?"周瑞家的等都陪笑说:"都翻明白了。"

那王善保家的本是个心内没成算的人……因越众向前拉起探春的衣襟,故意一掀,嘻嘻笑道:"连姑娘身上我都翻了,果然没有什么。"……只听

"拍"的一声,王家的脸上早着了探春一掌。

探春登时大怒,指着王家的问道:"你是什么东西,敢来拉扯我的衣裳!我不过看着太太的面上,你又有年纪,叫你一声妈妈,你就狗仗人势,天天作耗,专管生事。如今越性了不得了。你打谅我是同你们姑娘那样好性儿,由着你们欺负他,就错了主意!你搜检东西我不恼,你不该拿我取笑。"说着,便亲自解衣卸裙,拉着凤姐儿细细的翻。又说:"省得叫奴才来翻我身上。"

凤姐平儿等忙……劝探春休得生气。探春冷笑道:"我但凡有气性,早一头碰死了!不然,岂许奴才来我身上翻贼赃了。明儿一早,我先回过老太太、太太,然后过去给大娘陪礼,该怎么,我就领。"

那王善保家的讨了个没意思,在窗外只说……探春喝命丫鬟道:"你们没听他说的这话,还等我和他对嘴去不成。"待书等听说,便出去说道:"你果然回老娘家去,倒是我们的造化了。只怕舍不得去。"凤姐笑道:"好丫头,真是有其主必有其仆。"探春冷笑道:"我们作贼的人,嘴里都有三言两语的。这还算笨的,背地里就只不会调唆主子。"

这里,对于贾府的命运,探春已有预感,因而异常激愤,"不觉流下泪来",同时又深恸于贾府的内乱,"必须先从家里自杀自灭起来,才能一败涂地!"探春的清醒与无奈,都令人万分悲慨。

(二)"才自精明志自高"

"才自精明志自高",是作者给予探春的极高评价。

1. 理家之能

凤姐高度评价探春是"心里嘴里都也来的"人。宝玉和黛玉也曾评说过探春"最是心里有算计的"。虽然探春明了贾府未来的命运,但是探春不是一个悲观主义者,她脚踏实地、兢兢业业地生活着。

探春非常自律。偶尔要厨房里加菜,她会自己拿钱。让宝玉买东西,也是辛苦攒上几个月的月例钱,而且精心做鞋给宝玉,以表谢意。对于身边的丫鬟,探春也管束严格。迎春的丫鬟司棋为了要吃鸡蛋而大闹厨房,后来又出了与表兄潘又安恋爱的乱子,惜春的丫鬟入画也为了偷存哥哥的东西而获罪。但探春的丫鬟却没有任何过失,也就无法被人抓到把柄。当抄检大观园的时候,独有探春有底气对王善保家的等为虎作伥者迎头痛击。这固然是探春胆识的表现,也因日常谨严才能心中无惧。对此,王昆仑先生评价:"探春对于自己日常生活的处理是平稳而谨严。她不同于迎春那样怯弱和惜春那样孤僻,但她也绝不沾惹一点是非。"①

探春不惹事,也从不怕事。当贾母谈及"各处上夜都不小心,还是小事,只怕他们就是贼也未可知"时,邢夫人、尤氏、凤姐及李纨等皆默无所答。独探春出位笑道:"近因凤姐姐身子不好,几日园内的人比先放肆了许多。先前不过是大家偷着一时半刻,或夜里坐更时,三四个人聚在一处,或掷骰或斗牌,小小的顽意,不过为熬困。近来渐次放诞,竟开了赌局,甚至有头家局主,或三十吊五十吊三百吊的大输赢。半月前竟有争斗相打之事。"贾母听了,忙说:"你既知道,为何不早回我们来?"探春道:"我因想着太太事多,且连日不自在,所以没回。只告诉了大嫂子和管事的人们,戒饬过几次,近日好些。"

在可能的情形下,探春拼尽一己之力,意图做出补天之举,虽有以卵击石之憾,但是探春这种入世的精神和其才干,却熠熠生辉。

第五十六回"敏探春兴利除宿弊",是探春大放异彩的篇章。

因凤姐生病不能理事,探春与宝钗、李纨一道,被推上了前台。宝钗和李纨都奉行明哲保身之策,唯有探春,真正本着为贾府长远打算的原则,大刀阔斧地开始了改革,也展露了自己的经纬之才。

本来,贾府的下人先听见李纨独办,个个心中暗喜。因为李纨素日原是个厚道多恩无罚的,自然比凤姐好搪塞。便添了一个探春,也都想着不过是个未

① 王昆仑:《红楼梦人物论》,第56页。

出闺阁的青年小姐，且素日也最平和恬淡，因此都不在意，比凤姐前更懈怠了许多。但是"几件事一过手"，荣府的管事娘子们便感到三姑娘"精细处不让凤姐"。——作者以此对探春的能力做了一个铺垫。平儿向凤姐汇报探春理家的情形之后，凤姐连连夸道："好，好，好，好个三姑娘！我说他不错。"作为脂粉英雄的凤姐是非常挑剔的，但是此时凤姐不能抑制地连说三个"好"字，可见其对探春的激赏。也因此，凤姐决心要和探春合作，拉她"做个臂膀"。

由此，探春便开始了自己管理生涯中的"三板斧"。

第一件，探春血缘上的舅舅赵国基死亡，贾府的规矩，是要给抚恤金的。但是赵国基身兼双重身份，既是一个"家生子"，又是赵姨娘这"半个主子"的弟弟。探春该如何决断呢？仆妇吴新登家的故意刁难而不说明往例。探春其实洞若观火，但她自己先不拿主意，而是请教长嫂李纨。李纨也是乖觉之人，考虑到其中利害，所以用了袭人母亲亡故给了丧葬费四十两这个最高标准。吴新登家的自以为得计，但是探春眼明如炬，坚决依照旧例打赏二十两，并当面指斥吴新登家的"你办事办老了的，还记不得，倒来难我们"，并以此立威，弹压了众仆妇。

第二件便是免除了宝玉、贾环等上学所领的八两月银和大观园中姑娘们每月二两的头油脂粉钱。这些举措都反映出探春的敏锐和胆识，但这两件事不过是小试牛刀。探春的管理才能在第三件事上才真正体现。

在探春的时代，一个未出阁的小姐，一般情况下是没有机会接触外界的。连探春想买些小玩意儿，都得特意托付宝玉去买。所以，在偶然去赖大家的时候，看到其家花园"一年还有人包了去，年终足有二百两银子剩"，才意识到"一个破荷叶，一根枯草根子，都是值钱的"。因此，探春想出来大观园的"承包制"：

> 咱们这园子只算比他们的多一半，加一倍算，一年就有四百银子的利息。若此时也出脱生发银子，自然小器，不是咱们这样人家的事。若派出两个一定的人来，既有许多值钱之物，一味任人作践，也似乎暴珍天物。不如在园子里所有的老妈妈中，拣出几个本分老诚能知园圃的事的，派准他

们收拾料理,也不必要他们交租纳税,只问他们一年可以孝敬些什么。一则园子有专定之人修理,花木自又一年好似一年的,也不用临时忙乱;二则也不至作践,白辜负了东西;三则老妈妈们也可借此小补,不枉年日在园中辛苦;四则亦可以省了这些花儿匠、山子匠、打扫人等的工费。将此有馀,以补不足,未为不可。

这种既"开源"又"节流"的改革措施,被宝钗评价为"善哉,三年之内无饥馑矣!"由此,使得日渐败落的贾府"人尽其力、地尽其利、物尽其用",也使上下人等对她又敬又畏。虽然不能改变贾府必然衰败的命运,但是探春的补天之举却也是末世贾府的一场壮阔之舞。

2."才自精明"

探春也是大观园女儿中非常出挑的。其诗才或许不能比肩黛玉、宝钗,但是探春也表现出多方面的独特才具。

笔者少时读《红楼梦》,最爱看的桥段是一众人等在大观园这花柳繁华地吟诗作赋,心下无比欣羡。但大观园起诗社,乃探春首倡,从此之后,即第三十七回"秋爽斋偶结海棠社"起,大观园才真正进入了诗情画意的时代。若不是探春,《红楼梦》将少掉多少趣味,黛玉、宝钗等又如何有机会一展其才!

我们从探春写给宝玉的信中,即可看到探春建诗社之寓意高远,说明她不是那种只知脂粉针线的大家闺秀:

> 娣虽不才,窃同叨栖处于泉石之间,而兼慕薛林之技。风庭月榭,惜未宴集诗人;帘杏溪桃,或可醉飞吟盏。孰谓莲社之雄才,独许须眉;直以东山之雅会,让余脂粉。

其间之兴味,真欲令人浮一大白! 在父权宗法社会,这无异于一份战斗檄文,向男尊女卑观念提出了严正的挑战,也从一个侧面证明了作者"天地之灵秀之钟于女儿"的价值观。

对探春的倡议,宝玉赞其"高雅",众人也都附议。大家齐聚秋爽斋之后,探春意气风发,道"我须得先作个东道主人,方不负我这兴"。对李纨明日再起第一社的提议,探春认为"明日不如今日,此刻就很好"。写诗之时,众人尚在思索之际,"探春便先有了",也算颇有捷才。虽然探春诗作难追黛玉、宝钗,但是其诗亦充满清灵之气,比如海棠诗中"玉是精神难比洁,雪为肌骨易销魂"之句,有如清水出芙蓉,天然去雕饰。而在其后的菊花诗中,宝钗大赞探春:"你的'短鬓冷沾','葛巾香染',也就把簪菊形容的一个缝儿也没了。"

诗才之外,探春也当精通书法。第三十七回有如下文字:"(宝玉)正无聊之际,只见翠墨进来,手里拿着一副花笺送与他……宝玉听说,便展开花笺看时……"

此处,结合探春居处"案上磊着各种名人法帖,并数十方宝砚。各色笔筒笔海内插的笔如树林一般",以及"西墙上当中挂着一大幅米襄阳《烟雨图》,左右挂着一副对联,乃是颜鲁公墨迹",可以判断,探春是众女儿中的书法高手。

探春还写得一手好文章。她写给宝玉的诗社发起信运用多个典故,文采斐然。她也很会布置屋子,秋爽斋既大方,又秀雅,被贾母由衷地夸赞。她让宝玉帮买的"柳枝儿编的小篮子,整竹子根抠的香盒儿,胶泥垛的风炉儿"非常雅致,众人"都爱上了,都当宝贝似的",这都说明探春有非同流俗的审美观。

(三)夹缝中的身份

《红楼梦》中众女儿悲剧命运的最大根由是生错了时代。但对于探春来说,除了生逢末世之外,其庶出的身份也令人格外悲慨。

1. 庶出的悲哀

兴儿向尤氏姊妹夸赞探春之后,叹息"可惜不是太太养的"。凤姐在连夸探春三个"好"之后,也颇为惋惜地说"只可惜她命薄,没托生在太太肚子里",因为"将来攀亲,如今有一种轻狂人,先要打听姑娘是正出还是庶出,多为庶出的不要的"。同为庶出的迎春和贾环在贾府的地位,探春看得一清二楚,所以,她极力通过向王夫人靠拢来接近贾府女眷中的核心集团。为此,她处处维护王夫人。当贾赦意欲讨鸳鸯为妾的时候,贾母识破了贾赦的诡计,同时也借机敲打王夫人,怒向王夫人道:"你们原来都是哄我的!外头孝敬,暗地里盘算我……弄开了他,好摆弄我!"此时,王夫人不敢还一言。薛姨妈作为王夫人的姐妹,也不好说话。李纨早带了姊妹们出去。唯有探春是"有心的人",想王夫人"虽有委曲,如何敢辩";薛姨妈也是亲姊妹,自然也不好辩的;宝钗也不便为姨母辩;李纨、凤姐、宝玉一概不敢辩。这正是用得着女孩儿之时,但迎春老实、惜春小,因此窗外"听了一听",便走进来"陪笑"向贾母道:

> "这事与太太什么相干?老太太想一想,也有大伯子要收屋里的人,小婶子如何知道?便知道,也推不知道。"犹未说完,贾母笑道:"可是我老糊涂了!姨太太别笑话我。你这个姐姐他极孝顺我,不像我那大太太一味怕老爷,婆婆跟前不过应景儿。可是委屈了他。"

探春一句话,解救王夫人于危难中。应该说,探春的努力得到了一定回报,王夫人在凤姐生病不能理事时,派探春与李纨、宝钗一道,管理荣国府。也因此,探春认为"太太满心疼我"。

2. 愚母劣弟

庶出身份之外,探春还有个身世之痛:其母赵姨娘与其弟贾环实在上不得台面。探春曾经当面向赵姨娘哭诉:

> "依我说,太太不在家,姨娘安静些养神罢了,何苦只要操心。太太满心疼我,因姨娘每每生事,几次寒心。我但凡是个男人,可以出得去,我必早走了,立一番事业,那时自有我一番道理。偏我是女孩儿家,一句多话也没有我乱说的。太太满心里都知道。如今因看重我,才叫我照管家务,还

没有做一件好事，姨娘倒先来作践我。倘或太太知道了，怕我为难不叫我管，那才正经没脸，连姨娘也真没脸！"一面说，一面不禁滚下泪来……探春道："我怎么忘了？叫我怎么拉扯？这也问你们各人，那一个主子不疼出力得用的人？那一个好人用人拉扯的？"李纨在旁只管劝说："姨娘别生气。也怨不得姑娘，他满心里要拉扯，口里怎么说的出来。"探春忙道："这大嫂子也糊涂了。我拉扯谁？谁家姑娘们拉扯奴才了？他们的好歹，你们该知道，与我什么相干。"……"……何苦来，谁不知道我是姨娘养的，必要过两三个月寻出由头来，彻底来翻腾一阵，生怕人不知道，故意的表白表白。也不知谁给谁没脸？幸亏我还明白，但凡糊涂不知理的，早急了。"

这种夹缝中的身份，使得探春的心理既自尊，又自卑。面对生母和胞弟，她常常较为无情。比如当听到赵姨娘对她和宝玉走得比较近有抱怨，探春便"登时沉下脸来"，道：

"这话糊涂到什么田地！怎么我是该作鞋的人么？环儿难道没有分例的？一般的衣裳是衣裳，鞋袜是鞋袜，丫头老婆一屋子，怎么抱怨这些话！给谁听呢！我不过是闲着没事儿，作一双半双，爱给那个哥哥兄弟，随我的心。谁敢管我不成！这也是白气。"宝玉听了，点头笑道："你不知道，他心里自然又有个想头了。"探春听说，益发动了气，将头一扭，说道："连你也糊涂了！他那想头自然是有的，不过是那阴微鄙贱的见识。他只管这么想，我只管认得老爷、太太两个人，别人我一概不管。就是姊妹弟兄跟前，谁和我好，我就和谁好，什么偏的庶的，我也不知道。论理我不该说他，但忒昏愦的不像了！还有笑话呢：就是上回我给你那钱，替我带那顽的东西。过了两天，他见了我，也是说没钱使，怎么难，我也不理论。谁知后来丫头们出去了，他就抱怨起来，说我攒的钱为什么给你使，倒不给环儿使呢。我听见这话，又好笑又好气，我就出来往太太跟前去了。"

3. 异常敏感于主奴界限

因为敏感于自己的身份,当王善保家的在抄检大观园时有"犯上"的行为时,探春的反应是异常激烈的,"登时大怒",指着王家的问道:

> "你是什么东西,敢来拉扯我的衣裳!我不过看着太太的面上,你又有年纪,叫你一声妈妈,你就狗仗人势,天天作耗,专管生事。如今越性了不得了。你打谅我是同你们姑娘那样好性儿……就错了主意!……"说着,便亲自解衣卸裙,拉着凤姐儿细细的翻。又说:"省得叫奴才来翻我身上。"……冷笑道:"我但凡有气性,早一头碰死了!不然,岂许奴才来我身上翻贼赃了。明儿一早,我先回过老太太、太太,然后过去给大娘陪礼,该怎么,我就领。"

总之,尽管探春自己说"不管什么偏的庶的",但在书中年轻一辈的众主子中,探春最为强调等级尊严。当赵姨娘说:"你不当家我也不来问你。你如今说一是一,说二是二。如今你舅舅死了……"探春没听完,"已气的脸白气噎,抽抽咽咽的"一面哭,一面问道:"谁是我舅舅?我舅舅年下才升了九省检点,那里又跑出一个舅舅来?我倒素习按理尊敬,越发敬出这些亲戚来了……何苦来,谁不知道我是姨娘养的,必要过两三个月寻出由头来,彻底来翻腾一阵,生怕人不知道,故意的表白表白。也不知道谁给谁没脸?""谁不知道我是姨娘养的!"是探春最痛苦又尴尬的呼喊。

(四)"清明涕送江边望"

在第五回中,作者对探春的结局已有所交代:"清明涕送江边望,千里东风一梦遥",以及"一帆风雨路三千,把骨肉家园齐来抛闪"。除此之外,作者也在作品中做了多处伏笔,来暗示探春远嫁的命运。

第二十二回,探春写了一首灯谜诗:

阶下儿童仰面时，清明妆点最堪宜。

游丝一断浑无力，莫向东风怨别离。

灯谜的谜底是风筝。对于探春的灯谜，贾政的评价是"探春所作风筝，乃飘飘浮荡之物"，"飘飘荡荡"四字，确实道尽探春未来命运。

在第六十三回中，探春所掣花名签，也别有深意：

> ……到探春，探春笑道："我还不知得个什么呢。"伸手掣了一根出来，自己一瞧，便掷在地下，红了脸，笑道："这东西不好，不该行这令。这原是外头男人们行的令，许多混话在上头。"众人不解，袭人等忙拾了起来，众人看上面是一枝杏花，那红字写着"瑶池仙品"四字，诗云：
>
> **日边红杏倚云栽。**
>
> 注云："得此签者，必得贵婿，人家恭贺一杯，共同饮一杯。"众人笑道："……我们家已有了个王妃，难道你也是王妃不成。大喜，大喜。"说着，大家来敬。探春那里肯饮，却被史湘云、香菱、李纨等三四个人强死强活灌了下去。探春只命蠲了这个，再行别的……

在第七十回中，黛玉重建桃花社后，众人一起放风筝：

> 宝琴笑道："你这个不大好看，不如三姐姐的那一个软翅子大凤凰好。"宝钗笑道："果然。"因回头向翠墨笑道："你把你们的拿来也放放。"翠墨笑嘻嘻的果然也取去了……此时探春的也取了来，翠墨带着几个小丫头子们在那边山坡上已放了起来……探春正要剪自己的凤凰，见天上也有一个凤凰，因道："这也不知是谁家的。"众人皆笑说："且别剪你的，看他倒像要来绞的样儿。"说着，只见那凤凰渐逼近来，遂与这凤凰绞在一处。众人方要往下收线，那一家也要收线，正不开交，又见一个门扇大的玲珑喜字带响

鞭，在半天如钟鸣一般，也逼近来。众人笑道："这一个也来绞了。且别收，让他三个绞在一处倒有趣呢。"说着，那喜字果然与这两个凤凰绞在一处。三下齐收乱顿，谁知线都断了，那三个风筝飘飘摇摇都去了。众人拍手哄然一笑，说："倒有趣，可不知那喜字是谁家的，忒促狭了些。"

此处，作者对探春的描写颇多。联系前文，探春的凤凰风筝便令人心生遐想。尤其竟然还遇到另外一只凤凰风筝和喜字风筝，最后居然"那喜字果然与这两个凤凰绞在一处"。作者批阅十载，增删五次，此处应该不是闲闲之笔，而是有所暗示才对。

由此可见，关于探春的结局，续书基本上还是符合曹雪芹原意的。远嫁他乡固然是个悲剧，但是，这对于曾经说过"我但凡是个男人，可以出得去，立出一番事业来，那时自有我的一番道理"的探春，未必不是一个大展其才的机会。

第二节　疏离之迎春、惜春

在贾府的主子、小姐中，迎春和惜春相对处于弱势，两人是繁华的大观园中默默开放的两朵静寂之花。迎春是贾赦的庶女，其母早逝，书中没有过多交代。虽然邢夫人曾对迎春说"当年你娘比赵姨娘强十倍"，但是显然其母的人品遗产没有为迎春带来任何实际利益。父亲贾赦对她不见有一丝关爱，继母邢夫人除了指责她之外，也没有任何温情的表示，同父异母的哥哥贾琏也几乎与迎春素无往来。所以，迎春是在一个物质上比较丰裕、精神上极度贫乏的环境中长大的。

惜春的成长环境与迎春类似。虽非庶出，但母亲早逝，父亲贾敬一味地修道炼丹，不在家里，使得惜春一如孤儿。贾珍虽是其胞兄，但也不见有什么骨肉亲情。以贾珍对其亲生儿子贾蓉的态度来看，贾珍对于惜春的冷漠也是必然。嫂子尤氏对宁国府采取睁一眼闭一眼的政策，也不愿意与惜春有太多瓜葛。

迎春、惜春二人与元春、探春不同。元春、探春明知事不可为，但是她们将自身命运与贾府维系在一起，采取了积极入世的态度，而迎春、惜春在精神生活上却始终游离于贾府之外。但二人也有区别。惜春是天生孤介，主动弃绝了繁华尘世。迎春却是由于天性懦弱，一点点被排除在繁华之外，最后因所嫁非人，遂"一载赴黄粱"。

一、迎春：平庸懦弱

黛玉进贾府时，贾府三春一同出场。作者透过黛玉的眼睛描述迎春的相貌和气质："肌肤微丰，合中身材，腮凝新荔，鼻腻鹅脂，温柔沉默，观之可亲。""温柔沉默，观之可亲"便揭示了迎春寂寂无闻的存在。

在流光溢彩的大观园众女儿中，迎春是比较平庸的。几次作诗，她都是可有可无地存在；元春出谜语给大家猜，只有她和贾环没猜中；众人行酒令时也只有她说错。她的性格也较为懦弱，贾琏的小厮兴儿对此评价是"二姑娘的诨名是二木头，戳一针也不知哎呦一声"，凤姐也说过迎春"不中用"。胡文彬先生说："她的形象并不那么鲜明耀眼……有一种平平淡淡，如同一杯白开水，没有品味不尽之感，缺少一种强烈震撼人心灵的力量。"[1]

但是这一切于迎春却完全无碍，她所要的，也不过就是平静无波的生活。但是命运总是这样强人所难，迎春一次又一次被推在了矛盾的波峰上，在这激烈的涤荡中，迎春懦弱的性格就成为扼杀她的最后一根稻草。

迎春的懦弱，主要表现在三次事件中。

第七十三回"痴丫头误拾绣春囊，懦小姐不问累金凤"中，贾府抓赌，发现迎春乳母是大观园聚赌的三个头家之一。荣国府长房的仆役出了事情，邢夫人心里自然窝火，于是去训斥迎春，迎春虽也因此自觉无趣，"心中不自在"，但邢夫人斥责她时，她一副逆来顺受的样子，"低着头弄衣带"，半晌答道："我说他两次，他不听也无法。况且他是妈妈，只有他说我的，没有我说他的。"之后，迎春

---

[1]　胡文彬：《红楼梦人物谈——胡文彬论红楼梦》，第55页。

乳母的儿媳王住家的竟然威逼迎春去讨情，并诬陷迎春花了自己的钱。迎春听了，忙止道："罢，罢，罢。你不能拿了金凤来，不必牵三扯四乱嚷。我也不要那凤了。便是太太们问时，我只说丢了，也妨碍不着你什么的，出去歇息歇息倒好。"乳母的行为让迎春感到羞耻，但是她性格软弱，并不能震慑住自己的奴才，又害怕得罪邢夫人。之后，探春等为迎春打抱不平，但是在大家为这件事大动干戈之时，迎春却靠在床上看《太上感应篇》，茫然置身于事外，还说："问我，我也没什么法子。他们的不是，自作自受，我也不能讨情，我也不去苛责就是了。至于私自拿去的东西，送来我收下，不送来我也不要了。太太们要问，我可以隐瞒遮饰过去，是他的造化，若瞒不住，我也没法，没有个为他们反欺枉太太们的理，少不得直说。你们若说我好性儿，没个决断，竟有好主意可以八面周全，不使太太们生气，任凭你们处治，我总不知道。"大家笑迎春是"虎狼屯于阶陛，尚谈因果"。沉浸在《太上感应篇》中，无非是迎春的一种逃避，但是最终迎春仍然逃无可逃，其婚姻让她的悲剧命运到达了终点。

第七十七回司棋被逐，迎春不是绝情之人，但是性格庸弱，不敢向王夫人求情。这一场主仆之别，令人泪下：

迎春听了，含泪似有不舍之意，因前夜已闻得别的丫鬟悄悄的说了原故，虽数年之情难舍，但事关风化，亦无可如何了。那司棋也曾求了迎春，实指望迎春能死保赦下的，只是迎春语言迟慢，耳软心活，是不能作主的。司棋见了这般，知不能免，因哭道："姑娘好狠心！哄了我这两日，如今怎么连一句话也没有？"……迎春含泪道："我知道你干了什么大不是，我还十分说情留下，岂不连我也完了。你瞧入画也是几年的人，怎么说去就去了。自然不止你两个，想这园里凡大的都要去呢。依我说，将来终有一散，不如你各人去罢。"……司棋无法，只得含泪与迎春磕头，和众姊妹告别，又向迎春耳根说："好歹打听我要受罪，替我说个情儿，就是主仆一场！"迎春亦含泪答应："放心。"……走了没几步，后头只见绣桔赶来，一面也擦着泪，一面递与司棋一个绢包说:"这是姑娘给你的。主仆一场,如今一旦分离,这个与你作个想念罢。"司棋接了,不觉更哭起来了,又和绣桔哭了一回。

迎春最大的劫难便是错嫁"中山狼"。贾赦毫不顾惜父女之情,为五千两银子将迎春嫁给孙绍祖,致使迎春有如堕入地狱之中。第八十回中迎春回到贾府,向王夫人诉说了她的苦楚:

> 孙绍祖"一味好色,好赌酗酒,家中所有的媳妇丫头将及淫遍。略劝过两三次,便骂我是'醋汁子老婆拧出来的'。又说老爷曾收着五千银子,不该使了他的。如今他来要了两三次不得,他便指着我的脸说道:'你别和我充夫人娘子!你老子使了我五千银子,把你准折卖给我的。好不好,打一顿撵在下房里睡去。当日有你爷爷在时,希图上我们的富贵,赶着相与的。论理我和你父亲是一辈,如今强压我的头,卖了一辈,又不该作了这门亲,倒没的叫人看着赶势利似的。'"一行说,一行哭的呜呜咽咽,连王夫人并众姐妹无不落泪。

最后,迎春这"金闺花柳质",果然"一载赴黄粱"。这是性格的悲剧,更是时代的悲剧。

二、惜春:孤介而绝情

(一)"天生成孤癖人皆罕"

惜春的孤介,用《红楼梦》十二支曲中妙玉的曲辞来形容更为贴切,"天生成孤癖人皆罕"。与迎春一点一点被这个世界所抛弃而龟缩起来相比,惜春是天然生成的孤介。

惜春是贾府中宝玉同辈的女性中年纪最小的,在第三回黛玉进贾府时,作者对惜春的描述是"身量未足,形容尚小",说明惜春此时尚属幼年。但是在第七回周瑞家的送宫花时:

> 只见惜春正同水月庵的小姑子智能儿一处顽耍呢……惜春笑道:"我这里正和智能儿说,我明儿也剃了头同他作姑子去呢,可巧又送了花儿来,若剃了头,可把这花儿戴在那里呢?"

可见,惜春年纪尚幼时就喜欢与尼姑来往,并开起"我明儿也剃了头"这样的玩笑。

在大观园众姐妹的活动中,惜春也并不十分投入,表现比较疏离。其"冷"在抄检大观园时被集中体现:

> 因惜春年少,尚未识事,吓的不知当有什么事故,故凤姐也少不得安慰他。谁知竟在入画箱中寻出一大包金银锞子来……入画只得跪下哭诉真情,说:"这是珍大爷赏我哥哥的……"惜春胆小,见了这个也害怕,说:"我竟不知道。这还了得!二嫂子,你要打他,好歹带他出去打罢,我听不惯的。"……凤姐道:"……我便饶你。下次万万不可。"惜春道:"嫂子别饶他这次方可。这里人多,若不拿一个人作法,那些大的听见了,又不知怎样呢。嫂子若饶他,我也不依。"凤姐道:"素日我看他还好。谁没一个错,只这一次。二次犯下,二罪俱罚。但不知传递是谁。"惜春道:"若说传递,再无别个,必是后门上的张妈……"

读到此处,不禁令人心生寒意。即便狠辣如凤姐,对贴身丫鬟平儿还有一分真切的温情。但是"年少,尚未识事"的惜春,对并没犯错误的入画非但没有一点感情,在凤姐都说"我看他还好"的情形下,还坚持要惩戒入画。妙玉虽已入空门,但是仍难忘却红尘。而惜春虽在尘世,其心已决然若此。

之后,其实凤姐已经打算不再处理入画,但是惜春"遣人来请"尤氏,尤氏遂到了惜春房中来。尤氏证明入画私藏的东西"实是你哥哥赏他哥哥的",惜春仍然不买账:

"你们管教不严,反骂丫头。这些姊妹,独我的丫头这样没脸,我如何去见人。昨儿我立逼着凤姐姐带了他去,他只不肯。我想,他原是那边的人,凤姐姐不带他去,也原有理。我今日正要送过去,嫂子来的恰好,快带了他去。或打,或杀,或卖,我一概不管。"入画听说,又跪下哭求,说:"再不敢了。只求姑娘看从小儿的情常,好歹生死在一处罢。"尤氏和奶娘等人也都十分了解,说他"……从小儿服侍你一场,到底留着他为是"。谁知惜春虽然年幼,却天生成一种百折不回的廉介孤独僻性,任人怎说,他只以为丢了他的体面,咬定牙断乎不肯。更又说的好:"不但不要入画,如今我也大了,连我也不便往你们那边去了。况且近日我每每风闻得有人背地里议论什么多少不堪的闲话,我若再去,连我也编派上了。"尤氏道:"……姑娘既听见人议论我们,就该问着他才是。"惜春冷笑道:"你这话问着我倒好。我一个姑娘家,只有躲是非的,我反去寻是非,成个什么人了!还有一句话:我不怕你恼,好歹自有公论,又何必去问人。古人说得好,'善恶生死,父子不能有所勖助',何况你我二人之间。我只知道保得住我就够了,不管你们。从此以后,你们有事别累我。"尤氏听了,又气又好笑……道:"……虽然是小孩子的话,却又能寒人的心。"……惜春冷笑道:"我虽年轻,这话却不年轻。你们不看书不识几个字,所以都是些呆子,看着明白人,倒说我年轻糊涂。"……惜春道:"我不了悟,我也舍不得入画了。"尤氏道:"可知你是个心冷口冷心狠意狠的人。"惜春道:"古人曾也说的'不作狠心人,难得自了汉'。我清清白白的一个人,为什么教你们带累坏了我!"尤氏……道:"……即刻就叫人将入画带了过去!"说着,便赌气起身去了。惜春道:"若果然不来,倒也省了口舌是非,大家倒还清净。"

(二)"勘破三春景不长"

惜春也是因为"勘破三春景不长",才最后做了一个决断,"缁衣顿改昔年妆"。在这方面,惜春素来便是个有心人,这在第七回周瑞家的送宫花时就有体现:

　　周瑞家的又道:"十五的月例香供银子可曾得了没有?"智能儿摇头儿说:"我不知道。"惜春听了,便问周瑞家的:"如今各庙月例银子是谁管着?"周瑞家的道:"是余信管着。"惜春听了笑道:"这就是了。他师父一来,余信家的就赶上来,和他师父咕唧了半日,想是就为这事了。"

可见,惜春十分细心,观察力惊人。胡文彬先生也说:"她性格孤僻,是她的缺点。但也正因为她的'孤僻'使她更冷静地观察人生,思考人生。"①她冷眼旁观贾府的生活,发现"三春争及初春景"的元春为家族入选宫中,得以晋封贵妃,赫赫扬扬,最后却"虎兕相逢大梦归",既折了个人性命,又无益于家族运命。与世无争的迎春只求一份安静甚至苟且的生活,却被贾赦许给"中山狼"一样的丈夫,受尽摧残后香消玉殒。"才自精明志自高"的探春,纵有千般才具和抱负,也逃不开"一帆风雨路三千,把骨肉家国齐来抛闪"的命运。其他大观园众女儿最后也都风流云散,所谓"万艳同悲"。因年纪尚小,现实的悲剧还未曾临到自身的惜春,放眼四望发现到处是"春荣秋谢花折磨",不禁会质疑"到头来,谁把秋捱过"。所以,这种种"生关死劫谁能躲"的冰冷而残酷的现实让她放弃了对红尘的最后一丝眷恋,执意出家。当王夫人让尤氏劝阻她时,她说:

　　　　做了女孩儿终不能在家一辈子的,若像二姐姐一样,老爷太太们倒要烦心……如今譬如我死了似的,放我出了家,干干净净的一辈子,就是疼我了……你们依我呢,我就算得了命了;若不依我呢,我也没法,只有死就完了。……

但是"将这韶华打灭"的惜春,果然便能觅到那"清淡天和"么?《红楼梦》中水月庵的老尼净虚谋财害命,小尼姑智能儿身犯淫戒,在贾府栊翠庵清修的妙玉"云

---

① 胡文彬:《红楼梦人物谈——胡文彬论红楼梦》,第74页。

空未必空",可见佛门亦并非清静之地。"独卧青灯古佛旁"的惜春,也不过是跳离无边苦海,又入苦海无边罢了。

第三节　生于末世:巧姐

一、"幸娘亲,积得阴功"

《红楼梦》中的众女儿,其实都生于末世。但是黛玉、宝钗、贾府四春等,好歹还在人生的盛年享受过"花柳繁华地,温柔富贵乡"的生活,唯有巧姐,真正是生于末世之末世。在她成年之后可以真正感受世界的时候,贾府遭遇了摧枯拉朽般的变故,巧姐的命运也因此发生巨大转折。

巧姐是王熙凤的女儿,是"金陵十二钗"中年龄最小的一个,出场也不多。由于作者所著后四十回遗失,巧姐的真正结局成谜,但是根据第五回中巧姐的判词"后面又是一座荒村野店,有一美人在那里纺绩",其判云:

> 势败休云贵,家亡莫论亲。
>
> 偶因济刘氏,巧得遇恩人。

以及宝玉在太虚幻境听到的《红楼梦》十二支曲中《留余庆》的曲辞:

> 留余庆,留余庆,忽遇恩人;幸娘亲,幸娘亲,积得阴功。
>
> 劝人生,济困扶穷,休似俺那爱银钱忘骨肉的狠舅奸兄!
>
> 正是乘除加减,上有苍穹。

可以判断,在贾府败落之时,巧姐幸蒙刘姥姥搭救,其后在"荒村野店",靠自己的体力过活。续书写巧姐嫁给了一个家资颇富的读书人家,这应该是一种美好的一厢情愿。从前八十回有关巧姐的情节可以推测,巧姐与刘姥姥的外孙子板儿应该存在某种渊源。

在前八十回中，巧姐出场往往与刘姥姥和板儿相映衬。在刘姥姥第二次进荣国府的时候：

> 那大姐儿因抱着一个大柚子玩，忽见板儿抱着一个佛手，便也要佛手，丫鬟哄他取去，大姐儿等不得，便哭了。众人忙把柚子给了板儿，将板儿的佛手哄过来与他才罢。

此处，脂评有"小儿常情遂成千里伏线""柚子即今香圆之属也，应与缘通"之语，可见，巧姐与板儿是有夫妻之缘的。

刘姥姥临走前向凤姐告别，又进一步引发出巧姐与刘姥姥的一段渊源：

> 凤姐儿笑道："……我们大姐儿也着了凉，在那里发热呢……昨儿因为你在这里，要叫你逛逛，一个园子倒走了多半个。大姐儿因为找我去，太太递了一块糕给他，谁知风地里吃了，就发起热来。"刘姥姥道："小姐儿只怕不大进园子，生地方儿，小人儿家原不该去……一则风扑了也是有的，二则只怕他身上干净，眼睛又净，或是遇见什么神了。依我说，给他瞧瞧祟书本子，仔细撞客着了。"一语提醒了凤姐儿，便叫平儿拿出《玉匣记》着彩明来念……凤姐儿笑道："果然不错，园子里头可不是花神！……"一面命人请两分纸钱来，着两个人来……一个与大姐儿送祟。果见大姐儿安稳睡了。

看到刘姥姥的办法起了效用，凤姐开始信任起这位贫苦但睿智的老人家，于是想请刘姥姥为巧姐起名字：

> "到底是你们有年纪的人经历的多。我这大姐儿时常肯病，也不知是个什么原故……我想起来，他还没个名字，你就给他起个名字。一则借借

你的寿；二则你们是庄家人，不怕你恼，到底贫苦些，你贫苦人起个名字，只怕压的住他。"刘姥姥听说，便想了一想，笑道："不知他几时生的？"凤姐儿道："正是生日的日子不好呢，可巧是七月初七日。"刘姥姥忙笑道："这个正好，就叫他是巧哥儿。这叫作'以毒攻毒，以火攻火'的法子。姑奶奶定要依我这名字，他必长命百岁。日后大了，各人成家立业，或一时有不遂心的事，必然是遇难成祥，逢凶化吉，却从这'巧'字上来。"

凤姐儿听了，自是欢喜，忙道谢，又笑道："只保佑他应了你的话就好了。"

这的确是凤姐发自心底的感谢和祈愿，作为一个母亲，凤姐对巧姐是极度尽责的。凤姐因而对刘姥姥更加关照，叫平儿来吩咐道：

"明儿咱们有事，恐怕不得闲儿。你这空儿把送姥姥的东西打点了，他明儿一早就好走的便宜了。"刘姥姥忙说："不敢多破费了。已经遭扰了几日，又拿着走，越发心里不安起来。"凤姐儿道："也没有什么，不过随常的东西。好也罢，歹也罢，带了去，你们街坊邻舍看着也热闹些，也是上城一次。"只见平儿走来说："姥姥过这边瞧瞧。"

及至刘姥姥看时，发现凤姐准备了"半炕东西"。平儿一一拿与她瞧着，说道：

这是昨日你要的青纱一匹，奶奶另外送你一个实地子月白纱作里子。这是两个茧绸，作袄儿裙子都好。这包袱里是两匹绸子，年下做件衣裳穿。这是一盒子各样内造点心，也有你吃过的，也有你没吃过的，拿去摆碟子请客，比你们买的强些。这两条口袋是你昨日装瓜果子来的，如今这一个里头装了两斗御田粳米，熬粥是难得的；这一条里头是园子里果子和各样干果子。

这些东西，按照平儿所说，"都是我们奶奶的"。最难得的是，生性善于盘剥的凤姐，居然拿出八两银子送给刘姥姥。相比王夫人训诫刘姥姥的"以后再别求亲靠友的"，凤姐可以说充满温情，这也极大地感动了刘姥姥，"平儿说一样，刘姥姥就念一句佛，已经念了几千声佛了"，又"过来又千恩万谢的辞了凤姐儿"。

因为凤姐对刘姥姥亲厚，所以当最后贾府败落时，刘姥姥知恩图报，三进荣国府，搭救了巧姐。所谓"留馀庆，留馀庆，忽遇恩人；幸娘亲，幸娘亲，积得阴功"。

续书的具体细节，笔者不是非常认同。但是在第一百十三回中，凤姐临终托孤的情感还是非常真实的：

> 刘姥姥道："……隔了肚皮子是不中用的。"这句话又招起凤姐的愁肠，呜呜咽咽的哭起来了……巧姐儿听见他母亲悲哭，便走到炕前，用手拉着凤姐的手，也哭起来……凤姐道："你的名字还是他起的呢，就和干娘一样。你给他请个安。"……凤姐道："不然，你带了他去罢。"……

虽然从侯门小姐到平民村妇是个巨大的阶级和生活落差，但是在"万艳同悲"的众女儿中，巧姐能够过上这样的生活，也算不幸中的大幸了。这种结局安排，或者也寄寓了作者对劳动人民的正面评价。

二、"子孙回家读书务农"：巧姐的出路与作者的"回归土地"情怀

（一）作者着力塑造了善良睿智、知恩图报的农妇刘姥姥形象

第六回中，作者就对刘姥姥做了一个交代，她"是个积年的老寡妇，膝下又无儿女，只靠两亩薄田度日"。她的女婿王狗儿，尽管"祖上曾作过小小的一个京官"，但目下"一家四口，仍以务农为业"，而且家里有一定困难，"这年秋尽冬初，天气冷将上来，家中冬事未办"。刘姥姥对生活有着脚踏实地的看法："咱们村庄人，那一个不是老老诚诚的，守多大碗儿吃多大的饭。"去贾府"打抽丰"，实在是因生计艰难，迫不得已，舍着老脸去碰碰运气的。当她向凤姐张口求助的时候，也是万般为难。当凤姐先发制人，责备刘姥姥不常走动的时候，刘姥姥回

答"我们家道艰难,走不起,来了这里,没的给姑奶奶打嘴,就是管家爷们看着也不像"。这话说得虽有些卑微,却是实情。及至真正张嘴时,刘姥姥"未语先飞红的脸,欲待不说,今日又所为何来? 只得忍耻说道:'论理今儿初次见姑奶奶,却不该说,只是……'"这种欲说又止、尴尬难堪的情状,充分表现了刘姥姥的诚实和村妇本色。

刘姥姥二进荣国府的时候,是在第三十九回。中间的时间跨度颇长,但并不是刘姥姥忘恩,"早要来请姑奶奶的安看姑娘来的,因为庄家忙",而且这一次,已经不是为了钱财而来了,只因"好容易今年多打了两石粮食,瓜果菜蔬也丰盛。这是头一起摘下来的,并没敢卖呢,留的尖儿孝敬姑奶奶姑娘们尝尝。姑娘们天天山珍海味的也吃腻了,这个吃个野意儿,也算是我们的穷心"。

及至与贾母等众人游赏大观园时,鸳鸯曾悄悄嘱咐过刘姥姥:"这是我们家的规矩,若错了我们就笑话呢。"刘姥姥完全心知杜明,故装糊涂,配合着闹笑取巧,制造喜剧效应,让众人笑了一回。之后,刘姥姥看李纨与凤姐对坐着吃饭时,见缝插针非常智慧地点了一句:"别的罢了,我只爱你们家这行事,怪道说'礼出大家'。"这句话让凤姐和鸳鸯开始向她道歉:"你可别多心,才刚不过大家取笑儿。"一言未了,鸳鸯也进来笑道……刘姥姥笑道:"姑娘说那里话,咱们哄着老太太开个心儿,可有什么恼的! 你先嘱咐我,我就明白了,不过大家取个笑儿。我要心里恼,也就不说了。"所以,刘姥姥实在是个心清眼明的人,有着大智若愚的高超智慧。

刘姥姥二进贾府,虽然不是为"打抽丰"而来,但却感受到了凤姐、平儿、贾母、鸳鸯等人的真情,这深深打动了知恩图报的刘姥姥,她向凤姐辞行时深情地说:"明日一早定要家去了。虽住了两三天,日子不多,却把古往今来没见过的,没吃过的,没听见过的,都经验了。难得老太太和姑奶奶并那些小姐们,连各房里的姑娘们,都这样怜贫惜老照看我。我这一回去后没别的报答,惟有请些高香天天给你们念佛,保佑你们长命百岁的,就算我的心了。"

曹雪芹所写的刘姥姥三进贾府我们今天已经无缘见到,但是续书基本按照曹雪芹的意图,对刘姥姥的形象做了补充和完善。在贾府破败、凤姐病势垂危之际,刘姥姥无畏而机智地营救了巧姐。这种善良和乐于助人的高尚品质,在《红楼梦》文末一派悲凉的哀音之中,让我们感到些许暖意。

(二)作者对"土地"与"劳动人民"持有肯定态度

作者对劳动人民这种赞赏的态度,其他地方也有体现。在第一回论及女娲补天之石"只单单的剩了一块未用"时,脂砚斋就曾评论:"使当日虽不以此补天,就该去补地之坑陷,使地平坦,而不得有此一部鬼话。"这里面,饱含着一种沉痛,设若作者不是生在末世的曹府,而是普通农家,便自然会过着普通农夫的生活,"补地之坑陷,使地平坦",平静终老,而不必遭受从天堂到地狱一般的人生大转折、大患难,"以至今日一技无成,半生潦倒"。

在第十五回中,宝玉邂逅了一位农村少女"二丫头":

　　宝玉……带着小厮们各处游顽。凡庄农动用之物,皆不曾见过。宝玉一见了锹、镢、锄、犁等物,皆以为奇……宝玉听了,因点头叹道:"怪道古人诗上说,'谁知盘中餐,粒粒皆辛苦',正为此也。"一面说,一面又至一间房前,只见炕上有个纺车……宝玉听说,便上来拧转作耍,自为有趣。只见一个约有十七八岁的村庄丫头跑了来乱嚷:"别动坏了!"众小厮忙断喝拦阻。宝玉忙丢开手,陪笑说道:"我因为没见过这个,所以试他一试。"那丫头道:"你们那里会弄这个,站开了,我纺与你瞧。"秦钟暗拉宝玉笑道:"此卿大有意趣。"宝玉一把推开,笑道:"该死的!再胡说,我就打了。"说着,只见那丫头纺起线来。宝玉正要说话时,只听那边老婆子叫道:"二丫头,快过来!"那丫头听见,丢下纺车,一径去了。宝玉(因而)怅然无趣……待……起身上车……庄妇等来叩赏。凤姐并不在意,宝玉却留心看时,内中并无二丫头。一时上了车,出来走不多远,只见迎头二丫头怀里抱着他小兄弟,同着几个小女孩子说笑而来。宝玉恨不得下车跟了他去,料是众人不依的,少不得以目相送,争奈车轻马快,一时展眼无踪。

这里，"二丫头"有胆有识有为。她爱惜农具，帮助父母照顾自己的小兄弟，给宝玉示范纺线，是一个靠自己劳动生活、又能帮助别人的人。她率真、朴实，如同田间地头傲然绽放的一朵野花，可能衣裳不够华美，但却坚实地站立在大地上。

另外，作者晚年住在北京西郊，过着穷愁潦倒的困苦日子，对人情世态有了细致的观察和透彻的了解，可能也在这样的生活当中，接触到了类似刘姥姥这样的贫苦却朴实的底层贫民，因而将巧姐未来的生活希望寄寓在刘姥姥这样的形象当中。

如果从与贾兰的排行算起，巧姐也算个"二丫头"。在第十三回可卿临终向凤姐托梦时，曾说过："但如今能于荣时筹画下将来衰时的世业，亦可谓常保永全了……便败落下来，子孙回家读书务农，也有个退步，祭祀又可永继。"如此看来，巧姐没有真正经历过贾府那烈火烹油、鲜花着锦之盛，倒也未必不是幸事。贾府那瞬息的繁华、一时的欢乐，终避免不了"盛筵必散"。正所谓"三春去后诸芳尽，各自须寻各自门"，巧姐的"门"或者说巧姐归向土地的最终出路，也许是作者潜意识之中对于封建制度的最终反叛。

下　编

天上夭桃盛，云中杏蕊多：

贾氏丫鬟形象读解

第五章
风流灵巧

第一节　晴雯:"肝胆皆冰雪"①

晴雯在《红楼梦》里的形象光彩照人。她在怡红院中的地位仅次于袭人,在又副册上却是榜首,居袭人之前,可见在作者心目中晴雯的重要性。而且晴雯是作品中少见的在前八十回中塑造完整的人物,这为我们分析晴雯形象提供了一个坚实的文本基础。晴雯的名字蕴含着很美的意象:"晴"是雨消雪止、天地一片清朗的景象,"雯"是指有花纹的云彩。仅从名字就可以看出,这个形象包容了作者的无限情思。综观晴雯的整个形象,令人耳目一新,心神为之荡漾。

一、美丽灵巧

晴雯的美丽自是不必待言,她是大观园里第一美丫鬟。贾母就是因为晴雯模样出挑、灵心巧手,才把她放在宝玉屋里,准备将来做妾的,正符合封建社会里"贤妻美妾"的观念。第五十一回晴雯患病,仅仅是大红绣"幔中单伸出手去",胡庸医就为之魂夺。第五十二回晴雯感冒,贴了凤姐常用的头痛膏子居然还"倒俏皮了",而同样作为美人胚子的凤姐反倒"不显"。第七十四回王善保家的进谗言时说她"生的模样儿比人标致些","打扮的像个西施的样子",嫌恶她的王夫人说她"水蛇腰""削肩膀","眉眼间又有些像你林妹妹的",这些评价虽然能见爱憎,但是对于晴雯的相貌,却是恨恶之人亦不能毁之。凤姐为了避免得罪王夫人,回答得很圆滑得体,但饶是这样,也还是对晴雯做了一个总结性的

---

① 取自张孝祥《念奴娇·过洞庭》中"应念岭海经年,孤光自照,肝胆皆冰雪"。

客观评价,"若论这些丫头们,共总比起来,都没晴雯生得好",可见其美丽之超群。

　　而且晴雯的美是天然之美。第七十四回晴雯被王夫人叫去,正值身上不自在,并没有十分妆饰,却依然有"春睡捧心之遗风",王夫人冷笑中也不由得道:"好个美人! 真像个病西施了!"此文下有一条脂批:"好。可知天生美人原不在妆饰,使人一见不觉心惊目骇。"宝玉在《芙蓉女儿诔》中也说她"其为貌则花月不足喻其色",可见晴雯之美,好似"清水出芙蓉,天然去雕饰"。

　　除了美貌,晴雯亦心灵手巧,晴雯的判词"风流灵巧招人怨"足以说明。第五十二回"勇晴雯病补雀金裘"中,满城的能工巧匠"都不认得这是什么,都不敢揽",而晴雯只细看了一会儿,就认出是孔雀金线织的,并且"恨命咬牙捱着",经夜补完,几可乱真。宝钗的丫鬟莺儿也很手巧,但她的打络子编花篮都是锦上添花文字。晴雯补孔雀裘,却是以深情以生命,真是血泪文字,读来令人扼腕。

　　只是手巧,还不足以完全说明晴雯的"灵"。晴雯天资比其他丫鬟高,在待人接物、说话行事方面,处处都透着机巧。第七十四回看到王夫人发怒,晴雯"绝顶聪敏,便知中了人暗算,遂推托平日只做活⋯⋯暂时搪塞了过去",充分表现了她的善于审时度势。

　　虽然没有读过书,但久在芝兰之室,在宝玉、黛玉等的濡染下,她的谈吐中亦颇有才情。第三十一回,晴雯跌扇子顶撞了宝玉,袭人解劝,晴雯就加以讥讽:"自古以来,就是你一个人服侍爷的,我们原没服侍过。因为你服侍的好,昨日才挨窝心脚;我们不会服侍的,到明儿还不知是个什么罪呢!"词锋犀利,直逼袭人痛处。第六十四回晴雯说:"袭人么,越发道学了,独自个在屋里面壁呢⋯⋯此时参悟了,也未可定。""道学""面壁""参悟"都是佛学专门名词,想来是平时听宝玉、黛玉说熟,在这里信手拈来,却甚是恰当。晴雯的灵口慧质、心思明透,实在是令人莞尔。

　　二、娇憨真率

　　晴雯娇憨真率,毫无伪饰,其甫一出场便定下基调,先声夺人。

晴雯正式出场见第八回。晴雯说宝玉:"好,好,要我研了那些墨,早起高兴只写了三个字,丢了笔就走了,哄的我们等了一日……我生怕别人贴坏了,亲自爬高上梯的贴上(脂批:"全是体贴一人。可儿可儿。"),这会子还冻的手僵冷的呢。"(脂批:"可儿可儿。")宝玉听了,笑道(脂批:"是醉笑。"):"我忘了。你的手冷,我替你渥着。"说着,便伸手携了晴雯的手,同仰首看门斗上新书的三个字。——这哪里是一个丫鬟的出场,分明是朋友、情人,既娇又俏,宝玉如何能不笑,又如何能不替晴雯"渥着"手。脂砚斋赞美她"娇憨活现""娇痴婉转,自是不凡",并两次称她为"可儿",喜爱之情,可见一斑。

娇憨是晴雯平时的惯态。第二十四回中她讥讽宝玉为麝月篦头是"交杯盏还没吃,就上头了",宝玉以为她走了,说她磨牙,结果她又跑进来问道:"我怎么磨牙了?咱们倒得说说","等我捞回本儿来再说话"。第三十一回,宝玉责备她失手跌扇,反而受她顶撞,说"二爷近来气大的很",以致吵到宝玉气得要打发她回家,而晚上又说自己"那里还配打发吃果子",弄得宝玉喜笑颜开,最后主动让她"撕扇子作千金一笑"。第五十二回,晴雯生病吃药无效,急得乱骂大夫"只会骗人的钱,一剂好药也不给人吃"。其水晶肚肠、心直口快,一至于此。

娇憨的另一面是率直、开门见山,不为别人留丝毫余地。脂砚斋对这一点看得很清楚,所以说:"观者凡见晴雯诸人则恶之,何愚也哉……若一味浑厚大量涵养,则有何令人怜爱护惜哉……故观书诸君子不必恶晴雯,正该感晴雯金闺绣阁中生色方是。"一句"金闺绣阁中生色",道尽晴雯万般惹人爱怜处。

三、两情缱绻

晴雯对宝玉有深深的眷恋。第十九回,李嬷嬷将宝玉留给袭人的酥酪吃尽,正主子袭人反而推托吃了不受,晴雯倒气得躺在床上不动。可见袭人比较周到,难免圆滑,而晴雯却是一心只为宝玉打算——爱宝玉所爱,怒宝玉所怒。第七十三回中,为助宝玉蒙混贾政考试,晴雯怒骂困得前仰后合的小丫头们:"偶然一次睡迟了些,就装出这个腔调来了。"虽有点口角锋芒,却是真正疼惜宝玉。尤其"补裘"一节，晴雯为宝玉不惜付出生命代价的情感，虽几百年以下，依然令人唏嘘。

虽然同为丫鬟，袭人与晴雯在宝玉生命中的意义是不一样的。袭人于宝玉是生活上的主仆和俗世的爱恋，而晴雯与宝玉有心灵上的沟通，和黛玉一样，是宝玉精神上的追求和慰藉。第三十四回，宝玉特意遣开袭人而命晴雯送两块旧帕给黛玉，晴雯虽不解其意，仍遵命而去，并守口如瓶，可见知己。宝玉和晴雯都是"相见以心"之人，宝玉一听见别人劝他"仕途经济"就甚是不悦，与晴雯讥讽小红"敢是攀高枝去了"，其实有着异曲同工之妙。正因为这种本质上的相像，晴雯才能情牵宝玉，为之笑，为之哭，为之嗔，为之痴，为之欢，为之忧，甚而为之生，为之死。

晴雯有时在无意之间会情不自禁地透露出她和宝玉之间浓厚的感情。第六十三回，晴雯对平儿道："今儿他还席，必来请你的，等着罢。"平儿笑问道："他是谁？谁是他？"丫鬟在和外人谈话时是不能对宝玉用"他"字的，晴雯一时失言。然而无心处，最是动人，那种浓情蜜意，那种两心相知，如何不令人动容。

虽然身为丫鬟，但晴雯要求一种平等的爱情，"以下媚上"的感情是晴雯深为唾弃的。宝玉、晴雯关系中有几幕重要场景："撕扇""补裘""诀别"。其中，"撕扇"就是晴雯追求平等基础上的恋情的体现。

"补裘"则是她为爱情甘于献身的精神体现。今天的读者也许会觉得"勇晴雯病补雀金裘"无非就是在得了感冒的情况下，熬夜补衣服而已。但我们若能将自己置身于《红楼梦》成书的年代，就会理解晴雯其实是以一种舍己、牺牲之爱在"病补雀金裘"，从而才会真正理解作者为何要给晴雯冠以"勇"字。

"诀别"即第七十七回"俏丫鬟抱屈夭风流"，既说明了宝、晴二人情感的强度，更说明了这种爱是冰清玉洁的。晴雯自己说："我虽生的比别人略好些，并没有私情密意勾引你怎样，如何一口死咬定了我是个狐狸精！我太不服。"她嫂子偷听后也说："我也料定你们素日偷鸡盗狗的……谁知你两个竟还是各不相扰。"对此,王昆仑先生评价:"晴雯是在大观园中少有的一个纯洁的女性。"[1]

晴雯的被逐、生病、身死,对宝玉的打击是相当大的。第七十七回晴雯被逐之后:

> （宝玉）虽心下恨不能一死,但王夫人盛怒之际,自不敢多言一句,多动一步,一直跟送王夫人到沁芳亭……去了心上第一等的人,岂不伤心,便倒在床上也哭起来……宝玉冷笑道:"你不必虚宽我的心。等到太太平服了再瞧势头去要时,知他的病等得等不得。他自幼上来娇生惯养,何尝受过一日委屈。连我知道他的性格,还时常冲撞了他。他这一下去,就如同一盆才抽出嫩箭来的兰花送到猪窝里去一般。况又是一身重病,里头一肚子的闷气。他又没有亲爷热娘,只有一个醉泥鳅姑舅哥哥。他这一去,一时也不惯的,那里还等得几日。知道还能见他一面两面不能了!"说着又越发伤心起来。

及至看晴雯回来之后,仍是不能忘怀:

> 宝玉发了一晚上呆。及催他睡下,袭人等也都睡后,听着宝玉在枕上长吁短叹,复去翻来,直至三更以后。方渐渐的安顿了,略有鼾声。袭人方放心,也就朦胧睡着。没半盏茶时,只听宝玉叫"晴雯"。袭人忙睁开眼连声答应,问作什么。宝玉因要吃茶。袭人忙下去向盆内蘸过手,从暖壶内倒了半盏茶来吃过。宝玉乃笑道:"我近来叫惯了他,却忘了是你。"袭人笑道:"他一乍来时你也曾睡梦中直叫我,半年后才改了。我知道这晴雯人虽去了,这两个字只怕是不能去的。"说着,大家又卧下。宝玉又翻转了一个更次,至五更方睡去时,只见晴雯从外头走来,仍是往日形景,进来笑向宝

---

① 王昆仑:《红楼梦人物论》,第 19 页。

玉道："你们好生过罢，我从此就别过了。"说毕，翻身便走。宝玉忙叫时，又将袭人叫醒。袭人还只当他惯了口乱叫，却见宝玉哭了，说道："晴雯死了。"袭人笑道："这是那里的话！你就知道胡闹，被人听着什么意思。"宝玉那里肯听，恨不得一时亮了就遣人去问信。

宝玉对晴雯眷恋之深，可见一斑。唤声如昨，而人事已非，宝玉如何不恸！此处脂评曰："晴雯此举胜袭人多矣，真一字一哭也，又何必鱼水相得而后为情哉！"这一句批语总结了晴雯在又副册上占首席地位之因，也点明了宝玉和晴雯之间两情缱绻的真谛。

四、人格高洁

晴雯判词"霁月难逢"已然明白无误地道出了她独立而高洁的人格。

晴雯的世界里容不得半点杂质。第三十一回，晴雯讥笑碧痕打发宝玉洗澡足有两三个时辰；第三十七回讥讽秋纹得了王夫人赏赐的旧衣裳，并说穿袭人每月从王夫人处拿月钱；在此前和宝玉为了跌扇吵闹时，更指明袭人"明公正道，连个姑娘还没挣上去呢"；第五十二回，即使因病卧床，也要将偷金镯的坠儿逐出怡红院，很是符合平儿对其一块"爆炭"的评价；第六十二回，芳官与宝玉二人同进午饭，晴雯指责芳官"你就是个狐媚子！……两个人怎么就约下了"。

在抄检大观园中，晴雯这种傲气和勇气更是令人钦服不已：

> 到了晴雯的箱子，因问："是谁的，怎不开了让搜？"袭人等方欲代晴雯开时，只见晴雯挽着头发闯进来，豁啷一声将箱子掀开，两手捉着底子朝天，往地下尽情一倒，将所有之物尽都倒出。王善保家的也觉没趣，看了一看，也无甚私弊之物。

先是不开箱，然后是"挽着头发闯进来，豁啷一声将箱子掀开，两手捉着底子朝天，往地下尽情一倒，将所有之物尽都倒出"，这番举动实在是大快人心！纵观整个抄检过程,只有探春和晴雯敢于反抗"怀揣王夫人旨意"的抄检。探春毕竟是一个主子,敢于以奴才身份公然反抗的唯有晴雯。这种大无畏的胆色,充分表现了晴雯为维护人格尊严,不惜与贾府权威做公然的挑战和决裂。

晴雯的骨子里是没有半点奴性的。《红楼梦》里所有与黛玉相似的下人都敢于冲撞主子。龄官对宝玉让她唱戏一点也没好声气,说:"前儿娘娘让我唱,我还没唱呢!"晴雯更甚于龄官,平常对宝玉就从不做低声下气状,尤其她的"撕扇子作千金一笑",更是她向奴性思想的挑战:

> 宝玉⋯⋯晚间回来⋯⋯只见院中早把乘凉枕榻设下,榻上有个人睡着。宝玉只当是袭人,一面在榻沿上坐下,一面推他⋯⋯只见那人翻身起来说:"何苦来,又招我!"宝玉一看,原来不是袭人,却是晴雯。宝玉将他一拉,拉在身旁坐下,笑道:"你的性子越发惯娇了。早起就是跌了扇子,我不过说了那两句,你就说上那些话。说我也罢了,袭人好意来劝,你又括上他,你自己想想,该不该?"晴雯道:"怪热的,拉拉扯扯作什么! 叫人来看见像什么! 我这身子也不配坐在这里。"宝玉笑道:"你既知道不配,为什么睡着呢?"晴雯没的话,嗤的又笑了,说:"你不来便使得,你来了就不配了。起来,让我洗澡去。袭人、麝月都洗了澡。我叫了他们来。"宝玉笑道:"我才又吃了好些酒,还得洗一洗。你既没有洗,拿了水来咱们两个洗。"晴雯摇手笑道:"罢,罢,我不敢惹爷⋯⋯才刚鸳鸯送了好些果子来,都湃在那水晶缸里呢,叫他们打发你吃。"宝玉笑道:"既这么着,你也不许洗去,只洗洗手来拿果子来吃罢。"晴雯笑道:"我慌张的很,连扇子还跌折了,那里还配打发吃果子。倘或再打破了盘子,还更了不得呢。"宝玉笑道:"你爱打就打,这些东西原不过是借人所用,你爱这样,我爱那样,各自性情不同⋯⋯只是别在生气时拿他出气。这就是爱物了。"晴雯听了,笑道:"既这么说,你就拿了扇子来我撕。我最喜欢撕的。"宝玉听了,便笑着递与他。晴雯果然接过来,嗤的一声,撕了两半,接着嗤嗤又听几声。宝玉在旁笑着说:"响的

好,再撕响些!"正说着,只见麝月走过来,笑道:"少作些孽罢。"宝玉赶上来,一把将他手里的扇子也夺了递与晴雯。晴雯接了,也撕了几半子,二人都大笑。麝月道:"这是怎么说,拿我的东西开心儿?"宝玉笑道:"打开扇子匣子你拣去,什么好东西!"麝月道:"既这么说,就把匣子搬了出来,让他尽力的撕,岂不好?"宝玉笑道:"你就搬去。"麝月道:"我可不造这孽。他也没折了手,叫他自己搬去。"晴雯笑着,倚在床上说道:"我也乏了,明儿再撕罢。"宝玉笑道:"古人云,'千金难买一笑',几把扇子能值几何!"

晴雯对其他主子也常使性子。第二十六回她抱怨宝钗"有事没事跑了来坐着,叫我们三更半夜的不得睡觉"。恰好此时黛玉也来了,晴雯虽不知是黛玉,但应知道是某位主子(晴雯与黛玉之间有种惺惺相惜的情感,所以若知是黛玉应该会开门的),却让她"明儿再来吧","凭你是谁,二爷吩咐的,一概不许放人进来呢"!

即便对宝玉有那样强烈的深情,在爱情关系中晴雯也绝不奴颜婢膝,也没有袭人那种"温柔和顺",她要求彼此人格平等的爱恋,与黛玉一样追求"我为的是我的心"。但晴雯也恰恰因此得到了宝玉的尊重和另眼相看。看宝玉挨打后支走袭人,却让晴雯给黛玉送帕子,我们就可以明白晴雯与宝玉更贴心了。

晴雯不是没有瑕疵,她有时太过于口露锋芒,也过于凌厉。如第二十七回,晴雯训斥小红说:"你只是疯罢!院子里花儿也不浇,雀儿也不喂,茶炉子也不烓,就在外头逛。"第七十三回,宝玉夜里准备功课,以应付贾政提问,小丫头们一个个困倦得前仰后合,晴雯骂道:"什么蹄子们,一个个黑日白夜挺尸挺不够,偶尔一次睡迟了些,就装出这腔调来了。再这样,我拿针戳你们两下子。"第五十二回中晴雯对坠儿下手也颇为狠绝:

　　说着,只见坠儿也蹭了进来。晴雯道:"你瞧瞧这小蹄子,不问他还不来呢。这里又放月钱了,又散果子了,你该跑在头里了。你往前些,我不是老虎吃了你!"坠儿只得前凑。晴雯便冷不防欠身一把将他的手抓住,向枕边取了一丈青,向他手上乱戳,口内骂道:"要这爪子作什么?拈不得针,拿不动线,只会偷嘴吃。眼皮子又浅,爪子又轻,打嘴现世的,不如戳烂了!"坠儿疼的乱哭乱喊。麝月忙拉开坠儿,按晴雯睡下,笑道:"才出了汗,又作死。等你好了,要打多少打不的?这会子闹什么!"晴雯便命人叫宋嬷嬷进来,说道:"宝二爷才告诉了我,叫我告诉你们,坠儿很懒,宝二爷当面使他,他拨嘴儿不动,连袭人使他,他背后骂他。今儿务必打发他出去,明儿宝二爷亲自回太太就是了。"宋嬷嬷听了,心下便知镯子事发,因笑道:"虽如此说,也等花姑娘回来知道了,再打发他。"晴雯道:"宝二爷今儿千叮咛万嘱咐的,什么'花姑娘''草姑娘',我们自然有道理。你只依我的话,快叫他家的人来领他出去。"

晴雯后来遭人诬陷被逐出大观园,直至悲惨死去,与她这种欠宽容的性格是有一定关联的。但也正因如此,晴雯形象才真实。疾恶如仇者,必然看不得半点苟且。纵观晴雯在大观园里的所作所为,虽然谈不上事事正确,但她却是一个大写的"人"。她锋芒毕露的性格,比之于袭人之辈的虚伪、狡黠,简直是云泥之别。晴雯身上居于主导倾向的,是那浩然的正气、凛然的傲骨。不像袭人,看似中正平和,找不出半点过错,其实骨子里心如蛇蝎。正如宝钗,平日里貌似体贴下人,但是对于金钏儿的死,居然说得出"不过是下去玩玩"这样令人齿冷的话,虽然是劝慰姨母,但是一个真正善良无伪的人,如何能说出这样的话?

即使是面对死亡,晴雯斗争的勇气和一贯性也没有半点损减。她临终令人断肠的诀别,是用生命在向那个时代宣战:

(宝玉)一面想,一面流泪问道:"你有什么说的,趁着没人告诉我。"晴雯呜咽道:"有什么可说的!不过挨一刻是一刻,挨一日是一日。我已知横竖不过三五日的光景,就好回去了。只是一件,我死也不甘心的:我虽生的比别人略好些，并没有私情密意勾引你怎样，如何一口死咬定了我是个狐狸精！我太不服。今日既已担了虚名，而且临死，不是我说一句后悔的话，早知如此，我当日也另有个道理。不料痴心傻意，只说大家横竖是在一处。不想平空里生出这一节话来，有冤无处诉。"说毕又哭……晴雯拭泪，就伸手取了剪刀，将左手上两根葱管一般的指甲齐根铰下，又伸手向被内将贴身穿着的一件旧红绫袄脱下，并指甲都与宝玉道："这个你收了，以后就如见我一般。快把你的袄儿脱下来我穿。我将来在棺材内独自躺着，也就像还在怡红院的一样了。论理不该如此，只是担了虚名，我可也是无可如何了。"宝玉听说，忙宽衣换上，藏了指甲。晴雯又哭道："回去他们看见了要问，不必撒谎，就说是我的。既担了虚名，越性如此，也不过这样了。"

冰清玉洁的晴雯，却要担负"私情密意勾引"的罪名含冤而死，确实令人痛心。幸而，宝玉在为她所写的祭文《芙蓉女儿诔》中赞她："其为质则金玉不足喻其贵，其为性则冰雪不足喻其洁，其为神则星日不足喻其精，其为貌则花月不足喻其色。"晴雯身后若有知，亦当可以稍减心头之憾吧。

五、晴雯之死的必然性

在第七十七回"俏丫鬟抱屈夭风流，美优伶斩情归水月"中，晴雯终于抱恨身死。从《红楼梦》的通篇布局来看，晴雯之死是一幕必然要发生的悲剧。

（一）晴雯之死与晴雯、袭人的冲突

袭人在晴雯之死中到底起了什么作用，一直众说纷纭。宝玉对袭人是有疑心的。第七十七回写宝玉曾说："怎么人人的不是太太都知道，单不挑出你和麝月秋纹来？"袭人听了这话，"心内一动，低头半日，无可回答"。而后宝玉又说晴雯"虽然他生得比人强，也没甚妨碍去处。就是他的性情爽利，口角锋芒些，究竟也不曾得罪你们"——这简直就是对袭人公然的指控了，所以袭人细揣此话，"好似宝玉有疑他之意，竟不好再劝"。这一段描写很是微妙，使得袭人很难脱掉疑犯的影子。

第三十四回袭人曾经与王夫人有过密谈，袭人说"那一日那一时我不劝二爷，只是再劝不醒。偏生那些人又肯亲近他"，而在第七十七回，王夫人逐晴雯是"因竟有人指宝玉为由，说他大了，已解人事，都由屋里的丫头们不长进教习坏了"，这两处描写叠加，袭人的嫌疑就更大。

那么，袭人是否有足够的动机来陷害晴雯？ 众所周知，袭人和晴雯都是宝玉妾的备选者，其实仅就这种身份而言，二人便已势成水火。一个妾为确保自己的地位，是完全有可能陷害另一个妾的备选者的。

首先，晴雯是丫鬟里特别出挑的。凤姐曾说，"若论这些丫头们，共总比起来，都没晴雯生得好"。而且晴雯是贾母看中了放在宝玉身边将来做妾的，贾母曾说"晴雯那丫头我看他甚好……这些丫头的模样爽利言谈针线多不及他，将来只他还可以给宝玉使唤得"（第七十八回）。宝玉对晴雯的喜爱更可以说是发之于衷，溢之于表。无论从实际利益还是从情感吸引的角度看，晴雯对袭人的地位都构成相当现实的威胁，这是袭人要除掉晴雯的根源所在。

其次，晴雯本身是"爆炭"的性格（见第五十二回，平儿说"晴雯那蹄子是块爆炭"），经常"口角锋芒"，弄得袭人非常窘迫。第三十一回，晴雯冷笑道："自古以来，就是你一个人服侍爷的，我们原没服侍过。因为你服侍的好，昨日才挨窝心脚。"袭人听了这话，"又是恼，又是愧"，然后袭人公然称自己和宝玉为"我们"，晴雯立刻又直指她的痛处："别教我替你们害臊了！ 便是你们鬼鬼祟祟干的那事儿，也瞒不过我去，那里就称起'我们'来了。明公正道，连个姑娘还没挣上去呢，也不过和我似的，那里就称上'我们'了！"其后，原文写道："袭人羞的脸紫胀起来，想一想，原来是自己把话说错了。"对于晴雯这样暴烈的性格，早在第二十回袭人便说过："但只是天长日久，只管这样，可叫人怎么样才好呢。"在第三十七回，袭人也曾说晴雯等人"你们这起烂了嘴的！ 一个个不知怎么死呢"。看似玩笑话，其实不然。因为，袭人是很忌讳谈到"死"的，她"头一件"要宝玉改掉的毛病就是"死了之后化灰化烟"的口头禅（见第十九回）。可见，晴雯的"口角锋芒"是致使袭人生出除掉她之心的导火索。

退一步讲，即使不是因为妒忌和无法容忍晴雯，袭人一样有排挤晴雯的理由。因为袭人是一个完美的奴才，一个完美的奴才的人生使命就是要对王夫人这样赏识她的主人尽忠。王夫人是看不惯晴雯这样标致伶俐的丫鬟的，所以，为了向王夫人献媚，袭人也必然要做一些从她的角度看是维护主子利益的事情。因此，第三十六回王夫人才会相当感喟地向薛姨妈、凤姐等说"你们那里知道袭人这孩子的好处"，并且以"我的儿"来呼袭人。就一个主子对奴才的评价而言，袭人应该说是得到了王夫人的高度认可。

只有晴雯和袭人的冲突，晴雯或许还不致死。因为袭人在贾府中没有定夺任何人生死的权力。

（二）晴雯之死与王夫人、赵姨娘的嫌隙

晴雯的直接死因，是王夫人将她逐出大观园。那么王夫人为什么一定要逐她？这也要从赵姨娘说起。

从整部书来看，王夫人吃斋念佛，看起来很像一个大善人，但是她与赵姨娘的不睦非常明显。王夫人对赵姨娘的厌恶、仇恨溢于言表，第二十五回曾痛骂赵姨娘"养出这样黑心不知道理下流种子来，也不管管！几番几次我都不理论，你们得了意了，越发上来了"！第二十回凤姐也曾骂贾环："你不听我的话，反叫这些人教的歪心邪意，狐媚子霸道的。自己不尊重，要往下流走，安着坏心，还只管怨人家偏心。""狐媚子"一般是指具有迷惑性、侵害性的年轻漂亮女子。而贾环是一个少年，并且凤姐强调贾环是让人"教的歪心邪意"。这样，细细品度，便知原来凤姐是指桑骂槐，在骂赵姨娘"狐媚子"。骆宾王的《讨武曌檄》曾有"狐媚偏能惑主"之句，可见"狐媚子"的要害是"惑"。赵姨娘"惑"谁？贾政也。迷惑贾政与凤姐没有直接的关系，却与王夫人密切相关。王夫人不但是凤姐的姑妈，更是她在贾府中的一个很重要的后台。所以，凤姐需要帮助维护王夫人的利益。

其实想来也不难理解。作为贾政的一妻一妾，王夫人和赵姨娘很容易"不是东风压倒了西风，就是西风压倒了东风"。而且在书中可见，贾政与王夫人之间的夫妻关系不是很密切。第七十三回写赵姨娘"方进来打发贾政安歇"，表明贾政留宿在赵姨娘处。但贾政与王夫人之间却似乎没有这样的互动，他们夫妻的关系更像一个惯性的协作体。赵姨娘是鄙俗不堪、上不得台面的人，却不见贾政冷落她，究其原因，一定是赵姨娘有她的魅力和手段，即所谓"狐媚子"功夫来惑住贾政。贾府中能从丫鬟晋身为姨娘的人，或者应该貌美（如晴雯），或者应该"贤惠"（如袭人）。赵姨娘明显品行不是很好，却能从丫鬟成为姨娘，并且与贾政生下两个孩子，想来容貌是很不错的，这一点从探春的长相也可以判断出来。而且赵姨娘比王夫人要年轻。王夫人是怎么样的人呢？贾母说王夫人"可怜见的，不大说话，和木头似的，在公婆跟前就不大显好"（第三十五回）。一个"和木头似的"正妻，在夫妻关系中，输给年轻、貌美又有"狐媚子"功夫的妾，不难理解。所以，王夫人会说"我一生最嫌这样的人"（第七十四回）。而赵姨娘毕竟是"半个主子"，只要不惹是生非，王夫人也无法直接打击她。那么王夫人对赵姨娘"惑主"的鄙夷和嫉妒，就转嫁倒了晴雯、金钏儿等年轻美貌又不是很收敛的丫鬟身上。

第三十二回金钏儿投井其实是晴雯之死的一个预演。撵金钏儿时，王夫人说"好好的爷们，都让你们给教坏了"。其实，宝玉和金钏儿间的举动，很类似小孩子间的一个小玩笑，其实无伤大雅。而且金钏儿是王夫人的贴身丫鬟，她的品行王夫人应该有相当程度的了解，否则也不会放在身边做贴身丫鬟。但是金钏儿很不幸，她与宝玉开玩笑的一幕，刺痛了王夫人心底的隐痛，让她想起赵姨娘和贾政来，这样，金钏儿便被逐，正因为金钏儿品性上是冰清玉洁的，她受不了这种无端的冤屈，所以选择了死亡以证清白。

晴雯便是第二个金钏儿。逐晴雯的时候，王夫人再次强调"我一生最嫌这样的人"，"好好的宝玉，倘或叫这蹄子勾引坏了，那还了得"！这与对金钏儿的审判如出一辙。原因无非都是她们令王夫人想到赵姨娘，于是便与她们势成水火，想要致她们于死地。不仅晴雯，就是对有几分"水秀"的四儿和芳官等人，王夫人也深深恨恶。在第七十七回中，王夫人冷酷无情地将芳官等人也赶出荣府。因为在王夫人看来，"唱戏的女孩子，自然是狐狸精了！上次放你们，你们又懒待出去，可就该安分守己才是。你就成精捣起来，调唆着宝玉无所不为"。晴雯临死前（第七十七回）对宝玉说："只是一件，我死也不甘心的：我虽生的比别人略好些，并没有私情密意勾引你怎样，如何一口死咬定了我是个狐狸精！我太不服。"晴雯不能明白，"一口死咬定了"她是个狐狸精的原因，只是因为她让王夫人想起赵姨娘。

（三）晴雯之死与"晴有林风"

对于晴雯和袭人，脂砚斋有"晴有林风，袭为钗副"的定评。而在宝玉婚姻对象的选择上，王夫人是中意宝钗的。所以，因为晴雯与黛玉的相似，王夫人借助对晴雯的打压，曲折表达了对黛玉的审判。这是晴雯不得不死的第三个原因。

先来看晴雯与黛玉的相似。两个人不仅形肖，而且神似。第七十四回王夫人曾经提起"上次我们跟了老太太进园逛去，有一个水蛇腰，削肩膀，眉眼又有些像你林妹妹的"，表明在形貌上，晴雯与黛玉是相像的。

但是两个人更重要的相像，是在性情上。晴雯和黛玉都是任性率真之人，不掩好恶、锋芒毕露。在第十六回宝玉将北静王所赠鹡鸰香串转赠黛玉，黛玉说："什么臭男人拿过的！我不要他。"于是掷而不取，宝玉只得收回。同样，在第三十七回，晴雯说："一样这屋里的人，难道谁又比谁高贵些？把好的给他，剩下的才给我，我宁可不要，冲撞了太太，我也不受这口软气。"两人的孤高性格，如出一辙。至于对宝玉的情感，两人都是通过"耍小性子"来表达——晴雯撕扇和黛玉铰香囊何其相似。晴雯舍命为宝玉"补裘"一节与黛玉为宝玉"还泪"同样有异曲同工之妙。晴雯被逐后，宝玉去探望她，晴雯"一见是宝玉，又惊又喜，又悲又痛，忙一把死攥住他的手，哑咽了半日方说出半句话来：我只当不得见你了"。——那种迸发出来的情感何其强烈。骨子里，晴雯和黛玉一样，都是"情情"之人：你若以真情对我，我必以挚情来报。

在六十三回中，黛玉曾掣得"莫怨东风当自嗟"的签，即作者以芙蓉花代指黛玉。第七十八回,为悼念晴雯之死,宝玉作《芙蓉女儿诔》,却有人影从芙蓉花中走出来,小丫鬟以为是"晴雯真来显魂了",原来"却是黛玉"。当说到"茜纱窗下,我本无缘;黄土垄中,卿何薄命"时,黛玉"忡然变色,心中有无限的狐疑乱拟"。此处,脂砚斋指出,"当知虽诔晴雯而又实诔黛玉也"。可见,黛玉与晴雯二者一、一者二,都是芙蓉花神的化身。

在第三回,黛玉初进大观园时,王夫人便警告过黛玉"你只以后不要睬他"。对黛玉,王夫人一向没有夸赞之词,但是在金钏儿投井之后,王夫人向宝钗说"我想你林妹妹那个孩子素日是个有心的",如果将黛玉过生日的衣服拿去给金钏儿妆裹,"岂不忌讳"。王夫人取中的,是宝钗。首先他们是至亲的血缘关系,彼此利益高度相关,而且宝钗极懂得察言观色讨长辈喜欢。第三十五回贾母夸宝钗的时节,王夫人也赶紧表白自己的立场——"老太太时常背地里和我说宝丫头好"。第五十五回凤姐生病,王夫人命探春协调李纨裁处后,又"特请了宝钗来",托她帮助照管,并且说"好孩子,你是个妥当人,凡有想不到的事,你来告诉我",王夫人对宝钗的倚重可见一斑。王夫人此举大有深意,是安排宝钗成为"宝二奶奶"、执掌荣国府的一次预演。

黛玉和晴雯都是"正邪两赋"之人(见第二回),她们不符合当时的正统观念对女性的期许,王夫人是代表着礼教对这类人施行了审判。黛玉因其身份的特别,王夫人只能通过婚姻决定她的命运,但作为丫鬟的晴雯就无力和被动得多。当贾家大厦将倾,如探春所说"必须先从家里自杀自灭起来,才能一败涂地"(第七十四回)时,晴雯便首当其冲遭逢了厄运。所以,任是晴雯有"霁月""彩云"般的美好,却难免"风流灵巧招人怨",终因毁谤而"寿夭"的命运,致使"多情公子空牵念",想来实在不胜唏嘘、令人扼腕。当然,黛、晴悲剧命运的原因并不完全相同,"黛玉是为情而死,晴雯则是为自己的清白、为自己的人格而死"①。

---

① 胡文彬:《红楼梦人物谈——胡文彬论红楼梦》,第25页。

第二节　芳官："彩云易散"

总体来说，晴雯的判词"彩云易散"，可用来做芳官的写照。

一、芳官之美

（一）品貌不俗

能唱戏的女孩子，容貌必然是姣好的。而且芳官等十二个女孩子，又是贾府为迎接元春归省特意采买的，则十二官之品貌不俗，可以想见。芳官是戏班子中的正旦，饰演的角色都为大家闺秀，即一般戏曲剧目中的女一号，如《牡丹亭》中的杜丽娘、《西厢记》里的莺莺等。第四十八回里麝月就曾说："把一个莺莺小姐，反弄成拷打红娘了！"女一号的容貌和演戏的基本功，必定是整个戏班子女孩中最出挑的。由此可见，芳官至少在十二官中应该艳冠群芳，且才艺上佳。戏班解散之时，留下不走的女孩子们被指派给众位主子，贾母特地将芳官给了宝玉。贾母的眼界是非常高的，能入她法眼的人，必定才貌皆过人。

关于芳官的美丽，第五十八回中有这样一段描写：

> 那芳官只穿着海棠红的小棉袄，底下丝绸撒花袷裤，敞着裤脚，一头乌油似的头发披在脑后，哭的泪人一般。麝月笑道："把一个莺莺小姐，反弄成拷打红娘了！这会子又不妆扮了，还是这么松怠怠的。"宝玉道："他这本来面目极好，倒别弄紧衬了。"晴雯过去拉了他，替他洗净了发，用手巾拧干，松松的挽了一个慵妆髻，命他穿了衣服过这边来了。

宝玉生活在万花丛中，周围有无数美女，包括黛玉这种令薛蟠一眼之下就"酥倒"的有仙气的一等一美女，所以他对女孩子的美，一定是极其挑剔的。但在芳官"哭得泪人一般"的时候，宝玉还能评价她"面目极好"，可见芳官之美。

(二) 英气之美

芳官的美,英气而妩媚,在怡红院夜宴群芳时:

> 宝玉只穿着大红棉纱小袄子,下面绿绫弹墨裤,散着裤脚,倚着一个各色玫瑰、芍药花瓣装的玉色夹纱新枕头,和芳官两个先划拳。当时芳官满口嚷热,只穿着一件玉色红青酡绒三色缎子斗的水田小夹袄,束着一条柳绿汗巾,底下水红撒花夹裤,也散着裤腿。头上眉额编着一圈小辫,总归至顶心,结一根鹅卵粗细的总辫,拖在脑后。右耳眼内只塞着米粒大小的一个小玉塞子,左耳上单带着一个白果大小的硬红镶金大坠子,越显的面如满月犹白,眼如秋水还清。引的众人笑说:"他两个倒像是双生的弟兄两个。"

此处,芳官的装扮与风采的确与宝玉在书中刚出场时颇有几分神似:

> (宝玉)……面若中秋之月……头上周围一转的短发,都结成小辫,红丝结束,共攒至顶中胎发,总编一根大辫,黑亮如漆,从顶至梢,一串四颗大珠,用金八宝坠角,身上穿着银红撒花半旧大袄,仍旧带着项圈、宝玉、寄名锁、护身符等物,下面半露松花撒花绫裤腿。

这种气质和装扮对宝玉来说可能显得不够男性化,但却能将芳官衬托得英气十足。芳官的这种形貌特征,在别处亦有体现:

> (宝玉)忙命他改妆,又命将周围的短发剃了去,露出碧青头皮来,当中分大顶……又说:"芳官之名不好,竟改了男名才别致。"因又改作"雄奴"。芳官十分称心,又说:"既如此,你出门也带我出去。有人问,只说我和茗烟一样的小厮就是了。"……芳官笑道:"……况且人人说我打联垂好看……"

非但如此，芳官还别有一种妩媚，吃了一点酒后，便"两腮胭脂一般，眉梢眼角越添了许多丰韵"。这种英气而妩媚的味道，在大观园的莺莺燕燕之中有种独具的美。无怪宝玉给芳官起了一个少数民族名字（"再起个番名"）——"耶律雄奴"。

二、芳官之巧

（一）"发脱口齿"之巧

芳官的本职是唱戏。前文已经说过，芳官是正旦，正旦在整个戏班子中，必定是才艺上佳的。曾上演"画蔷"一幕的龄官，不过是小旦而已，但其戏剧演出水平已经令元春大为赏识，芳官自应当更出其上。在第五十四回中，贾母因听《八义》闹得头疼，想听些清淡的，于是临时叫了自己家的戏班子来。但是贾母也深知"薛姨太太这李亲家太太都是有戏的人家，不知听过多少好戏的。这些姑娘都比咱们家姑娘见过好戏，听过好曲子。如今这小戏子又是那有名玩戏家的班子，虽是小孩子们，却比大班还强"，所以下定决心"好歹别落了褒贬，少不得弄个新样儿的"。在这个情况下，贾母首先便点了芳官：

> "叫芳官唱一出《寻梦》，只提琴与管箫合，笙笛一概不用。"文官笑道："这也是的，我们的戏自然不能入姨太太和亲家太太姑娘们的眼，不过听我们一个发脱口齿，再听一个喉咙罢了。"

之后，众官儿忙去扮演上台。先是芳官唱了《寻梦》，然后葵官唱了《惠明下书》。听了这两出戏，"众人都鸦雀无闻"，薛姨妈不禁夸道："实在亏他，戏也看过几百班，从没见用箫管的。"从这处描写，我们一方面可以看到贾母的艺术水准之高，另一方面可以看到芳官之"发脱口齿"和"喉咙"之美妙，以及唱艺之精湛。

在第六十三回怡红院夜宴时，宝钗让芳官唱一支大家听，芳官开口便唱"寿筵开处风光好"，这本也是应景之曲，但众人要芳官换一支，于是芳官"细细的唱了一支《赏花时》"。一曲终时，宝玉"却只管拿着花名签"，口内颠来倒去念"任是无情也动人","眼看着芳官不语",这说明宝玉被这首曲子深深打动,沉浸在其意境中,可见芳官的唱功之佳。

(二)心思灵巧

芳官进怡红院不久,袭人便让芳官"也学着些服侍,别一味呆憨呆睡",给宝玉的饮食吹凉。这可是个细巧活儿,要求还颇高,必须"口劲轻着,别吹上唾沫星儿"。芳官很灵透,一学就会,"依言果吹了几口,甚妥"。妥到什么程度呢?宝玉这种有洁癖的公子,竟然在满意之下要芳官"尝一口"自己的饮食。芳官的反应是"只当是顽话,只是笑看着袭人等"。这里,芳官的应对是非常得体的。此时,她和宝玉还不熟悉,但是贾府的上下之别她清楚,又不好问宝玉,自然只有"笑看着袭人等"。在袭人表态同意、晴雯先示范的情况下,芳官"也便尝了一口",但也只是一口而已,然后便说"好了",并递与宝玉。这里,芳官的应对极其得体。

之后,宝玉因要打听藕官、药官之事,便"使个眼色与芳官"。此时,作者写"芳官本自伶俐,又学几年戏,何事不知? 便装说头疼不吃饭了"。这样,很自然地袭人留她在屋里陪伴宝玉,给了她与宝玉谈讲的机会。

芳官告诉宝玉藕官、药官之事后,宝玉认为"这是友谊,也应当的"。但是芳官很聪慧,她否定道:

> 那里是友谊? 他竟是疯傻的想头,说他自己是小生,药官是小旦,常做夫妻,虽说是假的,每日那些曲文排场,皆是真正温存体贴之事,故此二人就疯了,虽不做戏,寻常饮食起坐,两个人竟是你恩我爱。药官一死,他哭的死去活来,至今不忘,所以每节烧纸。后来补了蕊官,我们见他一般的温柔体贴,也曾问他得新弃旧的。他说:"这又有个大道理。比如男子丧了妻,或有必当续弦者,也必要续弦为是。便只是不把死的丢过不提,便是情深意重了。若一味因死的不续,孤守一世,妨了大节,也不是理,死者反不安了。"你说可是又疯又呆? 说来可是可笑?

这篇呆话，独合了宝玉的呆性，他要芳官转告藕官"以后断不可烧纸钱……或有鲜花，或有鲜果，甚至荤羹腥菜，只要心诚意洁，便是佛也都可来享，所以说，只在敬不在虚名。以后快命他不可再烧纸"。这篇呆话，芳官是未必懂的，但是她也不戳破宝玉，也不再深问，而是"便答应着"。这种灵透和机变，说明芳官颇为机敏。

三、重情重义

柳家的是梨香院的差役，因"他最小意殷勤，服侍得芳官一干人比别的干娘还好"，所以芳官对柳家的母女也极好。柳五儿想入怡红院，芳官便帮忙去和宝玉说，并且还向宝玉要玫瑰露给体弱的柳五儿吃。对于柳五儿"性急等不得"地想进怡红院，以节省家里开销和"给我妈争口气"的想法，芳官深为理解，表示："我都知道了，你只放心。"

因十二官之间彼此亲厚，所以蕊官有了蔷薇硝，便托春燕带给芳官去擦脸。春燕的反应是："你们也太小气了，还怕那里没这个与他，巴巴的你又弄一包给他去。"由此看来，蔷薇硝并非太难得之物，但蕊官认为"他是他的，我送的是我的"，可见十二官彼此的深情。贾环向宝玉讨要时，芳官"因是蕊官之赠"，便不肯将这个给贾环，从中可见芳官对她与蕊官之间情意的珍惜，观之令人感动。

即便是与赵姨娘的那一场混战，虽说芳官的反应大了些，但是十二官之间的情谊却由此可见一斑：

> 当下藕官蕊官等正在一处作耍，湘云的大花面葵官，宝琴的荳官，两个闻了此信，慌忙找着他两个说："芳官被人欺侮，咱们也没趣，须得大家破着大闹一场，方争过气来。"四人终是小孩子心性，只顾他们情分上义愤，便不顾别的，一齐跑入怡红院中。荳官先便一头，几乎不曾将赵姨娘撞了一跤。那三个也便拥上来，放声大哭，手撕头撞，把个赵姨娘裹住。晴雯等一面笑，一面假意去拉。急的袭人拉起这个，又跑了那个，口内只说："你们要死！有委曲只好说，这没理的事如何使得！"赵姨娘反没了主意，只好乱骂。

蕊官藕官两个一边一个，抱住左右手，葵官、荳官前后头顶住。四人只说："你只打死我们四个就罢！"芳官直挺挺躺在地下，哭得死过去。

四、锋芒毕露

芳官也确实是有几分不是的。胡文彬先生说："芳官的性格开朗，爽气，但同时又夹杂着无知和任性。"[1]十二官颇有些共性，比如"或心性高傲，或倚势凌下，或拣衣挑食，或口角锋芒，大概不安分守理者多"。与宝玉说话的时候，芳官曾说："我说你是无才的。"类似的话，宝钗也说过。但是宝钗说得，芳官说不得。虽然她没有恶意，但是以芳官的身份，实在是有点犯上。这种脾性在宝玉面前无妨，但是在他人面前也常常这样的话，就无怪芳官暗地被人告状，逐出大观园了。

在第六十回中，芳官去厨房给宝玉传菜。柳家的是个嘴甜的人，常抬举芳官，因请芳官进厨房来逛逛儿，芳官十是进去，见有一个婆子手里托了一碟糕，芳官便戏道：

> "谁买的热糕？我先尝一块儿。"蝉姐儿一手接了道："这是人家买的，你们还稀罕这个。"柳家的见了，忙笑道："芳姑娘，你喜吃这个？我这里有才买下给你姐姐吃的，他不曾吃，还收在那里，干干净净没动呢。"说着，便拿了一碟出来，递与芳官，又说："你等我进去替你炖口好茶来。"一面进去，现通开火炖茶。芳官便拿着热糕，问到蝉姐儿脸上说："稀罕吃你那糕，这个不是糕不成？我不过说着顽罢了，你给我磕个头，我也不吃。"说着，便将手内的糕一块一块的掰了，掷着打雀儿顽，口内笑说："柳嫂子，你别心疼，我回来买二斤给你。"小蝉气的怔怔的，瞅着冷笑道："雷公老爷也有眼睛，怎不打这作孽的！他还气我呢。我可拿什么比你们，又有人进贡，又有人

---

① 胡文彬：《红楼梦人物谈——胡文彬论红楼梦》，第175页。

作干奴才，溜你们好上好儿，帮衬着说句话儿。"

此处，芳官确实有些过分，自己入怡红院也没有多久，身份上并不比蝉姐儿高贵，只是在宝玉身边，因而物质上很是丰裕，但芳官因此便有些忘本，不吃糕也罢了，竟"将手内的糕一块一块的掰了，掷着打雀儿顽"，还对蝉姐儿说"你给我磕个头，我也不吃"，的确有些忘乎所以。

及至柳家的婉转地向芳官再要玫瑰露，芳官也大包大揽："不值什么，等我再要些来给他就是了。"可叹芳官，也许从梨香院到怡红院"由俭入奢"太快也太轻易，她意识不到人生的甘苦和艰难，言行中多少透着一种不知天高地厚。而芳官等人在贾府的真正身份，恰如探春所说"那些小丫头子们原是些顽意儿……如同猫儿狗儿"，聪明伶俐的芳官，到底缺少一点人生的大智慧。

第六章
亦"贤"亦"黠"

第一节　袭人:似桂如兰?

袭人是宝玉最重要的贴身丫鬟,是《红楼梦》中作者着墨较多的人物之一。袭人原名花珍珠,因其姓花,宝玉遂改其名为袭人①。袭人的判词是"枉自温柔和顺,空云似桂如兰。堪羡优伶有福,谁知公子无缘"。

一、"贤"

袭人是荣国府中有名的"贤"人。"贤"字当作何解呢? 胡文彬先生认为:"曹雪芹用了一个'贤'字给她,表面是褒扬,骨子里对这个'贤'字是嘲讽,这叫做'风月宝鉴'有正反两面,不仅要看正面,还要看反面,这方是读《红楼梦》的真正方法。"②贾府中的等级界限是泾渭分明的。即便同是奴才,也要分成三六九等。但是虽然身为奴才,有一些人却没有奴性,比如晴雯,比如紫鹃。袭人却从骨子里冒着奴才气。第六十七回就有一个很典型的例子。当管葡萄园的老祝妈让袭人尝一个葡萄时,袭人正色道:"这那里使得。不但没熟吃不得,就是熟了,上头还没有供鲜,咱们倒先吃了。你是府里使老了的,难道连这个规矩都不懂了。"在袭人看来,上面还没有供鲜,下人"倒先吃了"是大逆不道的。这种奴性,实在是令人匪夷所思。

在第三回中,作者就暗示了袭人的这一特征:"原来这袭人亦是贾母之婢,

---

① 宝玉取陆游诗,原诗为"花气袭人知骤暖,鹊声穿树喜新晴"。
② 胡文彬:《红楼梦人物谈——胡文彬论红楼梦》,第138页。

本名珍珠。贾母因溺爱宝玉，生恐宝玉之婢无竭力尽忠之人，素喜袭人心地纯良，克尽职任，遂与了宝玉……这袭人亦有些痴处：服侍贾母时，心中眼中只有一个贾母；如今服侍宝玉，心中眼中又只有一个宝玉。只因宝玉性情乖僻，每每规谏宝玉不听，心中着实忧郁。"

（一）坚拒赎身

袭人不同于鸳鸯、紫鹃、金钏儿等大多数丫鬟，她们都是"家生子儿"，必须世代为奴。袭人原本应该是小康之家的女儿，后来家道中落，就剩袭人"还值几两银子"，因此被卖至贾府，家人以此钱谋生。在这个意义上，袭人与晴雯有些类似，都是从小被卖入贾府的。但是晴雯没有至亲，只有一个非常不成器的姑表哥哥，所以晴雯除了贾府再也没有别的去处。但是袭人不同。当袭人家家道已经"复了元气"，打算为其赎身。但是袭人放弃了可以恢复自由身的机会：

> 原来袭人在家，听见他母兄要赎他回去，他就说至死也不回去的。又说："当日原是你们没饭吃，就剩我还值几两银子，若不叫你们卖，没有个看着老子娘饿死的理。如今幸而卖到这个地方，吃穿和主子一样，也不朝打暮骂。况且如今爹虽没了，你们却又整理的家成业就，复了元气。若果然还艰难，把我赎出来，再多掏澄几个钱，也还罢了，其实又不难了。这会子又赎我作什么？权当我死了，再不必起赎我的念头！"因此哭闹了一阵。

也许从小家道中落，从小康之家的孩子变成奴仆，使得她对自己的处境和命运有了更多的思考。她意识到，家里那样的小康之家，难免有朝一日还会温饱不继。但是贾府不同，贾府是钟鸣鼎食之家，又有一个女儿做了皇妃。在服侍贾母和宝玉几年之后，她也认定贾府是"恩多威少""从不曾作践下人"的"慈善宽厚人家"，使她"吃穿和主子一样"，因而深以为"幸"。何况自己又不是普通的下人，而是"亲侍的女孩子"，这种待遇，"平常寒薄人家的小姐，也不能那样尊重的"。而袭人如果被母亲和哥哥赎回，她所过的日子，也不过是"寒薄人家的小姐"而已,是远不如在贾府做一个贴身丫鬟的。仅仅在这个意义上,袭人所说的"权当我死了,再不必起赎我的念头"也已经有充分支撑了。

但袭人不想恢复自由身的原因并不仅仅如此——她是胸有大志的。在贾府仅仅做一个下人,等年纪大了出去配小厮,这绝对不是袭人的人生梦想。她觊觎着"半个主子",即宝玉侍妾的位置。她和宝玉的关系,连她的母亲和哥哥在短时间内也看得一清二楚,"次后忽然宝玉去了,他二人又是那般景况",于是"他母子二人心下更明白了,越发石头落了地,而且是意外之想,彼此放心,再无赎念了"。

(二) 为"争荣夸耀"而"贤"

因为对人生有了明确的定位,所以袭人服侍起主子来兢兢业业,也认为自己服侍得好是"分内应当的,不是什么奇功"。她也非常幸运,遇到了宝玉这样一个前无古人、后无来者的好主子。她是宝玉最得力、最精心的贴身丫鬟,对宝玉可谓"鞠躬尽瘁"。非但如此,袭人对宝玉也是有真情的。宝玉不但是"高富帅",又难得善良、温柔、多情,袭人夫复何求呢? 比如在第九回,宝玉要去上学时:

> 至是日一早,宝玉起来时,袭人早已把书笔文物包好,收拾的停停妥妥,坐在床沿上发闷。见宝玉醒来,只得服侍他梳洗。宝玉见他闷闷的,因笑问道:"好姐姐,你怎么又不自在了? 难道怪我上学去丢的你们冷清了不成?"袭人笑道:"这是那里话。读书是极好的事,不然就潦倒一辈子,终久怎么样呢。但只一件:只是念书的时节想着书,不念的时节想着家些。别和他们一处顽闹,碰见老爷不是顽的。虽说是奋志要强,那工课宁可少些,一则贪多嚼不烂,二则身子也要保重。这就是我的意思,你可要体谅。"袭人说一句,宝玉应一句。袭人又道:"大毛衣服我也包好了,交出给小子们去了。学里冷,好歹想着添换,比不得家里有人照顾。脚炉手炉的炭也交出去了,你可着他们添。那一起懒贼,你不说,他们乐得不动,白冻坏了

你。"宝玉道:"你放心,出外头我自己都会调停的。你们也别闷死在这屋里,长和林妹妹一处去顽笑着才好。"说着,俱已穿戴齐备,袭人催他去见贾母、贾政、王夫人等。宝玉又去嘱咐了晴雯麝月等几句,方出来见贾母。

这里,袭人对宝玉不但有着下人的关心,还有着恋人般的牵挂甚至依恋。

但袭人知道,只与宝玉感情好是不行的。她明白自己和宝玉之间有着巨大的阶级落差,所以她说服侍得好是"分内应当",不是"什么奇功"。当宝玉说将来要让她坐"八抬大轿"时,她说,"有那个福气,没有那个道理",可见袭人之清醒——她深知决定着宝玉未来婚姻人选的,是贾府当权的统治者王夫人、贾政、贾母等。所以她有意识地、千方百计地力求依附上贾府的统治阶级,从而争取到"半个主子"的身份,让自己也晋升成为其中一员。究竟哪一个主子会赏识自己,成为自己的支持者呢? 在袭人生活的年代,男女之防甚大,贾政不太和女眷接触。袭人最初服侍过贾母,但是贾母不喜欢她。心思缜密的袭人知道最终决定宝玉婚事的,将是王夫人和元春,所以,她开始行动了。

1. 行动之一,兢兢业业地服侍宝玉

她对宝玉无微不至的照顾已达到了天衣无缝、滴水不漏的程度。非但如此,怡红院也被她打理得井井有条,因此她成为众奴仆中的模范和怡红院中不可或缺的重要人物。如她所说的,这院子离了她便会乱套。

而且这种服侍也大名远播,王夫人、贾母都知道她克勤克俭。

2. 行动之二,在服侍和情感的基础上,规劝宝玉

袭人看准了贾府统治者对宝玉的培养意图:必须把宝玉培养成认同仕途经济,能够承官袭爵的"二代"。只有这样,她才终身有靠,也才更能被以王夫人为首的统治者接纳。于是,虽然她内心未必认为一定要读书(她曾劝宝玉"你真喜读书也罢,假喜也罢,只是在老爷跟前……作出个喜读书的样子来"),但是她自觉地用统治阶级的标准来规范宝玉。她对"于国于家无望,有时傻如狂"的宝玉"每每规谏……心中着实忧郁"。借着哄骗宝玉说自己要回家的话,她再一次规

劝宝玉：

> 宝玉忙笑道："你说，那几件？我都依你。好姐姐，好亲姐姐，别说两三件，就是两三百件，我也依。只求你们同看着我，守着我，等我有一日化成了飞灰，——飞灰还不好，灰还有形有迹，还有知识。——等我化成一股轻烟，风一吹便散了的时候，你们也管不得我，我也顾不得你们了。那时凭我去，我也凭你们爱那里去就去了。"话未说完，急的袭人忙握他的嘴，说："好好的，正为劝你这些，倒更说的狠了。"宝玉忙说道："再不说这话了。"袭人道："这是头一件要改的。"宝玉道："改了，再要说，你就拧嘴。还有什么？"

> 袭人道："第二件，你真喜读书也罢，假喜也罢，只是在老爷跟前或在别人跟前，你别只管批驳诮谤，只作出个喜读书的样子来，也教老爷少生些气，在人前也好说嘴。他心里想着，我家代代读书，只从有了你，不承望你不喜读书，已经他心里又气又愧了。而且背前背后乱说那些混话，凡读书上进的人，你就起个名字叫作'禄蠹'；又说只除'明明德'外无书，都是前人自己不能解圣人之书，便另出己意，混编纂出来的。这些话，怎么怨得老爷不气，不时时打你。叫别人怎么想你？"……

> 袭人道："再不可毁僧谤道，调脂弄粉。还有更要紧的一件，再不许吃人嘴上擦的胭脂了，与那爱红的毛病儿。"宝玉道："都改，都改。再有什么，快说。"袭人笑道："再也没有了。只是百事检点些，不任意任情的就是了。你若果都依了，便拿八人轿也抬不出我去了。"

此时的宝玉，正所谓情字当头，样样事都不假思索地答应下来，但其实件件都没改。此回的回目是"情切切良宵花解语"，但悲哀的是，袭人根本不了解宝玉，在宝玉最看重的自由意志方面，她和宝玉是背道而驰的。

3. 行动之三，做王夫人的"花点子哈巴儿"

首先，她以自己对宝玉的精心服侍打动了王夫人。这种服侍在平日犹可，在宝玉特别需要的时候，就更显得不可或缺。

宝玉挨打后，宝钗送去的药是她"给二爷敷上"的，并从"先疼的躺不稳，这会子都睡沉了"知道宝玉"可见好些了"。宝玉"只嚷干渴，要吃酸梅汤"，但是袭人"想着酸梅是个收敛的东西，才刚捱了打，又不许叫喊，自然急的那热毒热血未免不存在心里，倘或吃下这个去激在心里，再弄出大病来"，于是对宝玉"劝了半天"才换了"糖腌的玫瑰卤子"，也知道宝玉又嫌絮烦了，觉得"不香甜"。当王夫人要给香露时，又主动说："只拿两瓶来罢，多了也白糟踏。等不够再要，再来取也是一样。"果然是一副非常会过日子的精打细算的模样。

其次，计谋百出，勇进谗言。

宝玉挨打之后，王夫人"叫一个跟二爷的人"，而且无须是重要人物，"不管叫个谁来也罢了"。但是袭人"想了一想"，敏锐地意识到这是个千载难逢的良机，于是亲自去了。王夫人的本意不过是想知道贾环是否进了谗言，但是袭人何等乖觉，此时的她尚未因"服侍得好"而有一点酬报，再因此掺和进王夫人和赵姨娘之间的内斗，就得不偿失了。况且，金钏儿投井之事，对王夫人也是一个敏感话题，于是她用了一个人尽皆知的理由，"为二爷霸占着戏子，人家来和老爷要，为这个打的"。王夫人摇头说道："也为这个，还有别的原故。"这时，袭人知道自己久已期盼的机会是真正来了，于是袭人道：

> "别的原故实在不知道了。我今儿在太太跟前大胆说句不知好歹的话。论理……"说了半截忙又咽住。王夫人道："你只管说。"袭人笑道："太太别生气，我就说了。"王夫人道："我有什么生气的，你只管说来。"袭人道："论理，我们二爷也须得老爷教训两顿。若老爷再不管，将来不知做出什么事来呢。"

这番话正中了王夫人的心坎，因为王夫人就是有此怕才逼死金钏儿，故而一听袭人之言，便合掌念声"阿弥陀佛"，由不得赶着袭人叫了一声"我的儿"，说：

"亏了你也明白,这话和我的心一样。我何曾不知道管儿子,先时你珠大爷在,我是怎么样管他,难道我如今倒不知管儿子了? 只是有个原故:如今我想,我已经快五十岁的人,通共剩了他一个,他又长的单弱,况且老太太宝贝似的,若管紧了他,倘或再有个好歹,或是老太太气坏了,那时上下不安,岂不倒坏了。所以就纵坏了他。我常常辫着口儿劝一阵,说一阵,气的骂一阵,哭一阵,彼时他好,过后儿还是不相干,端的吃了亏才罢了。若打坏了,将来我靠谁呢!"说着,由不得滚下泪来。

王夫人既已如此悲感,知疼着热的袭人自然"也不觉伤了心,陪着落泪",进而又道:"二爷是太太养的,岂不心疼。便是我们做下人的服侍一场,大家落个平安,也算是造化了,要这样起来,连平安都不能了。那一日那一时我不劝二爷,只是再劝不醒。偏生那些人又肯亲近他,也怨不得他这样,总是我们劝的倒不好了。今儿太太提起这话来,我还记挂着一件事,每要来回太太,讨太太个主意。只是我怕太太疑心,不但我的话白说了,且连葬身之地都没了。"

这话说得实在太过郑重,就连王夫人这么居安思危的人都想不到有何事可以让宝玉的丫鬟"连葬身之地都没了",于是忙用"我的儿"再一次拉拢袭人,并承诺"你有话只管说",告诉袭人,自己素来便知道她的好处:"近来我因听见众人背前背后都夸你,我只说你不过是在宝玉身上留心,或是诸人跟前和气,这些小意思好,所以将你和老姨娘一体行事。谁知你方才和我说的话全是大道理,正和我的想头一样。你有什么只管说什么,只别教别人知道就是了。"

此时的王夫人,已经知道袭人打算告密了,因而安慰其"你有什么只管说什么,只别教别人知道"。但袭人居然起承转合,又来了一句"我也没什么别的说",但"只想着讨太太一个示下,怎么变个法儿,以后竟还教二爷搬出园外来住就好了"。这话实在没有来由,王夫人自然要"吃一大惊",为了挖出这话的根底,"忙拉了袭人的手",问道:"宝玉难道和谁作怪了不成?"——显然,袭人故意把子虚乌有的结果说得无比严重,好让王夫人知道自己对宝玉是何其用心,自己的贡献又多么巨大。接着袭人又回道"太太别多心,并没有这话"——意思是,迄今为止,幸亏袭人的小心谨慎,才一切无事,并在王夫人面前表现自己的谦卑和不居功自傲:"这不过是我的小见识。"这番话有铺垫,有高潮,如何不引得王夫人焦心? 但是袭人又给出了一个解决问题的方式:

> 如今二爷也大了,里头姑娘们也大了,况且林姑娘宝姑娘又是两姨姑表姊妹,虽说是姊妹们,到底是男女之分,日夜一处起坐不方便,由不得叫人悬心,便是外人看着也不像。一家子的事,俗语说的"没事常思有事",世上多少无头脑的人,多半因为无心中做出,有心人看见,当作有心事,反说坏了。只是预先不防着,断然不好。二爷素日性格,太太是知道的。他又偏好在我们队里闹,倘或不防,前后错了一点半点,不论真假,人多口杂,那起小人的嘴有什么避讳,心顺了,说的比菩萨还好,心不顺,就贬的连畜牲不如。二爷将来倘或有人说好,不过大家直过没事,若要叫人说出一个不好字来,我们不用说,粉身碎骨,罪有万重,都是平常小事,但后来二爷一生的声名品行岂不完了,二则太太也难见老爷。俗语又说"君子防不然",不如这会子防避的为是。太太事情多,一时固然想不到。我们想不到则可,既想到了,若不回明太太,罪越重了。近来我为这事日夜悬心,又不好说与人,惟有灯知道罢了。

因这些话"正触了金钏儿之事",所以王夫人听了"如雷轰电掣的一般",心内越发感激袭人不尽,忙笑道:

> 我的儿,你竟有这个心胸,想的这样周全! 我何曾又不想到这里,只是这几次有事就忘了。你今儿这一番话提醒了我。难为你成全我娘儿两个声名体面,真真我竟不知道你这样好。罢了,你且去罢,我自有道理。只是还有一句话:你今既说了这样的话,我就把他交给你了,好歹留心,保全了

他,就是保全了我。我自然不辜负你。

袭人的反应是"连连答应着去了"。此处,真与宝钗在金钏儿投井之后"忙忙"来向王夫人道安慰有异曲同工之妙。

这一番说辞,令王夫人深深觉得,在对宝玉进行教育、改造的问题上,袭人与她堪称知音。正是抓住了王夫人的心理,袭人取得了王夫人的深深信任和由此而来的地位改变,从此月钱与姨娘一个待遇——每月二两银子。此时的袭人,已经摇身一变,成为"半个主子"了。

此处,袭人的话好像淡淡的,没有什么杀伤力,其实不然。袭人知道王夫人与宝钗的血缘关系,也知道王夫人深深取中宝钗和不喜黛玉,所以,"况且林姑娘宝姑娘又是两姨姑表姊妹"的说辞,就是射向黛玉的一根利箭。宝玉、黛玉的最终不能婚配固然有多方面原因,袭人的谗言却也是不可忽略的一个因素。

袭人用封建正统眼光青睐的"贤",终于为自己晋爿贾府统治阶级的未来铺下了路。

4. 行动之四,对宝钗之"顺"

如前文所述,袭人明了王夫人之厌黛喜钗。从个人喜好来说,她也取中宝钗。

首先,她知道宝玉对黛玉的爱是"生可以死,死可以生"的。如果黛玉成为宝玉的正妻,其他任何侍妾自然都相形暗淡,这对于她来说,多少也是难以忍受的,毕竟,她对宝玉有着一种喜欢。但如果宝玉与宝钗成婚,则宝玉、宝钗之间多半是一种相敬如宾、平淡如水的婚姻。这个情况下,她在感情方面的胜算,就要大很多。

第二,她也深知黛玉从来不劝宝玉走仕途经济之路。若宝、黛二人成婚,宝玉势必只追求性灵生活,这样,贾府的统治阶层必然会慢慢看淡宝玉,宝玉也不大有可能封官做宰。如果这样,袭人一生所求,岂不落空!而宝钗不然,宝钗深受封建正统观念教化,每常劝宝玉要读书上进。在这个意义上,早就以通房丫头自居的袭人，自然更认为宝钗是合适的主母。所以，她抓住宝玉挨打、王夫人痛心的机会火上浇油，大大增加了游说的效果。

因此，袭人重视每次宝钗来怡红院的机会，刻意地向自己心中认定的主母暗示心声。在第二十一回中，宝玉早起去看望黛玉和湘云，并在潇湘馆洗脸，袭人跟来，看见此番光景，"只得回来自己梳洗"。这时，"忽见宝钗走来"，宝钗问得颇为奇怪：

> "宝兄弟那去了？"袭人含笑道："宝兄弟那里还有在家里的工夫！"宝钗听说，心中明白。又听袭人叹道："姊妹们和气，也有个分寸礼节，也没个黑家白日闹的！凭人怎么劝，都是耳旁风。"宝钗听了，心中暗忖道："倒别看错了这个丫头，听他说话，倒有些识见。"宝钗便在炕上坐了，慢慢在闲言中套问袭人年纪家乡等语，留神窥察，觉其言语志量深可敬爱。一时宝玉来了，宝钗方出去。宝玉便问袭人道："怎么宝姐姐和你说的这么热闹，见我进来就跑了？"问一声不答，再问时，袭人方道："你问我么？我那里知道你们的原故。"

袭人一向号称"温柔和顺"，但是此处"宝兄弟那里还有在家的工夫"的怒意是显然可见的。如果说此句还是一时意气用事的话，下一句"姊妹们和气，也有个分寸礼节，也没个黑家白日闹的"就是刻意为之了，这分明是在向宝钗表明自己是和她同一阵线的，因而宝钗觉得袭人"倒有些识见"。宝钗后来的"套问袭人年纪家乡等语，留神窥察"实在颇露痕迹，袭人又不傻，当然知道宝钗是在向自己示好，因此与宝钗畅谈甚欢，以至于"一时宝玉来了，宝钗方出去"。

有了这次"投名状"之后，宝钗、袭人之间就成了一个战壕中的战友，默契大增。在第三十六回中，两人又合演了一出"无间道"。宝钗本来约黛玉同去藕香榭，黛玉拒绝后，宝钗居然"顺路进了怡红院"。明明发现从仙鹤到众丫头都睡得横三竖四，宝钗依然执意"来至宝玉的房内"。见宝玉在床上睡着了也不走，

反而各种没话找话说。袭人心思如此深细,如何不懂宝钗心意? 于是袭人道:

> "今儿做的工夫大了,脖子低的怪酸的。"又笑道:"好姑娘,你略坐一
> 坐,我出去走走就来。"说着便走了。宝钗只顾看着活计,便不留心,一蹲
> 身,刚刚的也坐在袭人方才坐的所在,因又见那活计实在可爱,不由的拿起
> 针来,替他代刺。

这里宝钗只刚做了两三个花瓣时,忽见宝玉在梦中喊骂说:"和尚道士的话如何信得? 什么是金玉姻缘,我偏说是木石姻缘!"薛宝钗听了这话,"不觉怔了"。这时,"忽见袭人走过来"——袭人出现的时间点,端的是奇,刚才是很要出去走走的,时间又不长,"宝钗只刚做了两三个花瓣",居然就回来了。更出奇的是,袭人出现的时间点实在把握得好,如果再晚一秒钟出现,宝玉不定还会说出什么伤宝钗的话。——袭人的开场白倒也自然,问宝玉"还没有醒呢","宝钗摇头",这一问一答之间,一切尴尬都烟消云散了。宝钗这时才此地无银三百两地说"我正要告诉你呢,你又忙忙的出去了"——当然,袭人也知道,宝钗的说辞不过是遮掩罢了。

写到此处,真为宝玉庆幸。如果宝玉真娶了宝钗和袭人这一妻一妾,只怕即便贾府不衰败,宝玉可能早先疯了。

5. 行动之五,不去聒噪贾母

贾母虽知道袭人是个忠心的奴婢,但在对宝玉侍妾的人选上,却不属意袭人。贾母独觉得"晴雯那丫头……甚好","这些丫头的模样爽利言谈针线多不及他,将来只他还可以给宝玉使唤得"。贾母觉得袭人"从小儿不言不语,是没嘴的葫芦",至少在侍妾之选上,她是从未取中过袭人的。所以即便袭人母亲去世,袭人亲自来回过贾母,贾母都忘记了,虽曾"想着要给他几两银子发送",但"也就忘了"。这个情况下,袭人只要巴结王夫人就可以了,所以袭人尽量不在贾母面前出现。第五十四回中,贾母曾问:

"袭人怎么不见？他如今也有些拿大了，单支使小女孩子出来。"王夫人忙起身笑回道："他妈前日没了，因有热孝，不便前头来。"贾母听了点头，又笑道："跟主子却讲不起这孝与不孝。若是他还跟我，难道这会子也不在这里不成？皆因我们太宽了，有人使，不查这些，竟成了例了。"

还是凤姐乖巧，忙从一个尽心的仆人的角度替袭人遮掩："今儿晚上他便没孝，那园子里也须得他看着，灯烛花炮最是耽险的。这里一唱戏，园子里的人谁不偷来瞧瞧。他还细心，各处照看照看。况且这一散后宝兄弟回去睡觉，各色都是齐全的。若他再来了，众人又不经心，散了回去，铺盖也是冷的，茶水也不齐备，各色都不便宜，所以我叫他不用来，只看屋子。散了又齐备，我们这里也不耽心，又可以全他的礼，岂不三处有益。老祖宗要叫他，我叫他来就是了。"贾母听了这话，才说"快别叫他了"。

由此可见，宝玉乳母李嬷嬷所说袭人是个"一心只想妆狐媚子"的"忘了本的小娼妇"，其实是丝毫不差的。

二、"和"

在"贤"的基础上来看袭人之"和"，就更好理解。

袭人惯常表现出来的性格是比较温柔和平的。她恪尽职守，"温柔和顺""似桂如兰"，在贾府中获得了上下一致的好评。

（一）对宝玉之"和"

生活中的袭人对宝玉一般都是温柔体贴、知冷知热、一派和气。即便在第三十回宝玉误踢她之后，袭人也没有半点抱怨：

宝玉一肚子没好气，满心里要把开门的踢几脚，及开了门，并不看真是谁，还只当是那些小丫头子们，便抬腿踢在肋上。袭人"嗳哟"了一声。宝玉……一低头见是袭人哭了，方知踢错了……袭人从来不曾受过一句大话的，今儿忽见宝玉生气踢他一下，又当着许多人，又是羞，又是气，又是疼，真一时置身无地。待要怎么样，料着宝玉未必是安心踢他，少不得忍着说道："没有踢着。还不换衣裳去。"宝玉一面进房来解衣，一面笑道："我长了这么大，今日是头一遭儿生气打人，不想就偏遇见了你！"袭人一面忍痛换衣裳，一面笑道："我是个起头儿的人，不论事大事小事好事歹，自然也该从我起。但只是别说打了我，明儿顺了手也打起别人来。"宝玉道："我才也不是安心。"袭人道："谁说你是安心了！素日开门关门，都是那起小丫头子们的事。他们是憨皮惯了的，早已恨的人牙痒痒，他们也没个怕惧儿。你当是他们，踢一下子，唬唬他们也好些。才刚是我淘气，不叫开门的。"

……袭人只觉肋下疼的心里发闹，晚饭也不曾好生吃。至晚间洗澡时脱了衣服，只见肋上青了碗大一块，自己倒唬了一跳，又不好声张。一时睡下，梦中作痛，由不得"嗳哟"之声从睡中哼出。宝玉虽说不是安心，因见袭人懒懒的，也睡不安稳。忽夜间听得"嗳哟"，便知踢重了，自己下床悄悄的秉灯来照。刚到床前，只见袭人嗽了两声，吐出一口痰来，"嗳哟"一声，睁开眼见了宝玉，倒唬了一跳道："作什么？"宝玉道："你梦里'嗳哟'，必定踢重了。我瞧瞧。"袭人道："我头上发晕，嗓子里又腥又甜，你倒照一照地下罢。"宝玉听说，果然持灯向地下一照，只见一口鲜血在地。宝玉慌了，只说"了不得了！"袭人见了，也就心凉了半截……

话说袭人见了自己吐的鲜血在地，也就冷了半截，想着往日常听人说："少年吐血，年月不保，纵然命长，终是废人了。"想起此言，不觉将素日想着后来争荣夸耀之心尽皆灰了，眼中不觉滴下泪来。宝玉见他哭了，也不觉心酸起来……即刻便要叫人烫黄酒，要山羊血黎洞丸来。袭人拉了他的手，笑道："你这一闹不打紧，闹起多少人来，倒抱怨我轻狂。分明人不知道，倒闹的人知道了，你也不好，我也不好。正经明儿你打发小子问问王太医去，弄点子药吃吃就好了。人不知鬼不觉的可不好？"宝玉听了有理，也只得罢了，向案上斟了茶来，给袭人漱了口。袭人知宝玉心内是不安稳的，待要不叫他服侍，他又必不依；二则定要惊动别人，不如由他去罢：因此只在榻上由宝玉去服侍。一交五更，宝玉也顾不的梳洗，忙穿衣出来，将王济仁叫来，亲自确问。王济仁问原故，不过是伤损，便说了个丸药的名字，怎么服，怎么敷。宝玉记了，回园依方调治。

这里，袭人不但忍着痛没有表示一点抱怨和不满，反而为了宽宝玉的心隐瞒真实情况，"没有踢着"，"好好的，觉怎么呢"，为了怕宝玉不相信，还进一步说宝玉踢得对，"素日开门关门，都是那起小丫头子们的事。他们是憨皮惯了的，早已恨的人牙痒痒，他们也没个怕惧儿。你当是他们，踢一下子，唬唬他们也好些"。而且把责任完全揽在自己身上，"才刚是我淘气，不叫开门的"。宝玉这一脚，其实踢得颇重，"肋上青了碗大一块"，但是袭人也没有声张，及至发现吐血，自认"年月不保……终是废了人了"，将"素日想着后来争荣夸耀之心尽皆灰了"时，对宝玉也没有半点埋怨，仍安慰宝玉说"好好的"，也不肯让宝玉半夜闹人服侍，还是一派平和。

（二）对他人之"和"

一般情况下，袭人对于招惹自己的人，都能克制忍让。在病中，面对人人都讨厌的李嬷嬷的辱骂，她暗自委屈，甚至还因宝玉为自己得罪了人而难过：

> 只见李嬷嬷拄着拐棍，在当地骂袭人："忘了本的小娼妇！我抬举起你来，这会子我来了，你大模大样的躺在炕上，见我来也不理一理。一心只想妆狐媚子哄宝玉，哄的宝玉不理我，听你们的话。你不过是几两臭银子买来的毛丫头，这屋里你就作耗，如何使得！好不好拉出去配一个小子，看你还妖精似的哄宝玉不哄！"袭人先只道李嬷嬷不过为他躺着生气，少不得分辩说"病了，才出汗，蒙着头，原没看见你老人家"等语。后来只管听他说"哄宝玉"、"妆狐媚"，又说"配小子"等，由不得又愧又委屈，禁不住哭起来。
>
> ……宝玉点头叹道："这又不知是那里的帐，只拣软的排揎。昨儿又不知是那个姑娘得罪了，上在他帐上。"……宝玉见他这般病势，又添了这些

烦恼,连忙忍气吞声,安慰他仍旧睡下出汗。又见他汤烧火热,自己守着他,歪在旁边,劝他只养着病,别想着些没要紧的事生气。袭人冷笑道:"要为这些事生气,这屋里一刻还站不得了。但只是天长日久,只管这样,可叫人怎么样才好呢。时常我劝你,别为我们得罪人,你只顾一时为我们那样,他们都记在心里,遇着坎儿,说的好说不好听,大家什么意思。"一面说,一面禁不住流泪,又怕宝玉烦恼,只得又勉强忍着。

与晴雯拌嘴的时候,也多半采取忍让的姿态。在第三十一回中,晴雯与宝玉闹脾气,袭人来解劝,但是说错了话:"好好的,又怎么了?可是我说的'一时我不到,就有事故儿'。"晴雯听了冷笑道:"姐姐既会说,就该早来,也省了爷生气。自古以来,就是你一个人服侍爷的,我们原没服侍过。因为你服侍的好,昨日才挨窝心脚,我们不会服侍的,到明儿还不知是个什么罪呢!"

晴雯的话,的确是非常有杀伤力的。袭人听了之后:

又是恼,又是愧,待要说几句话,又见宝玉已经气的黄了脸,少不得自己忍了性子,推晴雯道:"好妹妹,你出去逛逛,原是我们的不是。"晴雯听他说"我们"两个字,自然是他和宝玉了,不觉又添了醋意,冷笑几声,道:"我倒不知道你们是谁,别教我替你们害臊了!便是你们鬼鬼祟祟干的那事儿,也瞒不过我去,那里就称起'我们'来了。明公正道,连个姑娘还没挣上去呢,也不过和我似的,那里就称上'我们'了!"袭人羞的脸紫胀起来,想一想,原来是自己把话说错了。

这种情势之下,宝玉要去回王夫人赶出晴雯,但袭人拦住了:

"好没意思!真个的去回,你也不怕臊了?便是他认真的要去,也等把这气下去了,等无事中说话儿回了太太也不迟。这会子急急的当作一件正经事去回，岂不叫太太犯疑？"宝玉……说着一定要去回。袭人见拦不住，只得跪下了。碧痕、秋纹、麝月等众丫鬟见吵闹，都鸦雀无闻的在外头听消息，这会子听见袭人跪下央求，便一齐进来都跪下了。宝玉忙把袭人扶起来，叹了一声，在床上坐下，叫众人起去……说着不觉滴下泪来。袭人见宝玉流下泪来，自己也就哭了。

（三）"和"之原因

换一个角度看，袭人之所以如此处理问题，却也有另外一种心声。被宝玉踢了之后，她不准宝玉夜半找医生，因为"你这一闹不要紧，闹起多少人来，倒抱怨我轻狂。分明人不知道，倒闹的人知道了，你也不好，我也不好"。可见，袭人最大的顾虑是"闹的人知道了"，会"抱怨我轻狂"。这样，势必会影响她在王夫人那里的贤名。也正是这些忍耐，使她在荣府上下博得了"温柔和顺"的好名声，让王夫人深深认定"若说沉重知大礼，莫若袭人第一……性情和顺，举止沉重……行事大方，心地老实，这几年来，从未逢迎着宝玉淘气"。

理解了这一点，再看刘姥姥醉卧怡红院时袭人的表现：

> 袭人这一惊不小，慌忙赶上来将他没死活的推醒……恐惊动了人被宝玉知道，只向他摇手，不叫他说话。忙将鼎内贮了三四把百合香，仍用罩子罩上。些须收拾收拾，所喜不曾呕吐……向他说道："你就说醉倒在山子石上打了个盹儿。"刘姥姥答应知道。又与他两碗茶吃，方觉酒醒了，因问道："这是那个小姐的绣房，这样精致？我就像到了天宫里的一样。"袭人微微笑道："这个么，是宝二爷的卧室。"那刘姥姥吓的不敢作声。袭人带他从前面出去，见了众人，只说他在草地下睡着了，带了他来的。众人都不理会，也就罢了。

如果事情真的闹大，袭人作为怡红院的总管，其失职之责，也是不小的。所以如果声张起来,对刘姥姥顶多是丢面子的事情,但是对于袭人,却是关乎自己人生走向的大事件。

而且,袭人是个有机谋的人。"这会子急急的当作一件正经事去回,岂不叫太太犯疑"是袭人最大的顾虑。宝玉去回王夫人,王夫人难免要问起如何吵架,那么袭人所说"我们"等语,都是大不适宜的,这对袭人非常不利。而且,即便袭人不跪下,宝玉真的会去回了王夫人么? 以宝玉的秉性,多半根本走不出怡红院,即便走出怡红院,也很可能刚出去就消了气,回来再向晴雯赔罪示好——其后宝玉就是这样做的。所以,袭人求情与否,其实并不会改变事情的走向。而且,最重要的是,袭人所说的"等无事中说话儿回了太太也不迟",这话心机过于深重,与其后晴雯、芳官等被逐出大观园的事情完全相合,让人不由得想到,袭人是个"君子报仇十年不晚"的人,她的所谓"和",大多时候,并不是一种性格,而是一个策略。

三、"露"与"藏"

(一)"露"

袭人也是人,尤其是一个处在青春阶段的少女,与宝钗一样,她还是难以完全掩饰真实的自己。

1. 对宝玉情感之流露

对于宝玉身边的年轻女子,袭人也是怀有醋意的。比如前文所述第二十一回,宝玉早起探望湘云、黛玉,并用湘云的洗脸水洗了脸,袭人看见后便生了气,向宝玉使小性子道:"我那里敢动气! 只是从今以后别进这屋子了。横竖有人服侍你,再别来支使我。我仍旧还服侍老太太去。"这里面,醋意盎然,但是对于袭人这种经常波澜不惊的人来说,实在是难得的情感流露。

2. 真实心声之流露

第十九回中,袭人在家里招待宝玉一节,也表现了袭人内心情感:

> 花自芳母子两个百般怕宝玉冷,又让他上炕,又忙另摆果桌,又忙倒好

茶。袭人笑道："你们不用白忙，我自然知道。果子也不用摆，也不敢乱给东西吃。"一面说，一面将自己的坐褥拿了铺在一个机上，宝玉坐了；用自己的脚炉垫了脚，向荷包内取出两个梅花香饼儿来，又将自己的手炉掀开焚上，仍盖好，放与宝玉怀内；然后将自己的茶杯斟了茶，送与宝玉……拈了几个松子穰，吹去细皮，用手帕托着送与宝玉。

花自芳母子对宝玉的百般招待，被袭人认为是"白忙"，她自信甚而有些自负地说"我自然知道"。这话说得颇为自豪，很有在家人和亲戚面前显示自己与高层人物接触的优越感。

同样在本回，对于母亲想赎她回家之想，她的回答也直截了当："权当我死了，再不必起赎我的念头！"

对金钏儿之死，袭人也"点头赞叹，想素日同气之情，不觉流下泪来"，比起宝钗，她还显出几分热心。

在第六十二回，她也曾挖苦晴雯："倘或那个孔雀褂子再烧个窟窿，你去了谁可会补呢。你倒别和我拿三撇四的，我烦你做个什么，把你懒的横针不拈，竖线不动。一般也不是我的私活烦你，横竖都是他的，你就都不肯做。怎么我去了几天，你病的七死八活，一夜连命也不顾地给他做了出来，这又是什么原故？……"

第七十七回中，宝玉因一株海棠花无故死了半边，因而觉得晴雯将有难。袭人听了后说道：

"我待不说，又撑不住，你太也婆婆妈妈的了。这样的话，岂是你读书的男人说的。草木怎又关系起人来？若不是婆婆妈妈的，真也成了个呆子了。"宝玉叹道："……这海棠亦应其人欲亡，故先就死了半边。"袭人听了这篇痴话，又可笑，又可叹，因笑道："真真的这话越发说上我的气来了。那晴雯是个什么东西，就费这样心思，比出这些正经人来！还有一说，他纵好，也灭不过我的次序去。便是这海棠,也该先来比我,也还轮不到他。想是我要死了。"

3. 生命热情之流露

作为一个有血有肉的年轻女子,袭人也不能完全压抑住自己豆蔻年华的活泼天性。在第三十回,她和一群小丫头纵情玩耍,因而才挨"窝心脚"。在第六十三回"寿怡红群芳开夜宴"中,袭人等主动发起怡红院夜宴,她积极张罗凑份子,并"和平儿说了,已经抬了一坛好绍兴酒藏在那边",要"八个人单替你(宝玉)过生日"。对于晴雯抢白宝玉的话,她也凑趣说宝玉"一天不挨他两句硬话村你,你再过不去",这句话被晴雯称为"你如今也学坏了,专会架桥拨火儿",说着,"大家都笑了",怡红院此时真正是一片暖意融融。

后来众人决定将黛玉、宝钗等人请来,晴雯、麝月、袭人三人又说:"他两个去请,只怕宝林两个不肯来,须得我们请去,死活拉他来。"果然"宝钗说夜深了,黛玉说身上不好",袭人、晴雯便再三央求说:"好歹给我们一点体面,略坐坐再来。"

在吃酒的时候,袭人居然也"唱了一个"。第二天还不能自抑地告诉平儿:"告诉不得你。昨儿夜里热闹非常,连往日老太太、太太带着众人顽,也不及昨儿这一顿。一坛子酒我们都鼓掏光了,一个个吃的把臊都丢了,三不知的又都唱起来。四更多天才横三竖四的打了一个盹儿。"这些都一反她平时的持重之态,颇有些天真烂漫的少女的天性流露。

4. 向往自由之流露

其实,袭人对于她所处的卑下地位也有着切身的体认,内心也有反抗意识。第十九回中,宝玉因觉得"红衣女子"甚好,于是说:

"我因为见他实在好的很,怎么也得他在咱们家就好了。"袭人冷笑道:"我一个人是奴才命罢了,难道连我的亲戚都是奴才命不成?定还要拣实在好的丫头才往你家来。"宝玉听了，忙笑道："你又多心了。我说往咱们家来，必定是奴才不成？说亲戚就使不得？"袭人道："那也搬配不上。"宝玉便不肯再说，只是剥栗子。袭人笑道："怎么不言语了？想是我才冒撞冲犯了你，明儿赌气花几两银子买他们进来就是了。"宝玉笑道："你说的话，怎么叫我答言呢。我不过是赞他好，正配生在这深堂大院里，没的我们这种浊物倒生在这里。"

此处，"难道连我的亲戚都是奴才命不成？"表露了袭人内心对自己身份的无奈体认。

（二）"藏"

袭人用心深细，极有城府。当她想达成某种特殊目的时，说话往往曲折蜿蜒、声东击西。

在第十九回中，袭人听见母亲和哥哥要赎自己回去时，"说至死也不回去"，甚至发狠说："这会子又赎我作什么？权当我死了，再不必起赎我的念头！"并为之"哭闹了一阵"。但是在宝玉面前，袭人却又是一副嘴脸：

又听袭人叹道："只从我来这几年，姊妹们都不得在一处。如今我要回去了，他们又都去了。"宝玉听这话内有文章，不觉吃一惊，忙丢下栗子，问道："怎么，你如今要回去了？"袭人道："我今儿听见我妈和哥哥商议，叫我再耐烦一年，明年他们上来，就赎我出去的呢。"宝玉听了这话，越发怔了，因问："为什么要赎你？"袭人道："这话奇了！我又比不得是你这里的家生子儿，一家子都在别处，独我一个人在这里，怎么是个了局？"宝玉道："我不叫你去也难。"袭人道："从来没这道理。便是朝廷官里，也有个定例，或几年一选，几年一入，也没有个长远留下人的理，别说你了！"

之后百折千回地找了一堆理由，告诉宝玉自己"去定了"的决心，弄得宝玉灰心、

丧气、难过之后,觉得时机已到,于是又换过一副面孔,笑道:

> "这有什么伤心的,你果然留我,我自然不出去了。"宝玉见这话有文章,便说道:"你倒说说,我还要怎么留你,我自己也难说了。"袭人笑道:"咱们素日好处,再不用说。但今日你安心留我,不在这上头。我另说出两三件事来,你果然依了我,就是你真心留我了,刀搁在脖子上,我也是不出去的了。"

原来,袭人这一番铺排委曲,是因为平日劝宝玉,宝玉不听,"今日可巧有赎身之论,故先用骗词,以探其情,以压其气,然后好下箴规"。

袭人说自己不会骂人,故而在婆子来怡红院闹的时候,推出麝月。但从袭人与王夫人应答的心机与口才来看,袭人并非不会骂人,只不过为了博得"贤名儿",韬光养晦罢了。

四、"黠"

第六回有这样一段文字:

> 袭人伸手与他系裤带时,不觉伸手至大腿处,只觉冰凉一片粘湿,唬的忙退出手来,问是怎么了。宝玉红涨了脸,把他的手一捻。袭人本是个聪明女子,年纪本又比宝玉大两岁,近来也渐通人事,今见宝玉如此光景,心中便觉察一半了,不觉也羞的红胀了脸面,不敢再问。仍旧理好衣裳,遂至贾母处来,胡乱吃毕了晚饭,过这边来。
>
> 袭人忙趁众奶娘丫鬟不在旁时,另取出一件中衣来与宝玉换上。宝玉含羞央告道:"好姐姐,千万别告诉人。"袭人亦含羞笑问道:"你梦见什么故事了? 是那里流出来的那些脏东西?"宝玉道:"一言难尽。"说着便把梦中之事细说与袭人听了。说至警幻所授云雨之情,羞的袭人掩面伏身而笑。宝玉亦素喜袭人柔媚娇俏,遂强袭人同领警幻所训云雨之事。袭人素知贾

母已将自己与了宝玉的,今便如此,亦不为越礼,遂和宝玉偷试一番,幸得无人撞见。自此宝玉视袭人更比别个不同,袭人待宝玉更为尽心。

系裤带本是简单之事,袭人却要"不觉伸手至大腿处",这分明已是起意勾引。宝玉此时已经"红涨了脸",是不想此事再被提的表现,而且这都是发生在宁国府的事情。后来宝玉又去"贾母处来,胡乱吃毕了晚饭",任何事情都可以翻篇儿,告一段落了。袭人明知这是"不才之事",也早已"觉察一半了",此时却又开始揣着明白装糊涂,故意问宝玉"梦见什么",这才引发宝玉讲起梦中见闻。此处脂评也暗示:"是必当问者。若不问则下文涉于唐突。"可见,如果没有袭人刻意发问,宝玉是不会与之"初试云雨情"的。正经女孩子听到此话,必然是打断走开,而袭人却"羞的……掩面伏身而笑",这个时候的宝玉才有了发起行动之心。换了晴雯等丫鬟,必会为了自己的清白而拒绝,袭人却"遂和宝玉偷试一番"。这一连串的行为,实在是欲盖弥彰。

贾母果然已将袭人"与了宝玉"么?贾母不过是把袭人放在宝玉身边做丫鬟而已,并非姨娘。第七十八回说得明白,贾母看好的唯有晴雯,认为"将来只他还可以给宝玉使唤得"——而且是"将来",不是在开篇第六回的时间。贾母认为袭人是个"没嘴的葫芦",这与"木木"的王夫人倒是很像,因而在贾母面前不讨好。贾母也根本不知道宝玉已解"男女的事",哪里谈得上"素知贾母已将自己与了宝玉的"?

袭人向王夫人进谗言,打的名号也是防宝玉做下"不才之事"。王夫人时常担心的就是晴雯、金钏儿、芳官等风流灵巧的丫鬟"勾引"宝玉,却恰恰想不到,她认为最"沉重知大礼""从未逢迎着宝玉淘气"的袭人,却早早就勾引宝玉领略了成人世界。

但当袭人后来因告发宝玉和黛玉的爱情关系有功,王夫人承认她为实际上的"屋里人"之后,袭人却又"因王夫人看重了他,越发要自己尊重,凡背人之处,或夜晚之间,总不与宝玉狎昵","反倒疏远"了宝玉。可见,献上肉体是袭人向上爬的手段,征服了宝玉之后,再从王夫人那里赚取美名,袭人之狡黠,令人叹为观止。

五、"狠"

（一）对宝、黛之"狠"

袭人对宝玉无微不至的照料和呵护,在另外一个层面,也是对宝玉的一种监视和控制。宝玉曾向柳湘莲诉苦说:"我只恨我天天圈在家里,一点儿做不得主。行动就有人知道,不是这个拦就是那个劝的,能说不能行……"宝玉常常需要防备着袭人,连送块旧手帕给黛玉,都得先把袭人支出去。袭人虽然没有害宝玉之心,但是却剥夺了宝玉最珍重的自由和内心的幸福。对此,王昆仑先生说:"取了这样一个名字,也许是作者有意暗示出这位'温柔和顺''似桂如兰'的姑娘具有攻人的战略和包围宝玉的特质吧?"①

如前所述,袭人早以通房丫头的身份自居,因而对"宝二奶奶"的人选万分关注。第二十八回中,元春赐下端午节礼物,宝钗与宝玉一样丰厚,黛玉却只与众姐妹相同,这件事,袭人当然知道意味着什么。在第三十二回,因宝玉将袭人误认为是黛玉,于是说了一番肺腑之言:"好妹妹,我的这心事,从来也不敢说,今儿我大胆说出来,死也甘心!我为你也弄了一身的病在这里,又不敢告诉人,只好掩着。只等你的病好了,只怕我的病才得好呢。睡里梦里也忘不了你!"袭人听了这话,居然"吓得魄消魂散",叫道"神天菩萨,坑死我了"!继而袭人"自思",想这话"一定是因黛玉而起,如此看来,将来难免不才之事,令人可惊可畏。想到此间,也不觉怔怔的滴下泪来,心下暗度如何处治方免此丑祸"。——恕笔者学识浅陋,不明白袭人担心的到底是什么"不才之事"。即便不了解黛玉,袭人总该了解宝玉。宝玉岂是会强迫别人做那警幻所训之事?何况宝玉对黛玉如此珍重,怎会唐突黛玉?

所以,袭人所谓对"不才之事"的担心,不过是托词。她从自己的立场出发,

---

① 王昆仑:《红楼梦人物论》,第4页。

认定"宝二奶奶"由黛玉来做的话，不如宝钗来做对自己有利。因此，在宝玉挨打之后向王夫人告密时，她借机进一步捧钗踩黛，也算实现了她"心下暗度如何处治方免此丑祸"的初衷。

以袭人对宝玉的了解，她如何不知道宝黛不能成婚的话，宝玉和黛玉都将大受打击，宝黛可能都会命不久矣？但是为了实现自己素日那"争荣夸耀"之心，为了能够爬上枝头，这一切，对袭人都不重要。

（二）对晴雯、芳官等之"狠"

袭人对晴雯之"狠"，已在上一章论述过。这里补写袭人如何对待芳官。第六十三回写"袭人见芳官醉的很"，"就将芳官扶在宝玉之侧，由他睡了，自己却在对面榻上倒下"。然后第二天天明时分，袭人醒来便向对面床上瞧了一瞧，只见芳官头"枕着炕沿上，睡犹未醒"，于是便叫醒芳官，说："不害羞，你吃醉了，怎么也不拣地方儿乱挺下了。"而芳官到底心无芥蒂，"瞧了一瞧，方知道和宝玉同榻，忙笑的下地来"，然后说道："我怎么吃的不知道了。"——前一夜，明明是袭人"就将芳官扶在宝玉之侧"，此时却又这样一番说辞，袭人居心之暗朗朗可见。而其后，芳官被撵时，王夫人的说辞是"唱戏的女孩子，自然是狐狸精了"，"不安分守己"，"你就成精鼓捣起来，调唆着宝玉无所不为"。王夫人这样的结论如何做出呢？很难说在其中袭人能逃得了干系。所以最后芳官无奈跟了水月庵的智通，出家去了，下场的凄凉可以想见。

可见，袭人为维护自己作为宝玉侍妾的地位，不但对宝玉正妻的人选进行干预，而且对其他有可能成为宝玉妾的丫鬟，也是大力打压。芳官和晴雯一样，由于自身的出色和锋芒毕露的性格，成为她打击的对象。但是排除了晴雯、芳官这样的异己，也并不意味着袭人能得到她梦寐以求的幸福。最终，袭人也不过是悲悲切切地嫁给了在当时社会地位非常低微的优伶蒋玉菡，虽然生活尚算富足，却也脱不开"逆子贰臣""苟延残喘"的评价，其心里的悲苦、不甘和无奈只有自己最清楚。袭人虽与晴雯、芳官等两样心肠，却是一样命运，合了《红楼梦》"千红一哭""万艳同悲"的大悲剧走向。

六、"空"

袭人的一生,都在为了做宝玉侍妾而苦苦谋划,但不想最后却"堪羡优伶有福,谁知公子无缘"。蒋玉菡虽人品风流、举止不俗,也可做得一个好丈夫,但他毕竟也只是戏子之身,在阶级地位上,与宝玉无法比肩。若袭人当初被母亲赎回,嫁入蒋玉菡之类的小康人家其实也非难事。袭人"意悬悬半世心",但最后其在钟鸣鼎食之家做"半个主子"的梦,终是破碎了。

第二节　麝月、秋纹:"公然又是一个袭人"

一、麝月:"玉为肌骨铁为肠"①

(一)麝月之温厚

麝月是宝玉身边的一等丫鬟,在怡红院中,她的重要性在袭人、晴雯之后,秋纹之前。总体而言,作者评价她为"公然又是一个袭人"。脂砚斋也说:"全是袭人口气。"在王夫人的眼中,她有着类似袭人的特质,"只有袭人、麝月这两个笨笨的倒好"。但麝月虽由袭人一手调教出来,做事情比较识大体,但实际上却是性格温厚、诚挚良善之人。所以,麝月只是外表看起来"公然又是一个袭人"。

麝月很有责任感。袭人不在时,常常留着麝月照顾怡红院。第二十四回写元宵节晚上,袭人病了,其他人也都四散玩耍,只有麝月看家。宝玉叫她去玩,麝月道:"你既在这里,越发不用去了,咱们两个说话玩笑岂不好?"可见麝月以职责为重,也颇能体贴照顾众老妈子和其他丫鬟,让她们趁机歇歇。怡红院开夜宴时,晴雯抱怨林之孝家的唠叨,麝月也能从他人角度去想问题:"他也不是好意的,少不得也要常提着些儿。也堤防着怕走了大褶儿的意思。"

晴雯生病时,麝月为了照顾晴雯连饭也不去吃,平儿有事找她时,她才离开

---

① "玉为肌骨铁为肠"出自《红楼梦》第七十八回中贾兰所写的"姽婳将军林四娘,玉为肌骨铁为肠。捐躯自报恒王后,此日青州土亦香"一诗。

一会儿。晴雯吃了药，一时不见病退，急得乱骂大夫，麝月安慰晴雯："你太性急了，俗语说：'病来如山倒，病去如抽丝。'又不是老君的仙丹，那有这样灵药！你只静养几天，自然好了。你越急越着手。"晴雯因痛恨坠儿偷东西而打坠儿，她连忙拉架，"按晴雯睡下"，说："才出了汗，又作死。等你好了，要打多少打不的？这会子闹什么！"一方面怕晴雯因此病重，一方面却也保护了坠儿不再挨打。麝月确乎是个天性温厚的人。

（二）麝月之直率

麝月不伪善。见晴雯撕扇子取乐，她直截了当地说"少造些孽吧"；晴雯半夜不穿大衣跑去吓她，她也径直骂"你死不拣好日子"，"皮不冻破了你的"；见晴雯打坠儿，她便说"又作死。等你好了，要打多少打不的？这会子闹什么"；对芳官，麝月一方面体谅其被婆子打成"拷打红娘"，另一方面也直接指出其不爱惜东西，弄坏挂钟。可见，麝月是个"我口说我心"的人，而不是袭人那般嘴上一套、心里一套之人。

（三）麝月之才干

1. 麝月很聪慧，是个解决问题的能手

宝玉不小心将火星迸到了贾母给的衣服上，非常担心，麝月安慰他："这不值什么，赶着叫人悄悄的拿出去，叫个能干织补匠人织上就是了。"于是"便用包袱包了"，交与一个妈妈送出去，并嘱咐"赶天亮就有才好。千万别给老太太、太太知道"。及至无人敢揽活的时候，麝月的提议也很合理："这怎么样呢！明儿不穿也罢了。"因宝玉第二日必须要穿这件衣服，麝月又用一句"但这里除了你（晴雯），还有谁会界线"，引出晴雯"病补雀金裘"。这一节，人们往往注意到晴雯的女红和为宝玉不惜赴死的决心，却常常容易忽略麝月的功劳：麝月一直陪着晴雯做些辅助工作，"帮着拈线"等，并且最后给晴雯做了一个定评："这就很好，若不留心，再看不出的。"

2. 麝月口才了得，常能解决他人无法解决之纠纷

具体表现在麝月之"三骂"。

第一次是晴雯因坠儿偷东西而欲撵其出怡红院,坠儿的母亲来和晴雯吵架,责备晴雯背地里叫唤"宝玉"这个名字。晴雯急红了脸,却也不会分辩,只能一副任凭宰杀的架势:"我叫了他的名字了,你在老太太跟前告我去,说我撒野,也撵出我去。"却完全于事无补。此时,麝月出场了:

> "嫂子,你只管带了人出去,有话再说。这个地方岂有你叫喊讲礼的?你见谁和我们讲过礼?别说嫂子你,就是赖奶奶林大娘,也得担待我们三分。便是叫名字,从小儿直到如今,都是老太太吩咐过的,你们也知道的,恐怕难养活,巴巴的写了他的小名儿,各处贴着叫万人叫去,为的是好养活。连挑水、挑粪、花子都叫得,何况我们!连昨儿林大娘叫了一声'爷',老太太还说他呢,此是一件。二则,我们这些人常回老太太的话去,可不叫着名字回话,难道也称'爷'?那一日不把宝玉两个字念二百遍,偏嫂了又来挑这个了!过一口嫂了闲了,在老太太、太太跟前,听听我们当着面儿叫他就知道了。嫂子原也不得在老太太、太太跟前当些体统差事,成年家只在三门外头混,怪不得不知我们里头的规矩。这里不是嫂子久站的,再一会,不用我们说话,就有人来问你了。有什么分证话,且带了他去,你回了林大娘,叫他来找二爷说话。家里上千的人,你也跑来,我也跑来,我们认人问姓,还认不清呢!"说着,便叫小丫头子:"拿了擦地的布来擦地!"

麝月这几句话的功效可谓立竿见影,"那媳妇听了,无言可对,亦不敢久立,赌气带了坠儿就走"。

第二次是芳官的干娘欺负芳官,又闹到了怡红院。暴躁的晴雯说话不在点子上,袭人又想装好人,于是麝月再一次站出来调停:

> "你且别嚷。我且问你,别说我们这一处,你看满园子里,谁在主子屋

里教导过女儿的? 便是你的亲女儿,既分了房,有了主子,自有主子打得骂得,再者大些的姑娘姐姐们打得骂得,谁许老子娘又半中间管闲事了? ……你们放心,因连日这个病那个病,老太太又不得闲心,所以我没回。等两日消闲了,咱们痛快回一回,大家把威风煞一煞儿才好。宝玉才好了些,连我们不敢大声说话,你反打的人狼号鬼叫的。"

一席话,说得那婆子"羞愧难当,一言不发",很是打击了那群婆子,替芳官出了气。

第三次发生在第五十九回。春燕的妈妈在怡红院打春燕,这分明是眼里没有主子的犯上行为。袭人阻拦无效,反倒被春燕妈妈抢白:"都是你们纵的,这会子还管什么?"说着,"便又赶着打"。这时,麝月使眼色与春燕:

> 春燕会意,便直奔了宝玉去……麝月向婆子道:"你再略煞一煞气儿,难道这些人的脸面,和你讨一个情还讨不下来不成?"……麝月又向婆子及众人道:"怨不得这嫂子说我们管不着他们的事,我们虽无知错管了,如今请出一个管得着的人来管一管,嫂子就心服口服,也知道规矩了。"便回头叫小丫头子:"去把平儿给我们叫来! 平儿不得闲就把林大娘叫了来。"那小丫头子应了就走……那婆子说道:"凭你那个平姑娘来也凭个理,没有娘管女儿大家管着娘的。"众人笑道:"你当是那个平姑娘? 是二奶奶屋里的平姑娘。他有情呢,说你两句;他一翻脸,嫂子你吃不了兜着走!"

这时候,这婆子才"便又泪流满面,央告"起来,可见麝月之口角伶俐。

(四)麝月之结局

脂砚斋不止一次指出麝月的结局,如"后来代任(袭人)",以及"却写麝月一人,袭人出嫁之后,宝玉、宝钗身边还有一人,虽不及袭人周到,亦可免微小敝等患,方不负宝钗之为人也。故袭人出嫁后云'好歹留着麝月'一语,宝玉便依从此话"。

第六十三回也透露了麝月后来的走向。怡红院夜宴之时,众人掣花名签。主子们掣签之后,作者竟然把一次重要的机会给了麝月。这里,有一段颇可玩味的文字:

> 麝月便掣了一根出来。大家看时,这面上一枝荼蘼花,题着"韶华胜极"四字,那边写着一句旧诗,道是:"开到荼蘼花事了。"注云:"在席各饮三杯送春。"麝月问怎么讲,宝玉愁眉,忙将签藏了,说:"咱们且喝酒。"说着大家吃了三口,以充三杯之数。

荼蘼花是一种落叶或半常绿蔓生灌木,又名悬钩子蔷薇,是春季最晚开放的花。苏轼曾有诗云:"荼蘼不争春,寂寞开最晚。"曹雪芹以花喻女儿,此处的荼蘼花则表明"诸芳尽",正好印证了脂评所说"袭人出嫁之后,宝玉、宝钗身边还有一人"。

此处,麝月因不识字,便问"怎么讲",宝玉此时已预感到一种悲凉,因而"愁眉,忙将签藏了",只让大家喝酒。麝月最终也不知道此签究竟何解,但她在行动上却践行了"寂寞开最晚"。她不但能与宝玉同富贵,更能与宝玉共患难,不在早春与万花争艳,而是静静地盛放在晚春,在众芳已经迸发过明媚,或凋零或离开后,守候在宝玉身旁,在宝玉经历了大患难之后,仍不离不弃。她堪称忠义。在某种意义上,麝月有些类似宝玉所写《姽婳词》中的林四娘:"玉为肌骨铁为肠。"

二、秋纹:显露的"劣"之袭人

身为下人,有奴性很正常,但是秋纹身上的奴性却较为强烈。宝玉对袭人说过:"你是头一个出了名的至善至贤之人,他两个(麝月、秋纹)又是你陶冶教育的,焉得还有孟浪该罚之处!"——虽然同是袭人旗下培训出来的,麝月更多地展露了袭人表现出来的好的一面,秋纹却显然是一个"劣"的袭人。她奴性十足,在下人面前像个主子,在主子面前却表现得比谁都更奴才。

（一）媚上

秋纹曾自述一次经历：

　　"我们宝二爷说声孝心一动，也孝敬到二十分。因那日见园里桂花，折了两枝，原是自己要插瓶的，忽然想起来说，这是自己园里的才开的新鲜花，不敢自己先顽，巴巴的把那一对瓶拿下来，亲自灌水插好了，叫个人拿着，亲自送一瓶进老太太，又进一瓶与太太。谁知他孝心一动，连跟的人都得了福了。可巧那日是我拿去的。老太太见了这样，喜的无可无不可，见人就说：'到底是宝玉孝顺我，连一枝花儿也想的到。别人还只抱怨我疼他。'你们知道，老太太素日不大同我说话的，有些不入他老人家的眼的。那日竟叫人拿几百钱给我，说我可怜见的，生的单柔。这可是再想不到的福气。几百钱是小事，难得这个脸面。及至到了太太那里，太太正和二奶奶、赵姨奶奶、周姨奶奶好些人翻箱子，找太太当日年轻的颜色衣裳，不知给那一个。一见了，连衣裳也不找了，且看花儿。又有二奶奶在旁边凑趣儿，夸宝玉又是怎么孝敬，又是怎样知好歹，有的没的说了两车话。当着众人，太太自为又增了光，堵了众人的嘴。太太越发喜欢了，现成的衣裳就赏了我两件。衣裳也是小事，年年横竖也得，却不像这个彩头。"晴雯笑道："呸！没见世面的小蹄子！那是把好的给了人，挑剩下的才给你，你还充有脸呢。"秋纹道："凭他给谁剩的，到底是太太的恩典。"晴雯道："要是我，我就不要。若是给别人剩下的给我，也罢了。一样这屋里的人，难道谁又比谁高贵些？把好的给他，剩下的才给我，我宁可不要，冲撞了太太，我也不受这口软气。"秋纹忙问："给这屋里谁的？我因为前儿病了几天，家去了，不知是给谁的。好姐姐，你告诉我知道知道。"晴雯道："我告诉了你，难道你这会退还太太去不成？"秋纹笑道："胡说，我白听了喜欢喜欢。那怕给这屋里的狗剩下的，我只领太太的恩典，也不犯管别的事。"众人听了都笑道："骂的巧，可不是给了那西洋花点子哈巴儿了。"袭人笑道："你们这起烂了嘴的！得了空就拿我取笑打牙儿。一个个不知怎么死呢。"秋纹笑道："原来姐姐得了，我实在不知道。我陪个不是罢。"

此处，秋纹洋洋得意地夸耀"太太的恩典"，及至她知道众人在讽刺袭人后，又主动去跟袭人道歉——因为在怡红院中，袭人是她的顶头上司。即便晴雯已经说了自己也要去弄个"巧宗儿"，她依旧坚持自己去王夫人那里，"还是我取去罢，你取你的碟子去"。——众人嘲笑的"西洋花点子哈巴儿"其实也有她的一份。

（二）欺下

在主子面前满是谄媚，在比自己等级低的丫鬟、婆子面前，她却是另外一副嘴脸。

第二十四回中，因众人不在，丫鬟小红给宝玉倒了一杯水，这时：

> 只见秋纹、碧痕嘻嘻哈哈的说笑着进来……将水放下，忙进房来东瞧西望，并没个别人，只有宝玉，便心中大不自在……（秋纹）兜脸啐了一口，骂道："没脸的下流东西！正经叫你催水去，你说有事，倒叫我们去，你可等着做这个巧宗儿。一里一里的，这不上来了。难道我们倒跟不上你了？你也拿镜子照照，配递茶递水不配！"碧痕道："明儿我说给他们，凡要茶要水送东送西的事，咱们都别动，只叫他去便是了。"秋纹道："这么说，不如我们散了，单让他在这屋里呢。"

第五十四回，宝玉在大观园中小解。小丫头为宝玉预备的洗手水冷了：

> 秋纹先忙伸手向盆内试了一试，说道："你越大越粗心了，那里弄的这冷水。"小丫头笑道："姑娘瞧瞧这个天，我怕水冷，巴巴的倒的是滚水，这还冷了。"正说着，可巧见一个老婆子提着一壶滚水走来。小丫头便说："好奶奶，过来给我倒上些。"那婆子道："哥哥儿，这是老太太泡茶的，劝你走了舀

去罢，那里就走大了脚。"秋纹道："凭你是谁的，你不给？我管把老太太茶吊子倒了洗手。"那婆子回头见是秋纹，忙提起壶来就倒。秋纹道："够了，你这么大年纪也没个见识，谁不知是老太太的水！要不着的人就敢要了。"

此处，作者将秋纹媚上欺下、狗仗人势的嘴脸，刻画得入木三分，不由得不令人分外讨厌她。但是在贾府上上下下人等"恨不能你吃了我，我吃了你"的环境中，秋纹的表现在一定程度上，也是无奈之举。

第七章
经纬之才

第一节　平儿:美、才、威、善、痴

平儿是凤姐的心腹,也是贾琏的侍妾。第六十五回中兴儿说:"这平儿是他自幼的丫头。陪了过来一共四个,嫁人的嫁人,死的死了,只剩了这个心腹。他原为收了屋里,一则显他贤良名儿,二则又拴爷的心,好不外头走邪的。"由于凤姐在荣国府的位高权重,平儿在众丫鬟中也有着与众不同的位置:既是有体面的奴才,更是手握重权的主子。在大观园中,平儿也是一位响当当的脂粉英雄。

一、平儿之美

平儿无疑也是美人。第六回刘姥姥一进荣国府时,看到平儿"遍身绫罗,插金带银,花容玉貌的",竟误认平儿为凤姐。第四十四回贾母训斥偷情的贾琏:"那凤丫头和平儿还不是美人胎子,你还不足。"同一回中,宝玉也评价"平儿又是个极聪明极清俊的上等女孩儿,比不得那起俗蠢拙物"。连尤二姐这种有"尤物"之美的人,初见时也惊叹平儿"打扮不凡,举止品貌不俗"。李纨曾情真意切地赞美平儿"这么个好体面模样"。

二、平儿的才具

平儿的才具,如同她的美貌一样,获得了大观园中众人一致的高度评价。在探春、宝钗、李纨共同管理荣国府时,宝钗曾对平儿说:"你张开嘴,我瞧瞧你的牙齿舌头是什么作的。从早起来到这会子,你说了这些话,一套一个样子,也不奉承三姑娘,也没见你说奶奶才短想不到,也并没有三姑娘说一句,你就说一句是;横竖三姑娘一套话出来,你就有一套话进去;总是三姑娘想的到的,你奶

奶也想到了，只是必有个不可办的原故。这会子又是因姑娘住的园子，不好因省钱令人去监管。你们想想这话，若果真交与人弄钱去的，那人自然是一枝花也不许掐，一个果子也不许动了，姑娘们分中自然不敢，天天与小姑娘们就吵不清。他这远愁近虑，不亢不卑。他奶奶便不是和咱们好，听他这一番话，也必要自愧的变好了，不和也变和了。"李纨也夸平儿："……有个唐僧取经，就有个白马来驮他；有个刘智远打天下，就有个瓜精来送盔甲；有个凤丫头，就有个你。你就是你奶奶的一把总钥匙。""凤丫头就是楚霸王，也得这两只膀子好举千斤鼎。他不是这丫头，就得这么周到了！""凤丫头也是有造化的。"

（一）全方位的管理才能

平儿行事得体，在礼数上面面俱到，因而受到贾母等人的高度评价。凤姐过生日，大家凑份子，平儿自己也随上一份，因为"这是公中的"，同时"私自另外也有了"，喜得贾母连称她"好孩子"。第七回中凤姐初见秦钟，并未提前备得表礼，平儿得知后，考虑到凤姐与秦氏厚密，故"虽是小后生家，亦不可太俭"，遂自做主意，准备了一份大大的厚礼——一匹尺头、两个"状元及第"的小金锞子，很是为凤姐赢得了面子。

处理纠纷的时候，平儿既行所当行，又止所当止，"大事化为小事，小事化为没事"，"得饶人处且饶人"。在"俏平儿情掩虾须镯"一回，宋妈发现小丫头子坠儿偷了镯子，平儿先是叮嘱宋妈"千万别告诉宝玉，只当没有这事，别和一个人说"，然后悄悄告诉麝月"以后防着"坠儿，"别使唤他到别处去"，慢慢找机会"变个法子打发出去就完了"。平儿如此做有多重考虑：第一，怕宝玉丢面子；第二，防老太太、太太听见生气；第三，凤姐若知道，平儿则未必能掌控局面；第四，如此也可以避免袭人等怡红院的大丫鬟有失管教之责的罪名；第五，晴雯"是块爆炭"，此时又生病，得知实情之后难免不再生气添病，而且以晴雯的暴烈，恐其对坠儿的处理会太过严苛。为此，平儿编了一个非常合理的理由："谁知镯子褪了口，丢在草根底下，雪深了没看见。今儿雪化尽了，黄澄澄的映着日头，还在那里呢，我就拣了起来。"——可见平儿办事何其妥帖！

第六十一回"投鼠忌器宝玉瞒赃,判冤决狱平儿行权",平儿知道柳五儿含冤,也知道是彩云偷的东西,宝玉要自己全部应承下来,袭人认为如此做有利有弊:"也倒是件阴骘事,保全人的贼名儿。只是太太听见又说你小孩子气,不知好歹了。"但是平儿顾虑更多,她说:

> "这也倒是小事。如今便从赵姨娘屋里起了赃来也容易,我只怕又伤着一个好人的体面。别人都别管,这一个人岂不又生气。我可怜的是他,不肯为打老鼠伤了玉瓶。"说着,把三个指头一伸。袭人等听说,便知他说的是探春。大家都忙说:"可是这话。竟是我们这里应了起来的为是。"
>
> 平儿又笑道:"也须得把彩云和玉钏儿两个业障叫了来,问准了他方好。不然他们得了益,不说为这个,倒像我没了本事问不出来,烦出这里来完事,他们以后越发偷的偷,不管的不管了。"袭人等笑道:"正是,也要你留个地步。"
>
> 平儿便命人叫了他两个来,说道:"不用慌,贼已有了……现在二奶奶屋里,你问他什么应什么。我心里明知不是他偷的,可怜他害怕都承认。这里宝二爷不过意,要替他认一半。我待要说出来,但只是这做贼的素日又是和我好的一个姊妹,窝主却是平常,里面又伤着一个好人的体面,因此为难,少不得央求宝二爷应了,大家无事。如今反要问你们两个,还是怎样?若从此以后大家小心存体面,这便求宝二爷应了,若不然,我就回了二奶奶,别冤屈了好人。"

这话让彩云不觉红了脸,一时羞恶之心感发,便承认是赵姨娘指使,自己所偷。在这个基础上,平儿训诫了彩云:"……只以后千万大家小心些就是了。要拿什么,好歹耐到太太到家,那怕连这房子给了人,我们就没干系了。"处理的结果是柳家的仍司旧职,冤案被昭雪,同时也避免了此类事情再发生的可能。

平儿在日常管理中应答之巧妙,令人忍不住叫好。第三十九回中,有小厮向平儿告假：

> 二门口该班的小厮们见了平儿出来，都站起来了，又有两个跑上来，赶着平儿叫"姑娘"。平儿问："又说什么？"那小厮笑道："这会子也好早晚了，我妈病了，等着我去请大夫。好姑娘，我讨半日假可使的？"平儿道："你们倒好，都商议定了，一天一个告假，又不回奶奶，只和我胡缠。前儿住儿去了，二爷偏生叫他，叫不着，我应起来了，还说我作了情。你今儿又来了。"周瑞家的道："当真的他妈病了，姑娘也替他应着，放了他罢。"平儿道："明儿一早来。听着，我还要使你呢，再睡的日头晒着屁股再来！你这一去，带个信儿给旺儿，就说奶奶的话，问着他那剩的利钱。明儿若不交了来，奶奶也不要了，就越性送他使罢。"那小厮欢天喜地答应去了。

平儿可谓深得管理艺术之精妙，即恩威并施。

（二）平儿才能的集中展现

平儿的才能，在第五十五回中有高度集中的展现。虽说此回探春与宝钗大放异彩，但是作者也暗写了平儿的才具。探春锐意于改革，却又发生了刁奴蓄意欺骗以及赵姨娘不给长脸等事，探春心内越发有气，这时候平儿赔笑向探春道：

> "姑娘知道二奶奶本来事多，那里照看的这些，保不住不忽略。俗语说'旁观者清'，这几年姑娘冷眼看着，或有该添该减的去处二奶奶没行到，姑娘竟一添减，头一件于太太的事有益，第二件也不枉姑娘待我们奶奶的情义了。"话未说完，宝钗李纨皆笑道："好丫头，真怨不得凤丫头偏疼他！本来无可添减的事，如今听你一说，倒要找出两件来斟酌斟酌，不辜负你这话。"探春笑道："我一肚子气，没人煞性子，正要拿他奶奶出气去，偏他碰了来，说了这些话，叫我也没了主意了。"……探春道："……从今儿起，把这一

项蠲了。平儿，回去告诉你奶奶，说我的话，把这一条务必免了。"平儿笑道："早就该免。旧年奶奶原说要免的，因年下忙，就忘了。"……

　　待书素云早已抬过一张小饭桌来，平儿也忙着上菜。探春笑道："你说完了话干你的去罢，在这里忙什么。"平儿笑道："我原没事的。二奶奶打发了我来，一则说话，二则恐这里人不方便，原是叫我帮着妹妹们服侍奶奶姑娘的。"……探春气方渐平，因向平儿道："我有一件大事，早要和你奶奶商议，如今可巧想起来。你吃了饭快来。宝姑娘也在这里，咱们四个人商议了，再细细问你奶奶可行可止。"平儿答应回去。

　　凤姐因问为何去这一日，平儿便笑着将方才的原故细细说与他听。凤姐儿笑道："……你知道，我这几年生了多少省俭的法子，一家子大约也没个不背地里恨我的……还有一件，我虽知你极明白，恐怕你心里挽不过来，如今嘱咐你：他虽是姑娘家，心里却事事明白，不过是言语谨慎；他又比我知书识字，更利害一层了。如今俗语'擒贼必先擒王'，他如今要作法开端，一定是先拿我开端。倘或他要驳我的事，你可别分辩，你只越恭敬，越说驳的是才好。千万别想着怕我没脸，和他一罩，就不好了。"平儿不等说完，便笑道："你太把人看糊涂了。我才已经行在先，这会子又反嘱咐我。"凤姐笑道："我是恐怕你心里眼里只有了我，一概没有别人之故，不得不嘱咐。既已行在先，更比我明白了……"

　　及至回去后，探春问："……头油脂粉……同才刚学里的八两一样，重重叠叠，事虽小，钱有限，看起来也不妥当。你奶奶怎么就没想到这个？"平儿笑道："这有个原故：姑娘们所用的这些东西，自然是该有分例。每月买办买了，令女人们各房交与我们收管，不过预备姑娘们使用就罢了，没有一个我们天天各人拿钱找人买头油又是脂粉去的理。所以外头买办总领了去，按月使女人按房交与我们的。姑娘们的每月这二两，原不是为买这些的，原为的是一时当家的奶奶太太或不在，或不得闲，姑娘们偶然一时可巧要几个钱使，省得找人去。这原是恐怕姑娘们受委屈，可知这个钱并不是买这个才有的。如今我冷眼看着，各房里的我们的姊妹都是现拿钱买这些东西的，竟有一半。我就疑惑，不是买办脱了空，迟些日子，就是买的不是正经货，弄些使不得的东西来搪塞。"……

对于探春的改革措施，平儿道："这件事须得姑娘说出来。我们奶奶虽有此心，也未必好出口。此刻姑娘们在园里住着，不能多弄些玩意儿去陪衬，反叫人去监管修理，图省钱，这话断不好出口。"宝钗忙走过来，摸着他的脸笑道："……他这远愁近虑，不亢不卑……"探春笑道："我早起一肚子气……谁知他来了，避猫鼠儿似的站了半日，怪可怜的。接着又说了那么些话，不说他主子待我好，倒说'不枉姑娘待我们奶奶素日的情意了'。这一句，不但没了气，我倒愧了，又伤起心来……"平儿忙道："我已明白了。姑娘竟说谁好，竟一派人就完了。"探春道："虽如此说，也须得回你奶奶一声……"平儿笑道："既这样，我去告诉一声。"说着去了，半日方回来，笑说："我说是白走一趟，这样好事，奶奶岂有不依的。"

此处，平儿极其老到地解决了本来可能发生的矛盾：探春改革，是针对凤姐平日管理中存在的弊端而行。但是平儿却不卑不亢，"也不奉承三姑娘"，同时也不说凤姐"才短"，"总是三姑娘想的到的，你奶奶也想到了，只是必有个不可办的原故"。又怕探春顾虑凤姐的面子而不敢施展，因而告诉探春放手去做，"或有该添该减的去处二奶奶没行到，姑娘竟一添减"，这样做，不但不会令凤姐为难，反倒是"不枉姑娘待我们奶奶的情义"。这番话，竟让宝钗这"事不关己不开口"的人，忍不住"忙走过来，摸着他的脸笑"，并给予平儿高度评价——"远愁近虑，不亢不卑"。本来"一肚子气"的探春"不但没了气……倒愧了"。及至按照探春的要求向凤姐汇报了改革措施后，也识时务地进一步表明凤姐对探春的支持——"奶奶岂有不依的"。

三、平儿的品行

平儿之性情亦如其名，她平和温婉、善恶分明，极富正义感。王昆仑先生说："艰难的处境和善良的性格往往是矛盾的，但这种矛盾把平儿锻炼成一个头脑清楚手腕灵活的好姑娘。"①她说贾瑞觊觎凤姐的行为是："癞蛤蟆想天鹅肉吃，没人伦的混帐东西，起这个念头，叫他不得好死！"她斥残害尤二姐的秋桐为"畜生"。众人对赵姨娘墙倒众人推，但平儿也看到了她们的险恶用心，于是公允地说："那赵姨奶奶原有些倒三不着两，有了事就都赖他。"贾赦逼鸳鸯为妾，她直接发言斥责："这个大老爷也太好色了，略平头正脸的，他就不放手了。"凤姐与贾琏发生矛盾，都拿平儿出气，过后平儿也勇敢地向凤姐表达不满："偏说'你'！你不依，这不是嘴巴子，再打一顿，难道这嘴上还没尝过的不成！"

平儿素来怜老悯贫，关心弱者。第五十一回袭人因母亲病重回家，凤姐送袭人衣服，命平儿把一个"玉色绸里的哆罗呢的包袱拿出来，又命包上一件雪褂子"，平儿却拿了两件，一件是半旧大红猩猩毡的，一件是大红羽纱。袭人道："一件就当不起了。"平儿笑道："你拿这猩猩毡的。把这件顺手拿将出来，叫人给邢大姑娘送去。昨儿那么大雪，人人都是有的，不是猩猩毡，就是羽缎羽纱的，十来件大红衣裳映着大雪，好不齐整。就只他穿着那件旧毡斗篷，越发显的拱肩缩背，好不可怜见的。如今把这件给他罢。"——可见平儿对岫烟的同情和疼惜。

对于"打秋风"的刘姥姥，平儿也绝不轻视之，而是平等对待刘姥姥，尽心尽力为她筹备拿回家的东西：

> 刘姥姥忙跟了平儿到那边屋里，只见堆着半炕东西。平儿一一的拿与他瞧着，说道："这是昨日你要的青纱一匹，奶奶另外送你一个实地子月白纱作里子。这是两个茧绸，作袄儿裙子都好。这包袱里是两匹绸子，年下做件衣裳穿。这是一盒子各样内造点心，也有你吃过的，也有你没吃过的，拿去摆碟子请客，比你们买的强些。这两条口袋是你昨日装瓜果子来的，如今这一个里头装了两斗御田粳米，熬粥是难得的；这一条里头是园子里

---

①　王昆仑：《红楼梦人物论》，第 65 页。

果子和各样干果子。这一包是八两银子。这都是我们奶奶的。这两包每包里头五十两,共是一百两,是太太给的,叫你拿去或者作个小本买卖,或者置几亩地,以后再别求亲靠友的。"

非但如此,平儿还将自己的东西送给刘姥姥:"这两件袄儿和两条裙子,还有四块包头,一包绒线,可是我送姥姥的。衣裳虽是旧的,我也没大狠穿,你要弃嫌我就不敢说了。"又怕刘姥姥觉得拿人手短,体贴地帮助刘姥姥减轻心理负担:"咱们都是自己,我才这样。你放心收了罢,我还和你要东西呢,到年下,你只把你们晒的那个灰条菜干子和豇豆、扁豆、茄子、葫芦条儿各样干菜带些来,我们这里上上下下都爱吃。这个就算了,别的一概不要,别罔费了心。"又细心安排刘姥姥回程之路:"你只管睡你的去。我替你收拾妥当了就放在这里,明儿一早打发小厮们雇辆车装上,不用你费一点心的。"

在尤二姐一事上,平儿也没有迫于凤姐的淫威而任尤二姐被众人荼毒。在凤姐的煽动下,尤二姐的处境堪忧,但唯有平儿尽力帮助尤二姐,"除了平儿,众丫头媳妇无不言三语四,指桑说槐,暗相讥刺"。贾母听了秋桐的坏话以后,渐次便不大喜欢尤二姐,"众人见贾母不喜,不免又往下踏践起来,弄得这尤二姐要死不能,要生不得。还是亏了平儿,时常背着凤姐,看他这般,与他排解排解"。平儿时常"自拿了钱出来弄菜与他吃,或是有时只说和他园中去顽,在园中厨内另做了汤水与他吃",因此甚至被凤姐骂"人家养猫拿耗子,我的猫只倒咬鸡"。但即使这样,平儿也照旧"过尤二姐那边来劝慰了一番"。在尤二姐临终之前,平儿又去看视她,悄悄劝慰尤二姐"好生养病,不要理那畜生",陪着二姐"哭了一回",让尤二姐感受到人间最后的温暖。尤二姐"觉大限吞金自逝"后,平儿也"不禁大哭",并冒着危险偷出凤姐的二百两银子给贾琏为尤二姐治丧,并帮助贾琏收藏起尤二姐家常穿的裙子,以留纪念。对尤二姐无私的帮助,表现了平儿发自天性的善良、温厚、豁达。

平儿从底层出身,深知下人之苦,所以在力所能及的范围内,常宽以待人,并不作威作福。在荣国府中,她辅佐凤姐管理日常事务,也在凤姐过于严苛的时候,悄悄以自己的人性化帮助着下人。

兴儿曾说:"平姑娘为人很好,虽然和奶奶一气,他倒背着奶奶常作些好事。小的们凡有了不是,奶奶是容不过的,只求他去就完了。"前文所述第三十九回一小厮向平儿告假,平儿准其回家侍奉母亲就是佐证。迎春奶妈偷当了迎春的首饰,事发后,探春令人找平儿来处理,平儿也未再向上报告,而是叫迎春乳母的儿媳妇尽快赎回,自己就"一字不提"。虽说迎春乳母的行为可恶,但一旦被凤姐知道其行径,多半会体罚一顿之后撵出贾府,平儿显然是不忍心这样做的。

四、平儿的感情世界

平儿以一己之身侍奉二主,贾琏是好色之徒,凤姐是出了名的醋罐子,虽然不易,也时遭荼毒,但总体来说,平儿仍算周旋得游刃有余。之所以如此,首先是因为"那平姑娘是个正经人,从不把这一件事(贾琏的妾)放在心上,也不会挑妻窝夫的",这就使得她在凤姐面前,立身持正。其次,平儿以自己的才智和为人处世方式,小心翼翼地处理着贾琏与凤姐的矛盾,"大事化为小事,小事化为没事",既把凤姐放高利贷等事情向贾琏保密,又为贾琏一些出轨之事向凤姐保密。最后,她对贾琏、凤姐都既有真情,又有自己不可侵犯的原则。因此,贾琏夫妻二人才对平儿都信服有加。

(一)对凤姐

以凤姐的识人眼光和对平儿的了解,她深知平儿善良而且忠诚——这是凤姐和平儿关系的基础。平儿作为凤姐的贴身丫鬟,她也比任何人都要了解真实的凤姐。

第一,她了解也深深敬佩凤姐的能力。比如探春锐意改革的时候,平儿认为探春"便不是太太养的,难道谁敢小看他"!凤姐指出:"虽然庶出一样,女儿却比不得男人,将来攀亲时……多有为庶出不要的。"当平儿认为贾府日渐入不敷出,"将来还有三四位姑娘,还有两三个小爷,一位老太太,这几件大事未完"

时，凤姐也胸有成竹地说"我也虑到这里，倒也够了"，并细细为平儿算了一笔账：

> 宝玉和林妹妹他两个一娶一嫁，可以使不着官中的钱，老太太自有梯己拿出来。二姑娘是大老爷那边的，也不算。剩了三四个，满破着每人花上一万银子。环哥娶亲有限，花上三千两银子，不拘那里省一抿子也就够了。老太太事出来，一应都是全的，不过零星杂项，便费也满破三五千两。如今再俭省些，陆续也就够了。只怕如今平空又生出一两件事来，可就了不得了。

这种谋略和眼光，不可能不令同为脂粉英雄的平儿对凤姐生出惺惺相惜之感。笔者浅见，正是由于这种佩服和欣赏，才使得平儿在内心深处对凤姐真正服膺。

第二，因为是贴身丫鬟，平儿比任何其他人都更了解凤姐，能够看到凤姐身上的优点。比如平儿向贾琏证实凤姐对于婚姻的忠贞："他醋你使得，你醋他使不得。他原行的正走的正，你行动便有个坏心，连我也不放心，别说他了。"又比如平儿曾对下人说，凤姐暗地里其实也颇为害怕这些下人。

第三，平儿知道凤姐所做的一切恶事，但仍然对凤姐充满疼惜，这并非愚忠，而是一种来自天性的善良。第六十一回中的一段对话，可以看得出平儿对凤姐的疼惜：

> 凤姐道："……依我的主意，把太太屋里的丫头都拿来，虽不便擅加拷打，只叫他们垫着磁瓦子跪在太阳地下，茶饭也别给吃。一日不说跪一日，便是铁打的，一日也管招了。又道是'苍蝇不抱无缝的蛋'。虽然这柳家的没偷，到底有些影儿，人才说他。虽不加贼刑，也革出不用。朝廷家原有里误的，倒也不算委屈了他。"平儿道："何苦来操这心！'得放手时须放手。'什么大不了的事，乐得不施恩呢。依我说，纵在这屋里操上一百分的心，终

久咱们是那边屋里去的。没的结些小人仇恨，使人含怨。况且自己又三灾八难的，好容易怀了一个哥儿，到了六七个月还掉了，焉知不是素日操劳太过，气恼伤着的。如今乘早儿见一半不见一半的，也倒罢了。"一席话，说的凤姐倒笑了，说道："凭你这小蹄子发放去罢。我才精爽些了，没的淘气。"平儿笑道："这不是正经！"说毕，转身出来，一一发放。

在日常生活中，因着这份疼惜和了解，平儿与凤姐结成一条战线。比如，第十六回中平儿借香菱来向贾琏撒谎，帮助凤姐掩盖放高利贷一事。等等。

凤姐也绝非无情之人。虽然在第四十四回"变生不测凤姐泼醋"中，凤姐的确冤屈了平儿，也"把平儿打了两下"，但后来平儿在三人互相赔罪的时候，说："我服侍了奶奶这么几年，也没弹我一指甲。就是昨儿打我，我也不怨奶奶，都是那淫妇治的，怨不得奶奶生气。"此话看着，确实也不像是撒谎。

第四，平儿更多地将自己置于凤姐丫鬟的地位，而非贾琏的侍妾。这就最大程度上减少了凤姐对平儿的敌意。所以当凤姐心下有疑的时候，在与贾琏是否粘连的问题上，凤姐从来占不到平儿的上风。此时的平儿，往往相当硬气。

嫁给贾琏，本来就是凤姐强逼平儿的，在这一点上，凤姐颇为被动。第六十五回兴儿评论凤姐就说："虽然平姑娘在屋里，大约一年二年之间两个有一次到一处，他还要口里掂十个过子呢，气的平姑娘性子发了，哭闹一阵，说：'又不是我自己寻来的，你又浪着劝我，我原不依，你反说我反了，这会子又这样。'他一般的也罢了，倒央告平姑娘。"

在"俏平儿软语救贾琏"一回中，有这样一段文字：

> 凤姐走进院来，因见平儿在窗外，就问道："要说话两个人不在屋里说，怎么跑出一个来，隔着窗子，是什么意思？"贾琏在窗内接道："你可问他，倒像屋里有老虎吃他呢。"平儿道："屋里一个人没有，我在他跟前作什么？"凤姐儿笑道："正是没人才好呢。"平儿听说，便说道："这话是说我呢？"凤姐笑

道："不说你说谁？"平儿道："别叫我说出好话来了。"说着，也不打帘子让凤姐，自己先撺帘子进来，往那边去了。凤姐自掀帘子进来，说道："平儿疯魔了。这蹄子认真要降伏我，仔细你的皮要紧！"贾琏听了，已绝倒在炕上，拍手笑道："我竟不知平儿这么利害，从此倒伏他了。"

"也不打帘子让凤姐，自己先撺帘子进来，往那边去了"的平儿，简直有种凛然不可犯的威仪。

第五，平儿绝不一味地顺从凤姐。为了凤姐的长远利益，她敢于提出不同的意见，甚至善意地违背凤姐的指令。这种诚心实意，凤姐是会看在眼里，知在心里的。平儿因此劝凤姐别太痴心，"得饶人处且饶人"，凤姐对此也颇为感念，说："知道我的心的，也就是他还知三分罢了。"

但是平儿却绝不因凤姐对自己的看重而嚣张，她谨守礼法，从不"走了大褶"，在凤姐让平儿和她一起吃饭时，"平儿屈一膝于炕沿之上，半身犹立于炕下"。

（二）对贾琏

在平儿身处的时代，作为陪嫁丫鬟的她，对于自己的婚姻是没有选择权利的。被凤姐做主嫁给贾琏后，她同样有着"嫁鸡随鸡，嫁狗随狗"的观念。总体来说，在荣、宁二府的男性之中，贾琏并非一无是处，多少有些可取之处。在日复一日俗常的生活中，身为侍妾的平儿对于自己的丈夫贾琏，应该也是有爱意的。平儿曾向宝钗转述贾琏被贾赦"打了个动不得"：

且说平儿见香菱去了，便拉宝钗忙说道："姑娘可听见我们的新闻了？"宝钗道："我没听见新闻……"平儿笑道："老爷把二爷打了个动不得，难道姑娘就没听见？"……平儿咬牙骂道："都是那贾雨村什么风村，半路途中那里来的饿不死的野杂种！认了不到十年，生了多少事出来！今年春天，老爷不知在那个地方看见了几把旧扇子，回家看家里所有收着的这些好扇子都不中用了，立刻叫人各处搜求。谁知就有一个不知死的冤家，混号儿世人叫他作石呆子，穷的连饭也没的吃，偏他家就有二十把旧扇子，死也不肯拿出大门来。二爷好容易烦了多少情，见了这个人，说之再三，把二爷请到他家里坐着，拿出这扇子略瞧了一瞧。据二爷说，原是不能再有的，全是湘妃、棕竹、麋鹿、玉竹的，皆是古人写画真迹，因来告诉了老爷。老爷便叫买他的，要多少银子给他多少。偏那石呆子说：'我饿死冻死，一千两银子一把我也不卖！'老爷没法子，天天骂二爷没能为。已经许了他五百两，先兑银子后拿扇子。他只是不卖，只说：'要扇子，先要我的命！'姑娘想想，这有什么法子？谁知雨村那没天理的听见了，便设了个法子，讹他拖欠了官银，拿他到衙门里去，说所欠官银，变卖家产赔补，把这扇子抄了来，作了官价送了来。那石呆子如今不知是死是活。老爷拿着扇子问着二爷说：'人家怎么弄了来？'二爷只说了一句：'为这点子小事，弄得人坑家败业，也不算什么能为！'老爷听了就生了气，说二爷拿话堵老爷，因此这是第一件大的。这几日还有几件小的，我也记不清，所以都凑在一处，就打起来了。也没拉倒用板子棍子，就站着，不知拿什么混打了一顿，脸上打破了两处。我们听见姨太太这里有一种丸药，上棒疮的，姑娘快寻一丸子给我。"宝钗听了，忙命莺儿去要了一丸来与平儿……平儿答应着去了，不在话下。

此处，"平儿咬牙骂"，以及"都是那贾雨村什么风村""半路途中那里来的饿不死的野杂种"等语都充满激愤，从中可以看出平儿对贾琏的心态和爱意。但是比起香菱在薛蟠被打之后，眼睛都"哭肿"了，平儿相对还算淡定。可见平儿对贾琏虽有一定感情，却还保持着自己的理性，并不盲目。

因着这种多多少少的感情，"俏平儿软语救贾琏"一回就分外有情致：

　　次日早起，凤姐往上屋去后，平儿收拾贾琏在外的衣服铺盖，不承望枕套中抖出一绺青丝来。平儿会意，忙揣在袖内，便走至这边房内来，拿出头发来，向贾琏笑道："这是什么？"贾琏看见着了忙，抢上来要夺。平儿便跑，被贾琏一把揪住，按在炕上，掰手要夺，口内笑道："小蹄子，你不趁早拿出来，我把你膀子撅折了。"平儿笑道："你就是没良心的。我好意瞒着他来问，你倒赌狠！你只赌狠，等他回来我告诉他，看你怎么着。"贾琏听说，忙陪笑央求道："好人，赏我罢，我再不赌狠了。"

一语未了，只听凤姐声音进来……凤姐见了贾琏，忽然想起来，便问平儿："拿出去的东西都收进来了么？"平儿道："收进来了。"凤姐道："可少什么没有？"平儿道："我也怕丢下一两件，细细的查了查，也不少。"凤姐道："不少就好，只是别多出来罢？"平儿笑道："不丢万幸，谁还添出来呢？"凤姐冷笑道："这半个月难保干净，或者有相厚的丢下的东西……"一席话，说的贾琏脸都黄了。贾琏在凤姐身后，只望着平儿杀鸡抹脖使眼色儿。平儿只装着看不见，因笑道："怎么我的心就和奶奶的心一样！我就怕有这些个，留神搜了一搜，竟一点破绽也没有。奶奶不信时，那些东西我还没收呢，奶奶亲自翻寻一遍去。"凤姐笑道："傻丫头，他便有这些东西，那里就叫咱们翻着了！"说着，寻了样子又上去了。

平儿指着鼻子，晃着头笑道："这件事怎么回谢我呢？"……"这是我一生的把柄了。好就好，不好就抖露出这事来。"贾琏……瞅他不防，便抢了过来……平儿咬牙道："没良心的东西，过了河就拆桥，明儿还想我替你撒谎！"贾琏见他娇俏动情，便搂着求欢，被平儿夺手跑了，急的贾琏弯着腰恨道："死促狭小淫妇！一定浪上人的火来，他又跑了。"平儿在窗外笑道："我浪我的，谁叫你动火了？难道图你受用一回，叫他知道了，又不待见我。"贾琏道："你不用怕他，等我性子上来，把这醋罐打个稀烂，他才认得我呢！……"

平儿还善于体贴贾琏的心意。第六十六回尤二姐"觉大限吞生金自逝"后，贾琏向凤姐要银子为其料理后事：

凤姐只得来了，便问他："什么银子？家里近来艰难，你还不知道？……这里还有二三十两银子，你要就拿去。"说着，命平儿拿了出来，递于贾琏，指着贾母有话，又去了……平儿又是伤心，又是好笑，忙将二百两一包的碎银子偷了出来，到厢房拉住贾琏，悄递与他……贾琏……接了银子，又将一条裙子递与平儿，说："这是他家常穿的，你好生替我收着，作个念心儿。"平儿只得掩了，自己收去。

这样的平儿，如何不令贾琏慢慢会生出感动呢？

五、"奴性"之辩

有评者认为，平儿也有奴性的一面。例如，她被凤姐打了之后觉得委屈，贾母因叫琥珀来："你出去告诉平儿，就说我的话：我知道他受了委曲，明儿我叫凤姐替他赔不是。今儿是他主子的好日子，不许他胡闹。"听了贾母的话，"平儿自觉面上有了光辉，方才渐渐的好了，也不往前头来"。以及她听说了尤二姐的事之后马上通知凤姐，后来看到尤二姐的凄惨又很后悔，对尤二姐说："想来都是我坑了你。我原是一片痴心，从没瞒他（凤姐）的话。既听见你（尤二姐）在外头，岂有不告诉他的。谁知生出这些个事来。"

笔者浅见如下。首先，贾母也并未说凤姐所为是正确的，只是说过后才让凤姐赔罪，这种处理方式，其实也算公允。考虑到平儿身处时代的特征，从人情世故的角度讲，她的反应其实是正常的，难以凭此便说是奴性。连宝玉劝平儿的时候都说："姐姐还该擦上些脂粉，不然倒像是和凤姐姐赌气了似的。况且又是他的好日子，而且老太太又打发了人来安慰你。"——难不成说此话的宝玉也奴性十足？其次，对于尤二姐之事，平儿告诉凤姐与尤二姐进大观园并没有必然的直接联系。连尤二姐都说自己总归是要进来的，在外面不成体统。而且彼时平儿根本不了解尤二姐为人，可能满以为贾琏此次所娶之人也无非鲍二家的一流，因为贾琏惯常是"成日家偷鸡摸狗，脏的臭的，都拉了……屋里去"。如果平儿事先知道尤二姐是一流的人品，想来也不会不假思索地就向凤姐报告了吧。

总括来说,美、才、威、善、痴的品性,平儿身上兼具。

第二节　鸳鸯:脂粉英雄

在《红楼梦》众丫鬟中,鸳鸯不算顶尖的美人,但是也颇为俏丽。宝玉眼中的鸳鸯是:"穿着水红绫子袄儿,青缎子背心,束着白绉绸汗巾儿……脖子上戴着花领子……其白腻不在袭人之下。"

一、情深义重

（一）对贾母

作为贾母的贴身丫鬟,鸳鸯对贾母的照顾可谓无微不至。从物质方面的日常饮食起居,到精神方面的娱乐,鸳鸯样样都用心揣摩,精心呵护。

第三十九回写"凤姐知道(刘姥姥)合了贾母的心,吃了饭便又打发过来"。但是凤姐却没有考虑到刘姥姥毕竟是一个乡野村妇,身上可能有些腌臜气味。是鸳鸯"忙令"老婆子带了刘姥姥去洗了澡,然后特地"自己挑了两件随常的衣服令给刘姥姥换上",这才将刘姥姥带到贾母榻前说话。

第七十六回中,贾母带众人中秋赏桂,"只见鸳鸯拿了软巾兜与大斗篷来",说:"夜深了,恐露水下来,风吹了头,须要添了这个。坐坐也该歇了。"贾母道:"偏今儿高兴,你又来催。难道我醉了不成,偏到天亮!"于是命"再斟酒来",可是这边厢却"一面戴上兜巾,披了斗篷",大家陪着又饮,说些笑话。果然其后,"只听桂花阴里,呜呜咽咽……果真比先越发凄凉。大家都寂然而坐。夜静月明,且笛声悲怨,贾母年老带酒之人,听此声音,不免有触于心,禁不住堕下泪来"。此时鸳鸯不在身边,众人竟"半日,方知贾母伤感",才"忙转身陪笑,发语解释"。这时王夫人提醒:"夜已四更了,风露也大,请老太太安歇罢。"贾母听说,细看了一看,果然众人都散了,只有探春在此。——事实证明,鸳鸯送斗篷来时,的确是贾母应该休息的时间。贾母虽然嘴硬说"偏到天亮",但还是乖乖地"戴上兜巾,披了斗篷"。感觉贾母在鸳鸯的照顾下,已经在主仆关系之外又生出了一份因朝夕相处而衍生出的亲情,在鸳鸯面前,贾母可以放心地做一个"老小孩"。

因贾母最喜欢无事开心,所以第四十回中,鸳鸯看到刘姥姥就说:"天天咱们说外头老爷们吃酒吃饭都有一个篾片相公,拿他取笑儿。咱们今儿也得了一个女篾片了。"李纨笑劝道:"你们一点好事也不做,又不是个小孩儿,还这么淘气,仔细老太太说。"鸳鸯笑道:"很不与你相干,有我呢。"——鸳鸯哪里来的自信?分明是因为她懂得贾母的心,而她如此这般也只是为了贾母。果然,贾母提议"今日也行一令才有意思",凤姐会意,提议"既行令,还叫鸳鸯姐姐来行更好"。众人都知"贾母所行之令必得鸳鸯提着",故听了之后都说"很是"。为了让在座之人加以配合,使贾母能尽情开心,鸳鸯先立定规矩,笑道:"酒令大如军令,不论尊卑,惟我是主。违了我的话,是要受罚的。"刘姥姥何等聪明,已经明白鸳鸯是冲着自己来的,要令贾母开心,于是下了席,摆手道:"别这样捉弄人,我家去了。"此时鸳鸯便开始行使令官职权,喝令小丫头们:"拉上席去!"

鸳鸯行令的内容是:"如今我说骨牌副儿,从老太太起……"这个内容不大俗也不大雅,恰恰适合常抹骨牌的贾母,果然,贾母应对得非常好,大家都赞她说得"极妙"。最后刘姥姥也说了一副充满"庄家人"风味的令,不但使众人哄堂大笑,贾母也开心地笑道:"说的好,就是这样说。"

第四十七回中,因贾赦要讨鸳鸯做妾,贾母震怒。之后贾母要斗牌散心,鸳鸯为让贾母开心,与凤姐合力演了一出趣戏:

> 凤姐儿道:"再添一个人热闹些。"贾母道:"叫鸳鸯来,叫他在这下手里坐着。姨太太眼花了,咱们两个的牌都叫他瞧着些儿。"凤姐儿叹了一声,向探春道:"你们识书识字的,倒不学算命!"探春道:"这又奇了。这会子你倒不打点精神赢老太太几个钱,又想算命。"凤姐儿道:"我正要算算命,今儿该输多少呢?我还想赢呢!你瞧瞧,场子没上,左右都埋伏下了。"说的贾母薛姨妈都笑起来。
>
> 一时鸳鸯来了,便坐在贾母下手,鸳鸯之下便是凤姐儿……斗了一回,

鸳鸯见贾母的牌已十严，只等一张二饼，便递了暗号与凤姐儿。凤姐儿正该发牌，便故意踌躇了半晌，笑道："我这一张牌定在姨妈手里扣着呢。我若不发这一张，再顶不下来的。"薛姨妈道："我手里并没有你的牌。"凤姐儿道："我回来是要查的。"薛姨妈道："你只管查。你且发下来，我瞧瞧是张什么。"凤姐儿便送在薛姨妈跟前。薛姨妈一看是个二饼，便笑道："我倒不稀罕他，只怕老太太满了。"凤姐儿听了，忙笑道："我发错了。"贾母笑的已掷下牌来，说："你敢拿回去！谁叫你错的不成？"凤姐儿道："可是我要算一算命呢！这是自己发的，也怨埋伏！"贾母笑道："可是呢，你自己该打着你那嘴，问着你自己才是。"又向薛姨妈笑道："我不是小器爱赢钱，原是个彩头儿。"……贾母规矩是鸳鸯代洗牌，因和薛姨妈说笑，不见鸳鸯动手，贾母道："你怎么恼了，连牌也不替我洗。"鸳鸯拿起牌来，笑道："二奶奶不给钱。"贾母道："他不给钱，那是他交运了。"便命小丫头子："把他那一吊钱都拿过来。"小丫头子真就拿了，搁在贾母旁边……贾母笑的手里的牌撒了一桌子，推着鸳鸯，叫："快撕他的嘴！"

此处的主角虽说是凤姐，但是如果没有鸳鸯不露痕迹又恰到好处的配合，凤姐也做不到让贾母开心到"手里的牌撒了一桌子"的地步。

（二）对凤姐

在第七十一回中，邢夫人挟私报复凤姐，凤姐委屈之下，偷偷哭了，但又不好使人知觉。这时，鸳鸯"忽过来向凤姐儿面上只管瞧"，引的贾母问说："你不认得他？只管瞧什么。"鸳鸯笑道："怎么他的眼肿肿的，所以我诧异，只管看。"贾母听说，便叫凤姐进前来，也觑着眼看。凤姐笑道："才觉的一阵痒痒，揉肿了些。"——此时，凤姐因为不想贾母担心，所以遮掩自己哭泣的事实。但是鸳鸯已经猜出八九分，所以继续问："别又是受了谁的气了不成？"凤姐道："谁敢给我气受，便受了气，老太太好日子，我也不敢哭的。"

过后，鸳鸯也并未忘记此事，当听琥珀说凤姐哭之事后，又特地"和平儿前打听得原故"。晚间人散时,便回贾母说:"二奶奶还是哭的,那边大太太当着人给二奶奶没脸。"贾母因问为什么缘故,鸳鸯便告之贾母。贾母道:"这才是凤丫头知礼处,难道为我的生日由着奴才们把一族中的主子都得罪了也不管罢。这是大太太素日没好气,不敢发作,所以今儿拿着这个作法子,明是当着众人给凤儿没脸罢了。"

不但让贾母知道了凤姐的委屈,并更夸凤姐"知礼",鸳鸯也在众姐妹面前道破凤姐的辛苦,让众人更理解她:

> 罢哟,还提凤丫头虎丫头呢,他也可怜见儿的。虽然这几年没有在老太太、太太跟前有个错缝儿,暗里也不知得罪了多少人。总而言之,为人是难作的:若太老实了没有个机变,公婆又嫌太老实了,家里人也不怕;若有些机变,未免又治一经损一经。如今咱们家里更好,新出来的这些底下奴字号的奶奶们,一个个心满意足,都不知要怎么样才好,稍有不得意,不是背地里咬舌根,就是挑三窝四的。我怕老太太生气,一点儿也不肯说。不然我告诉出来,大家别过太平日子。这不是我当着三姑娘说,老太太偏疼宝玉,有人背地里怨言还罢了,算是偏心。如今老太太偏疼你,我听着也是不好。这可笑不可笑?

(三)对众人

鸳鸯之重情,并不仅仅体现在贾母与凤姐这样的实权人物身上。鸳鸯天性善良,虽已成为贾母的贴身大丫鬟,有老祖宗撑腰,但她做人从不张狂,确如李纨所说:"那孩子心也公道,虽然这样,倒常替人说好话儿。"就连贾母也赞她:"他还投主子们的缘法,也并不指着我和这位太太要衣裳去,又和那位奶奶要银子去。所以这几年一应事情,他说什么,从你小婶和你媳妇起,以至家下大大小小,没有不信的。"

在贾府的丫鬟圈子中,鸳鸯可以算位高权重了。但是对于其他丫鬟,鸳鸯却一如小时候那般深情。第四十六回中鸳鸯说："这是咱们好，比如袭人、琥珀、素云、紫鹃、彩霞、玉钏儿、麝月、翠墨、跟了史姑娘去的翠缕、死了的可人和金钏、去了的茜雪，连上你我，这十来个人，从小儿什么话儿不说？什么事儿不做？这如今因都大了，各自干各自的去了，然我心里仍是照旧，有话有事，并不瞒你们。"

第七十一回"鸳鸯女无意遇鸳鸯"中，鸳鸯天性中的与人为善和情深义重表现得更为集中。鸳鸯无意间撞到司棋与其表弟在幽会，司棋的这种行为，在贾府事关风化，说严重了是生死攸关的，所以司棋吓得哭道："我们的性命，都在姐姐身上，只求姐姐超生要紧！"鸳鸯安慰司棋道："你放心，我横竖不告诉一个人就是了。"过后自己也想"这事非常，若说出来，奸盗相连，关系人命，还保不住带累了旁人。横竖与自己无干，且藏在心内，不说与一人知道"。

后来鸳鸯闻知潘又安逃走，司棋又病重，心下明白是二人惧罪之故，"生怕我说出来，方吓到这样"。善良的鸳鸯自己反过意不去，特地去探望司棋，"立身发誓"，与司棋说："我若告诉一个人，立刻现死现报！你只管放心养病，别白糟踏了小命儿。"并陪着司棋哭了一场，进一步劝慰道："正是这话。我又不是管事的人，何苦我坏你的声名，我白去献勤。况且这事我自己也不便开口向人说。你只放心。从此养好了，可要安分守己，再不许胡行乱作了。"——王昆仑先生说"这是正直素朴而又富于同情心的语言"[1]。因此，司棋更感鸳鸯之情，"在枕上点首不绝"，哭着说"从此后我活一日是你给我一日，我的病好之后，把你立个长生牌位，我天天焚香礼拜，保佑你一生福寿双全。我若死了时，变驴变狗报答你"。

即便拿刘姥姥取笑，鸳鸯之初衷也是为哄贾母高兴。并且，刘姥姥也是心甘情愿自发地配合。最后鸳鸯还是过意不去，主动向刘姥姥道歉。

二、经纬之才

说到鸳鸯的才具，就要谈起贾母的看人之准。她挑选晴雯给宝玉，认为唯

---

[1]　王昆仑：《红楼梦人物论》，第 76 页。

有晴雯模样、针线给宝玉"使唤得"。她将紫鹃给黛玉,才使得黛玉有了一位胜于姐妹、情同知己的赤胆忠心的义仆。但她却把鸳鸯留下自用,这足以说明,鸳鸯是众丫鬟中最让贾母信任,也最投贾母缘法的。凤姐夸贾母"会调理人",但是王夫人做了贾母儿媳妇那么多年,仍是"木木的",足以说明一个人优秀与否,还是在于其个人素质。

贾母借着训斥邢夫人的机会,由衷地夸奖了鸳鸯:

> 如今你也想想,你兄弟媳妇本来老实,又生得多病多痛,上上下下那不是他操心? 你一个媳妇虽然帮着,也是天天丢下笆儿弄扫帚。凡百事情,我如今都自己减了。他们两个就有一些不到的去处,有鸳鸯,那孩子还心细些,我的事情他还想着一点子,该要去的,他就要来了;该添什么,他就度空儿告诉他们添了。鸳鸯再不这样,他娘儿两个,里头外头,大的小的,那里不忽略一件半件,我如今反倒自己操心去不成? 还是天天盘算和你们要东西去? 我这屋里有的没的,剩了他一个,年纪也大些,我凡百的脾气性格儿他还知道些。二则他还投主子们的缘法,也并不指着我和这位太太要衣裳去,又和那位奶奶要银子去。所以这几年一应事情,他说什么,从你小婶和你媳妇起,以至家下大大小小,没有不信的。所以不单我得靠,连你小婶媳妇也都省心。我有了这么个人,便是媳妇和孙子媳妇有想不到的,我也不得缺了,也没气可生了。这会子他去了,你们弄个什么人来我使? 你们就弄他那么一个真珠的人来,不会说话也无用。我正要打发人和你老爷说去,他要什么人,我这里有钱,叫他只管一万八千的买去,就只这个丫头不能。留下他服侍我几年,就比他日夜服侍我尽了孝的一般……

李纨等人对鸳鸯的能力也有高度评价:"大小都有个天理。比如老太太屋里,要没那个鸳鸯如何使得? 从太太起,那一个敢驳老太太的回,现在他敢驳回。偏老太太只听他一人的话。老太太那些穿戴的,别人不记得,他都记得,要不是他经管着,不知叫人诓骗了多少去呢……"惜春也证实:"老太太昨儿还说呢,他比我们还强呢。"平儿也由衷地感服:"那原是个好的,我们那里比的上他。"

可见,即便在李纨、惜春等主子眼中,鸳鸯的才具都令她们刮目。在日常生活中,王夫人、凤姐处理事务时,也需要鸳鸯配合,才能更好地哄老祖宗高兴,事半功倍。也因此,众主子不敢轻视鸳鸯,鸳鸯对他们也毫无惧色。在第四十四回凤姐过生日,先是尤氏与众姐妹等向凤姐敬酒,然后是赖大妈妈等年高的仆人,最后鸳鸯也来敬酒:

> 凤姐儿真不能了,忙央告道:"好姐姐们,饶了我罢,我明儿再喝罢。"鸳鸯笑道:"真个的,我们是没脸的了? 就是我们在太太跟前,太太还赏个脸儿呢。往常倒有些体面,今儿当着这些人,倒拿起主子的款儿来了。我原不该来。不喝,我们就走。"说着真个回去了。凤姐儿忙赶上拉住,笑道:"好姐姐,我喝就是了。"说着拿过酒来,满满的斟了一杯喝干。鸳鸯方笑了散去,然后又入席。

第三十八回也有类似的场景:

> 鸳鸯等正吃的高兴,见他(凤姐)来了,鸳鸯等站起来道:"奶奶又出来作什么? 让我们也受用一会儿。"凤姐笑道:"鸳鸯小蹄子越发坏了,我替你当差,倒不领情,还抱怨我。还不快斟一钟酒来我喝呢。"鸳鸯笑着忙斟了一杯酒,送至凤姐唇边,凤姐一扬脖子吃了……鸳鸯笑道:"好没脸,吃我们的东西。"凤姐笑道:"你和我少作怪。你知道你琏二爷爱上了你,要和老太太讨了你作小老婆呢。"鸳鸯道:"啐,这也是作奶奶说出来的话! 我不拿腥手抹你一脸算不得。"说着赶来就要抹。凤姐儿央道:"好姐姐,饶我这一遭儿罢。"……平儿使空了,往前一撞,正恰恰的抹在凤姐儿腮上……鸳鸯道:

"阿弥陀佛！这是个报应。"贾母那边听见，一叠声问："见了什么这样乐，告诉我们也笑笑。"鸳鸯等忙高声笑回道："二奶奶来抢螃蟹吃，平儿恼了，抹了他主子一脸的螃蟹黄子。主子奴才打架呢。"贾母和王夫人等听了也笑起来。贾母笑道："你们看他可怜见的，把那小腿子脐子给他点子吃也就完了。"鸳鸯等笑着答应了，高声又说道："这满桌子的腿子，二奶奶只管吃就是了。"

就连贾琏这位主子爷，因支付不了贾府的浩大需用，也得赶着鸳鸯叫"好姐姐"，自称"兄弟还有一事相求"，才敢说出把贾母房里的金银家伙"偷着运出一箱子来，暂押千数两银子"，从而暂渡难关。

三、性情刚烈

鸳鸯的"烈"，主要体现在第四十六回"鸳鸯女誓绝鸳鸯偶"和第一百一十一回"鸳鸯女殉主登太虚"。虽然第一百一十一回是续写，但是鸳鸯这一形象的精髓，续书基本把握得当。

在第四十六回中，鸳鸯的"烈"有不同体现。在邢夫人面前，鸳鸯先只是冷然。她猜到邢夫人意图后，便"低了头不发一言"。当邢夫人"拉了他的手就要走"时，鸳鸯"夺手不行"，"只低了头不动身"，"只管低了头，仍是不语"。

当平儿在园中与她开玩笑时，鸳鸯就直接向平儿表明自己的态度，冷笑道："别说大老爷要我做小老婆，就是太太这会子死了，他三媒六聘的娶我去做大老婆，我也不能去！"并且骂平儿、袭人："你们自为都有了结果了，将来都是做姨娘的。据我看，天下的事未必都遂心如意。你们且收着些儿，别忒乐过了头儿！"对于平儿认为贾赦不会善罢甘休的顾虑，鸳鸯也冷笑道："老太太在一日，我一日不离这里，若是老太太归西去了，他横竖还有三年的孝呢，没个娘才死了他先放小老婆的！等过三年，知道又是怎么个光景，那时再说。纵到了至急为难，我剪了头发作姑子去，不然；还有一死。一辈子不嫁男人，又怎么样？乐得干净呢！"鸳鸯也不怕贾赦用自己的父母亲人弹压自己："家生女儿怎么样？'牛不吃水强按头'? 我不愿意,难道杀我的老子娘不成?"

到了贾母面前时,鸳鸯的行为就变得真正激烈起来:

　　可巧王夫人、薛姨妈、李纨、凤姐、宝钗等姊妹并外头的几个执事有头脸的媳妇,都在贾母跟前凑趣儿呢。鸳鸯喜之不尽,拉了他嫂子,到贾母跟前跪下,一行哭,一行说,把邢夫人怎么来说,园子里他嫂子又如何说,今儿他哥哥又如何说,"因为不依,方才大老爷越性说我恋着宝玉,不然要等着往外聘,我到天上,这一辈子也跳不出他的手心去,终久要报仇。我是横了心的,当着众人在这里,我这一辈子莫说是'宝玉',便是'宝金''宝银''宝天王''宝皇帝',横竖不嫁人就完了! 就是老太太逼着我,我一刀抹死了,也不能从命! 若有造化,我死在老太太之先,若没造化,该讨吃的命,服侍老太太归了西,我也不跟着我老子娘哥哥去,我或是寻死,或是剪了头发当尼姑去! 若说我不是真心,暂且拿话来支吾,日后再图别的,天地鬼神,日头月亮照着嗓子,从嗓子里头长疔烂了出来,烂化成酱在这里!"原来他一进来时,便袖了一把剪子,一面说着,一面左手打开头发,右手便铰。众婆娘丫鬟忙来拉住,已剪下半绺来了。众人看时,幸而他的头发极多,铰的不透,连忙替他挽上。贾母听了,气的浑身乱战。

因为鸳鸯的决绝和激烈,贾母才能够义无反顾地支持鸳鸯和训斥自己的大儿子贾赦夫妇。

即便贾母去世之后,鸳鸯也向凤姐要求风风光光地为贾母办丧事,并且宁愿拿出贾母留给自己的财物。最后想到"自己跟着老太太一辈子,身子也没有着落。如今大老爷虽不在家,大太太的这样行为我也瞧不上。老爷是不管事的人,以后便乱世为王起来了,我们这些人不是要叫他们掇弄了么。谁收在屋子里,谁配小子,我是受不得这样折磨的,倒不如死了干净",因而自缢身死,全了自己冰清玉洁的"烈"。胡文彬先生对她的评价很高,认为"金鸳鸯以她的一片丹心,尊贵地生活,也尊严地死去。她才是真正的'完人'"①。

第三节　小红:"闺中林四娘"②

小红本是怡红院中的一个粗使丫鬟,但自从怡红院分给宝玉之后,小红的命运就有了改变,她在通部书中,也有了属于自己的篇章。

一、小红之远略

（一）寄望于宝玉

在第二十四回"醉金刚轻财尚义侠,痴女儿遗帕惹相思"中,作者这样介绍小红:

> 原来这小红本姓林,小名红玉,只因"玉"字犯了林黛玉、宝玉,便都把这个字隐起来,便都叫他"小红"。原是荣国府中世代的旧仆,他父母现在收管各处的房田事务。这红玉年方十六岁,因分人在大观园的时节,把他便分在这怡红院中,倒也清幽雅静。不想后来命人进来居住,偏生这一所儿又被宝玉占了……

小红的父亲是林之孝,管理荣府"房田事务",虽不及赖大、周瑞那样位尊,但是在贾府的仆役中也算是有一定地位。在第七十二回中,有一段关于林之孝的描写:

> 这里贾琏出来,刚至外书房,忽见林之孝走来。贾琏因问何事。林之

---

① 胡文彬:《红楼梦人物谈——胡文彬论红楼梦》,第 131 页。
② "闺中林四娘"出自《红楼梦》第七十八回中宝玉所写《姽婳词》中"何事文武立朝纲,不及闺中林四娘"一句,用来赞叹在贾府"树倒猢狲散"之际小红的义举。宝玉赞叹尤二姐、三姐之美时曾说"真真一对尤物,他又姓尤",此处借用一下这种表达,因"小红又姓林"。

孝说道："方才听得雨村降了，却不知因何事，只怕未必真。"贾琏道："真不真，他那官儿也未必保得长。将来有事，只怕未必不连累咱们，宁可疏远着他好。"林之孝道："何尝不是，只是一时难以疏远。如今东府大爷和他更好，老爷又喜欢他，时常来往，那个不知。"……林之孝答应了，却不动身，坐在下面椅子上，且说些闲话。因又说起家道艰难，便趁势又说："人口太重了。不如拣个空日回明老太太老爷，把这些出过力的老家人用不着的，开恩放几家出去。一则他们各有营运，二则家里一年也省些口粮月钱。再者里头的姑娘也太多。俗语说'一时比不得一时'，如今说不得先时的例了，少不得大家委屈些，该使八个的使六个，该使四个的便使两个。若各房算起来，一年也可以省得许多月米月钱。况且里头的女孩子们一半都太大了，也该配人的配人。成了房，岂不又孳生出人来。"贾琏道："我也这样想着，只是……太太还说老爷才来家……忽然就提起这事，恐老爷又伤心，所以且不叫提这事。"林之孝道："这也是正理，太太想的周到。"

　　贾琏道："正是，提起这话我想起了一件事来。我们旺儿的小子要说太太房里的彩霞……"林之孝听了，只得应着，半晌笑道："依我说，二爷竟别管这件事。旺儿的那小儿子虽然年轻，在外头吃酒赌钱，无所不至。虽说都是奴才们，到底是一辈子的事。彩霞那孩子这几年我虽没见，听得越发出挑的好了，何苦来白糟踏一个人。"贾琏道："他小儿子原会吃酒，不成人？"林之孝冷笑道："岂只吃酒赌钱，在外头无所不为。我们看他是奶奶的人，也只见一半不见一半罢了。"贾琏道："我竟不知道这些事。既这样，那里还给他老婆，且给他一顿棍，锁起来，再问他老子娘。"林之孝笑道："何必在这一时。那是错也等他再生事，我们自然回爷处治。如今且恕他。"贾琏不语，一时林之孝出去。

此处可见，林之孝是颇有见识的，贾琏也比较赏识他。

小红的母亲帮助凤姐管理荣国府内部事务，也是个有头脸的人物。怡红院夜宴之前,林之孝家的还特意提醒众人要守约束。所以,小红可以说出自贾府中的高级"打工仔"家庭。这种家庭出身的孩子,眼界自然比一般丫鬟要广,其父母相对较好的基因也给了小红以精明的头脑。她的思虑,自然比一般丫鬟要多。

小红很幸运,被分在怡红院,后来怡红院又分配给了宝玉。宝玉是个难得的好主子,他曾打算将来把怡红院的丫鬟都放归自由身,这比起赖大家要特地为自己的孙子赖尚荣求取恩典从而成为自由人要幸运得多。如果小红安于这样的生活,至少在贾府覆亡之前,她的人生也算平静无波。

但"这红玉虽然是个不谙事的丫头,却因他原有三分容貌,心内着实妄想痴心的向上攀高,每每的要在宝玉面前现弄现弄"。——在宝玉入住怡红院之后,小红便开始谋算自己未来的出路。

贾府的丫鬟年纪大之后都是要嫁人的,这样便有两种可能性。一是配给贾府的小厮,或者被卖到外面;再一类就是争取做贾府爷们的大丫鬟再到姨娘。后一条路虽然不易,但对小红这种"心气很高的女孩儿"[1]来说,显然是含金量更高的一条路。所以聪明伶俐、"眼空心大"又有三分容貌的小红便开始积极筹算。但她在怡红院地位很低,日常的任务是做洒扫房屋、浇花喂鸟等一些粗使活计。她开始创造机遇接近宝玉。恰巧此时,茗烟带着贾芸来拜访宝玉,请小红帮忙通报,小红建议"二爷竟请回家去,有什么话明儿再来。今儿晚上得空儿我回了他"。之所以如此安排,原因是宝玉"今儿也没睡中觉,自然吃的晚饭早。晚上他又不下来……不如家去,明儿来是正经"。

作为一个宝玉根本不认识的、只在后院打杂的粗使丫头,她居然将宝玉的行踪了解得如此清楚,不仅知道他现在在做什么——"他今儿也没睡中觉",而且还掌握了宝玉惯常的行动规律——"自然吃的晚饭早。晚上他又不下来",这种留意和心机之深,确实颇令人玩味。

---

① 胡文彬:《红楼梦人物谈——胡文彬论红楼梦》,第170页。

　　果然,一如小红的预测,宝玉晚上才回来,正等着要人伺候,突然发现大丫鬟都不在家,"袭人因被薛宝钗烦了去打结子,秋纹、碧痕两个去催水,檀云又因他母亲的生日接了出去,麝月又现在家中养病,虽还有几个作粗活听唤的丫头,估着叫不着他们,都出去寻伙觅伴的玩去了",这时偏生宝玉要吃茶,刚要自己倒时,只听背后说道:

　　　"二爷仔细烫了手,让我们来倒。"一面说,一面走上来,早接了碗过去。宝玉倒唬了一跳,问:"你在那里的? 忽然来了,唬我一跳。"那丫头一面递茶,一面回说:"我在后院子里,才从里间的后门进来,难道二爷就没听见脚步响?"宝玉一面吃茶,一面仔细打量那丫头:穿着几件半新不旧的衣裳,倒是一头黑鬒鬒的头发……容长脸面,细巧身材,却十分俏丽干净。
　　　宝玉看了,便笑问道:"你也是我这屋里的人么?"那丫头道:"是的。"宝玉道:"既是这屋里的,我怎么不认得?"那丫头听说,便冷笑了一声道:"认不得的也多,岂只我一个。从来我又不递茶递水,拿东拿西,眼见的事一点儿不作,那里认得呢。"宝玉道:"你为什么不作那眼见的事?"那丫头道:"这话我也难说。只是有一句话回二爷:昨儿有个什么芸儿来找二爷。我想二爷不得空儿,便叫焙茗回他,叫他今日早起来,不想二爷又往北府里去了。"

小红的用心也没有白费,宝玉对她因此"也就留了心"。但"若要直点名唤他来使用,一则怕袭人等寒心,二则又不知红玉是何等行为,若好还罢了,若不好起来,那时倒不好退送的。因此心下闷闷的,早起来也不梳洗,只坐着出神",看到"昨儿那个丫头在那里出神。待要迎上去,又不好去的"。不过小红因此却被秋纹、碧痕好一顿奚落辱骂:

　　　秋纹……兜脸啐了一口,骂道:"没脸的下流东西! 正经叫你去催水去,你说有事,倒叫我们去,你可等着做这个巧宗儿。一里一里的,这不上来了。难道我们倒跟不上你了? 你也拿镜子照照,配递茶递水不配!"碧痕道:"明儿我说给他们,凡要茶要水送东送西的事,咱们都别动,只叫他去便是了。"秋纹道:"这么说,不如我们散了,单让他在这屋里呢。"

敏感的小红自然知道寄望于宝玉之路是从此断绝了,因此"心内早灰了一半",也认识到"千里搭长棚,没有不散的筵席"的至理。

(二)转战于贾芸

在宝玉处遭到挫败的小红,开始"闷闷的"起来,忽然听见老嬷嬷说起贾芸来,"不觉心中一动,便闷闷的回至房中,睡在床上暗暗盘算"。——正所谓"失之东隅,收之桑榆"。

小红"暗暗盘算"什么呢? 贾芸家庭虽然不是非常富贵,但是在阶级出身上,却与宝玉类似,是主子一层的人物。也恰因其并非大富之家,所以,被争取到的可能性远大于宝玉。但是,一个下等丫鬟和一个不在荣国府居住的外八路的"爷",彼此也难有交集。不过,机会总是为着有准备的人而出现。恰逢此时,赵姨娘以魇魔法来暗害凤姐与宝玉二人,贾芸被指派带着家下小厮昼夜坐更看守,小红同众丫鬟也在此处守着宝玉,"彼此相见多日,都渐渐混熟了"。——这恰似张爱玲的《倾城之恋》,一个城市的陷落却成就了一段爱情。

二人不但有了机会近身接触,天缘凑巧,小红丢的帕子,居然恰恰被贾芸拾得。小红"待要问他,又不好问的。不料那和尚、道士来过,用不着一切男人,贾芸仍种树去了。这件事待要放下,心内又放不下,待要问去,又怕人猜疑,正是犹豫不决神魂不定"。这时,宝玉再次充当了小红与贾芸爱情的催化剂,他"逼着"下人找贾芸进来说话,知道这事后,小红改变了自己的行程,"便站着出神,且不去取笔"。果然不久之后:

> 只见一个小丫头子跑来,见红玉站在那里,便问道:"林姐姐,你在这里

作什么呢?"红玉抬头见是小丫头子坠儿。红玉道:"那去?"坠儿道:"叫我带进芸二爷来。"说着一径跑了。这里红玉刚走至蜂腰桥门前,只见那边坠儿引着贾芸来了。那贾芸一面走,一面拿眼把红玉一溜,那红玉只装着和坠儿说话,也把眼去一溜贾芸:四目恰相对时,红玉不觉脸红了,一扭身往蘅芜苑去了。

这里,"刚走至蜂腰桥门前"显然是刻意等待。同时,小红又借与坠儿讲话之际,将自己丢了手帕一事透露出来。果然,贾芸也有意于她。明了彼此心事后,在离开怡红院的路上,贾芸也有意识地向坠儿提及手帕之事,"又见坠儿追索,心中早得了主意,便向袖内将自己的一块取出来",借坠儿之手传与小红。到第二十八回中,宝钗在滴翠亭听到小红与坠儿的谈话,恰是关于手帕相赠之事。二人一来一往间,已暗通款曲。总体而言,小红在与贾芸私相授受的过程中,虽然心机颇重,但毕竟是少女情怀,两人之间又彼此互相有情。而且,在贾府这样等级森严的封建大家族里,小红勇敢地与主子恋爱的自由精神,也闪现出超越时代的光辉。

二、小红之才具

（一）"口声简断"

作者对小红是颇为喜爱的,对其描述多为正面。在贾芸看来,小红的容貌"细巧干净",语言"简便俏丽",是一个伶俐乖巧的丫头。在宝玉眼中,小红"细巧身材,却十分俏丽干净",所以宝玉对小红"也就留了心",为小红"心下闷闷的,早起来也不梳洗,只坐着出神"。即便在脂粉英雄凤姐眼中,小红可取之处也颇多:"干净俏丽""口声简断"。总之,小红是"俏"而伶俐的。

第二十七回中,凤姐想找个丫鬟传话,便站在山坡上招手,虽然周围有文官、香菱、司棋、待书等一干人,但是只有小红"连忙弃了众人,跑至凤姐跟前","堆"着笑问:"奶奶使唤作什么事?"

对于凤姐所问是否堪任的问题,小红的答复是:"奶奶有什么话,只管吩咐我说去。若说的不齐全,误了奶奶的事,凭奶奶责罚就是了。"——这种自信,由不得凤姐不欣赏,于是派了小红前去。小红便"撤身去了",行动起来绝不拖泥带水。

回来的时候,不但办好了凤姐交代的事情,还额外传话:

> 平姐姐说:我们奶奶问这里奶奶好。原是我们二爷不在家,虽然迟了两天,只管请奶奶放心。等五奶奶好些,我们奶奶还会了五奶奶来瞧奶奶呢。五奶奶前儿打发了人来说,舅奶奶带了信来了,问奶奶好,还要和这里的姑奶奶寻两丸延年神验万全丹。若有了,奶奶打发人来,只管送在我们奶奶这里。明儿有人去,就顺路给那边舅奶奶带去的。

短短几句话,却有十四个"奶奶",不怪李纨要惊叹:"嗳哟哟! 这些话我就不懂了。什么'奶奶''爷爷'的一大堆。"凤姐笑道:"怨不得你不懂,这是四五门子的话呢。"

此时凤姐才真正了解了小红的才具,于是竟称其为"好孩子",并表达了自己对小红的激赏:

> 难为你说的齐全。别像他们扭扭捏捏的蚊子似的。嫂子你不知道,如今除了我随手使的几个丫头老婆之外,我就怕和他们说话。他们必定把一句话拉长了作两三截儿,咬文咬字,拿着腔儿,哼哼唧唧的,急的我冒火,他们那里知道! 先时我们平儿也是这么着,我就问着他:难道必定装蚊子哼哼就是美人了? 说了几遭,才好些儿了。

凤姐便问小红是否愿意在自己的麾下,对于这个千古难遇的跳槽机会,小红心里自然是愿意的。但是表现出太乐意来,对宝玉似乎也不太好交代,于是小红巧妙地答道:"愿意不愿意,我们也不敢说。只是跟着奶奶,我们也学些眉眼高低，出入上下，大小的事也得见识见识。"这回答老道成熟，还捎带恭维了凤姐，凤姐当然喜欢，于是，小红开始了在凤姐身边"出入上下"的日子。由于后四十回遗失，小红究竟如何一展拳脚我们不知，但是小红颇有大才却是毫无疑问的。

小红也擅用口才维护自己的利益。在同一回中，为凤姐办完事赶回来回复时，小红顶头遇见晴雯等人。晴雯一见了小红，便说道："你只是疯罢！院子里花儿也不浇，雀儿也不喂，茶炉子也不烧，就在外头逛。"对于晴雯的指责，小红有理有据地给予了反驳：

> "昨儿二爷说了，今儿不用浇花，过一日浇一回罢。我喂雀儿的时候，姐姐还睡觉呢。"碧痕道："茶炉子呢？"红玉道："今儿不该我烧的班儿，有茶没茶别问我。"绮霰道："你听听他的嘴！你们别说了，让他逛去罢。"红玉道："你们再问问我逛了没有。二奶奶使唤我说话取东西的。"说着将荷包举给他们看。

一席话让宝玉身边的这些大丫鬟虽然仍有些愤愤，但都"没言语了，大家分路走开"。

（二）思虑颇深

滴翠亭宝钗偷听一节中小红的反应，说明她做事瞻前顾后，思虑颇深。

为防坠儿泄露秘密，小红要坠儿先"须说个誓来"，又想到万一有人偷听恐坏了事，于是又说道："嗳呀！咱们只顾说话，看有人来悄悄在外头听见。不如把这槅子都推开了，便是有人见咱们在这里，他们只当我们说顽话呢。若走到跟前，咱们也看的见，就别说了。"当宝钗诬陷黛玉后，小红信以为真，在"宝钗去远"后，拉坠儿道："了不得！林姑娘蹲在这里，一定听了话去了！"坠儿想得简单："便是听了，管谁筋疼，各人干各人的就完了。"但是小红思虑更为深细："若是宝姑娘听见，还倒罢了。林姑娘嘴里又爱刻薄人，心里又细，他一听见了，倘或走露了风声，怎么样呢？"

三、小红之忠义

根据脂砚斋的评语，小红在贾府事败之时，当有一番作为。第二十六回批语："'狱神庙'红玉、茜雪一大回文字惜迷失无稿，叹叹。"第二十七回前总评："且红玉后有宝玉大得力处，此于千里外伏线也。"第二十四回批语："（贾芸）孝子可敬，后来荣府事败必有一番作为。"可知小红和贾芸最终结成眷属，在贾府被抄，凤姐、宝玉入狱时，小红夫妻不惧危难，探视、照顾凤姐、宝玉。惜后四十回遗失，但小红堪比姽婳将军林四娘的义举，却不应因此湮没于尘烟之中。

第八章
众芳纷纭

第一节　紫鹃:"知心一个也难得"

紫鹃是黛玉的贴身丫鬟。在作品中,主子与丫鬟的关系再亲密,大多都难以逾越主仆之界限。但是黛玉与紫鹃却成为一个特例,两人之间情同姐妹,堪称知己。并且,紫鹃极有识见,劝黛玉早日定下与宝玉的婚事,因为"知心一个也难得"。

黛玉进贾府之后,贾母见她所带的两个佣人,小丫头雪雁甚小,奶娘李嬷嬷又极老,于是将身边一个二等小丫头名唤鹦哥的给了黛玉使唤。这鹦哥就是紫鹃。

紫鹃曾对宝玉说"我是合家在这里",但是从文中却看不到紫鹃和家人有什么往来。同为丫鬟,袭人虽然父亲过世,母亲和哥哥却颇有人情味;鸳鸯也有父母兄嫂,尽管在贾赦要强娶时,她的嫂嫂一脸诌媚相,但看得出来哥哥情知鸳鸯不乐意,所以他尽管迫于贾赦的淫威而有意促成,却也没有太逼迫鸳鸯。晴雯也有个不成器的姑表哥哥,在被逐出贾府后,好歹还有个落脚之处。作者没有交代紫鹃的家人,所以,即便紫鹃有家人,可能也亲情冷淡。在这个意义上,紫鹃与黛玉一样,同为孤栖人。正是这份境遇的相似和天性的温厚,让这一主一仆,在荣国府"风刀霜剑严相逼"的环境中,温暖着彼此。

一、"知疼着热"

黛玉体弱,善良的紫鹃在日常生活中,对黛玉精心地、无微不至地照顾着。这在第三回黛玉初进贾府时,便定下了基调。当时,宝玉因"神仙似的妹妹"没有玉,而摔了自己的玉。晚间袭人来看视黛玉,鹦哥(紫鹃)便说:

　　林姑娘正在这里伤心,自己淌眼抹泪的说:"今儿才来,就惹出你家哥儿的狂病,倘或摔坏了那玉,岂不是因我之过!"因此便伤心,我好容易劝好了。

偌大一个贾府,紫鹃是除了宝玉之外真正关心黛玉的人。

　　相对来说,黛玉由于体弱,所以她的丫鬟必然担负着更多的劳作任务。但是紫鹃从无怨言,勤勤勉勉,对黛玉的照顾格外细心。第八回黛玉到梨香院探视宝钗,不想雪雁给她送了一个手炉,黛玉笑问雪雁:

　　"谁叫你送来的? 难为他费心,那里就冷死了我!"雪雁道:"紫鹃姐姐怕姑娘冷,使我送来的。"黛玉一面接了,抱在怀中……薛姨妈因道:"你素日身子弱,禁不得冷的,他们记挂着你倒不好?"黛玉笑道:"姨妈不知道。幸亏是姨妈这里,倘或在别人家,人家岂不恼? 好说就看的人家连个手炉也没有,巴巴的从家里送个来。不说丫鬟们太小心过余,还只当我素日是这等轻狂惯了呢。"

　　黛玉虽然是在借机打击宝玉和宝钗,但是其所言"倘或在别人家,人家岂不恼",在一定程度上也是实情。以紫鹃的心思,如何想不到作为主人的薛姨妈可能多心呢? 但是在紫鹃的心中眼中,没有什么比照顾黛玉更重要。而且贾府中的丫鬟,当主子不在家时,往往各自玩耍。紫鹃却心心念念仍记挂着黛玉,即便自己不在黛玉身边,那种牵挂和关心却一刻也没有减少。这种精心的呵护的确令人动容。

　　第三十五回中,宝玉挨打之后,黛玉自立于花荫之下远远望着怡红院内:

　　只见李宫裁、迎春、探春、惜春并各项人等都向怡红院内去过之后,一起一起的散尽了,只不见凤姐儿来,心里自己盘算道:"如何他不来瞧宝玉?

便是有事缠住了,他必定也是要来打个花胡哨,讨老太太和太太的好儿才是。今儿这早晚不来,必有原故。"一面猜疑,一面抬头再看时,只见花花簇簇一群人又向怡红院内来了。定眼看时,只见贾母搭着凤姐儿的手,后头邢夫人、王夫人跟着周姨娘并丫鬟媳妇等人都进院去了。

黛玉看了不觉点头,想起有父母的人的好处来,早又泪珠满面。少顷,只见宝钗薛姨妈等也进去了。忽见紫鹃从背后走来,说道:"姑娘吃药去罢,开水又冷了。"黛玉道:"你到底要怎么样? 只是催,我吃不吃,管你什么相干!"紫鹃笑道:"咳嗽的才好了些,又不吃药了。如今虽然是五月里,天气热,到底也该还小心些。大清早起,在这个潮地方站了半日,也该回去歇息歇息了。"一句话提醒了黛玉,方觉得有点腿酸,呆了半日,方慢慢的扶着紫鹃,回潇湘馆来。

这里,紫鹃如何知道黛玉"在这个潮地方站了半日"? 想是紫鹃来看视了不止一次,想要打断黛玉的沉思却又不忍,于是回去熬药,并且也提醒了黛玉不止一次,因为"开水又冷了"。这种呵护,直如母亲一般,让年少失怙的黛玉感到无限温暖和慰藉。

中秋之夜,黛玉和湘云在凹晶馆联诗而深夜未归,于是,紫鹃又满园寻找:

只见……几个老嬷嬷也都睡了,只有小丫鬟在蒲团上垂头打盹……忽听叩门之声,小丫鬟忙去开门看时,却是紫鹃翠缕与几个老嬷嬷来找他姊妹两个。进来见他们正吃茶,因都笑道:"要我们好找,一个园里走遍了,连姨太太那里都找到了。才到了那山坡底下小亭里找时,可巧那里上夜的正睡醒了。我们问他们,他们说,方才亭外头棚下两个人说话,后来又添了一个,听见说大家往庵里去。我们就知是这里了。"

紫鹃等已经"一个园里走遍了",想是找了大半夜。我们甚至可以想见紫鹃在寻黛玉而不见时脸上的焦灼，以及寻到黛玉之后的那种释然之笑。

不但在身体上照顾着黛玉的需用，紫鹃也体察着黛玉情绪上的细微变化，尽可能地让黛玉一展愁颜。第六十七回中，薛蟠从江南带来了一些物件，宝钗分送给众人，黛玉见了后，开始睹物而思乡：

> 惟有林黛玉看见他家乡之物，反自触物伤情，想起父母双亡，又无兄弟，寄居亲戚家中，那里有人也给我带些土物？想到这里，不觉的又伤起心来了。紫鹃深知黛玉心肠，但也不敢说破，只在一旁劝道："姑娘的身子多病，早晚服药，这两日看着比那些日子略好些。虽说精神长了一点儿，还算不得十分大好。今儿宝姑娘送来的这些东西，可见宝姑娘素日看得姑娘很重，姑娘看着该喜欢才是，为什么反倒伤起心来。这不是宝姑娘送东西来倒叫姑娘烦恼了不成？就是宝姑娘听见，反觉脸上不好看。再者这里老太太们为姑娘的病体，千方百计请好大夫配药诊治，也为是姑娘的病好。这如今才好些，又这样哭哭啼啼，岂不是自己遭踏了自己身子，叫老太太看着添了愁烦了么？况且姑娘这病，原是素日忧虑过度，伤了血气。姑娘的千金贵体，也别自己看轻了。"

这里，紫鹃的劝解句句都令人熨帖。虽"深知黛玉心肠"，但她却不说破，恐黛玉更难过，而是以"宝姑娘素日看得姑娘很重"，"老太太们为姑娘的病体，千方百计请好大夫配药诊治"，姑娘"如今才好些，又这样哭哭啼啼，岂不是自己遭踏了自己身子"等巧言来进行劝解。宝玉来了后，见黛玉泪痕满面便情知不妥，这时，"紫鹃将嘴向床后桌上一努"，宝玉便会意，取笑说道："那里这些东西，不是妹妹要开杂货铺啊？"黛玉也不答言。紫鹃笑着道："二爷还提东西呢。因宝姑娘送了些东西来，姑娘一看就伤起心来了。我正在这里劝解，恰好二爷来的很巧，替我们劝劝。"于是，宝玉开了一回玩笑，等黛玉同去宝钗处，"黛玉只得同他出来"，算是解了这次悲痛。

虽然续书作者笔力远逊于曹公，但是对紫鹃形象的把握也算大体不离谱。

在第八十二回中，黛玉因对与宝玉之事终无指望而做了一场噩梦，"喉间犹是哽咽，心上还是乱跳……一回儿咳嗽起来"，吵醒了紫鹃，紫鹃道：

"姑娘，你还没睡着么？又咳嗽起来了，想是着了风了。这会儿窗户纸发清了，也待好亮起来了。歇歇儿罢，养养神，别尽着想长想短的了。"黛玉……又嗽起来。紫鹃见黛玉这般光景，心中也自伤感，睡不着了。听见黛玉又嗽，连忙起来，捧着痰盒。这时天已亮了。黛玉道："你不睡了么？"紫鹃笑道："天都亮了，还睡什么呢。"黛玉道："既这样，你就把痰盒儿换了罢。"紫鹃答应着，忙出来换了一个痰盒儿，将手里的这个盒儿放在桌上，开了套间门出来，仍旧带上门，放下撒花软帘，出来叫醒雪雁。开了屋门去倒那盒子时，只见满盒子痰，痰中好些血星，唬了紫鹃一跳，不觉失声道："嗳哟，这还了得！"黛玉里面接着问是什么，紫鹃自知失言，连忙改说道："手里一滑，几乎撂了痰盒子。"黛玉道："不是盒子里的痰有了什么？"紫鹃道："没有什么。"说着这句话时，心中一酸，那眼泪直流下来，声儿早已岔了。黛玉因为喉间有些甜腥，早自疑惑，方才听见紫鹃在外边诧异，这会子又听见紫鹃说话声音带着悲惨的光景，心中觉了八九分，便叫紫鹃："进来罢，外头看凉着。"紫鹃答应了一声，这一声更比头里凄惨，竟是鼻中酸楚之音。黛玉听了，凉了半截。看紫鹃推门进来时，尚拿手帕拭眼。黛玉道："大清早起，好好的为什么哭？"紫鹃勉强笑道："谁哭来，早起起来眼睛里有些不舒服。姑娘今夜大概比往常醒的时候更大罢，我听见咳嗽了大半夜。"黛玉道："可不是，越要睡，越睡不着。"紫鹃道："姑娘身上不大好，依我说，还得自己开解着些。身子是根本，俗语说的，'留得青山在，依旧有柴烧'。况这里自老太太、太太起，那个不疼姑娘。"

这里，紫鹃不但对黛玉在身体上呵护，还在精神上给她以强大的支持，鼓励黛玉

"留得青山在,依旧有柴烧"。

二、堪为知己

王昆仑先生认为紫鹃"多情而深思"①,因此,紫鹃不仅在生活上对黛玉体贴细心,更因其"深思"和"慧",在精神上完全理解黛玉,成为宝玉、黛玉自由爱情的忠实支持者。在大观园里,只有她真正理解宝黛之间爱情的纯度与深度,这也是黛玉引紫鹃为知己的一个重要原因。

宝黛之间因为爱情常闹口角,紫鹃对于这种口角、纠葛的实质洞若观火,体察入微。在《红楼梦》第二十九和三十回中,宝玉因张道士提亲,心中大不自在。黛玉也因此难过,但其表现出来的行为却是对宝玉进行奚落。这自然更让宝玉灰心,因而两人竟闹起脾气来。黛玉虽"也自后悔",因此"日夜闷闷,如有所失",但又不好主动迁就宝玉。紫鹃度其意,乃劝道:

> "若论前日之事,竟是姑娘太浮躁了些。别人不知宝玉那脾气,难道咱们也不知道的。为那玉也不是闹了一遭两遭了。"黛玉啐道:"你倒来替人派我的不是。我怎么浮躁了?"紫鹃笑道:"好好的,为什么又剪了那穗子?岂不是宝玉只有三分不是,姑娘倒有七分不是。我看他素日在姑娘身上就好,皆因姑娘小性儿,常要歪派他,才这么样。"

此处,紫鹃的胆量令人惊叹,她竟然敢于直斥黛玉"有七分不是",纵然一个下人再有胆色,但是万一所侍候的主子变起脸来,也必是吃不了兜着走的。紫鹃如此无畏,一方面是其智慧而勇敢的性格使然,另一方面却也可见黛玉平日待紫鹃一定相当温厚。唯有这样,紫鹃才会以心换心,推心置腹地回馈黛玉。

之后,只听院外叫门。紫鹃听了一听,笑道:

---

① 王昆仑:《红楼梦人物论》,第46页。

　　"这是宝玉的声音，想必是来赔不是来了。"林黛玉听了道："不许开门！"紫鹃道："姑娘又不是了。这么热天毒日头地下，晒坏了他如何使得呢！"口里说着，便出去开门，果然是宝玉。一面让他进来，一面笑道："我只当是宝二爷再不上我们这门了，谁知这会子又来了。"宝玉笑道："你们把极小的事倒说大了。好好的，为什么不来？我便死了，魂也要一日来一百遭。妹妹可大好了？"紫鹃道："身上病好了，只是心里气不大好。"宝玉笑道："我晓得有什么气。"一面说着，一面进来……

　　此处，紫鹃的"我只当是宝二爷再不上我们这门了，谁知这会子又来了"，以及"身上病好了，只是心里气不大好"，真是促狭又机巧，既帮黛玉解了气，又给了宝玉以回旋的空间，为宝玉其后伏低做小、赔礼道歉埋下了诸多伏笔。

　　第五十七回"慧紫鹃情辞试忙玉"中，"慧"紫鹃用"妹妹回苏州家去"的谎话，逼宝玉说出了"活着，咱们一处活着；不活着，咱们一处化灰化烟"的海誓山盟：

　　宝玉笑道："这（燕窝）要天天吃惯了，吃上三二年就好了。"紫鹃道："在这里吃惯了，明年家去，那里有这闲钱吃这个。"宝玉听了，吃了一惊，忙问："谁？往那个家去？"紫鹃道："你妹妹回苏州家去。"宝玉笑道："你又说白话。苏州虽是原籍，因没了姑父姑母，无人照看，才就了来的。明年回去找谁？可见是扯谎。"紫鹃冷笑道："你太看小了人。你们贾家独是大族人口多的，除了你家，别人只得一父一母，房族中真个再无人了不成？……早则明年春天，迟则秋天。这里纵不送去，林家亦必有人来接的。前日夜里姑娘和我说了，叫我告诉你：将从前小时顽的东西，有他送你的，叫你都打点出来还他。他也将你送他的打叠了在那里呢。"宝玉听了，便如头顶上响了一个焦雷一般。紫鹃看他怎样回答，等了半日，见他只不作声。忽见晴雯找来说："老太太叫你呢，谁知道在这里。"紫鹃笑道："他这里问姑娘的病症。我告诉了他半日，他只不信。你倒拉他去罢。"说着，自己便走回房去了。

这番话，引得宝玉"眼也直了，手脚也冷了，话也不说了……已死了大半个了"。而在宝玉好转之后，问紫鹃："你为什么唬我？"紫鹃道：

"不过是哄你顽的，你就认真了。"宝玉道："你说的那样有情有理，如何是顽话。"紫鹃笑道："那些顽话都是我编的。林家实没了人口，纵有也是极远的。族中也都不在苏州住，各省流寓不定。纵有人来接，老太太必不放去的。"宝玉道："便老太太放去，我也不依。"紫鹃笑道："果真的你不依？只怕是口里的话。你如今也大了，连亲也定下了，过二三年再娶了亲，你眼里还有谁了？"宝玉听了，又惊问："谁定了亲？定了谁？"紫鹃笑道："年里我听见老太太说，要定下琴姑娘呢。不然那么疼他？"宝玉笑道："人人只说我傻，你比我更傻。不过是句顽话，他已经许给梅翰林家了。果然定下了他，我还是这个形景了？先是我发誓赌咒砸这劳什子，你都没劝过，说我疯的？刚刚的这几日才好了，你又来怄我。"一面说，一面咬牙切齿的，又说道："我只愿这会子立刻我死了，把心迸出来你们瞧见了，然后连皮带骨一概都化成一股灰——灰还有形迹，不如再化一股烟——烟还可凝聚，人还看见，须得一阵大乱风吹的四面八方都登时散了，这才好！"

明了了宝玉的心迹后，紫鹃建议黛玉要想办法把与宝玉的事情定下来：

"宝玉的心倒实，听见咱们去就那样起来。"黛玉不答。紫鹃停了半晌，自言自语的说道："一动不如一静。我们这里就算好人家，别的都容易，最难得的是从小儿一处长大，脾气情性都彼此知道的了。"黛玉啐道："你这几天还不乏，趁这会子不歇一歇，还嚼什么蛆。"紫鹃笑道："倒不是白嚼蛆，我倒是一片真心为姑娘。替你愁了这几年了，无父母无兄弟，谁是知疼着热的人？趁早儿老太太还明白硬朗的时节，作定了大事要紧。俗语说'老健春寒秋后热'，倘或老太太一时有个好歹，那时虽也完事，只怕耽误了时光，还不得趁心如意呢。公子王孙虽多，那一个不是三房五妾，今儿朝东，明儿朝西？要一个天仙来，也不过三夜五夕，也丢在脖子后头了，甚至于为妾为丫头反目成仇的。若娘家有人有势的还好些，若是姑娘这样的人，有老太太一日还好一日，若没了老太太，也只是凭人去欺负了。所以说，拿主意要紧。姑娘是个明白人，岂不闻俗语说：'万两黄金容易得，知心一个也难求。'"黛玉听了，便说道："这丫头今儿不疯了？怎么去了几日，忽然变了一个人。我明儿必回老太太退回去，我不敢要你了。"紫鹃笑道："我说的是好话，不过叫你心里留神，并没叫你去为非作歹，何苦回老太太，叫我吃了亏，又有何好处？"说着，竟自睡了。黛玉听了这话，口内虽如此说，心内未尝不伤感，待他睡了，便直泣了一夜，至天明方打了一个盹儿。次日勉强盥漱了，吃了些燕窝粥，便有贾母等亲来看视了，又嘱咐了许多话。

此处，紫鹃的"万两黄金容易得，知心一个也难求"真是极有真知灼见的肺腑之言。紫鹃从贾琏、薛蟠等"皮肤淫滥"之辈的做派，从凤姐、香菱等人的婚姻悲剧中，更品出了宝玉品性的高洁和难得，因而鼓励黛玉要大胆追求爱情。这是对"金玉良姻"的断然否定，也是极具勇气的自由宣言，这其中绽放着朴素的民主主义思想的光芒。

这番话，紫鹃不是从一个仆人的角度所说，而是从一个心灵知己的高度所说。宝玉这种知音难求，紫鹃这种知音何尝不亦如此！黛玉何幸，在那样一个时代，既能得遇宝玉这种爱情上的伯牙，又能得遇紫鹃这种友情上的子期。虽然最后魂归离恨天，但从这个角度来说，黛玉此生也可算无憾了！

紫鹃知道宝黛爱情如果想结出现实的果实，必须争取贾府实权人物的支持。放眼望去，统治阶层中的贾母对黛玉最为温厚，但是作为一个下人，紫鹃如何可能帮到黛玉呢？第五十七回中，薛姨妈为了试探黛玉，说了一大篇子话，满腔赤诚的紫鹃全力去抓住了这个貌似难得的机会。薛姨妈说：

> "我想着，你宝兄弟老太太那样疼他，他又生的那样，若要外头说去，老太太断不中意。不如竟把你林妹妹定与他，岂不四角俱全？"林黛玉先还怔怔的，听后来见说到自己身上，便啐了宝钗一口，红了脸……紫鹃忙也跑来笑道："姨太太既有这主意，为什么不和太太说去？"薛姨妈哈哈笑道："你这孩子，急什么，想必催着你姑娘出了阁，你也要早些寻一个小女婿去了。"紫鹃听了，也红了脸，笑道："姨太太真个倚老卖老的起来。"……婆子们因也笑道："姨太太虽是顽话，却倒也不差呢。到闲了时和老太太一商议，姨太太竟做媒保成这门亲事是千妥万妥的。"薛姨妈道："我一出这主意，老太太必喜欢的。"

以紫鹃的聪慧，她应当会体察得到薛姨妈与宝钗母女的机心。但是此刻，薛姨妈说出"把你林妹妹定与他，岂不四角俱全"的话，无论如何都是一个千载难逢的机会。敏锐的紫鹃热切地跑出来笑道："姨太太既有这主意，为什么不和太太说去？"然而薛姨妈老谋深算地开始挖苦紫鹃："想必催着你姑娘出了阁，你也要早些寻一个小女婿去了。"这自然让紫鹃只能羞红了脸跑掉。尽管行动没有成功，但紫鹃为了黛玉拼尽一切的勇敢却早已跃然于纸上。

这种在长相厮守的岁月中凝结而成的真诚的友情，在生离死别之际，就更令人动容。第九十七回中，黛玉已知宝玉与宝钗即将成亲，因而死志已决，紫鹃虽然情知有异，也预感到黛玉即将撒手人寰，但是也只能揣着明白装糊涂，苦劝黛玉。此时的紫鹃内心何其悲苦：

> "事情到了这个分儿，不得不说了。姑娘的心事，我们也都知道。至于意外之事是再没有的。姑娘不信，只拿宝玉的身子说起，这样大病，怎么做

得亲呢。姑娘别听瞎话,自己安心保重才好。"……紫鹃……明知劝不过来,惟有守着流泪,天天三四趟去告诉贾母。

却不承望贾府中各个都变成了势利眼,看贾母如今不太待见黛玉,便"连一个问的人都没有"——这种描写虽然不见得是曹雪芹本意,但是突出了紫鹃的忠肝义胆,倒也值得肯定。

黛玉自知再无生趣,向紫鹃做临终留言:

> "妹妹,你是我最知心的,虽是老太太派你服侍我这几年,我拿你就当我的亲妹妹。"说到这里,气又接不上来。紫鹃听了,一阵心酸,早哭得说不出话来。迟了半日,黛玉又一面喘一面说道:"紫鹃妹妹,我躺着不受用,你扶起我来靠着坐坐才好。"紫鹃道:"姑娘的身上不大好,起来又要抖搂着了。"黛玉听了,闭上眼不言语了。一时又要起来。紫鹃没法,只得同雪雁把他扶起……自己却倚在旁边。

黛玉将自己的后事托付给了紫鹃,那一声"妹妹"出自于肺腑,表现了两人那至真、至善、至美的姐妹情。

黛玉最后"魂归离恨天"的一刻,每每令人不忍卒读。我辈尚且如此,彼时的紫鹃所感受到的巨大的悲痛更是语言不能形容于万一的:

> 这里黛玉睁开眼一看,只有紫鹃和奶妈并几个小丫头在那里,便一手攥了紫鹃的手,使着劲说道:"我是不中用的人了。你服侍我几年,我原指望咱们两个总在一处。不想我……"说着,又喘了一会子,闭了眼歇着。紫鹃见他攥着不肯松手,自己也不敢挪动,看他的光景比早半天好些,只当还可以回转,听了这话,又寒了半截。半天,黛玉又说道:"妹妹,我这里并没亲人。我的身子是干净的,你好歹叫他们送我回去。"说到这里又闭了眼不

言语了。那手却渐渐紧了,喘成一处,只是出气大入气小,已经促疾的很了。

紫鹃忙了,连忙叫人请李纨,可巧探春来了。紫鹃见了,忙悄悄的说道:"三姑娘,瞧瞧林姑娘罢。"说着,泪如雨下。探春过来,摸了摸黛玉的手已经凉了,连目光也都散了。探春紫鹃正哭着叫人端水来给黛玉擦洗,李纨赶忙进来了。三个人才见了,不及说话。刚擦着,猛听黛玉直声叫道:"宝玉,宝玉,你好……"说到"好"字,便浑身冷汗,不作声了。紫鹃等急忙扶住,那汗愈出,身子便渐渐的冷了。探春李纨叫人乱着拢头穿衣,只见黛玉两眼一翻,呜呼,香魂一缕随风散,愁绪三更入梦遥! 当时黛玉气绝,正是宝玉娶宝钗的这个时辰。紫鹃等都大哭起来……

三、大勇无畏

为了黛玉,紫鹃对贾府的任何主子都略无惧色。她明明知道贾母、贾政、王夫人等握着下人的生杀大权,稍有差池,便可能被赶出贾府。但为了黛玉,她敢于吓唬宝玉。

在第五十七回中,紫鹃"妹妹回苏州家去"的话,把宝玉骗得好苦:

宝玉听了,便如头顶上响了一个焦雷一般。紫鹃看他怎样回答,等了半日,见他只不作声。忽见晴雯找来……晴雯见他(宝玉)呆呆的,一头热汗,满脸紫胀,忙拉他的手,一直到怡红院中。袭人见了这般,慌起来,只说时气所感,热汗被风扑了。无奈宝玉发热事犹小可,更觉两个眼珠儿直直的起来,口角边津液流出,皆不知觉。给他个枕头,他便睡下;扶他起来,他便坐着;倒了茶来,他便吃茶。众人见他这般,一时忙乱起来,又不敢造次去回贾母,先便差人出去请李嬷嬷。

一时李嬷嬷来了,看了半日,问他几句话也无回答,用手向他脉门摸了摸,嘴唇人中上边着力掐了两下,掐的指印如许来深,竟也不觉疼。李嬷嬷只说了一声"可了不得了"，"呀"的一声便搂着放声大哭起来。急的袭人忙拉他说："你老人家瞧瞧，可怕不怕？且告诉我们去回老太太、太太去。你老人家怎么先哭起来？"李嬷嬷捶床捣枕说："这可不中用了！我白操了一世心了！"袭人等以他年老多知，所以请他来看，如今见他这般一说，都信以为实，也都哭起来。

为此，紫鹃受到了袭人的指责和黛玉的责备。这也就罢了，等到了怡红院，"贾母一见了紫鹃，眼内出火"，骂道："你这小蹄子，和他说了什么？"紫鹃忙道："并没说什么，不过说几句顽话。"谁知宝玉见了紫鹃，"嗳呀了一声，哭出来了"。众人一见，方都放下心来。贾母便拉住紫鹃，"只当他得罪了宝玉，所以拉紫鹃命他打"。虽然贾母最后流泪道："我当有什么要紧大事，原来是这句顽话。"又向紫鹃道："你这孩子素日最是个伶俐聪敏的，你又知道他有个呆根子，平白的哄他作什么？"书中也没有写紫鹃是否因此事受到惩罚，但是在贾母、王夫人一干人心中，紫鹃从此必然成为一个不受待见的人。薛姨妈、宝钗等从第五十七回始，也明白紫鹃为了黛玉的一片忠心，所以在她们的眼里，紫鹃自然也成为不受欢迎的人。可以说，为了黛玉这一棵树，紫鹃失去了整片森林。

在此回，紫鹃在宝玉身边辛勤服侍，"有时宝玉睡去，必从梦中惊醒，不是哭了说黛玉已去，便是说有人来接。每一惊时，必得紫鹃安慰一番方罢"。宝玉心下明白之后，还是恐紫鹃回去，故有时或作佯狂之态。紫鹃"日夜辛苦，并没有怨意"。真是一片赤胆忠心为黛玉。

在贾府由"痴丫头误拾绣春囊"引发的抄检大观园中，敢于主动站出来说话的丫鬟除了晴雯外，还有"慧"紫鹃。紫鹃不似晴雯那般爽利，但是其勇气却丝毫没有二致。面对王善保家的等一干人的叫嚣，她沉着冷静，不慌不忙地笑着说："直到如今，我们两下里的东西也算不清。要问这一个，连我也忘了是那年月日有的了。"虽然与晴雯的反抗方式不同，但那种不畏权势的正直品质同样令人敬佩。

在第九十七回,紫鹃知黛玉已入膏肓,"看着不祥了",于是自己去回贾母。看到贾母不在,宝玉屋里也无人,聪慧的紫鹃便已知八九,心中无限悲愤:

"但这些人怎么竟这样狠毒冷淡!"又想到黛玉这几天竟连一个人问的也没有,越想越悲,索性激起一腔闷气来,一扭身便出来了。自己想了一想:"今日倒要看看宝玉是何形状! 看他见了我怎么样过的去! 那一年我说了一句谎话他就急病了,今日竟公然做出这件事来! 可知天下男子之心真真是冰寒雪冷,令人切齿的!"一面走,一面想,早已来到怡红院。只见院门虚掩,里面却又寂静的很。紫鹃忽然想到:"他要娶亲,自然是有新屋子的,但不知他这新屋子在何处?"

正在那里徘徊瞻顾,看见墨雨飞跑,紫鹃便叫住他。墨雨过来笑嘻嘻的道:"姐姐在这里做什么?"紫鹃道:"我听见宝二爷娶亲,我要来看看热闹儿。谁知不在这里,也不知是几儿。"墨雨悄悄的道:"我这话只告诉姐姐,你可别告诉雪雁他们。上头吩咐了,连你们都不叫知道呢。就是今日夜里娶,那里是在这里,老爷派琏二爷另收拾了房子了。"说着又问:"姐姐有什么事么?"紫鹃道:"没什么事,你去罢。"墨雨仍旧飞跑去了。紫鹃自己也发了一回呆,忽然想起黛玉来,这时候还不知是死是活。因两泪汪汪,咬着牙发狠道:"宝玉,我看他明儿死了,你算是躲的过不见了! 你过了你那如心如意的事儿,拿什么脸来见我!"一面哭,一面走,呜呜咽咽的自回去了。

偏此时,林之孝家的来说:

"刚才二奶奶和老太太商量了,那边用紫鹃姑娘使唤使唤呢。"李纨还未答言,只见紫鹃道:"林奶奶,你先请罢。等着人死了我们自然是出去的,那里用这么……"说到这里却又不好说了,因又改说道:"况且我们在这里守着病人,身上也不洁净。林姑娘还有气儿呢,不时的叫我。"李纨在旁解说道:"当真这林姑娘和这丫头也是前世的缘法儿。倒是雪雁是他南边带来的,他倒不理会。惟有紫鹃,我看他两个一时也离不开。"林之孝家的头里听了紫鹃的话,未免不受用,被李纨这番一说,却也没的说,又见紫鹃哭得泪人一般,只好瞅着他微微的笑,因又说道:"紫鹃姑娘这些闲话倒不要紧,只是他却说得,我可怎么回老太太呢。况且这话是告诉得二奶奶的吗!"

紫鹃所说的"等着人死了我们自然是出去的,那里用这么……",在旁人眼里,分明是忤逆之言,单凭此话,贾府中的主子就可以把紫鹃治罪了。所以林之孝家的听了"未免不受用",即便对黛玉和"哭得泪人一般"的紫鹃有着同情,却也只能说"况且这话是告诉得二奶奶的吗"! 但是自身可能面临的任何后果都不是紫鹃要考虑的。此时此刻,在无限的悲痛与绝望之中,紫鹃勇敢、无畏的反抗精神爆发了最耀眼的光芒。

紫鹃支持宝、黛的自由之爱,不辞劳苦、毫无怨言地为黛玉奔走,为此甚至冒着殃及自身的危险,但她仍为了黛玉一腔赤诚,丝毫无惧。在那样一个"风刀霜剑严相逼"的环境中,紫鹃身上所展现的这种善良、聪慧、勇敢、无私的精神,如暗夜中的星斗一样,闪烁着无比璀璨的光芒。

四、了断尘缘

终紫鹃一生,都是陪伴着黛玉而活,在生活中照料她,在精神上支持她。黛玉固然离不开紫鹃,但是黛玉死后,紫鹃所支持、追求、坚信的美好也就幻灭了。在第一百一十三回中,宝玉很想与紫鹃说清自己的心事:

> 宝玉见屋里人少,想起:"紫鹃到了这里,我从没合他说句知心的话儿,冷冷清清撂着他,我心里甚不过意……嗳,紫鹃,紫鹃,你这样一个聪明女孩儿,难道连我这点子苦处都看不出来么!"……宝玉道:"我有一句心里的话要和你说说,你开了门,我到你屋里坐坐。"

却不承望麝月将宝玉带走，但"这里紫鹃被宝玉一招，越发心里难受，直直的哭了一夜"。思前想后，紫鹃弄清了宝玉是被骗与宝钗成婚，善良的紫鹃就原谅了宝玉：

"宝玉的事，明知他病中不能明白，所以众人弄鬼弄神的办成了。后来宝玉明白了，旧病复发，常时哭想，并非忘情负义之徒。今日这种柔情，一发叫人难受，只可怜我们林姑娘真真是无福消受他。如此看来，人生缘分都有一定，在那未到头时，大家都是痴心妄想。乃至无可如何，那糊涂的也就不理会了，那情深义重的也不过临风对月，洒泪悲啼。可怜那死的倒未必知道，这活的真真是苦恼伤心，无休无了。算来竟不如草木石头，无知无觉，倒也心中干净！"想到此处，倒把一片酸热之心一时冰冷了。

此时的紫鹃，对于宝玉的不解、埋怨或者恨意已经消除，她对于这红尘浊世，真的是再无一点留恋了。于是在众人同意惜春出家时：

忽见紫鹃走上前去，在王夫人面前跪下，回道："刚才太太问跟四姑娘的姐姐，太太看着怎么样？"王夫人道："这个如何强派得人的，谁愿意他自然就说出来了。"紫鹃道："姑娘修行自然姑娘愿意，并不是别的姐姐们的意思。我有句话回太太，我也并不是拆开姐姐们，各人有各人的心。我服侍林姑娘一场，林姑娘待我也是太太们知道的，实在恩重如山，无以可报。他死了，我恨不得跟了他去。但是他不是这里的人，我又受主子家的恩典，难以从死。如今四姑娘既要修行，我就求太太们将我派了跟着姑娘，服侍姑娘一辈子。不知太太们准不准。若准了，就是我的造化了。"……宝玉听到那里，想起黛玉一阵心酸，眼泪早下来了……道："我不该说的。这紫鹃蒙太太派给我屋里，我才敢说。求太太准了他罢，全了他的好心。"……王夫人道："什么依不依，横竖一个人的主意定了，那也是扭不过来的。可是宝玉说的也是一定的了。"紫鹃听了磕头。惜春又谢了王夫人。紫鹃又给宝玉宝钗磕了头。宝玉念声"阿弥陀佛! 难得,难得。不料你倒先好了!"……紫鹃终身服侍,毫不改初。

第二节　香菱:"根并荷花一茎香"

一、"香"

(一)出身清贵

香菱出身极好。她诞生于"红尘中一二等富贵风流之地",其所在家庭是当地望族。母亲性情贤淑,深明礼义。父亲甄士隐禀性恬淡,不以功名为念,每日只以观花修竹、酌酒吟诗为乐,是"神仙一流人品"。这里,脂砚斋评价道:"总写香菱根基,原与十二钗无异。"第四回通过应天府的门子口中得知:"况且她眉心中原来有米粒大小的一点胭脂痣。"胭砚斋此处评曰:"宝钗之热,黛玉之怯,悉从胎中来。今英莲有痣,其人可知矣。"可见,香菱和宝钗、黛玉都一样,都是禀赋正邪两气而来,天生聪俊灵秀。

因为这样的根基,所以虽然香菱在身份上只是薛蟠的侍妾,但是她却是少有的识字的下人。非但如此,香菱对于作诗有着一种强烈的热望。这种追求,与香菱的出身,应该是有着不可分割的联系。周思源先生认为:"香菱的文化基因就深深镌刻在她的名字尤其是原名'甄英莲'之中。"[①]凤姐也说过"差不多的主子姑娘也跟他不上"。看来,香菱的这种"根"之香,即便在那样多舛的生活形态下,一样隐隐发散出来。

(二)容貌美丽

在第一回香菱刚出场时,方三岁的她已经"生得粉妆玉琢,乖觉可喜"。

第七回周瑞家的赞道:"倒好个模样儿,竟有些像咱们东府里蓉大奶奶的品

---

① 周思源:《周思源解疑金陵十二钗》,第 129 页。

格儿。"蓉大奶奶即可卿,可卿兼有钗、黛之美,生得袅娜纤巧,行事又温柔和平。香菱"品格"与可卿相似,可见香菱从外貌到气质之不俗。贾琏和凤姐也曾盛赞香菱:

> 贾琏笑道:"正是呢,方才我见姨妈去,不防和一个年轻的小媳妇子撞了个对面,生的好齐整模样……开了脸,越发出挑的标致了。那薛大傻子真玷辱了他。"凤姐道:"嗳! 往苏杭走了一趟回来,也该见些世面了,还是这么眼馋肚饱的。你要爱他,不值什么,我去拿平儿换了他来如何? 那薛老大也是'吃着碗里看着锅里'的,这一年来的光景,他为要香菱不能到手,和姨妈打了多少饥荒。也因姨妈看着香菱模样儿好还是末则,其为人行事,却又比别的女孩子不同,温柔安静,差不多的主子姑娘也跟他不上呢,故此摆酒请客的费事,明堂正道的与他作了妾。过了没半月,也看的马棚风一般了,我倒心里可惜了的。"

风月场中游走的贾琏惊叹香菱"生的好齐整模样","开了脸,越发出挑的标致了"。其评价之高,令凤姐都不禁有了些微醋意。

（三）质朴温柔

香菱不仅模样儿标致,其为人行事又"比别的女孩子不同,温柔安静"。"香菱之为人,无人不怜爱的",因此,不算厚道的薛姨妈特地为香菱"摆酒请客的费事,明堂正道的与他作了妾",宝钗也对她多有关照,在薛蟠外出的时候,将香菱带入大观园,给了她生命中最美好、最难忘的一段时光。黛玉也不遗余力地教她作诗,甚至把自己钟爱的诗集放心地借给香菱。脂粉英雄凤姐也对其赞不绝口。袭人等下人也与她交好,毫不迟疑地将自己的新裙子给了她。香菱凭着这份来自本真的质朴真率赢得了众人的尊重和喜爱。"夫妻蕙"一节就是香菱这种性格的一个集中侧写:

外面小螺和香菱、芳官、蕊官、藕官、荳官等四五个人，都满园中顽了一回，大家采了些花草来兜着，坐在花草堆中斗草。这一个说："我有观音柳。"那一个说："我有罗汉松。"那一个又说："我有君子竹。"……这个又说："我有星星翠。"那个又说："我有月月红。"……众人没了，香菱便说："我有夫妻蕙。"荳官说："从没听见有个夫妻蕙。"香菱道："一箭一花为兰，一箭数花为蕙。凡蕙有两枝，上下结花者为兄弟蕙，有并头结花者为夫妻蕙。我这枝并头的，怎么不是夫妻蕙。"……

宝玉发现香菱的裙子脏了后，非常体谅她的境地，因而叹道："若你们家，一日遭踏这一百件也不值什么。只是头一件既系琴姑娘带来的，你和宝姐姐每人才一件，他的尚好，你的先脏了，岂不辜负他的心。二则姨妈老人家嘴碎，饶这么样，我还听见常说你们不知过日子，只会遭踏东西，不知惜福呢。这叫姨妈看见了，又说一个不清。"

于是宝玉建议将袭人的裙子送与香菱。香菱笑着摇头说："不好，他们倘或听见了倒不好。"宝玉道："这怕什么。等他们孝满了，他爱什么难道不许你送他别的不成。你若这样，还是你素日为人了！况且不是瞒人的事，只管告诉宝姐姐也可，只不过怕姨妈老人家生气罢了。"香菱想了一想有理，便点头笑道："就是这样罢了，别辜负了你的心。我等着，你千万叫他亲自送来才好。"

香菱换好裙子后，见宝玉蹲在地下，"将方才的夫妻蕙与并蒂菱用树枝儿抠了一个坑，先抓些落花来铺垫了，将这菱蕙安放好，又将些落花来掩了，方撮土掩埋平服"。于是，香菱拉宝玉的手，笑道："这又叫做什么？怪道人人说你惯会鬼鬼祟祟使人肉麻的事。你瞧瞧，你这手弄的泥乌苔滑的，还不快洗去。"宝玉笑着，方起身走了去洗手，香菱也自走开。二人已走远了数步，香菱复转身回来叫住宝玉，却又不说话，后来因别的小丫头催促，方向宝玉道："裙子的事可别向你哥哥说才好。"说毕，即转身走了。宝玉笑道："可不我疯了，往虎口里探头儿去呢。"

此处,香菱对"夫妻蕙"的定义不禁令人莞尔:"凡蕙有两枝,上下结花者为兄弟蕙,有并头结花者为夫妻蕙。"虽然荳官的玩笑有些促狭,却未必不是香菱内心真实情态的写照。薛蟠不但"老大无成……五岁上就性情奢侈,言语傲慢",更是一个霸王,连贾琏这种与薛蟠同为"皮肤淫滥"之人,都认为"那薛大傻子真玷辱了他"。但是香菱是一个忠义有德之人,以薛蟠如此之呆蛮蠢霸,香菱也因着其是自己丈夫,竟然也爱上了他。饶是薛蟠对香菱并不好,在薛蟠被柳湘莲一顿暴打之后,香菱还是"哭得眼睛肿了"。此处,薛蟠外出,香菱也是有思念的,所以"夫妻蕙"也是她此时情思的寄托。对于宝玉建议她与袭人互换裙子的建议,香菱感念其德,说"别辜负了你的心",这种温柔敦厚,真是来自纯良天性。及至看到宝玉掩埋"夫妻蕙与并蒂菱",香菱因着不解,也直接说宝玉"鬼鬼祟祟使人肉麻",毫无伪饰,听来令人不禁萌生笑意。之后又颇有些扭捏地要宝玉不要"向你哥哥说才好",这显然是因为薛蟠从不知怜惜脂粉,又令人为香菱叹息。

（四）诗思颖慧

从第四十八回开始,作者给了香菱一个浓墨重彩的章节,一个天资颖悟、极富诗情、好学执着的香菱被栩栩如生地呈现在读者面前,完成了香菱判词中"根并荷花一茎香"的描述。此处,脂砚斋也给予了香菱高度评价:

> 细想香菱之为人也,根基不让迎、探,容貌不让凤、秦,端雅不让纨、钗,风流不让湘、黛,贤惠不让袭、平,所惜者青年雁祸,命运乖蹇,至为侧室,且虽曾读书,不能与林、湘辈并驰于海棠之社耳。然此一人岂可不入园哉?故欲令入园,终无可入之隙,筹划再四,欲令入园必呆兄远行后方可。然阿呆兄又如何方可远行?曰名,不可;利,不可;无事,不可;必得万人想不到,自己忽一发机之事方可。因此思及"情"之一字,及（乃）呆素所误者,故借"情误"二字生出一事,使阿呆游艺之志已坚,则菱卿入园之隙方妥。回思因欲香菱入园,是写阿呆情误,因欲阿呆情误,先写一赖尚荣,实委婉严密之甚也。

香菱进入大观园的第一件事，就是请求宝钗教自己作诗：

> 香菱笑道："好姑娘，你趁着这个工夫，教给我作诗罢。"宝钗笑道："我说你'得陇望蜀'呢。我劝你今儿头一日进来，先出园东角门，从老太太起，各处各人你都瞧瞧，问候一声儿，也不必特意告诉他们说搬进园来。若有提起因由，你只带口说我带了你进来作伴儿就完了。回来进了园，再到各姑娘房里走走。"

在宝钗处碰了钉子，并没有打消香菱的热情。她按照宝钗的要求见过众人之后，在"宝钗等都往贾母处去了"的时候，"自己便往潇湘馆中来"。此时，是刚吃完晚饭的时节，可见香菱心情之急迫，都不能等到第二天，而是黉夜前来。她也不像有心计的、目标性强的宝钗那样去巴结奉承贾母，而是看重也相信黛玉，请黛玉来教自己作诗。果然，香菱没有看错：

> 黛玉……见香菱也进园来住，自是欢喜。香菱因笑道："我这一进来了，也得了空儿，好歹教给我作诗，就是我的造化了。"黛玉笑道："既要作诗，你就拜我作师。我虽不通，大略也还教得起你。"香菱笑道："果然这样，我就拜你作师。你可不许腻烦的。"
>
> 黛玉道："什么难事……"香菱笑道："怪道我常弄一本旧诗偷空儿看一两首，又有对的极工的，又有不对的，又听见说'一三五不论，二四六分明'。看古人的诗上亦有顺的，亦有二四六上错了的，所以天天疑惑。如今听你一说，原来这些格调规矩竟是末事，只要词句新奇为上。"黛玉道："正是这个道理，词句究竟还是末事，第一立意要紧。若意趣真了，连词句不用修饰，自是好的，这叫做'不以词害意'。"

香菱果然是根基极好，她在只能"弄一本旧诗偷空儿看一两首"的情况下，再被黛玉略加点拨，就知道"格调规矩竟是末事"，这一认识被黛玉赞为"正是这个道理"。但香菱毕竟还是门外汉，因而偏重形式，认为"只要词句新奇为上"，黛玉对这一点做了纠正，告诉她"词句究竟还是末事，第一立意要紧"。香菱听了笑道：

> "我只爱陆放翁的诗'重帘不卷留香久，古砚微凹聚墨多'，说的真有趣！"黛玉道："断不可看这样的诗。你们因不知诗，所以见了这浅近的就爱，一入了这个格局，再学不出来的。你只听我说，你若真心要学，我这里有《王摩诘全集》，你且把他的五言律读一百首，细心揣摩透熟了……你又是一个极聪敏伶俐的人，不用一年的工夫，不愁不是诗翁了！"香菱听了，笑道："既这样，好姑娘，你就把这书给我拿出来，我带回去，夜里念几首也是好的。"……香菱拿了诗，回至蘅芜苑中，诸事不顾，只向灯下一首一首的读起来。宝钗连催他数次睡觉，他也不睡。宝钗见他这般苦心，只得随他去了。

此时的香菱，终于能够得偿所愿，自然"诸事不顾"。读至此，也为香菱痛惜。

香菱一番苦读，竟将《王摩诘全集》中"凡红圈选的……尽读了"，并有了心得："据我看来，诗的好处，有口里说不出来的意思，想去却是逼真的。有似乎无理的，想去竟是有理有情的。"这个认识颇得黛玉赞许，认为"这话有了些意思"，可见香菱之聪敏通透。香菱不但从书中得知识，难得的是能结合自己的经历，从"墟里上孤烟"联想到"那年上京来"所看到的"远远的几家人家作晚饭，那个烟竟是碧青，连云直上"。并由此产生通感："谁知我昨日晚上读了这两句，倒像我又到了那个地方去了。"这种举一反三的能力，令人叹为观止。因此，宝玉也真诚地赞美香菱："会心处不在多，听你说了这两句，可知'三昧'你已得了。"

而后黛玉点化香菱说"上孤烟"是从"暖暖远人村，依依墟里烟"中来，香菱也一点即通，看了便点头叹赏。宝玉听了再次大笑道："你已得了，不用再讲，越发倒学杂了。你就作起来，必是好的。"探春也要"补一个柬"，请香菱入诗社。

这里香菱又逼着黛玉换出杜律来，又央黛玉、探春二人"出个题目，让我诌去，诌了来，替我改正"。黛玉命题之后，香菱"喜的拿回诗来，又苦思一回作两句诗，又舍不得杜诗，又读两首。如此茶饭无心，坐卧不定"。宝钗讥讽她为"呆子"，香菱也全不介意，终于写成生命中的第一首诗，拿去给黛玉看，黛玉的评价是："意思却有，只是措词不雅。皆因你看的诗少，被他缚住了。把这首丢开，再作一首，只管放开胆子去作。"

香菱听了，"默默的回来，越性连房也不入，只在池边树下，或坐在山石上出神，或蹲在地下抠土，来往的人都诧异"。在宝钗等人的眼里，"他皱一回眉，又自己含笑一回"，好似"疯了"一般。但同道中人的宝玉特别理解香菱，赞叹道："这正是'地灵人杰'，老天生人再不虚赋情性的。我们成日叹说可惜他这么个人竟俗了，谁知到底有今日。可见天地至公。"

香菱的第二首诗大有长进，尽管有"穿凿"之嫌，但黛玉认为"自然算难为他了"。虽然有些受打击，"自己扫了兴"，香菱仍然矢志不放弃，"不肯丢开手"，愈发"挖心搜胆，耳不旁听，目不别视"。众人各自散后，香菱满心中还是想诗。"至晚间对灯出了一回神，至三更以后上床卧下，两眼鳏鳏，直到五更方才朦胧睡去了。"香菱这般"苦志学诗，精血诚聚"，日间虽做不出，但却于梦中得了八句，于是又"拿来又找黛玉"。香菱把诗递给黛玉和众人看，诗曰："精华欲掩料应难，影自娟娟魄自寒。一片砧敲千里白，半轮鸡唱五更残。绿蓑江上秋闻笛，红袖楼头夜倚栏。博得嫦娥应借问，缘何不使永团圆！"这首诗，众人看过都赞道："这首不但好，而且新巧有意趣。可知俗语说：'天下无难事，只怕有心人。'"

这首诗的确是成功的。句句都围绕着月而写，却并不显露，颇为含蓄，尤其"精华欲掩料应难"之句，似是写月，却又像自况，借咏月而抒发内心情志，意近旨远。正如香菱在解释自己的名字时所说："不独菱花，就连荷叶莲蓬，都是有一股清香的。但他那原不是花香可比，若静日静夜，或清早半夜细领略了去，那一股清香比是花儿都好闻呢，就连菱角、鸡头、苇叶、芦根得了风露，那一股清香，就令人心神爽快的。"香菱的确是通体清香。

二、"伤"

香菱一生，可谓命运多舛。她生于乡宦之家，如果岁月静好，则香菱一生幸福可待。但在开篇第一回，癞头和尚便说过香菱"有命无运"。脂砚斋也暗示作者将"一把眼泪洒与闺阁之中……看他所写开卷之第一个女子便用此二语以定终身，则知托言寓意之旨"。可见，香菱的遭遇，是为了给十二钗的人生经历定下"烈火烹油、鲜花着锦之盛"到"树倒猢狲散"的基调。其后香菱三岁被拐，并"被拐子打怕了的"，连脂评都说"可怜"，"世家子女至此"。本来，得遇冯渊，本是香菱不幸命运中的一个转捩点。冯渊"人品风流，家里也颇过得"，尤其重要的是，他不以丫鬟身份看待香菱，脂评亦云"偶得机会可以跳出者"。但冯渊为表郑重，要三日之后过门，这三日凭空生出祸端，香菱又遭遇"天下第一个弄性尚气的人"薛蟠。但是至此事情也并非全无转机，因为香菱之案的主审官是贾雨村。这贾雨村当日曾受香菱之父甄士隐的厚恩，贾雨村今日之地位全蒙甄士隐所赐。若贾雨村能念当日之蒙恩而施以援手，则香菱的命运或仍可逆转。但贾雨村却是个百分百无良之人，虽然也明知薛蟠"自然姬妾众多，淫佚无度"，却丝毫不思报效恩公，反而将香菱进一步推至深渊。

在薛蟠未娶夏金桂之前，因香菱"温柔安静"，薛姨妈、宝钗等都颇看重她，香菱的日子还算得过。但薛蟠娶妻之后，香菱在凶夫狠妇的荼毒下，日子越发难过起来。在第八十回中，香菱便已"血分中有病……加以气怒伤感，内外折挫不堪，竟酿成干血之症，日渐羸瘦，饮食懒进，请医诊视服药亦不效验"。最后，按照香菱判词"根并荷花一茎香，平生遭际实堪伤。自从两地生孤木，致使香魂返故乡"，她应该"荡悠悠，把芳魂消耗"，同大观园诸芳一样流散。

第三节　"姹紫嫣红开遍"

大观园中美好的女儿众多,恰便似"姹紫嫣红开遍"。除前文所分析的丫鬟之外,金钏儿、司棋、莺儿、雪雁在文中笔墨虽然不是很多,但也都独具特色。

一、金钏儿:"日映朝霞"①

金钏儿是王夫人的贴身丫鬟。从湘云单送戒指给她与鸳鸯、袭人等来看,金钏儿亦属于贾府中一等一的丫鬟。

(一)"真"

金钏儿也是一个风流灵巧的女孩儿,天性率真爽直。

第二十三回中,在入住大观园之前,贾政叫宝玉前去训话,宝玉只得前去:

> 一步挪不了三寸,蹭到这边来。可巧贾政在王夫人房中商议事情,金钏儿、彩云、彩霞、绣鸾、绣凤等众丫鬟都在廊檐底下站着呢,一见宝玉来,都抿着嘴笑。金钏一把拉住宝玉,悄悄的笑道:"我这嘴上是才擦的香浸胭脂,你这会子可吃不吃了?"彩云一把推开金钏,笑道:"人家正心里不自在,你还奚落他。趁这会子喜欢,快进去罢。"宝玉只得挨进门去。

及至出来时,宝玉又"向金钏儿笑着伸伸舌头",带着两个嬷嬷一溜烟去了。

此处描写,宝玉和金钏儿一副两小无猜的样子,说明金钏儿不是很虑事,不太有机心。虽然同为大丫鬟,但是相比贾母、凤姐、宝玉身边的鸳鸯、平儿、袭人,金钏儿可谓单纯,做事情不是很考虑前因后果。

第二十九回清虚观打醮,王夫人"一则身上不好,二则预备着元春有人出

---

① "日映朝霞"见《红楼梦》第四十三回,宝玉祭奠金钏儿时,见到洛神像"荷出绿波,日映朝霞"之姿,便"不觉滴下泪来"。

来"，于是决定不去。虽然王夫人说过"有要逛的，只管初一跟了老太太逛去"，但是作为王夫人的贴身丫鬟，金钏儿随了凤姐等前去，而不是在家中侍候和帮助王夫人，虽然无错，但也显见玩心太重。换了袭人，是万万不会在这个时候撇下主子的。可见，金钏儿的性格中，的确比较缺乏谋略，但是恰因如此，金钏儿活得率真自然、相见以心。

（二）"烈"

如果细细揣摩第三十回的描写，可以发现里面大有玄机：

> （宝玉）来到王夫人上房内……王夫人在里间凉榻上睡着，金钏儿坐在旁边捶腿，也乜斜着眼乱恍。宝玉轻轻的走到跟前，把他耳上带的坠子一扔，金钏儿睁开眼，见是宝玉。宝玉悄悄的笑道："就困的这么着？"金钏儿抿嘴一笑，摆手令他出去，仍合上眼，宝玉见了他，就有些恋恋不舍的，悄悄的探头瞧瞧王夫人合着眼，便自己向身边荷包里带的香雪润津丹掏了一丸出来，便向金钏儿口里一送。金钏儿并不睁眼，只管噙了。宝玉上来便拉着手，悄悄的笑道："我明日和太太讨你，咱们在一处罢。"金钏儿不答。宝玉又道："不然，等太太醒了我就讨。"金钏儿睁开眼，将宝玉一推，笑道："你忙什么！'金簪子掉在井里头，有你的只是有你的'，连这句话语难道也不明白？我倒告诉你个巧宗儿，你往东小院子里拿环哥儿同彩云去。"宝玉笑道："凭他怎么去罢，我只守着你。"只见王夫人翻身起来，照金钏儿脸上就打了个嘴巴子，指着骂道："下作小娼妇，好好的爷们，都叫你教坏了。"宝玉见王夫人起来，早一溜烟去了。
>
> 这里金钏儿半边脸火热，一声不敢言语。登时众丫头听见王夫人醒了，都忙进来。王夫人便叫玉钏儿："把你妈叫来，带出你姐姐去。"金钏儿听说，忙跪下哭道："我再不敢了。太太要打骂，只管发落，别叫我出去就是天恩了。我跟了太太十来年，这会子撵出去，我还见人不见人呢！"王夫人固然是个宽仁慈厚的人，从来不曾打过丫头们一下，今忽见金钏儿行此无

耻之事，此乃平生最恨者，故气忿不过，打了一下，骂了几句。虽金钏儿苦求，亦不肯收留，到底唤了金钏儿之母白老媳妇来领了下去。那金钏儿含羞忍辱的出去，不在话下。

此处，一切的始作俑者，其实是宝玉。宝玉先将金钏儿"耳上带的坠子一扚"，金钏儿的反应是"摆手令他出去"，及至宝玉说出颇费人思量的"咱们在一处罢"，金钏儿其实也没有接茬，而是转移话题让宝玉"拿环哥儿同彩云去"。而王夫人本来在睡所谓的"中觉"，此时忽然"翻身起来"，没有一点中间过程，很明显，王夫人是在床上装睡的。她装睡的目的是想听听金钏儿到底和宝玉说了什么，事实上，金钏儿也并未说出不适宜的话，对此，王夫人也听得真真切切。但是王夫人想杀鸡儆猴，就必须找一个替死鬼。所以无论那一刻金钏儿说了什么或者没说什么，王夫人都早已决定要处置她。这种心机和狠毒，实在令人恐惧。所以紧接着，王夫人"翻身起来"，照着金钏儿劈面就是一巴掌，破口大骂她是"下作小娼妇"，并加之以"教坏爷们"的莫须有罪名，不由分说就把金钏儿撵了出去。在封建社会里，一个奴婢被诬为"教坏爷们"的"下作小娼妇"，逐出贵族之家，就等于在人格上被判处了死刑。金钏儿也明确说过："我跟了太太十来年，这会子撵出去，我还见人不见人呢！"但是王夫人仍然不为所动，最后金钏儿走投无路，只好跳井自杀。——金钏儿在被赶出的那一刻，除了赴死其实再无别的出路。

（三）"日映朝霞"

在荣国府女眷为凤姐凑份子过生日时，宝玉到了水仙庵祭奠金钏儿。此处的洛神之像颇有"翩若惊鸿，婉若游龙"之态，"荷出绿波，日映朝霞"之姿，宝玉看了便"不觉滴下泪来"。一个泥塑之像如何会令宝玉泪下？自然是在宝玉心中，金钏儿堪比洛神。作者也借茗烟之口说："只是这受祭的阴魂虽不知名姓，想来自然是那人间有一、天上无双，极聪明极俊雅的一位姐姐妹妹了。"金钏儿虽然身死，但是若地下有知宝玉这番挚情，也当唏嘘吧。

二、司棋:"烈"

司棋是贾府的家生奴才,"品貌风流","高大丰壮"。比起迎春的庸弱来,司棋是一个"烈"性之人。胡文彬先生认为:"司棋虽是侍婢,但性格却有些刚烈,敢作敢为,比其余三位丫鬟的性格显得鲜明,有棱有角的。"①

(一)脾气之泼辣暴烈

1. 表现

第六十一回中司棋率旗下小丫头大闹厨房,展现了她性格中暴烈的一面:

> 正乱时,只见司棋又打发人来催莲花儿,说他:"死在这里了,怎么就不回去?"莲花儿赌气回来,便添了一篇话,告诉了司棋。司棋听了,不免心头起火。此刻伺候迎春饭罢,带了小丫头们走来,见了许多人正吃饭,见他来的势头不好,都忙起身陪笑让坐。司棋便喝命小丫头子动手,"凡箱柜所有的菜蔬,只管丢出来喂狗,大家赚不成"。小丫头子们巴不得一声,七手八脚抢上去,一顿乱翻乱掷的。众人一面拉劝,一面央告司棋说:"姑娘别误听了小孩子的话。柳嫂子有八个头,也不敢得罪姑娘。说鸡蛋难买是真。我们才也说他不知好歹,凭是什么东西,也少不得变法儿去。他已经悟过来了,连忙蒸上了。姑娘不信瞧那火上。"
>
> 司棋被众人一顿好言,方将气劝的渐平。小丫头们也没得摔完东西,便拉开了。司棋连说带骂,闹了一回,方被众人劝去。柳家的只好摔碗丢盘自己咕嘟了一回,蒸了一碗蛋令人送去。司棋全泼了地下了。那人回来也不敢说,恐又生事。

此处,司棋之泼辣暴烈,活现纸上。

---

① 胡文彬:《红楼梦人物谈——胡文彬论红楼梦》,第154页。

2. 原因

（1）司棋必须泼辣暴烈以保护迎春和自保

迎春极度懦弱,对于下人也没有任何辖制。对于自己的奶妈,迎春认为"只有他说我的,没有我说他的"。迎春奶妈的儿媳妇威胁迎春为其奶妈讨情,居然说迎春亏了她们的钱:"常时短了这个,少了那个,那不是我们供给？谁又要去？不过大家将就些罢了。算到今日,少说些也有三十两了。"迎春竟也不反驳。

迎春房中的仆人尚且如此,贾府其他仆人对迎春想必更是能欺就欺,可侮则侮,迎春房里的丫头也必然不得势。我们细细分析第六十一回的情节,可以发现柳家的确实有看人下菜之嫌。司棋后来之所以砸了厨房,并不仅仅因为柳家的拒绝做一碗炖蛋,而是颇有些前因后果。

第一,莲花儿说过"前儿要吃豆腐,你弄了些馊的"。第二,柳家的实在口出不逊,"你娘才下蛋呢"之话,委实不堪。第三,如莲花所说,并不是"天天要"特殊的吃食,而且,"吃的是主子的,我们的分例",并没有要柳家的搭钱或者占用公家的银两。第四,柳家的确实看人下菜。因为想巴结怡红院的人,让自己的女儿也好进去服侍,所以当晴雯要吃芦蒿时,柳家的先是"忙的还问肉炒鸡炒",然后说"自己发昏",并"赶着洗手炒了,狗颠儿似的亲捧了去"。第五,探春、宝钗为吃油盐炒枸杞芽儿而给了五百钱之事,实在是特例。若人人都如此做,想来柳家的也不会特意提起此事。第六,柳家的此次义正词严,的确如莲花儿所说"今儿反倒拿我作筷子,说我给众人听",即杀鸡给猴看之意。柳家的之所以单挑司棋作法,无非就是因为迎春在贾府中没有地位。因此,司棋这次的打砸,一是久积的怨气发作,二也是借机立威,否则,迎春这一派以后在大观园中,更是人人踩得了。

（2）司棋的基因和成长环境,促成了其泼辣暴烈

司棋的亲戚多半也是生事之徒。

第六十二回,柳家的因玫瑰露等事牵进一场大风波中,司棋便和其婶子"秦显的女人"想法挤走柳家的,争取厨房的管理权。秦显家的好容易等了空子钻

了来,就开始"兴头",先是刻意查出许多亏空来诬陷柳家的,同时却悄悄将这些所谓亏空的东西让自己的子侄送到林之孝家,作为对林之孝家的推荐自己的谢礼。一面又收买同事。等最后知道自己所做都徒劳无益时,立刻"轰去魂魄,垂头丧气,登时掩旗息鼓,卷包而出"。连司棋也空兴头了一阵,"气了个倒仰,无计挽回,只得罢了"。此处的司棋,确实与婶娘秦显家的一样,市侩而庸俗,是睚眦必报之人。

司棋的"老娘"(外婆)是王善保家的。王善保家的是邢夫人的陪房和心腹,她是一个仗势欺人、庸俗、愚蠢之辈。邢夫人得了绣春囊后,欲借机生事向王夫人宣战,于是选派了自己的得力助手王善保家的将绣春囊送与王夫人。这王善保家的是何等品性呢?王善保家的"正因素日进园去那些丫鬟们不大趋奉他,他心里大不自在,要寻他们的故事又寻不着,恰好生出这事来,以为得了把柄"。听了王夫人让她同进大观园抄查后,"正撞在心坎上",又借机添油加醋进谗言,说"论理这事该早严紧的……这些女孩子们一个个倒像受了封诰似的。他们就成了千金小姐了。闹下天来,谁敢哼一声儿",又乘势告倒晴雯,导致最后晴雯身死、芳官等被逐。即便在探春处,王善保家的也愚蠢至极,生出许多事来。探春说:"可细细的搜明白了?若明日再来,我就不依了。"凤姐、周瑞家的等都赔笑说:"都翻明白了。"但王善保家的开始生事:

那王善保家的本是个心内没成算的人,素日虽闻探春的名,他自为众人没眼力没胆量罢了,那里一个姑娘家就这样起来;况且又是庶出,他敢怎么。他自恃是邢夫人陪房,连王夫人尚另眼相看,何况别个。今见探春如此,他只当是探春认真单恼凤姐,与他们无干。他便要趁势作脸献好,因越众向前拉起探春的衣襟,故意一掀,嘻嘻笑道:"连姑娘身上我都翻了,果然没有什么。"……一语未了,只听"拍"的一声,王家的脸上早着了探春一掌。探春登时大怒,指着王家的问道:"你是什么东西,敢来拉扯我的衣裳!我不过看着太太的面上,你又有年纪,叫你一声妈妈,你就狗仗人势,天天作耗，专管生事。如今越性了不得了。你打谅我是同你们姑娘那样好性儿，由着你们欺负他，就错了主意！你搜检东西我不恼，你不该拿我取笑。"说着，便亲自解衣卸裙，拉着凤姐儿细细的翻。又说："省得叫奴才来翻我身上。"凤姐、平儿等忙与探春束裙整袂，口内喝着王善保家的……那王善保家的讨了个没意思，在窗外只说："罢了，罢了，这也是头一遭挨打。我明儿回了太太，仍回老娘家去罢。这个老命还要他做什么！"探春喝命丫鬟道："你们没听他说的这话，还等我和他对嘴去不成。"待书等听说，便出去说道："你果然回老娘家去，倒是我们的造化了。只怕舍不得去。"

王善保家的这番嘴脸，却没有为自己带来任何实际利益。到了迎春处，一同搜检的凤姐及周瑞家的等人"倒要看看王家的可藏私不藏，遂留神看他搜检"。打开司棋的箱子，居然发现男人鞋袜以及司棋与表弟潘又安私通的书信，众人都唬了一跳。这时，作者写道：

这王家的一心只要拿人的错儿，不想反拿住了他外孙女儿，又气又臊。周瑞家的四人又都向着他："你老可听见了？明明白白，再没的话说了。如今据你老人家，该怎么样？"这王家的只恨没地缝儿钻进去。凤姐只瞅着他嘻嘻的笑，向周瑞家的笑道："这倒也好。不用你们作老娘的操一点儿心，他鸦雀不闻的给你们弄了一个好女婿来，大家倒省心。"周瑞家的也笑着凑趣儿。王家的气无处泄，便自己回手打着自己的脸，骂道："老不死的娼妇，怎么造下孽了！说嘴打嘴，现世现报在人眼里。"众人见这般，俱笑个不住，又半劝半讽的。凤姐见司棋低头不语，也并无畏惧惭愧之意，倒觉可异……

可见，如果不是自己的外婆损人不利己，换了其他人来抄查，也许司棋竟可以躲过这一关。——至少，不会遭受这双重侮辱。事情至此，司棋其实也已经明了自己的结局究竟如何,所以反倒"并无畏惧惭愧之意",连凤姐这见多识广的人都"倒觉可异"。续书写司棋被逐之后,又有与表弟潘又安见面而后撞墙等事。但依笔者愚见,以司棋的烈性,似乎其自裁之行为,当发生得更早。

(二) 情感之坚贞节烈

1. 重情之人

与迎春惜别一幕,读来令人泪下,说明司棋是重情之人:

> (周瑞家的)便命司棋打点走路。迎春听了,含泪似有不舍之意,因前夜已闻得别的丫鬟悄悄的说了原故,虽数年之情难舍,但事关风化,亦无可如何了。那司棋也曾求了迎春,实指望迎春能死保赦下的,只是迎春语言迟慢,耳软心活,是不能作主的。司棋见了这般,知不能免,因哭道:"姑娘好狠心! 哄了我这两日,如今怎么连一句话也没有?"……司棋无法,只得含泪与迎春磕头,和众姊妹告别,又向迎春耳根说:"好歹打听我要受罪,替我说个情儿,就是主仆一场!"迎春亦含泪答应:"放心。"
>
> 于是周瑞家的人等带了司棋出了院门,又命两个婆子将司棋所有的东西都与他拿着。走了没几步,后头只见绣桔赶来,一面也擦着泪,一面递与司棋一个绢包说:"这是姑娘给你的。主仆一场,如今一旦分离,这个与你作个想念罢。"司棋接了,不觉更哭起来了,又和绣桔哭了一回。周瑞家的不耐烦,只管催促,二人只得散了。
>
> 司棋因又哭告道:"婶子大娘们,好歹略徇个情儿,如今且歇一歇,让我到相好的姊妹跟前辞一辞,也是我们这几年好了一场。"周瑞家的等人皆各有事务,作这些事便是不得已了,况且又深恨他们素日大样,如今那里有工夫听他的话,因冷笑道:"我劝你走罢,别拉拉扯扯的了……依我说快走罢。"一面说,一面总不住脚,直带着往后角门出去了。司棋无奈,又不敢再说,只得跟了出来。

2. 爱情之坚贞节烈

司棋被逐之后,终有一日,其表弟潘又安回来了,书上写道:

　　自从司棋出去,终日啼哭。忽然那一日他表兄来了,他母亲见了,恨得
什么似的,说他害了司棋,一把拉住要打。那小子不敢言语。谁知司棋听
见了,急忙出来老着脸和他母亲道:"我是为他出来的,我也恨他没良心。
如今他来了,妈要打他,不如勒死了我。"他母亲骂他:"不害臊的东西,你心
里要怎么样?"司棋说道:"一个女人配一个男人。我一时失脚上了他的当,
我就是他的人了,决不肯再失身给别人的。我恨他为什么这样胆小,一身
作事一身当,为什么要逃。就是他一辈子不来了,我也一辈子不嫁人的。
妈要给我配人,我原拼着一死的。今儿他来了,妈问他怎么样。若是他不
改心,我在妈跟前磕了头,只当是我死了,他到那里,我跟到那里,就是讨饭
吃也是愿意的。"他妈气得了不得,便哭着骂着说:"你是我的女儿,我偏不
给他,你敢怎么着。"那知道那司棋这东西糊涂,便一头撞在墙上,把脑袋撞
破,鲜血直流,竟死了。

其后,潘又安也殉情而死。此事连凤姐听了都诧异,叹司棋"敢只是这么个烈性
孩子"。——王昆仑先生认为司棋和潘又安都是"恋爱至上主义者"[1]。"讨饭吃
也是愿意的"这掷地有声的爱情宣言,令司棋的形象熠熠生辉。

三、莺儿:巧

莺儿是宝钗的贴身丫鬟,原名黄金莺,宝钗嫌拗口,遂改叫莺儿。

(一)心慧手巧

1. 心慧

莺儿甚是乖巧,她明了宝钗的心思,于是时刻不忘在宝玉面前提起"金玉良

---

[1]　王昆仑:《红楼梦人物论》,第79页。

姻"。第八回中，宝玉去探望宝钗，宝钗要求观看宝玉的通灵玉：

> 宝钗看毕，又从新翻过正面来细看，口内念道："莫失莫忘，仙寿恒昌。"念了两遍，乃回头向莺儿笑道："你不去倒茶，也在这里发呆作什么？"莺儿嘻嘻笑道："我听这两句话，倒像和姑娘的项圈上的两句话是一对儿。"宝玉听了，忙笑道："原来姐姐那项圈上也有八个字，我也赏鉴赏鉴。"宝钗道："你别听他的话，没有什么字。"宝玉笑央："好姐姐，你怎么瞧我的了呢。"宝钗被缠不过，因说道："也是个人给了两句吉利话儿，所以錾上了，叫天天带着，不然，沉甸甸的有什么趣儿。"一面说，一面解了排扣，从里面大红袄上，将那珠宝晶莹、黄金灿烂的璎珞掏将出来。宝玉忙托了锁看时，果然一面有四个篆字，两面八字，共成两句吉谶……
>
> 宝玉看了，也念了两遍，又念自己的两遍，因笑问："姐姐这八个字倒真与我的是一对。"莺儿笑道："是个癞头和尚送的，他说必须錾在金器上——"宝钗不待说完，便嗔他不去倒茶，一面又问宝玉从那里来。

此处，宝钗将宝玉玉上的八个字"莫失莫忘，仙寿恒昌"念了两遍，然后"乃回头向莺儿笑道"。而且，并不是莺儿先发问倒茶与否，完全是宝钗自己先"念"再"问"，此处细品，颇可玩味。莺儿何等机灵，听完之后，也不回答倒茶的事情，而回复"我听这两句话，倒像和姑娘的项圈上的两句话是一对儿"。难为了不识字的莺儿，居然把宝钗认为"沉甸甸的有什么趣儿"的金锁上的字，记诵得一清二楚，而且明白是什么意思，并知道与宝玉的玉是可以相配的。

宝玉果然被套牢，于是讨要金锁看。看完之后，宝玉也发现"这八个字倒真与我的是一对"。莺儿这时再次提醒宝玉这个金锁必须錾在金器上。宝钗不等莺儿说完，再次嗔着："不去倒茶！"

莺儿的两次插话，实在精妙，将宝钗的金锁和金玉之关系，揭露无疑。

在第三十五回中，宝玉烦请莺儿帮打络子。宝玉这个四体不勤的人，全无劳苦概念,竟说:"不管装什么的,你都每样打几个罢。"此时的莺儿语笑嫣然,拍手笑道:"这还了得! 要这样,十年也打不完了。"后来宝玉一面看莺儿打络子,一面说闲话,宝玉道:

　　"宝姐姐也算疼你了。明儿宝姐姐出阁,少不得是你跟去了。"莺儿抿嘴一笑。宝玉笑道:"我常常和袭人说,明儿不知那一个有福的消受你们主子奴才两个呢。"莺儿笑道:"你还不知道,我们姑娘有几样世人都没有的好处呢,模样儿还在次。"宝玉见莺儿娇憨婉转,语笑如痴,早不胜其情了,那更提起宝钗来! 便问他道:"好处在那里? 好姐姐,细细告诉我听。"莺儿笑道:"我告诉你,你可不许又告诉他去。"宝玉笑道:"这个自然的。"

此时,宝玉的一片心都被莺儿的"娇憨婉转,语笑如痴"吸引着,莺儿却再次提起宝钗"有几样世人都没有的好处呢",果然是一个忠心的丫鬟,时时刻刻不忘记自己主子的心思。之后宝钗来了,来了便提醒"倒不如打个络子把玉络上呢"。一句话提醒了宝玉,拍手笑道:"倒是姐姐说得是,我就忘了。只是配个什么颜色才好?"宝钗道:"若用杂色断然使不得,大红又犯了色,黄的又不起眼,黑的又过暗。等我想个法儿:把那金线拿来,配着黑珠儿线,一根一根的拈上,打成络子,这才好看。"——这里的"把那金线拿来"配着玉,被很多评家解释为宝钗在暗示"金玉良姻",这种解释,也实非妄断。

　　在第五十六回,平儿建议让莺儿的妈妈弄香草,宝钗说:

　　"怡红院有个老叶妈,他就是茗烟的娘。那是个诚实老人家,他又和我们莺儿的娘极好,不如把这事交与叶妈。他有不知的,不必咱们说,他就找莺儿的娘去商议了。那怕叶妈全不管,竟交与那一个,那是他们私情儿,有人说闲话,也就怨不到咱们身上了。如此一行,你们办的又至公,于事又甚妥。"李纨平儿都道:"是极。"探春笑道:"虽如此,只怕他们见利忘义。"平儿笑道："不相干，前儿莺儿还认了叶妈做干娘，请吃饭吃酒，两家和厚的好的很呢。"

茗烟的妈妈为何成了莺儿的干娘，这一段公案，作品中没有明确表示。但是宝钗作为一个主子，对于下人之间的交往居然如此了解。再结合前文莺儿对宝钗心事的知晓以及处处记挂着"金玉"之配，我们至少可以做些猜想：茗烟是宝玉旗下第一个得力的小厮，宝玉也深为信任他。与茗烟搞好关系，对于"金玉良姻"的撮合，至少是有利无害的。

莺儿积极撮合宝钗与宝玉，其间是否有为自己打算的意图呢？作为丫鬟，莺儿的未来也无非是嫁人：或者配给贾府或者薛家的小厮，或者卖出去，再或者做通房大丫头。作为宝钗最密切的贴身丫鬟，莺儿成为通房大丫头的可能性还是非常大的，这从三十五回中宝玉那句"消受你们主子奴才两个呢"的戏言中即可看出。莺儿知道薛姨妈和宝钗内心都已经取中宝玉，从尽忠的角度，她应该帮助宝钗。为自己的话，作为通房大丫头，有个相对好一些的男主子也至为重要。莺儿身处薛家，亲眼看到过香菱在薛蟠的压榨践踏之下的痛苦生活，因此在她的眼界中，宝玉实在是一个难得的理想对象。为小姐也罢，为自己也罢，莺儿自然都要不遗余力地为"金玉良姻"奔走。

2. 手巧

莺儿手巧，擅长打络子，并且有着绝妙的配色审美。她和宝玉关于打络子配色的对话，简直是一幅美好的图画：

莺儿道："汗巾子是什么颜色的？"宝玉道："大红的。"莺儿道："大红的须是黑络子才好看的，或是石青的才压的住颜色。"宝玉道："松花色配什么？"莺儿道："松花配桃红。"宝玉笑道："这才娇艳。再要雅淡之中带些娇艳。"莺儿道："葱绿柳黄是我最爱的。"宝玉道："也罢了，也打一条桃红，再打一条葱绿。"莺儿道："什么花样呢？"宝玉道："共有几样花样？"莺儿道：

"一炷香，朝天凳，象眼块，方胜，连环，梅花，柳叶。"宝玉道："前儿你替三姑娘打的那花样是什么?"莺儿道："那是攒心梅花。"宝玉道："就是那样好。"

此外，莺儿还编得一手好花篮。

第五十九回中，莺儿和蕊官一路顺着柳堤走来。因见"柳叶才吐浅碧，丝若垂金"，莺儿便笑道：

> "你会拿着柳条子编东西不会?"蕊官笑道："编什么东西?"莺儿道："什么编不得? 顽的使的都可。等我摘些下来，带着这叶子编个花篮儿，采了各色花放在里头，才是好顽呢。"说着，且不去取硝，且伸手挽翠披金，采了许多的嫩条，命蕊官拿着。莺儿一行走一行编花篮，随路见花便采一二枝，编出一个玲珑过梁的篮子。枝上自有本来翠叶满布，将花放上，却也别致有趣。喜的蕊官笑道："姐姐，给了我罢。"莺儿道："这一个咱们送林姑娘，回来咱们再多采些，编几个大家玩。"

及至到了潇湘馆中，对美的品味甚高的黛玉也说："怪道人赞你的手巧，这玩意儿却也别致。"

（二）个性率真

第二十回中，贾环跟莺儿赶围棋作耍，后来接连输了几盘，便有些着急：

> 因拿起骰子来，狠命一掷，一个作定了五，那一个乱转。莺儿拍着手只叫"幺"，贾环便瞪着眼，"六——七——八"混叫。那骰子偏生转出幺来。贾环急了，伸手便抓起骰子来，然后就拿钱，说是个六点。莺儿便说："分明是个幺!"宝钗见贾环急了，便瞅莺儿说道："越大越没规矩，难道爷们还赖你? 还不放下钱来呢!"莺儿满心委屈，见宝钗说，不敢则声，只得放下钱来，口内嘟囔说："一个作爷的，还赖我们这几个钱，连我也不放在眼里。前

儿我和宝二爷玩,他输了那些,也没着急。下剩的钱,还是几个小丫头子们一抢,他一笑就罢了。"宝钗不等说完,连忙断喝。贾环道:"我拿什么比宝玉呢。你们怕他,都和他好,都欺负我不是太太养的。"说着,便哭了。宝钗忙劝他:"好兄弟,快别说这话,人家笑话你。"又骂莺儿。

此处可见,莺儿个性率真耿直,这一点与宝钗迥异。

第五十九回中,春燕阻止莺儿折柳条子编花篮,莺儿道:

> 别人乱折乱掐使不得,独我使得。自从分了地基之后,每日里各房皆有分例,吃的不用算,单管花草顽意儿。谁管什么,每日谁就把各房里姑娘丫头戴的,必要各色送些折枝的去,还有插瓶的。惟有我们姑娘说了:"一概不用送,等要什么再和你们要。"究竟没有要过一次。我今便掐些,他们也不好意思说的。

及至春燕被姑妈训斥后,莺儿还添油加醋、不怕事大地开玩笑:"姑妈,你别信小燕的话。这都是他摘下来的,烦我给他编,我撺他,他不去。"那婆子听莺儿如此说,便以老卖老,拿起拐杖来向春燕身上击上几下。莺儿本是顽话,忽见婆子认真动了气,忙上去拉住,笑道:"我才是玩话,你老人家打他,我岂不愧?"那婆子道:"姑娘,你别管我们的事,难道为姑娘在这里,不许我管孩子不成?"莺儿听见这般蠢话,便赌气红了脸,撒了手冷笑道:"你老人家要管,那一刻管不得,偏我说了一句玩话就管他了。我看你老管去!"说着,便坐下,仍编柳篮子。

后来春燕的娘又过来骂春燕,莺儿忙道:"那是我们编的,你老别指桑骂槐。"春燕啼哭着往怡红院去了,莺儿便赌气将花柳皆掷于河中,自回房去。

这里,莺儿实在大快人心!"别人乱折乱掐使不得,独我使得"说得理直气壮,令人无法驳回。见春燕的姑妈拿春燕出气,莺儿也义正词严地拦着:"我才是玩话，你老人家打她，我岂不愧?"看劝说不成，莺儿也毫无惧色，不管不顾，继续坐下编篮子，让春燕姑妈无可奈何。一方面说话句句在理，颇为硬气，另一方面又句句不离"姑妈""你老"，有智慧，有勇气，简直是一个小侠女。

（三）莺儿之被训化

但是，有如此率真天性的莺儿，却被宝钗日复一日地训化着。前去帮宝玉打络子时，宝玉让座，玉钏便向一张杌子上坐了，莺儿不敢坐下。袭人便忙端了个脚踏来，莺儿还不敢坐。后来幸亏袭人将莺儿拉倒别的房里去吃茶说话去了，否则，莺儿无论如何不肯坐下，这段公案，不知道作者将如何做结。

前文所述贾环作弊、莺儿被训一事，其实就是莺儿被训化的过程。宝钗弹压莺儿，其目的无非是用封建阶级"主尊奴卑"的等级观念来对莺儿实施奴化教育。对比紫鹃竟然敢于说"姑娘竟有七分不是"，黛玉和紫鹃、宝钗和莺儿这两对主仆，在感情的醇厚和对彼此的尊重上，可以说高下立见。

按照莺儿被宝钗教育、奴化的方式，续书对莺儿性格的叙写是合乎逻辑的。在第一百一十八回，作者这样描述了莺儿：

> 宝玉自在静室冥心危坐，忽见莺儿端了一盘瓜果进来……莺儿又道："太太说了，二爷这一用功，明儿进场中了出来，明年再中了进士，作了官，老爷太太可就不枉了盼二爷了。"……莺儿忽然想起那年给宝玉打络子的时候宝玉说的话来，便道："真要二爷中了，那可是我们姑奶奶的造化了。二爷还记得那一年在园子里，不是二爷叫我打梅花络子时说的，我们姑奶奶后来带着我不知到那一个有造化的人家儿去呢。如今二爷可是有造化的罢咧。"

莺儿在此处的言行，确实体现着宝钗重仕途经济的价值观。只可惜，宝钗最后的命运是"金簪雪里埋"，则莺儿也当忍受这凄凉的生活。可怜这娇俏如黄莺儿一般啁啾婉转的女孩，就这样暗哑了自己的声音。

四、雪雁:唯知自保

同为黛玉的丫鬟,与紫鹃相比,雪雁的形象暗淡许多。

雪雁在开篇第三回便已出场:

> 黛玉只带了两个人来:一个是自幼奶娘王嬷嬷,一个是十岁的小丫头,亦是自幼随身的,名唤作雪雁。贾母见雪雁甚小,一团孩气,王嬷嬷又极老,料黛玉皆不遂心省力的,便将自己身边的一个二等丫头,名唤鹦哥者与了黛玉。

在此,紫鹃、雪雁的对比,已经很鲜明。

雪雁的第二次出场在第八回。黛玉去探望宝钗,发现宝玉已经在此,黛玉便些微有些不悦。偏宝钗劝宝玉别喝冷酒,"从此还不快不要吃那冷的了",虽有情理,却透着一种别样的亲热,宝玉立刻"便放下冷酒,命人暖来方饮"。这一幕,黛玉是颇有些醋意的。于是,黛玉"磕着瓜子儿,只抿着嘴笑"。可巧这时雪雁来给黛玉送小手炉,黛玉因含笑问雪雁:

> "谁叫你送来的? 难为他费心,那里就冷死了我!"雪雁道:"紫鹃姐姐怕姑娘冷,使我送来的。"黛玉一面接了,抱在怀中,笑道:"也亏你倒听他的话。我平日和你说的,全当耳旁风,怎么他说了你就依,比圣旨还快些!"宝玉听这话,知是黛玉借此奚落他,也无回复之词,只嘻嘻的笑两声罢了。宝钗素知黛玉是如此惯了的,也不去睬他。薛姨妈因道:"你素日身子弱,禁不得冷的,他们记挂着你倒不好?"黛玉笑道:"姨妈不知道。幸亏是姨妈这里,倘或在别人家,人家岂不恼? 好说就看的人家连个手炉也没有,巴巴的从家里送个来。不说丫鬟们太小心过逾,还只当我素日是这等轻狂惯了呢。"薛姨妈道:"你这个多心的,有这样想,我就没这样心。"

这里的对话，是颇有些火药味的。如果是紫鹃前来，"慧"紫鹃或者会有些别的应答来帮助黛玉，但是雪雁答过黛玉之后，便一味沉默，一种置身事外的感觉。

第五十七回中，雪雁曾对紫鹃讲述：

> "姐姐你听笑话儿：……赵姨奶奶……给他兄弟伴宿坐夜，明儿送殡去，跟他的小丫头子小吉祥儿没衣裳，要借我的月白缎子袄儿。我想他们一般也有两件子的，往脏地方儿去恐怕弄脏了，自己的舍不得穿，故此借别人的。借我的弄脏了也是小事，只是我想，他素日有些什么好处到咱们跟前，所以我说了：'我的衣裳簪环都是姑娘叫紫鹃姐姐收着呢。如今先得去告诉他，还得回姑娘呢。姑娘身上又病着，更费了大事，误了你老出门，不如再转借罢。'"紫鹃笑道："你这个小东西子倒也巧。你不借给他，你往我和姑娘身上推，叫人怨不着你。他这会子就下去了，还是等明日一早才去？"雪雁道："这会子就去的，只怕此时已去了。"

在大观园中，赵姨娘是讨嫌的人物，况且又是自己明明有衣服却怕脏了而不穿，因而向别人借。雪雁不愿意出借，倒是也无可厚非。不过雪雁却将原因推到黛玉和紫鹃身上，让赵姨娘怨恨不到她身上，所以紫鹃说"你这个小东西子倒也巧"，"叫人怨不着你"。非但如此，雪雁还将不借的原因说得无法驳回，"如今先得去告诉他，还得回姑娘呢。姑娘身上又病着，更费了大事，误了你老出门，不如再转借罢"。按照雪雁的说法，如果七拐八绕的势必耽误赵姨娘的正事，所以不借反倒是正理，并且帮赵姨娘想了别的实用对策——"不如再转借罢"。而且雪雁口口声声叫着"你老"，让赵姨娘也不好当场发作。赵姨娘若果真再转借去，多半也借不出来。这时候，雪雁的拒绝就不是单独行为了，赵姨娘更痛恨不了她。这种迂回曲折的说话方式，很好地保护了自己。

雪雁的这种特征，或者有天性的成分，但是她成长环境中的某些因素，也无可置疑地加强了这种性格。雪雁是黛玉从林家带来的丫鬟，应该从小便跟在黛玉身边,与黛玉一样历经了许多林家变故。看林如海的性格,林家应该是宽以待人之家。雪雁在林家时,必是颇觉得舒适。但是黛玉幼年时,弱弟先夭亡,其后母亲贾敏亦病逝,这种经历,在黛玉的性格中烙下了一些负面因素。对于同样年幼的雪雁,也不可能一无影响。

后来,雪雁又随着黛玉背井离乡,来到一个陌生的贾府。这里的习惯与林家颇为不同,连吃茶的方式都不一样。贾府"一年三百六十日,风刀霜剑严相逼",连黛玉都要处处小心,时时留意。黛玉毕竟是主子,又被贾母宠爱,府中上下人等面对黛玉的时候势必会多些小心。但雪雁就不一样了。她只是一个小丫鬟,年纪又小,不像鸳鸯、平儿那样有什么威权,也不似袭人那般心机深重,会处处为自己铺路、拉拢人,也没有紫鹃的大智慧。所以,雪雁只能渐渐养成以自保为上的性格,像保护自己的"月白缎子袄儿"一样,谋求着一份安全感。

在这个意义上,续书是合理的。

在第九十八回中,王夫人等行瞒天过海之计骗宝玉成婚时,林之孝家的来传话,需要"用紫鹃姑娘使唤使唤"。紫鹃断然拒绝了:"林奶奶,你先请罢。等着人死了我们自然是出去的,那里用这么……"后来还是平儿让雪雁代替紫鹃前去。"却说雪雁看见这般光景,想起他家姑娘,也未免伤心,只是在贾母、凤姐跟前不敢露出。"雪雁又想道:

> "也不知用我作什么,我且瞧瞧。宝玉一日家和我们姑娘好的蜜里调油,这时候总不见面了,也不知是真病假病。怕我们姑娘不依,他假说丢了玉,装出傻子样儿来,叫我们姑娘寒了心。他好娶宝姑娘的意思。我看看他去,看他见了我傻不傻。莫不成今儿还装傻么!"一面想着,已溜到里间屋子门口,偷偷儿的瞧。这时宝玉虽因失玉昏愦,但只听见娶了黛玉为妻……真乐得手舞足蹈……雪雁看了,又是生气又是伤心,他那里晓得宝玉的心事,便各自走开。
>
> 一时……家里细乐迎出……傧相请了新人出轿。宝玉见新人蒙着盖

头……下首扶新人的你道是谁,原来就是雪雁。宝玉看见雪雁,犹想:"因何紫鹃不来,倒是他呢?"又想道:"是了,雪雁原是他南边家里带来的,紫鹃仍是我们家的,自然不必带来。"因此见了雪雁竟如见了黛玉的一般欢喜……宝玉……按捺不住……上前揭了……盖头,雪雁走开,莺儿等上来伺候。宝玉睁眼一看,好像宝钗,心里不信,自己一手持灯,一手擦眼,一看,可不是宝钗么!……宝玉发了一回怔,又见莺儿立在旁边,不见了雪雁。宝玉此时心无主意,自己反以为是梦中了,呆呆的只管站着。

这里,雪雁虽然心里也颇为怨恨宝玉的薄情,却没有半点反抗和不合作。当然,作为贾府仆役,凤姐这样的威权人物的命令,雪雁不可能不听,她也并非主动抛下病重的黛玉去攀高枝,但是相比紫鹃,雪雁的确是多了一些自保,少了一些忠心和决绝。

第九章
文学形象对比分析

晴雯风流灵巧,相见以心。袭人亦顺亦默,在封建正统的眼光中,她中正和平。本章将从这两个角度分析《红楼梦》以及其他文学作品中与晴雯、袭人有类比意义的人物形象。

第一节　以晴雯为代表:相见以心

一、作品内部对比分析

(一)黛玉

脂砚斋曾说:"余谓晴有林风,袭乃钗副,真真不错。"

第一,晴雯在形貌上与黛玉颇为相似。王夫人曾说:"上次我们跟了老太太进园逛去,有一个水蛇腰,削肩膀,眉眼又有些像你林妹妹的。"

第二,在大观园众人中,作者只给了黛玉和晴雯相同的芙蓉花意象。在《红楼梦》第六十三回"寿怡红群芳开夜宴,死金丹独艳理亲丧"中,各人掣花名签子,宝钗拿到的是牡丹花,探春的是杏花,李纨的是老梅,湘云的是海棠。轮到黛玉的时候,黛玉默默想道:"不知还有什么好的被我掣着也好。"一面伸手取了一根,只见上面画着一朵芙蓉,题着"风露清愁"四字,那面一句诗,道是:"莫怨东风当自嗟。"众人都笑说:"这个好极。除了他,别人不配做芙蓉。"

同样的芙蓉意象,作者也赋予了晴雯。第七十八回中有这样的描写:

(宝玉)猛然见池上芙蓉,想起小丫鬟说晴雯作了芙蓉之神,不觉又喜欢起来，乃看着芙蓉嗟叹了一会。忽又想起死后并未到灵前一祭，如今何不在芙蓉前一祭，岂不尽了礼，比俗人去灵前祭吊又更觉别致……竟杜撰成一篇长文，用晴雯素日所喜之冰鲛縠一幅楷字写成，名曰《芙蓉女儿诔》，前序后歌。又备了四样晴雯所喜之物，于是夜月下，命那小丫头捧至芙蓉花前。先行礼毕，将那诔文即挂于芙蓉枝上，乃泣涕念曰：……

读毕，遂焚帛奠茗，犹依依不舍……忽听山石之后有一人笑道："且请留步。"二人听了，不免一惊。那小鬟回头一看，却是个人影从芙蓉花中走出来，他便大叫："不好，有鬼。晴雯真来显魂了！"唬得宝玉也忙看时……走出来细看，不是别人，却是林黛玉，满面含笑，口内说道："好新奇的祭文！可与《曹娥碑》并传的了。"

此处，脂砚斋明确指出："虽诔晴雯，实乃诔黛玉也。"

第三，在大观园中，黛玉与晴雯有一定接触，性格较为相投。

第三十四回中写到，宝玉挨打之后，黛玉虽来探视过，但是宝玉仍旧心下记挂着黛玉，满心里要打发人去，只是怕袭人，便设一法，先使袭人往宝钗那里去借书。袭人去了，宝玉便命晴雯来吩咐道：

"你到林姑娘那里看看他做什么呢。他要问我，只说我好了。"晴雯道："白眉赤眼，做什么去呢？ 到底说句话儿，也像一件事。"宝玉道："没有什么可说的。"晴雯道："若不然，或是送件东西，或是取件东西，不然我去了怎么搭讪呢？"宝玉想了一想，便伸手拿了两条手帕子撂与晴雯，笑道："也罢，就说我叫你送这个给他去了。"晴雯道："这又奇了。他要这半新不旧的两条手帕子？ 他又要恼了，说你打趣他。"宝玉笑道："你放心，他自然知道。"

——这里，晴雯是完全了解宝玉、黛玉之间情感的。因而对于宝玉要她去探望黛玉这样"白眉赤眼"的命令，她非但没有阻挠，反而建议宝玉送件东西，也好搭讪。宝玉接受了这个建议：

> 　　晴雯听了，只得拿了帕子往潇湘馆来……晴雯道："二爷送手帕子来给姑娘。"黛玉听了，心中发闷："做什么送手帕子来给我？"因问："这帕子是谁送他的？必是上好的，叫他留着送别人去罢，我这会子不用这个。"晴雯笑道："不是新的，就是家常旧的。"林黛玉听见，越发闷住，着实细心搜求，思忖一时，方大悟过来，连忙说："放下，去罢。"晴雯听了，只得放下，抽身回去，一路盘算，不解何意。
>
> 　　这里林黛玉体贴出手帕子的意思来，不觉神魂驰荡：宝玉这番苦心，能领会我这番苦意，又令我可喜，我这番苦意，不知将来如何，又令我可悲；忽然好好的送两块旧帕子来，若不是领我深意，单看了这帕子，又令我可笑；再想令人私相传递与我，又可惧；我自己每每好哭，想来也无味，又令我可愧。如此左思右想，一时五内沸然炙起。黛玉由不得徐意绵缠，令掌灯，也想不起嫌疑避讳等事，便向案上研墨蘸笔，便向那两块旧帕上走笔写道……却不知病由此萌。

因为彼此之间有着这种理解，在晴雯屈死之后，黛玉真挚地为晴雯的诔文做了修改，将"红绡帐里，公子情深"改为"茜纱窗下，公子多情"，后又经宝玉之口说出"茜纱窗下，我本无缘；黄土垄中，卿何薄命"这一句寓意深长的话，暗示了黛玉与晴雯相似的命运。

　　第四，与黛玉类似，晴雯对宝玉也饱含一片深情，愿意为之赴汤蹈火。第五十二回"俏平儿情掩虾须镯，勇晴雯病补雀金裘"一节，晴雯重病，偏宝玉弄坏了贾母给的雀金裘。只有晴雯认得原料以及知道如何修补，为了不使宝玉第二天为难，晴雯虽然"头重身轻，满眼金星乱迸，实实撑不住"，但"挣命""恨命咬牙捱着"，过程中常常"头晕眼黑，气喘神虚"，不得不"补不上三五针，伏在枕上歇一会"，最后总算帮宝玉渡过一难。此处，晴雯病重，考虑到当时的医疗条件，再熬夜费尽全部心血补衣服，确实有性命之虞。但是对宝玉的爱支撑着晴雯，终于完成了这一工作，自己也再度累倒。这种杜鹃啼血一样的深情，一如黛玉之对宝玉。

在第七十七回"俏丫鬟抱屈夭风流，美优伶斩情归水月"中，晴雯一吐积压在自己心头多年的情愫，将内心衷曲完全倾诉。换个角度看，何尝不是黛玉的心声！

（二）妙玉

妙玉是"金陵十二钗"之一。居住在贾府，但身份是尼姑。妙玉美丽而天资颖慧，第七十六回"凹晶馆续诗"，能被目无下尘的黛玉、湘云"赞赏不已"，称作"诗仙"，其品性气质可知。但是她又不能完全忘却红尘，尤其是与宝玉，衍生出了一种似有似无却又颇有张力的情愫。

妙玉也是与晴雯、黛玉等一般相见以心的人物。此处，我们从黛玉与妙玉对比的角度来加以分析。

黛玉与妙玉的相似之处，首先在于两人的名字中都有"玉"。《红楼梦》中，宝玉、宝钗、湘云，因着"金"有了联系；宝玉、黛玉、妙玉，则因着"玉"而有了联系。在一定程度上说，在《红楼梦》的女性形象中，黛玉与妙玉二人在品性上，也具备了"玉"的特质。妙玉在作品中出现虽然不多，但她无疑是作者非常珍爱的人物之一。在《世难容》中，作者毫不保留地赞美妙玉："气质美如兰，才华阜比仙。"

其次，同黛玉一样，妙玉也有着率真和看似收敛实则锋利的光芒，她同样敢直言不讳地表达自己的思想和观点。同时，黛玉与妙玉都孤傲而清高。因此，黛玉在《葬花吟》中吟诵的"质本洁来还洁去，强于污淖陷渠沟"，都成为两个人共同的追求。可惜妙玉生不逢时，未能像黛玉一样，以死亡的方式在末世中留得清白。

最后，黛玉、妙玉都是受宝玉欣赏的女性，宝玉与她们彼此之间也都有惺惺相惜之感。黛玉与宝玉彼此的爱恋自然不需细说。妙玉对宝玉同样有着难以说清的爱恋。出家人本应是四大皆空、六根清净,但是妙玉出家本来就不是个人内心的选择,按照书中所写,是因身体不好被迫带发修行,这就奠定了妙玉"云空未必空"的修行状态。一个正值妙龄、无论相貌还是才情都无限美好的少女,内心世界怎么可能荒芜一片呢?况且宝玉也的确是会令他周遭的女孩们心动的对象。所以只要一面对宝玉,妙玉这个"槛外人"便不自禁地开始向红尘世界迈进了。

第四十一回中,贾母带着刘姥姥一行人来到栊翠庵。之后妙玉悄悄示意黛玉与宝钗来喝茶,其实她真正的目的所在却是宝玉,并且用自己平时喝茶的绿玉斗杯来为宝玉斟茶。一个有着洁癖的女尼,如此举动其实并不合宜,但是此间我们却看到妙玉之内心深意。第六十三回宝玉生日之际,应该万事不关心、片尘不染的妙玉,却主动送来一张贺帖,虽署名"槛外人",但此时妙玉却已经是身在佛门心向红尘了。而表露了这种情愫的,不但是妙玉拜寿帖的行为,也包括宝玉近似夸张的反应。六十三回中写宝玉看完帖子后,"直跳了起来,忙问:'这是谁接了来的?也不告诉!'"并马上吩咐:"快拿纸来!"急着写回帖。可以说这种双重的描写把两人间的微妙关系揭示无遗。

妙玉与宝玉关系微妙的另一个证据是:妙玉居然能够置身于"金陵十二钗正册",并且名列第六,位于迎春之前,仅仅排在宝钗、黛玉、元春、探春、湘云之后,其重要性不得不令人刮目。"金陵十二钗"全是贾府的女子,何以让一个非贾府的人,而且是尼姑身份的人进入"金陵十二钗"呢?足见作者对妙玉之重视。对"十二钗"之身份稍做分析或可发现其中关目:钗、黛与宝玉有婚恋关系;"四春"是宝玉的姐妹;纨、凤是宝玉的嫂子;巧姐是凤姐之女;湘云是贾母的至亲,且与大观园众人来往甚密,又与宝玉因金麒麟而产生出另一份金玉情缘;秦可卿亦属贾府人物,并且与宝玉关系较为暧昧。可见,能上"金陵十二钗正册"的,要么是身为贾府一员,要么与宝玉有某种情愫。妙玉显然属于后一种。在《红楼梦曲·世难容》中作者也慨叹"又何须,王孙公子叹无缘",句中"王孙公子"除了宝玉绝无他属。

（三）龄官

龄官是贾府戏班中的十二官之一。她真率不伪饰,同样属于相见以心的人物。此处,亦从与黛玉对比的角度来进行分析。

1. 相似之处

第一,龄官与黛玉的相似之处在于形似。龄官与黛玉形貌方面的相像,作者在第三十回中通过宝玉的眼睛做了描述:"只见这女孩子眉蹙春山,眼颦秋水,面薄腰纤,袅袅婷婷,大有林黛玉之态。"另外,从第三十六回龄官的自述中可见她也体弱,"咳嗽出两口血来"的病症也与黛玉相似。同时,一句"大有林黛玉之态"已经点出黛玉和龄官的相似,其实不仅仅局限在形似一点上,其神也有相似之处。

龄官与黛玉的神似,首先在个性上。龄官不媚上,坚持自己的个性,有非常孤傲的一面。龄官一出场,其性格特点便显露出来。龄官是在元妃省亲时亮相戏台的。演出结束后,元妃额外赏赐龄官,说其极好,并令其再演两出。贾蔷命龄官演《游园》《惊梦》,但是龄官坚决认为这原非本角之戏,执意不演,定要演《相约》《相骂》二出,贾蔷扭不过,只得依她。元春倒也没有因此苛责龄官,反倒命令不可难为了这女孩子,命对之要好生教习,并额外赏赐了很多东西。此处龄官执意不演非本角之戏,一出场就显得很有主见,不唯主子是尊,个性毕露。

作为一个地位低下、供人取乐的戏子,有这样超卓的意识和实践的勇气,是相当不容易的。须知贾府如同当时的其他封建大家族一样等级森严。这种等级不但表现在主仆之间,就连同级之中,也都界限分明。比如贾府之中地位最高的首推元春,因为她已经属于皇室成员。凤姐虽然是第三代的一个年轻媳妇,但是因其专权用事和善于巴结贾母,在贾府之中其实际地位远高于同辈中人。而仆人中间也彼此分成了三六九等。龄官等人虽常常有机会为主子们唱戏,但是就连梨香院地位最低下的老婆子也成了管束她们的官派"干娘"。龄官敢于在这样的环境中坚持自己,是需要相当的勇气的。

第二,龄官并非有勇无谋,在主张自己的权利的时候,她是非常有智慧的,这说明龄官是个灵巧聪明的女孩子。这与黛玉的聪慧是相照应的。从中我们更可见作者对黛玉、晴雯一类女子的偏爱——这类女子，怎么可能是愚蠢笨拙之流呢？

龄官最初拒绝贾蔷的命令时，并没有生硬说不，而是以"此两出非本角之戏"为由。试想，在元春省亲的大环境中，万一龄官因为唱了非本角之戏而失败，这个责任贾蔷是无法承担的。所以，贾蔷"扭他不过，只得依他作了"。在宝玉来请她唱戏的时候，也是以"嗓子哑了。前儿娘娘传进我们去，我还没有唱呢"来回绝。此处不但提出不能唱戏的客观原因，并且抬出元春来护驾，如果宝玉执意再让龄官唱，则非但不通情理，而且僭越元春了。

第三，同黛玉一样，龄官的爱情也是不见容于当世的。龄官追求一种平等的爱情，在当时的社会，对于一个戏子来说，这是离经叛道的。从身份上来说，贾蔷虽然不是贾府一等一的主子，但是比龄官仍然要高贵许多。龄官不是低三下四、奴颜婢膝地去仰望着承受贾蔷的爱，而是如舒婷在《致橡树》中表达的一般，平等独立地去追求爱情和对待自己的恋人。因此，虽然痴心一片，虽然心疼贾蔷在大毒日头底下奔走，但是她该使小性子的时候绝不迟疑。封建时代"官民不婚""良贱不婚"的礼法，没有令龄官迟疑，尽管身为所谓低贱的"女戏子"，她却热烈而执着地和宁国公的正派玄孙相爱了，而且爱得赤诚真挚，在雨中痴迷地画着贾蔷的名字，进入了"痴情"境界。而贾蔷这个"上有贾珍溺爱，下有贾蓉匡助"的贾府公子，也在这种痴情的互动之下，真的对龄官动了真情，而不是像贾琏等人只是耽于肉体沉溺。

第四，龄官有着近似黛玉的"痴"。

在第三十回"宝钗借扇机带双敲，龄官划蔷痴及局外"中，写到在"赤日当空、树阴合地、满耳蝉声、静无人语"的时候，在蔷薇花架边，宝玉"只听有人哽噎之声"。此时正是盛夏的晌午时分，大部分人都在休息。而龄官非但没有休息，反倒因对贾蔷的思念而不得安寝，竟自蹲在花下，手里拿着簪子在地下抠土，一面悄悄流泪。龄官之痴，作者先通过宝玉的想法透露了出来，宝玉心中想道：

"难道这也是个痴丫头，又像颦儿来葬花不成？"再留神细看时，只见这女孩子"眉蹙春山，眼颦秋水，面薄腰纤，袅袅婷婷，大有林黛玉之态"，宝玉便又不忍弃之而去，"只管痴看"。此处，作者再一次强调黛玉、龄官之类的"痴人"，自会引发宝玉、贾蔷之类的"痴人"与其匹配。宝玉再凝神细看，只见那女孩子还在那里画，画来画去，反复都是个"蔷"字。作者继续写道：

> 里面的原是早已痴了，画完一个又画一个，已经画了有几千个"蔷"。外面的不觉也看痴了，两个眼睛珠儿只管随着簪子动。

对于这个并不认识，看起来也与自己不相关的女孩子，宝玉心下却恨自己"不能替你分些过来"。及至后来下雨，宝玉竟然也浑然忘记自己的处境，而是看着那女子头上滴下水来，纱衣裳登时湿了，遂想道："他这个身子，如何禁得骤雨一激！"因此只顾得叫龄官快去躲雨。龄官反问："难道姐姐在外头有什么遮雨的？"才让宝玉意识到自己浑身冰凉，低头一看，原来自己身上也都湿了，这才一气跑回怡红院去，而心里却还记挂着那女孩子没处避雨。此处，一场"龄官画蔷"，写出两个痴人。

因着对贾蔷的痴情，龄官成为书中少有的对宝玉冷言冷语的人。第三十六回中，宝玉想听《牡丹亭》，因闻梨香院十二官中小旦龄官唱得最好，便出角门去梨香院寻龄官。可是龄官并不买他的账，不但声称嗓子哑了不肯唱，还站起来躲避，宝玉从未这般被人弃厌过。须知宝玉是贾府中集万千宠爱于一身的人物，无论主子还是奴才们，无不对宝玉毕恭毕敬。

龄官对宝玉的冷淡或者说嫌弃，与黛玉径直称宝玉转赠的北静王的珠串为"什么臭男人拿过的，我不要"有异曲同工之妙。北静王几乎是一人之下、万人之上的，而且其人清雅有致，与宝玉有许多神似之处。但是对于这种在其他人眼中绝对为人中龙凤的人，黛玉和龄官却都对之弃如敝屣。根本原因无他，在于黛玉与龄官心心念念，眼中心中只有一个自己的心上人。但是由于身份所限,黛玉和龄官处理事情的方式稍有区别。因为北静王没在眼前,所以对于宝玉转赠的珠串,黛玉身为贾府的一位小姐,就可以直接叱之为"臭男人拿过的"。而龄官毕竟身份低微,所以虽然心中百般不愿,却没法直接发作,只能以嗓子坏了为由,搪塞过去,并以"前儿娘娘传进我们去,我还没有唱呢",强调了自己绝对不会改变的决心。

第五,龄官与黛玉的另外一个相似之处,在于对心上人的爱恋表达方式,都有些小性儿。贾蔷买来一只雀儿,其意是免得龄官发闷,并演示给龄官看。这也的确有意思,所以众女孩子都笑说有趣。这种场合,大观园中的大部分人都会凑趣。但是独龄官冷笑了两声,赌气仍睡去了。贾蔷还只管赔笑,问好不好。龄官的回复是:"你们家把好好的人弄了来,关在这牢坑里学这个劳什子还不算,你这会子又弄个雀儿来,也偏生干这个。你分明是弄了他来打趣形容我们,还问我好不好。"就连贾蔷赌身立誓的反应,都与宝玉类似。及至贾蔷想要为龄官找大大看病的时候,龄官明明是心疼贾蔷大毒日头下被晒着,但是却不肯明说,而是以赌气的方式表示大夫来了也不瞧。这种对贾蔷的深深爱恋,简直就是黛玉对宝玉爱恋的翻版。

2. 不同之处

与黛玉不一样的是,龄官没有把爱情生活作为自己的唯一天地,在贾府遣散众女官儿的时候,她毅然选择离开,保持了自身的独立。在贾府奴婢中,即便刚硬如晴雯,在被赶出贾府时,也是顾恋不舍的。但是龄官不同。一旦有离开贾府的可能,她便绝无反顾地要求离开。因为她很明白自己的非人地位和处境,看似锦衣玉食,其实无疑囚犯。她曾明确地对贾蔷说过:"你们家把好好的人弄了来,关在这牢坑里……"在她的心目中,贾府绝不是什么"温柔富贵之乡",而是一个牢坑。对于贾蔷买了雀儿来取乐之事,她十分敏感,认为"那雀儿虽不如人,他也有个老雀儿在窝里,你拿了他来弄这个劳什子也忍得"。

龄官如果留下来,她和贾蔷的爱情也不会有圆满的结局。即便能够与贾蔷走入婚姻,也不过以侍妾的身份。事实证明,离开大观园绝对是一个正确的选择。因为留下的其他女官儿,无不以悲剧收场。

龄官身上这种强烈的独立自醒的精神,主要应该是天性使然。但是龄官每日学习的戏曲中,《牡丹亭》《西厢记》的影响也不可谓不大。而在此处,黛玉和龄官又再一次被联系起来。书中第二十三回曾写黛玉发现宝玉偷读禁书,自己也情不自禁地读了起来,书中所描绘的自由的恋爱世界对她产生了空前强烈的吸引,而之后黛玉途经梨香院,听到墙内笛韵悠扬、歌声婉转——书中写"便知是那十二个女孩子演习戏文呢"。致使她为之"心动神摇""如醉如痴",细嚼其中滋味之后,"不觉心痛神痴,眼中落泪"。此处,作者并没有点名十二官中到底是谁在演唱,但总归是旦角之唱词。本来不喜戏文的黛玉,却被两句唱词打动。作者用了八个字形容这种打动"明明白白,一字不落"。打动黛玉的唱词是什么呢?"良辰美景奈何天,赏心乐事谁家院""则为你如花美眷,似水流年"与"原来姹紫嫣红开遍,似这般都付与断井颓垣"。黛玉偶然一听,便被打动至此,龄官日日练习,演出的需要又使得她必须细细揣摩唱词里的意思,正值妙龄又天资颖慧的龄官,如何能不被这种自由美好的爱情和人性所吸引,进而追求这种生活呢?

（四）湘云

湘云是"英豪阔大宽宏量""霁月光风耀玉堂"式的人物,她与晴雯、黛玉一样,也是相见以心之人。她最大的特点是绝无伪饰。

1."我口说我心"

在第二十回中,湘云甫一出场,其娇憨真率的形象就呼之欲出:

> ……只见湘云走来,笑道:"爱哥哥,林姐姐,你们天天一处玩,我好容易来了,也不理我一理儿。"黛玉笑道:"偏是咬舌子爱说话,连个'二'哥哥也叫不出来,只是'爱'哥哥'爱'哥哥的。回来赶围棋儿,又该你闹'么爱三四五'了。"宝玉笑道:"你学惯了他,明儿连你还咬起来呢。"史湘云道:"他再不放人一点儿,专挑人的不好。你自己便比世人好,也不犯着见一个打

趣一个。我指出一个人来，你敢挑他，我就服你。"黛玉忙问是谁。湘云道："你敢挑宝姐姐的短处，就算你是好的。我算不如你，他怎么不及你呢。"……湘云笑道："这一辈子我自然比不上你。我只保佑着明儿得一个咬舌的林姐夫，时时刻刻你可听'爱''厄'去。阿弥陀佛，那才现在我眼里！"说的众人一笑，湘云忙回身跑了……

关于湘云的"偏是咬舌子爱说话，连个'二'哥哥也叫不出来"，脂砚斋有一段批语：

> 可笑近之野史中，满纸羞花闭月，莺啼燕语，殊不知真正美人方有一陋处，如太真之肥，飞燕之瘦，西子之病，若施于别个不美矣。今以"咬舌"二字加之湘云，是何等大法手眼，敢用此二字哉！不独不见其陋，且更觉轻俏娇媚，俨然一娇憨湘云立于纸上，掩卷合日思之，其爱厄娇音如入耳内，然后将满纸莺啼燕语之字样，填粪窖可也。

此处，"轻俏娇媚"四字真是传神，可见作者与脂砚斋都极其喜爱湘云。

在此回，湘云也表达了自己对宝钗的强烈好感。但凡有些城府的人，都不会轻易臧否人物，但湘云不然，她爱憎分明、快意恩仇，无论悲喜，都尽情展现出来。

在第二十二回宝钗的生日宴上，因宝玉"拍膝画圈，称赏不已"地赞宝钗无书不知，黛玉便讥讽宝玉："安静看戏罢，还没唱《山门》，你倒《妆疯》了。"此话也有些针对宝钗的意思。虽说湘云比较服膺宝钗，但此时湘云只觉得黛玉的话有趣，所以并不管宝钗、宝玉面上是否得过，"也笑了"。一派烂漫孩童之气。

后来凤姐说一个小旦"扮上活像一个人"，宝钗、宝玉怕黛玉多心，都没有说。唯有湘云接着笑道："倒像林妹妹的模样儿。"宝玉听了便"把湘云瞅了一眼，使个眼色"。这个"眼色"令湘云大动肝火：

晚间，湘云更衣时，便命翠缕把衣包打开收拾，都包了起来。翠缕道："忙什么，等去的日子再包不迟。"湘云道："明儿一早就走。在这里作什么？——看人家的鼻子眼睛，什么意思！"宝玉听了这话，忙赶近前拉他说道："好妹妹，你错怪了我……我是怕你得罪了他，所以才使眼色。你这会子恼我，不但辜负了我，而且反倒委曲了我。若是别人，那怕他得罪了十个人，与我何干呢。"湘云摔手道："你那花言巧语别哄我。我也原不如你林妹妹，别人说他，拿他取笑都使得，只我说了就有不是。我原不配说他。他是小姐主子，我是奴才丫头，得罪了他，使不得！"宝玉急的说道："我倒是为你，反为出不是来了。我要有外心，立刻就化成灰，叫万人践踹！"湘云道："大正月里，少信嘴胡说。这些没要紧的恶誓、散话、歪话，说给那些小性儿，行动爱恼的人，会辖治你的人听去！别叫我啐你。"说着，一径至贾母里间屋里，忿忿的躺着去了。

从此处看，似乎宝玉、黛玉、湘云之间的关系无法挽回了，实则不然。当晚，湘云在黛玉处入住，因为黛玉将宝玉的"感忿"之作"携了回房去，与湘云同看"，次日湘云又会同宝钗、黛玉"都往宝玉屋里来"，对宝玉之参禅行为当头棒喝，之后"四人仍复如旧"。可见湘云果然是脾气甫过，便雨消天晴式的人物。

非但如此，在第四十九回中，湘云曾直截了当地告诉宝琴："你除了在老太太跟前，就在园里来，这两处只管顽笑吃喝，到了太太屋里，若太太在屋里，只管和太太说笑，多坐一回无妨；若太太不在屋里，你别进去，那屋里人多心坏，都是要害咱们的。"对此，宝钗也不由得评价："说你没心，却又有心；虽然有心，到底嘴太直了。"

2."霁月光风耀玉堂"

湘云举手投足中有一种旷达，湘云自谓"真名士自风流"。她乘兴时大块吃肉，甚至偶尔做男儿装扮。

第四十九回湘云和宝玉"割腥啖膻"。大块吃肉，面对黛玉等人"芦雪广遭

劫"的打趣,湘云发表了一番关于"名士之风"的高论:

　　探春笑道:"你闻闻,香气这里都闻见了,我也吃去。"说着,也找了他们
来。李纨也随来说:"客已齐了,你们还吃不够?"湘云一面吃,一面说道:
"我吃这个方爱吃酒,吃了酒才有诗。若不是这鹿肉,今儿断不能作诗。"说
着,只见宝琴披着凫靥裘站在那里笑。湘云笑道:"傻子,过来尝尝。"宝琴
笑……说着也凑着一处吃起来。黛玉笑道:"那里找这一群花子去! 罢了,
罢了,今日芦雪广遭劫,生生被云丫头作践了。我为芦雪广一大哭!"湘云
冷笑道:"你知道什么! '是真名士自风流',你们都是假清高,最可厌的。
我们这会子腥膻大吃大嚼,回来却是锦心绣口。"宝钗笑道:"你回来若作的
不好了,把那肉掏了出来,就把这雪压的芦苇子揌上些,以完此劫。"

第三十一回对湘云的男儿装扮有这样一段描述:

　　至次日午间,王夫人、薛宝钗、林黛玉众姊妹正在贾母房内坐着,就有
人回:"史大姑娘来了。"一时果见史湘云带领众多丫鬟媳妇走进院来。宝
钗黛玉等忙迎至阶下相见。青年姊妹间经月不见,一旦相逢,其亲密自不
必细说。

　　一时进入房中,请安问好,都见过了。贾母因说:"天热,把外头的衣服
脱脱罢。"史湘云忙起身宽衣。王夫人因笑道:"也没见穿上这些作什么?"
史湘云笑道:"都是二婶婶叫穿的,谁愿意穿这些。"宝钗一旁笑道:"姨娘不
知道,他穿衣裳还更爱穿别人的衣裳。可记得旧年三四月里,他在这里住
着,把宝兄弟的袍子穿上,靴子也穿上,额子也勒上,猛一瞧倒像是宝兄弟,
就是多两个坠子。他站在那椅子后边,哄的老太太只是叫'宝玉,你过来,
仔细那上头挂的灯穗子招下灰来迷了眼'。他只是笑,也不过去。后来大
家撑不住笑了,老太太才笑了,说'倒扮上男人好看了'。"林黛玉道:"这算

什么。惟有前年正月里接了他来,住了没两日就下起雪来,老太太和舅母那日想是才拜了影回来,老太太的一个新新的大红猩猩毡斗篷放在那里,谁知眼错不见他就披了,又大又长,他就拿了个汗巾子拦腰系上,和丫头们在后院子扑雪人儿去,一跤栽到沟跟前,弄了一身泥水。"说着,大家想着前情,都笑了。

宝钗笑向那周奶妈道:"周妈,你们姑娘还是那么淘气不淘气了?"周奶娘也笑了。迎春笑道:"淘气也罢了,我就嫌他爱说话。也没见睡在那里还是咭咭呱呱,笑一阵,说一阵,也不知那里来的那些话。"王夫人道:"只怕如今好了。前日有人家来相看,眼见有婆婆家了,还是那们着。"贾母因问:"今儿还是住着,还是家去呢?"周奶娘笑道:"老太太没有看见衣服都带了来,可不住两天?"史湘云问道:"宝玉哥哥不在家么?"宝钗笑道:"他再不想着别人,只想宝兄弟,两个人好憨的。这可见还没改了淘气。"贾母道:"如今你们大了,别提小名儿了。"

在第四十九回那"琉璃世界白雪红梅"如诗如画的场景中,一身男装的湘云更显风流倜傥:

一时史湘云来了,穿着贾母与他的一件貂鼠脑袋面子大毛黑灰鼠里子里外发烧大褂子,头上带着一顶挖云鹅黄片金里大红猩猩毡昭君套,又围着大貂鼠风领。黛玉先笑道:"你们瞧瞧,孙行者来了。他一般的也拿着雪褂子,故意装出个小骚达子来。"湘云笑道:"你们瞧我里头打扮的。"一面说,一面脱了褂子。只见他里头穿着一件半新的靠色三镶领袖秋香色盘金五色绣龙窄裉小袖掩衿银鼠短袄,里面短短的一件水红妆缎狐肷褶子,腰里紧紧束着一条蝴蝶结子长穗五色宫绦,脚下也穿着麂皮小靴,越显的蜂腰猿臂,鹤势螂形。众人都笑道:"偏他只爱打扮成个小子的样儿,原比他打扮女儿更俏丽了些。"

大观园起诗社,因湘云在史家,未能参加第一社。宝玉想起湘云后,道:"偏忘了他。我自觉心里有件事,只是想不起来,亏你提起来,正要请他去。这诗社里若少了他还有什么意思。"果然,湘云知道后"急的了不的"。第二日,湘云来到大观园:

> (宝玉)见面时就把始末原由告诉他,又要与他诗看。李纨等因说道:"且别给他诗看,先说与他韵。他后来,先罚他和了诗:若好,便请入社,若不好,还要罚他一个东道再说。"史湘云道:"你们忘了请我,我还要罚你们呢。就拿韵来,我虽不能,只得勉强出丑。容我入社,扫地焚香我也情愿。"
>
> 众人见他这般有趣,越发喜欢,都埋怨昨日怎么忘了他,遂忙告诉他韵。史湘云一心兴头,等不得推敲删改,一面只管和人说着话,心内早已和成,即用随便的纸笔录出,先笑说道:"我却依韵和了两首,好歹我却不知,不过应命而已。"说着递与众人。众人道:"我们四首也算想绝了,再一首也不能了。你倒弄了两首,那里有许多话说,必要重了我们。"

结果没有想到,对于湘云的诗,"众人看一句,惊讶一句,看到了,赞到了",都说:"这个不枉作了海棠诗,真该要起海棠社了。"史湘云道:"明日先罚我个东道,就让我先邀一社可使得?"众人道:"这更妙了。"由此,才引发"林潇湘魁夺菊花诗,薛蘅芜讽和螃蟹咏"的一篇绝好文字。

如同"黛玉葬花""宝钗扑蝶",第六十二回的"醉眠芍药裀"高度体现了湘云之美好。

在这一回中,湘云先是"简断爽利"地划拳,后说出了"这鸭头不是那丫头,头上那有桂花油"的经典之句,最后,绝美地酣睡于芍药花丛中:

> 正说着,只见一个小丫头笑嘻嘻的走来:"姑娘们快瞧云姑娘去,吃醉了图凉快,在山子后头一块青板石凳上睡着了。"众人听说,都笑道:"快别

吵嚷。"说着，都走来看时，果见湘云卧于山石僻处一个石凳子上，业经香梦沉酣，四面芍药花飞了一身，满头脸衣襟上皆是红香散乱，手中的扇子在地下，也半被落花埋了，一群蜂蝶闹穰穰的围着他，又用鲛帕包了一包芍药花瓣枕着。众人看了，又是爱，又是笑，忙上来推唤挽扶。湘云口内犹作睡语说酒令，唧唧嘟嘟说："泉香而酒冽，玉碗盛来琥珀光，直饮到梅梢月上，醉扶归，却为宜会亲友。"众人笑……

总之，湘云的洒脱真率、妩媚娇憨和"真名士自风流"使得她在《红楼梦》众多美好的女子中，跳脱出来，别具一格。胡文彬先生说："史湘云的生命之歌就是一曲《欢乐颂》。"①

除湘云外，"年轻心热"的宝琴和刚烈的尤三姐也是黛玉、晴雯一类相见以心的人物。

二、其他文学作品对比分析

此处，以黛玉为标杆，对其他作品中有黛玉、晴雯这类"相见以心"特质的女性形象进行分析。

（一）《聊斋志异》之婴宁

婴宁是蒲松龄在《聊斋志异》中塑造的一位女性，她天真烂漫，惹人喜爱。纵观全篇，作家描绘婴宁，别笔不多，唯有一"笑"。而也就是这浓墨绘就的一"笑"，却使人物形神兼备，可说是一笑生神。这么爱笑的女子，与黛玉能有什么关系呢？

首先，两位作家对于人物的命名都是十分讲究的。宝玉说："西方有石名黛，可代画眉之墨。况这林妹妹眉尖若蹙，用取这两个字，岂不两妙！"可见，作者为黛玉命名，是从视觉、颜色入手。"黛"是青黑色的意思，黛玉即墨色之玉也，极为罕见，自然也就不同流俗，被世俗之人视为异类也就在所必然了。名如

---

① 胡文彬:《红楼梦人物谈——胡文彬论红楼梦》，第40页。

其人,林黛玉也天真率真,任性而为。"婴宁"二字最早出现在《庄子·内篇·大宗师第六》中:"其为物,无不将也,无不迎也;无不毁也,无不成也。其名为撄宁。撄宁者,撄而后成者也。"这里,"撄宁"的意思是指不受外界事物的纷扰,保持心境的宁静。蒲松龄以"婴宁"代替"撄宁",使这一意义更为扩展,有"婴儿的安宁与自然"之意。所以,曹雪芹和蒲松龄都给了笔下人物富有生命本真意味的名字。

其次,两位作者分别予以黛玉和婴宁以最自然的意象。黛玉的前身是绛珠仙草,其代表意象是"风露清愁"的芙蓉。在作品中,黛玉与花的关系也非常密切,甚至轻易就被落花打动,这才给我们留下了感人至深的《葬花吟》。可以说,花、草这样纯净的自然意象与黛玉紧密相连,息息相关。而婴宁,作为狐的化身,也是大自然中精灵的代表。在蒲松龄的笔下,化身为女子的狐狸美丽聪慧,寄寓了作者的无限情思。

最后,黛玉和婴宁有着貌似不同实则无异的悲剧命运。从本质上讲,黛玉的哭和婴宁的笑都是真性情的表现。黛玉是草,婴宁是狐,她们都是自然的精灵,是真性情的化身,都具备着真善美的人性。但这样纯美率真的存在,自然不见容于她们所处的时代。黛玉最后魂归离恨天,婴宁最终也向世俗社会妥协了,社会中庸俗的虚假的东西摧残了她们的美好。

(二)《北京人》之愫方

《北京人》是著名剧作家曹禺的作品。故事背景被设置于 20 世纪 30 年代初的北平。古老的曾家此时住着三代人,第一代是垂死之人曾皓。第二代是曾皓的儿子曾文清,他的妻子曾思懿,和一直在照顾曾老太爷的年近三十岁的愫方,以及寄居在曾家的曾文清的妹妹曾文彩和她的丈夫江泰。第三代是曾文清年仅十七岁的儿子曾霆和他十八岁的妻子曾瑞贞。在新旧交替的时代,祖孙三代人之间充满了冲突。剧本揭露了封建大家庭的黑暗,但更反衬出了勇敢地从这个封建泥潭中挣脱出来的新的青春生命的光焰。

愫方是作品中最富人情美与人性美的女性。她的性格温婉和善,沉默忧伤，处处忍让。因父母早逝来到曾家，一直承担着照顾曾皓（曾家老爷子）的担子，任劳任怨。她深爱着曾文清（曾皓的儿子），鼓励他勇敢地追求真正的生活，最后在绝望与不舍中决定离开曾家，完成了从寄希望于他人的复活到决意自身复活的飞跃。

黛玉与愫方的命运有些类似，都是父母双亡，过早失怙，因而不得不寄人篱下。愫方在父母过世后来到曾家，曾得到姨妈的宠爱和关照。但是亲戚家再好，总是不如在自家自在、畅快。黛玉到贾府后，就"步步留心，时时在意，不肯轻易多说一句话，多行一步路，惟恐被人耻笑了他去"。愫方则更悲苦，她伶仃孤独，多年寄居在亲戚家，这种生活养成她一种惊人的耐性，她亲口说过自己无父无母，是看人家眼色过日子的人。这种遭遇，使得愫方与黛玉一样的多愁善感。她整日笼罩在一片迷离的秋雾里，谁也猜不着她心底压抑着多少苦痛和哀愁。同黛玉类似的是，愫方也有极高的天分，尤其工于作画。这种天分和对艺术的追求使她与黛玉一样有了空灵之气，同时这也进一步促使她成为曾文清的心灵知音。

爱情往往是女性的生命支柱，尤其是对愫方与黛玉这样的女子而言。于黛玉，生就是为了爱，如果没了爱，那么生命便不复有光彩。与黛玉类似，愫方也在寄人篱下的环境中，由于接触的便利，深深爱上了自己的表兄。与文清的爱是她生命中最大的幸福，却也是最深的痛苦。因为两人虽然心心相印，彼此认为知己，但是曾文清早已婚娶。在那个婚恋不自由的时代，愫方在与曾文清初次相遇的一刻，内心早已知道，两人这一生是没有机缘结为夫妇的。因此，如同宝黛深受"金玉姻缘"的折磨一样，愫方与曾文清也日复一日在不可得的爱中煎熬着。愫方与曾文清之间互通款曲的方式，也是诗文唱和。作者描述，只有在偶尔和文清的诗画往还中，愫方才似乎不自知地淡淡地泄出一点抑郁的情感。曾文清与宝玉也有不少相似之处：出生在正走向衰败的富贵之家，整个家族都寄望他们光宗耀祖，可两人对仕途经济都不感兴趣。用当时社会的标准来看，两人都是没有实际本领的废物，如同《西江月》词中所叹宝玉：于国于家无望。

但是,他们又都心地高洁,艺术天分极高,内心里追求着一种超越于世俗的诗意的生活。

同黛玉一样,愫方也是一个情痴之人。她充分了解曾文清整日沉溺于其中的痛苦生活,哀怜他甚于哀怜自己。整个曾家包括文清的父亲、妻子、儿媳在内,无一不认定文清是个"废物",对他已经失望。只有愫方不嫌弃他,深深懂得他,仍对他寄予希望,而且在这种无望的爱中完全不考虑自己的得失。在文清、思懿和愫方三人的关系中,在某种意义上,愫方是最令人怜惜的。为了曾文清的自由,她甘愿放弃自己的追求,竟愿意终身留在对她来说如监狱似的曾家,忍辱负重,为他照管好家里的一切,甚至包括文清不爱的、常把愫方当作眼中钉的妻子。总之,无论是曾文清喜欢的,还是他应该去做的,愫方都决定去体贴去爱,并且不以为苦,反而感觉好像春天来了一样,非常甜蜜。虽然今天的我们很难理解愫方的心态和选择,但是还原到她所生活的年代,对于一个成长在旧式家庭的女子来说,她的选择似乎也有其合理性和必然性。

在一定意义上,愫方的"痴"更甚于黛玉。因为在《红楼梦》中,宝黛的结合虽然有着"金玉姻缘"的魔咒,但是从很多方面看,两人也有结合的可能。比如,贾母说过,其他不重要,最要紧的是模样周正。凤姐也开过玩笑,认为黛玉已经吃了贾家的茶,就应该给宝玉做媳妇,并且打趣黛玉,认为她和宝玉在人物、根基、模样上,都非常相配。就连心心念念想把女儿嫁到贾府的薛姨妈,也认为黛玉与宝玉婚配是"四角俱全"的。而且宝玉对黛玉的爱情表达已经冲破了那个时代封建意识的藩篱,非常炽烈。因此,黛玉一直对她与宝玉爱情的结局抱有希望。愫方则不同,她从开始就知道曾文清已婚的身份,所以两人的结合是无望的。她一直很清醒,也很理性,这就使得她忍受了比黛玉更多、更深的痛苦。而且黛玉在贾府毕竟是主子的身份,文清的地位则相对含混、暧昧,虽名非仆人,但是实则做着很多仆人的工作,所以曾文清的妻子常常明目张胆地欺侮她。愫方在被戏弄之后,有时也默然坐在一张孤零零的矮凳上隐泣,或对陈奶奶哭诉自己的悲惨遭遇。

　　很多学者都认为黛玉的原型是曹雪芹年少时候的恋人，所以作者对黛玉寄予了无限美好的情思。曹禺也曾这样坦陈自己塑造愫方形象的原委："我是用了全副的力量，也可以说是用我的心灵塑造成的。我是根据我死去的爱人方瑞来写愫方的。为什么起名愫方？'愫'是取了她母亲的名字'方素悌'中的'愫'，'方'是她母亲的姓，她母亲是方苞的后代。方瑞也出身于一个有名望的家庭里，她是安徽著名书法家方石如先生的重孙女，能写一手好字，能画山水画，这都和她的家庭有关。她是很文静的，这点已融入愫方的性格之中。她不像愫方那样具有一种坚强的耐性，也没有愫方那么痛苦。但方瑞的个性是我写愫方的依据，我是把我对她的感情、思恋都写进了愫方的形象里，我是想着方瑞而写愫方的。我把她放到曾家那样一个环境来写，这样，愫方就既像方瑞又不像方瑞了。"①

　　如同曹雪芹一样，曹禺也把他对爱人的眷恋融进了作品中。两位曹姓作家虽然隔着几百年时间的距离，但是在对于作品中人物的寄怀上，竟如此一致，不能不令人慨叹爱情的巨大力量。

　　（三）《简·爱》之简·爱

　　《简·爱》是19世纪英国著名女作家夏洛蒂·勃朗特的代表作，讲述一位孤苦的英国女子简·爱在各种命运的挫折和打击下，不断追求自由与尊严，坚持自我，最终获得幸福的故事。小说引人入胜地展示了男女主人公曲折起伏的爱情经历，歌颂了摆脱一切旧习俗和偏见的伟大的爱情，成功塑造了一位性格坚强、朴实、刚柔并济、独立自主、积极进取的女主人公简·爱。简·爱虽然出身低微，但是绝不因此低看自己，她蔑视权贵的骄傲与愚蠢，坚信在上帝眼中自己是高贵的，敢于争取自由和平等地位，显示出自立自强的人格。

　　与黛玉一样，简·爱也可以说命运多舛。她出生于一个穷牧师家庭，不久父母相继去世，她不得不寄人篱下，生活在舅舅家。舅舅去世后，简·爱过了十

───────────────

　　①　田本相：《曹禺传》，北京十月文艺出版社，1988年，第274页。

年倍受歧视和虐待的日子。舅母把她视作仇人，并把她和自己的孩子隔离开来，从此，她与舅母的矛盾变得无法调和，被送进了孤儿院。孤儿院教规严厉，生活艰苦，院长是个冷酷的伪君子，简·爱在孤儿院继续受到精神和肉体上的摧残。由于恶劣的生活条件，孤儿院经常有孩子夭折，她因此失去了自己最好的朋友。

成年之后的简·爱厌倦了孤儿院里的生活，外出谋生。在主人公所处的年代，一个出身低微但是富有学识的女性，唯一可能从事的工作就是家庭教师。桑菲尔德庄园的女管家聘用了她。庄园的男主人罗切斯特是个性格忧郁、喜怒无常的人，简·爱第一次见到他的时候，彼此都没有留下好印象。但是在日复一日的接触中，罗切斯特与简·爱彼此相爱了，后者也答应了前者的求婚。但是，幸福往往在唾手可得间产生许多变故，简·爱发现罗切斯特原来有妻子，就是那个被关在三楼密室里的疯女人。法律阻碍了他们的爱情，两人陷入深深的痛苦之中。终于，在一个凄风苦雨之夜，简·爱离开了罗切斯特。

出走后的简·爱一路走来风餐露宿，历尽艰难。后来，简·爱得到了叔父给她留下的一笔遗产，于是决定再看看罗切斯特。她回到桑菲尔德庄园，发现昔日的宅院已成废墟，罗切斯特的前妻放火后坠楼身亡，罗切斯特也受伤致残。这种地位的逆转，并没有减损简·爱对罗切斯特的爱，她最终和他结了婚，得到了自己理想的幸福生活。

作者夏洛蒂·勃朗特比曹雪芹出生晚近一个世纪，且是英国人，两部作品看起来似乎风马牛不相及。但是若仔细分析起来，在一定程度上，两部小说的主人公黛玉与简·爱两人却也有着很多相似之处。

首先，她们都命运多舛。简·爱的母亲虽然出身富裕人家，但是因为嫁给了一个穷教士，夫妻两人后来又因染病双双去世，留下了孤女简·爱，不得不开始了寄人篱下且极度贫苦的生活。虽然在物质层面相对优渥，但是在精神层面，黛玉一样有"一年三百六十日，风刀霜剑严相逼"的感慨。

其次，在貌似不同实则相似的环境当中，简·爱和黛玉都养成了率真叛逆的性格。对于黛玉来说,这种率真使得她在接人待物时表现出孤高自许和傲岸不驯。在贾府中,她不讨好别人,不欺下媚上,不看别人的脸色行事,总是警惕地注视着各种可能被歧视的待遇,就连北静王这种王公显贵,黛玉也直接斥为"臭男人"。她不认同封建社会致仕封官、求取功名的道路,与宝玉在内心彼此完全呼应。简·爱在精神上与黛玉如出一辙。虽然出身贫苦低贱、面貌平凡,但她积极向上,像一株柔韧的植物,看上去纤弱无力,实际却有很强的韧性。这一时期英国正处于维多利亚时代,男权占据统治地位,被压迫、被侮辱的妇女享受不到最基本的政治、教育等权利。在这种情况下,简·爱成为开始觉醒的女性之一,大胆追求自由与个性解放,是那个时代的叛逆者。

最后,黛玉与简·爱的爱情观也有着惊人的相似。简·爱也渴望纯真美好的爱情与婚姻生活,她坚定地认为真正的爱情必然是双方精神层面的高度契合,因此,门第、财产等都不应该成为障碍。她虽然很爱罗切斯特,也很向往美好的爱情生活,但是她时刻不忘维护自己的平等和自尊,她的那段关于"平等爱情观"的慷慨陈词,已成为最响亮的爱情的礼赞。与黛玉一样,简·爱也非常幸运地遇到了一个与自己性情相投的知己。虽然两人最后的结局不同,但是那种对爱情的炽烈的追求以及在纯粹的爱情中所达到的人性的升华,却没有什么两样。

（四）《安娜·卡列尼娜》之安娜

安娜是俄国著名作家列夫·托尔斯泰的代表作品《安娜·卡列尼娜》中的女主人公。作为书中的女主人公,安娜追求爱情幸福,却在卡列宁的虚伪、沃伦斯基的冷漠和自私面前碰得头破血流,最终落得卧轨自杀、陈尸车站的下场。很多学者认为,在反映时代的深刻性、叙事的宏大性、主题意义的悲剧性上,《安娜·卡列尼娜》与《红楼梦》有着强烈的对比意义。

作为俄国文学史上非常有代表性的一位女性形象,安娜与黛玉类似,有着极高的天赋和才情,有着对爱情强烈而痴情的向往,但是伴随着这一切的,也是她令人动容的悲剧命运。尽管在时间上相差百年,在空间上远隔重洋,两位伟大作家塑造的人物却有着某种程度的相似。

安娜和黛玉一样,天生丽质,同时又具有脱俗的风度。安娜首次出场的一幕,是沃伦斯基在车站与她邂逅,只不过短短几分钟,但是她那种典雅优美和勃勃生机,那种因为坦率和诚恳而带来的激情,在转瞬之间就迷住了沃伦斯基。在四目交汇的一瞬间,他们都感受到了对方的魅力,并且都认为彼此之间注定要发生一些什么。但是不同于宝玉的是,沃伦斯基是个耽于声色的人,而且缺乏真正的勇气,这也奠定了后来安娜的悲剧命运。

从人物描写的角度,安娜与沃伦斯基的初会,令人不禁想起宝、黛在贾府初次相会的情景。那种电光石火间仿佛遇到前生知己的感觉,在两位不同时代不同国度的作家笔下,先后发生了。黛玉和安娜的美属于两种完全不同的类型。一个是"行动处似弱柳扶风",另一个则健康明亮,但两位女主角都是自己生存空间中绝顶美丽的女子。

与黛玉一样,安娜也秀外慧中,很有才学。不同于那个时代一般的贵族妇女,安娜喜欢参加社交活动,喜欢读书,钻研各种问题,并且还写小说。与当时那些颇有见地的男性比起来,她也并不逊色,以至于沃伦斯基都要时常来向她请教问题。除此之外,她还是一位优秀的作家,创作出的儿童作品曾得到很高评价。这让人想起黛玉的《秋窗风雨夕》《唐多令》《葬花吟》《五美吟》《桃花行》《题帕三绝》等诗词,每一首都声情并茂,字字珠玑。但是也因为这天然的不可压抑的才气,以及她们坚持自我的追求,这两位超卓的女子,也必然成为她们所处时代的叛逆。

如同黛玉寄人篱下地在贾府依存,安娜因为父母早逝,身世也很飘零。19世纪的俄国,正处于贵族地主和新兴资产阶级力量相互交替的时期,社会生活十分动荡,俄国的妇女也没有爱的自由。在姑妈的安排下,安娜嫁给了官僚卡列宁。卡列宁年长安娜二十岁,是个乏味的人。随着成长,安娜内心对爱情的渴望渐渐强烈起来。此时,机缘凑巧,她来到莫斯科,命运让她遇到了沃伦斯基,虽然这个人并非良配,但是安娜却像飞蛾扑火一般投入这场注定没有结局的爱情之中。

安娜所处的时代,上流社会非常虚伪。有妇之夫或者有夫之妇可以有情人,但必须在地下活动。安娜鄙视这种"明修栈道,暗度陈仓"的做法,她渴望的是真诚而光明正大的爱情,所以她和沃伦斯基同居了。安娜离经叛道的行为,无异于撕掉了上层社会虚伪而肮脏的面纱,引起了那些伪善者的极大不满。安娜因此和上流社会决裂了,成为一个叛逆。当然,如何评价安娜婚外恋的行为是另一回事,我们这里强调的重点在于安娜的行为与内心一致,她是表里如一、真诚的。在这个意义上,安娜仿佛是开放于上流社会尔虞我诈泥土中的一朵高洁的莲花。而且,安娜非常勇敢,即便在遭受过很多非议之后,她仍旧顽强地大声疾呼:"我要爱情,我要生活!"

黛玉也是一样。在封建礼教之下,一切婚姻都要凭借父母之命、媒妁之言。但是黛玉在经历过与宝玉的一见钟情后,在长期的相处中,她的内心已经萌发出了对宝玉的强烈爱恋。虽然由于时代和社会伦理的原因,黛玉的表达没有安娜那样强烈,但是她仍然在对宝玉的试探中,无悔地迈出了爱的步伐。她冒天下之大不韪,和宝玉共读《西厢》,潇湘馆内发春困之幽情,从不劝宝玉要读仕途经济,坚决地与宝玉站在一起,对抗那个荒谬的社会。

这种对抗,必然导致一种悲剧性的结局,无论是在封建经济制度仍然占统治地位的黛玉所处的时代,还是安娜所处的资本主义刚刚萌芽的俄国。上流社会抛出种种尖刀一样的伤害,毫不留情地投向安娜。卡列宁从经济上钳制和羞辱她,沃伦斯基的母亲开始抵制她,最后,自私的沃伦斯基也厌烦了她。别无选择的安娜,再一次飞蛾扑火一样,投向隆隆行驶的飞轮,如同黛玉一样,以悲剧的方式离开了这个尘世。但也恰恰在这生命的消殒中,两个人都完成了爱的升华,达到了"情痴"的地步。

(五)《天龙八部》之段誉

宝玉之所以对黛玉、晴雯一类的人有种特别的钟爱,是因为在根性上,宝玉与她们一致,都是相见以心的人。《天龙八部》是著名作家金庸写于1963年的一部武侠代表作。小说以宋哲宗时期为时代背景,通过宋、辽、大理、西夏、吐蕃等王国之间的武林恩怨和民族矛盾,从哲学的高度对人生和社会进行审视和描写,展示了一幅波澜壮阔的历史画卷。作品中三位男性主人公为:乔峰、段誉、虚竹。其中,段誉与宝玉有某种程度的相似之处。总体而言,段誉与宝玉不仅容貌都清俊非常,而才情品性高洁,最极端的,两人那种痴心都似乎如出一辙。

第一,从出身背景来看,两人的相似度极高。宝玉是荣国府嫡派子孙,是被贾氏家族寄予重望的几乎唯一苗裔。段誉是北宋朝大理国王爷的公子,未来继承皇嗣的唯一候选人。而且,两个人都喜欢缱绻于温柔女儿乡。虽然在作品的最后,段誉终登大统,以仁爱治天下,但是段誉的内心,其实与宝玉并无二致,他喜欢的是散淡的无为而治的生活。在宝玉所处的封建仕宦之家,他被寄望于读书取仕,但是宝玉却被正统势力视作"愚顽怕读文章"。段誉呢,生在一个武学渊源极深的皇室,在作品刚展开的时候,武功也是极弱的,段家家传绝学"六脉神剑"似乎已经与他无缘了。

第二,在形貌方面,宝玉被形容为"面若中秋之月,色如春晓之花,鬓若刀裁,眉如墨画,面如桃瓣,目若秋波。虽怒时而若笑,即瞋视而有情"。而段誉则是一袭青衫、明净灵秀,温润如玉,其名"段誉"的"誉"也与"玉"谐音。说两人貌似同胞弟兄,想来也说得过去。

第三,再说其性情。两个人都有"人之初,性本善"的纯良,天真、率性,都有颗罕世的痴心。段誉天真爽朗,犹如孩童一般。作品中借段誉自己的口这样描述他:"爹爹妈妈常叫我'痴儿',说我从小对喜爱的事物痴痴迷迷,说我七岁那年,对着一株'十八学士'茶花从朝瞧到晚,半夜里也偷偷起床对着它发呆,吃饭时想着它,读书时想着它,直瞧到它谢了,接连哭了几天。后来我学下棋,又是废寝忘食,日日夜夜,心中想着的便是一副棋枰,别的什么也不理……"

这种痴,与宝玉一般无二。《红楼梦》中曾借傅秋芳家里的两个婆子之口,说过宝玉:

　　"外像好里头糊涂，中看不中吃的，果然有些呆气。他自己烫了手，倒问人疼不疼，这可不是个呆子？"那一个又笑道："我前一回来，听见他家里许多人抱怨，千真万真的有些呆气。大雨淋的水鸡似的，他反告诉别人'下雨了，快避雨去'。……时常没人在跟前，就自哭自笑的；看见燕子，就和燕子说话；河里看见了鱼，就和鱼说话；见了星星月亮，不是长吁短叹，就是咕咕哝哝的。且是连一点刚性也没有，连那些毛丫头的气都受的。爱惜东西，连个线头儿都是好的；糟踏起来，那怕值千值万的都不管了。"

　　宝玉的这种所谓"呆气"，与段誉的"痴"，是如出一辙的。

　　在"琅嬛福地"中，因着这"痴"，段誉有了一段令人绝倒的奇缘。作品中写段誉对着神仙姐姐的画像凝望良久，然后大声说自己便为神仙姊姊死一千遍一万遍，也如身登极乐般欢喜无限。后来不自禁地突然双膝跪倒，拜了下去。及至看到"磕首千遍，供我驱策"以及"遵行我命，百死无悔"的字样时，更是只觉磕首千遍，原是天经地义之事，若能供神仙姐姐驱策，更是求之不得。对于遵行这位美人的命令，不论赴汤蹈火，自然百死无悔，绝无丝毫犹豫，于是神魂颠倒之下，段誉当即恭恭敬敬地向玉像磕起头来。磕到五六百个头时，段誉已觉腰酸骨痛，头颈渐渐僵硬，但觉无论如何必须支持到底。毕恭毕敬地磕足一千个头，待要站起，蓦觉腰间酸软，仰天一跤摔倒。但是全身越是疲累酸痛，他越是心中快慰。——与宝玉正月时候去东府，特意去"望慰"一幅美人图，心里想着"美人此时必是寂寞的"，岂不是异曲同工之妙？

　　第四，无量山的"琅嬛福地"很像宝玉所经历的"太虚幻境"。而"神仙姐姐"则除了有警幻仙姑的影子外，还汇集了"太虚幻境"中所有女子的美好。

　　第五，段誉与宝玉一样，对女性的美好有种真诚的欣赏，也很容易被女性喜欢。宝玉认为女儿是水做的骨肉，男人是泥做的骨肉，说自己见了女儿，便觉清爽，见了男子，便觉浊气逼人。段誉虽无此说法，可是他却在无形中贯彻了这种思想。正因为他对女性美好的不沾凡尘的欣赏，他才能在无量山的"琅嬛福地"

中,虔诚地跪拜"神仙姐姐"的画像,因而无意中习得了"凌波微步"和"北冥神功"。本来没有任何功利之心的段誉,凭借这些神功,终成一代侠之大者。

在爱情上,如同宝玉对黛玉的告白"你放心",段誉自始至终也只爱王语嫣一人。从见到王语嫣的第一眼起,段誉就像影子一样开始跟随,从大理到苏州,再到大漠戈壁,虽然明知"罗敷自有夫",还是心生幻想,最后也得偿所愿,与王语嫣比翼双飞。段誉像胶皮糖一样粘定了王语嫣的描写,很容易令人想到《红楼梦》第三十回中宝玉对黛玉的一段对话。之前宝、黛两人闹了口角,后来宝玉来赔不是。宝玉先是服低做小,告诉黛玉这会子无论要打要骂都行,只千万别不理自己。而后黛玉哭说自己从今以后再也不敢亲近宝玉,也请宝玉全当自己去了。之后的一段描写,非常有趣:

> 宝玉听了笑道:"你往那去呢?"林黛玉道:"我回家去。"宝玉笑道:"我跟了你去。"林黛玉道:"我死了呢?"宝玉道:"你死了,我做和尚!"林黛玉一闻此言,登时将脸放下来,问道:"想是你要死了,胡说的是什么! 你家倒有几个亲姐姐亲妹妹呢,明儿都死了,你有几个身子去作和尚? 明儿我倒把这话告诉别人去评评。"

此间,如果把主人公替换成段誉,也似无不妥。

第六,段誉有种"爱美人不爱江山"的豪气,他多次冒着死亡的危险救出王语嫣,全然不顾他是段氏皇族和六脉神剑的唯一传人。宝玉也从未把贾家为他铺就的金光大道"略萦心上",而是心心念念只想着黛玉,最向往的生活就是日日与姐妹们在一起,之后自己化灰化烟。

但是两人的区别也是很明显的。《红楼梦》是作者个人和家族遭遇了极大变故之后的呕心沥血之作,所以宝玉必然承载着悲剧的命运。孤独感与悲悯心始终伴随着宝玉,生命的虚无感一直在笼罩着他。宝玉可以说是整部作品中悲剧元素的核心承载者。

段誉不同。在《天龙八部》中,悲剧的承载者是乔峰。段誉身上有着很多谐谑的因素。他比宝玉活得轻松,也更有幽默感。总能在危急关头镇定自若,从正面看待一切困难。即使被讽刺,为人耻笑,也不丧失信心。即使性命不保,也能保持乐观心态。他的绝技"凌波微步"这一神功也增添了段誉身上的喜剧感,打架不是他所擅长,但是逃跑却一定是。因此,段誉的人生是喜剧的人生。机缘巧合中好运总是垂青于他,无数次死里逃生,与乔峰这样的豪杰结义,最后抱得美人归,爱情圆满。这是中国传统式的大团圆结局。

第二节　以袭人为代表:或"贤"或"黠"

一、作品内部对比分析:宝钗

脂砚斋曾明确说过"袭为钗副、晴为黛影"。

在《红楼梦》中,与黛玉在性格上相似的人,往往在形貌上也颇有黛玉的特征。但是作者没有描写袭人和宝钗在外貌上的相似性,而是偏重于性格方面。

宝钗与袭人的性格是比较相投的。在第二十一回中,宝玉在天明时就去了潇湘馆看望黛玉和湘云,并在那里洗了脸。袭人跟过去,看见这般光景,便知是梳洗过了,只得回来自己梳洗。这时,"忽见宝钗走来"——此时距"天明时"其实亦不远,而蘅芜苑离怡红院的距离又稍远一些——因问道:"宝兄弟那去了?"袭人含笑道:"宝兄弟那里还有在家的工夫!"宝钗听说,"心中明白"。此时又听袭人叹道:"姊妹们和气,也有个分寸礼节,也没个黑家白日闹的! 凭人怎么劝,都是耳旁风。"宝钗听了,心中暗忖道:"倒别看错了这个丫头,听他说话,倒有些识见。"于是宝钗便在炕上坐了,"慢慢的闲言中套问袭人年纪家乡等语",留神窥察,觉得袭人"言语志量深可敬爱"。一时宝玉来了,宝钗方出去。此后,宝钗、袭人往来应比较频繁,因为湘云给宝钗的戒指,她转手就送给了袭人。

从最根本的角度来说,所谓"袭为钗副",主要指宝钗与袭人在道德观和价值观上有着相同之处。她们都恪守主流社会的价值取向和行为规范,以功名富贵为最高价值,宝钗的《临江仙》中的"好风凭借力,送我上青云"是宝钗和袭人共同的人生追求。

为此,宝钗首先希望凭借选秀女成功,晋身于皇室。失败之后,就将能与贾府联姻,作为自己的目标。为此,她展现了自己"品格端方,行为豁达""又展样又大方"的一面,尤其是在王夫人等面前竭力示好。

袭人是薛宝钗之后大观园里的又一"老好人",袭人性格温和,善解人意,她的判词"枉自温柔和顺,空云似桂如兰"就说明了这一点。有着这样性格的袭人,深深为王夫人所取中。而袭人,也同样在为了争取与宝玉结婚的机会苦心思谋着,不过,由于身份所限,袭人只能成为宝玉的"妾"。

与晴雯等人不一样,袭人是有条件离开贾府,成为自由身的。但是,听说自己的母亲和哥哥要赎自己,袭人却至死不肯。在第十九回中,袭人哭着说:"当日原是你们没饭吃,就剩我还值几两银子,若不叫你们卖,没有个看着老子娘饿死的理。如今幸而卖到这个地方,吃穿和主子一样,也不朝打暮骂。况且如今爹虽没了,你们却又整理的家成业就,复了元气。若果然还艰难,把我赎出来,再多掏澄几个钱,也还罢了,其实又不难了。这会子又赎我作什么? 权当我死了,再不必起赎我的念头!"

显然,做宝玉的小妾,此时已经成为袭人唯一的人生目标。为此,袭人与宝钗一样,开始在王夫人处着手,预谋取得王夫人的信任。宝玉挨打之后袭人刻意跑到王夫人那里,说了一番话,其中"况且林姑娘、宝姑娘又是两姨姑表姊妹,虽说是姊妹们,到底是男女之分"之句,明显是抬钗踩黛,深合了王夫人之心,直说得王夫人拉着她的手叫"我的儿",并即刻把宝玉托付给她。从此,王夫人将袭人内定为宝玉的妾,成为自己在怡红院中安插的眼线。袭人的这一番算计,与宝钗在王夫人面前使用的心机如出一辙。

但即便如此,袭人也没有逃脱与宝钗一样的命运:被宝玉离弃。宝玉最终抛却了万丈红尘,这对宝钗和袭人追求的人生之梦来说,就是"落了片白茫茫大地真干净",以失败作为终结。宝钗最后"金簪雪里埋",袭人也与蒋玉菡婚配,所谓"堪羡优伶有福"，都成就了"谁知公子无缘"的悲剧人生。

二、其他文学作品对比分析：《京华烟云》之木兰

下文也从其他作品中的人物与宝钗（因"袭为钗副"）对比的角度展开。

姚木兰是林语堂先生的小说《京华烟云》中的女主角。作为书中女主角，木兰的性格平顺，外柔内刚。宝钗与袭人亦"贤"亦"黠"，同时兼具正反两方面性格特征。但是木兰是林语堂先生寄予了无限美好的人物，笔者主要从"贤"（此处为褒义）的角度来分析木兰。

《京华烟云》讲述了北平曾、姚、牛三大家族从1901年义和团运动到抗日战争三十多年间的悲欢离合和恩怨情仇，并在其中安插了袁世凯篡国、张勋复辟、直奉大战、军阀割据、五四运动、三一八惨案、"语丝派"与"现代评论派"笔战、"二战"爆发等历史事件，全景式展现了彼时中国社会风云变幻的历史风貌。

小说主要内容为：

曾家的大公子曾平亚染上了伤寒，久治不愈。于是曾家按照传统的方式，想出了结婚冲喜的法子。曾家有三个公子，大公子平亚与曼妮早有婚约；二公子襟亚与牛素云也如是；三公子荪亚桀骜不驯，但姚家的莫愁却很喜欢他。曾家想三喜临门，于是想让莫愁嫁给荪亚。但是莫愁看到荪亚和女学生曹丽华关系亲密，非常生气，于是偷偷逃婚了。婚礼即将举行，新娘子却不见了，这让两家乱作一团。木兰看见父母为难，做出了一个重要的决定：代妹妹出嫁。

冲喜并没有挽救平亚的生命，次日他就去世了。曾荪亚发现木兰代替妹妹结婚时，愤怒非常；莫愁因为姐姐嫁给荪亚，怀恨在心；牛素云因为结婚的时候木兰抢了她的风头，也携私报复。对此木兰只能承受着，还要在表面装作一切如常。荪亚是个比较自私的人，心情郁闷的他在曹丽华身上找到了安慰，二人偷偷相爱了。姚木兰虽有察觉，但为顾全大局，并没有声张。但是木兰也需要向别人倾诉痛苦，这个人就是立夫。很自然地，她把立夫作为了知己，立夫也经常劝慰木兰，两个人在接触中慢慢了解了彼此，也暗暗喜欢上了彼此。

木兰想让荪亚去英国留学，以解决她、荪亚、曹丽华三人之间的问题，但荪亚却不愿意,而且居然要与曹丽华结婚。曾太太十分气愤,假意答应,但是苏亚一走,曾太太就把曹丽华赶出了家门。苏亚并没有到英国,他和曹丽华在外成了家,还生了一个孩子。这下引起了轩然大波,曾家上下闹得不可开交,木兰也决定彻底放弃苏亚。但是天意弄人,曹丽华因为曾家把孩子带走而上门理论,见夺子无望,撞墙而亡。曾太太跪下祈求木兰先不要走,木兰无奈答应下来。没想到,事情又在这种看似绝望的境地产生了转机。由于木兰的善良以及识大体,苏亚对她的感情越来越深厚。而后,又经历了时代重大关头的变换,在曾家那个日渐颓败的大家庭里,木兰当家主事,越来越独当一面,她开始具有了救国救民的思想,并教育出了爱国忠贞的第二代。

姚木兰是作者着重刻画的形象。她的父亲姚思安是道家哲学的化身,公公曾文璞则是儒家文化的集大成者。为作者所偏爱的主人公姚木兰综合了儒道两家文化精神的精华,展现出林语堂心目中完美的中国女性形象。也就是说,木兰是一个完全正面的形象。比起宝钗的丰富性和多面性来,木兰略逊一筹,但是,木兰在某些侧面与宝钗有相似之处。

与宝钗一样,木兰是非常美丽的女子。木兰不但天生丽质,而且才华横溢。这些特点在她小小年纪时便展现出来了。在她幼时逃难与家人失散后,被曾家老爷搭救,曾文璞给木兰看甲骨,木兰一下子就认出来了。曾文璞曾叹天下只有木兰认得这种甲骨,可见木兰之才学。与宝钗类似的是,由于哥哥的不成器,木兰的父亲对她很是看重。从某种程度上讲,她受到的教育不完全是针对女子的,也包含了应该对儿子进行的教育,这就使得木兰特别有见识。木兰的母亲也注重训练她帮助处理家庭事务。木兰就这样在充满智慧与知识的教育环境中长大,母亲给了她世俗的智慧,父亲给了她知识。木兰全方位的知识素养,为她婚后处理曾家事务以及解决财务危机,提供了坚实的保障。

在木兰的人生经历中,最大的超越,莫过于她对婚姻的态度。木兰、苏亚与曹丽华之间的关系,在某种程度上有些类似钗、宝、黛三人。木兰开始时并不喜欢苏亚,但是她接受现实的婚姻,并且努力把不如意变为美好。

　　木兰身上的传统之美，还表现在她具有适合当时社会、适应男性心理的妻妾共存思想。木兰在婚后寻找佣人时，和小时曾共遭难的暗香重逢，她的心中燃起了让暗香给荪亚做妾的念头。她认为一个做妻子的若没有一个妾帮助自己是非常乏味的。这与宝钗接受封建社会中男子三妻四妾的夫妻关系，对袭人从不见有任何敌意的态度有些类似。

　　与宝钗不一样的地方在于，木兰愿意过远离功名利禄的隐士生活，所以不赞同荪亚从政，即便家道中落，她也愿意过穷日子。所以，在这个意义上，木兰形象就更有了道家所倡导的顺乎自然、无为而治和超脱世俗的精神。

　　据语堂女儿林如斯说，林语堂原本打算将《红楼梦》译成英文介绍给西方读者，因故未能译成，此后决定仿照《红楼梦》的结构写一部长篇小说，于是写出了《京华烟云》①。创作动因既然如此，我们也就不难理解木兰与宝钗、袭人为何有着一定程度的相似性。

---

　　① 　林如斯：《关于〈京华烟云〉》，《林语堂文集》，作家出版社，1996年，第一卷，第4—6页。

参考文献

———◇———

著作

[1] 蒋和森.红楼梦论稿[M].北京：人民文学出版社,1981.

[2] 陈庆浩.新编石头记脂砚斋评语辑校(增订本)[M].北京：中国友谊出版公司,1987.

[3] 吕启祥.红楼梦会心录[M].台北：台湾贯雅文化事业有限公司,1992.

[4] 林语堂.林语堂文集[M].北京：作家出版社,1996.

[5] 周思源.红楼梦创作方法论[M].北京：文化艺术出版社,1998.

[6] 张锦池.红楼梦考论[M].哈尔滨：黑龙江教育出版社,1998.

[7] 李鸿渊.《红楼梦》人物对比研究[M].杭州：浙江大学出版社,2001.

[8] 陈文新、余来明.《红楼梦》：悲剧人生[M].武汉：武汉大学出版社,2002.

[9] 鲁迅.中国小说史略[M].天津：百花文艺出版社,2002.

[10] 胡文彬.红楼梦人物谈——胡文彬论红楼梦[M].北京：文化艺术出版社,2005.

[11] 王蒙.王蒙活说红楼梦[M].北京：作家出版社,2005.

[12] 俞平伯.红楼梦辨[M].北京：人民文学出版社,2006.

[13] 曹雪芹著,无名氏续.红楼梦[M].北京：人民文学出版社,2008.

[14] 田本相.曹禺传[M].北京：东方出版社,2009.

[15] 王昆仑.红楼梦人物论[M].长沙：岳麓书社,2010.

[16] 周思源.周思源解疑金陵十二钗[M].北京：新华出版社,2011.

论文

[1] 蒋和森.鸳鸯之死——《红楼梦》散论[J].名作欣赏,1981(1).

[2] 伍彦鸿.谈司棋 [J].汕头大学学报(人文科学版),1986(1).

[3] 冯育栋.莺儿的悲剧[J].红楼梦学刊,1986(3).

[4] 郑继家.林红玉形象探析[J].山西师大学报(社会科学版),1987(4).

[5] 冯文楼.晴雯:一个悲剧性的存在[J].红楼梦学刊,1994(2).

[6] 薛瑞生.是真名士自风流——史湘云论[J].红楼梦学刊,1996(3).

[7] 周五纯.晴雯形象探微[J].红楼梦学刊,1996(4).

[8] 马珏珏.非玉非石的悲剧人生——论鸳鸯、平儿、金钏儿、袭人[J].红楼梦学刊,1997(2).

[9] 王基.司棋论[J].上海大学学报(社会科学版),1997(4).

[10] 宋淇.怡红院的四大丫鬟(上) [J].红楼梦学刊,1998(3).

[11] 宋淇.怡红院的四大丫鬟(下) [J].红楼梦学刊,1998(4).

[12] 李庆信.袭人的双重人格角色与道德准则[J].红楼梦学刊,2001(2).

[13] 邓溪燕.试论《红楼梦》中三烈女——鸳鸯、司棋、尤三姐之死[J].郴州师范高等专科学校学报,2001(6).

[14] 陈姝波.论《简·爱》中的性别意识形态[J].外国文学研究,2002(4).

[15] 陈杰.墨点无多泪点多——论晴雯的性格与悲剧[J].河南大学学报(社会科学版),2002(4).

[16] 王颖卓.平儿"不平"[J].哈尔滨学院学报(社会科学),2003(1).

[17] 王光福.《婴宁》:青春之歌[J].蒲松龄研究,2003(1).

[18] 李希凡.梨香院的"离魂"——十二小优伶的悲剧命运与龄官、芳官、藕官的悲剧性格[J].红楼梦学刊, 2003(2).

[19] 白盾.花袭人辨[J].红楼梦学刊,2003(2).

[20] 臧卫东.论在夹缝中生存的好"秘书"——平儿 [J].红楼梦学刊, 2004(4).

[21] 吴舜立.生命"恶之花"——安娜悲剧的性爱心理学和精神分析学透析[J].国外文学,2005(3).

[22] 王鑫.迎春的丫鬟谫论[J].红楼梦学刊,2005(5).

[23] 王人恩.平儿——集色、才、德于一身的"全人"[J].河南教育学院学报(哲学社会科学版),2006(2).

[24] 周彬.从鸳鸯看《红楼梦》中的痴情世界[J].成都大学学报(社会科学版),2007(2).

[25] 穆乃堂.身在佛门 心系红尘——妙玉情感论[J].红楼梦学刊,2007(4).

[26] 袁方.平儿生存策略的文化内涵探析[J].咸阳师范学院学报,2007(5).

[27] 纪健生.倾城唯待笑 要裂几多缯——晴雯"撕扇"细读[J].红楼梦学刊,2007(5).

[28] 王晋中.论《红楼梦》的诗学品性[J].红楼梦学刊,2008(1).

[29] 胡义彬.紫丝晕粉缀鲜花——《红楼梦》"配角"艺术谫论(上)[J].辽东学院学报(社会科学版),2008(1).

[30] 苏萍.寒塘鹤影读湘云——试论湘云形象及其独特的女性价值[J].红楼梦学刊,2008(2).

[31] 程建忠.纯良的心 不幸的命——也说花袭人[J].成都大学学报(社会科学版),2008(2).

[32] 熊文斌.寓于《婴宁》中的三大悲剧[J].蒲松龄研究,2008(3).

[33] 罗立群.《红楼梦》与《天龙八部》[J].红楼梦学刊,2008(4).

[34] 童力群.林小红考论——兼说《红楼梦》的成书过程[J].鄂州大学学报,2008(4).

[35] 阮素芳.试论紫鹃命名取义多层能指的文化意蕴[J].红楼梦学刊,2008(4).

[36] 李珊.巧结梅花络——析莺儿的从属符号作用[J].甘肃社会科学,2008(4).

[37] 潘碧华.以诗为文——论《红楼梦》的诗性特质[J].红楼梦学刊, 2008(5).

[38] 李鸿渊.论林黛玉的丫鬟紫鹃与雪雁[J].武汉理工大学学报(社会科学版),2008(6).

[39] 李睿明.小红在《红楼梦》中的艺术魅力和价值[J].文化学刊,2009(1).

[40] 程爱兰.龄官形象的悲剧意义[J].长江大学学报(社会科学版), 2009(1).

[41] 莫莉.宿孽总因情——由金钏看美与美的毁灭[J].红楼梦学刊, 2009(3).

[42] 林绿峯.论《红楼梦》中的莺儿形象[J].漳州师范学院学报(哲学社会科学版),2009(3).

[43] 颜建萍.冰心玉骨傲春风——浅析晴雯自尊自爱形象[J].广西师范学院学报(哲学社会科学版),2010(1).

[44] 陆阳艳.试析《红楼梦》中晴雯与小红[J].合肥学院学报(社会科学版), 2010(2).

[45] 陶玮.芙蓉辨——论黛玉、晴雯之"芙蓉"[J].红楼梦学刊,2010(4).

[46] 亢清."几近全人"的丫鬟——《红楼梦》中平儿形象分析[J].鸡西大学学报,2011(2).

[47] 李希凡.好一似,霁月光风耀玉堂——史湘云论[J].红楼梦学刊, 2012(1).

[48] 马经义.红楼人物评论述略之妙玉[J].红楼梦学刊,2012(5).

[49] 朱淡文.熙凤形象探源(下)[J].曹雪芹研究,2017(8).

[50] 王富鹏.论《红楼梦》人物体系的设置与叙事结构的形成[J].红楼梦学刊,2023(7).

图书在版编目(CIP)数据

《红楼梦》贾氏女性人物读解/姜华著.—北京：
商务印书馆,2024
ISBN 978-7-100-23527-3

Ⅰ.①红… Ⅱ.①姜… Ⅲ.①《红楼梦》人物—女性
—人物研究 Ⅳ.①I207.411

中国国家版本馆 CIP 数据核字(2024)第 055698 号

《红楼梦》贾氏女性人物读解
姜　华著

商 务 印 书 馆 出 版
(北京王府井大街36号　邮政编码100710)
商 务 印 书 馆 发 行
山东韵杰文化科技有限公司印刷
ISBN　978-7-100-23527-3

2024 年 8 月第 1 版　　开本 640×960　1/16
2024 年 8 月第 1 次印刷 印张 22
定价：98.00 元